暗月纪元

2

仐三 作品

四川文艺出版社

目录

ANYUE JIYUAN

2

第106章　万能源石（上）

唐凌的疑问从一开始就有，到了这个时候，他更是思考了许多。

他当然可以认为，希望崖后太危险，那些尸人啊、野兽啊，日日夜夜都在对希望崖发动着冲击，这的确会形成安全隐患。

可它们为什么要从后面对希望崖冲击？更好的冲击方向不是应该绕过希望崖，从和希望崖连接的两侧莽林绕到前方来吗？

也是为了防备这一点，17号安全区在希望崖两侧的莽林是设有部队的，之前侧柏教官透露过这个信息。

那既然如此，为何不把兵力的优势集中在两侧，建立防御工事？就算这些野兽、尸人的行为不好控制，但既然它们的目标就是希望崖，那人类从两侧包抄，时不时地清除一次，才是最好的选择，不是吗？

为何要多此一举地在希望崖背后建立一个希望壁垒，日日夜夜地战斗着，甚至不惜用3D全息投影的假象来欺骗所有人？而事实证明，不论尸人还是野兽都是由有智慧者指挥的，它们不会时时刻刻冲击着高达千米的希望崖，除非……

一切细想起来，答案呼之欲出，却又依旧云遮雾罩。

这中间有着绝对说不过去的逻辑硬伤，这个硬伤的根本就在于傻子都应该明白，17号安全区如果要拓展，要扩张，更好的选择是在希望崖的另一侧，完全不必耗费如此多的人力和资源在这一方。

那答案究竟是什么？

"问得很好。"唐凌的问题引起了指挥中心一些人的注意，也终于引发了所有少年们的思考。仰空对唐凌问题的直接肯定，显然这就是他这一堂课需要讲解的重点——希望壁垒究竟因为什么而存在？

这一次，仰空没有再让他们待在指挥中心了。他带领着思考的少年们来到了偌大圆形中心的一侧，在这里有一道向上的扶梯，直通指挥中心的楼顶。要讲解清楚，那就必须要看清楚！

瞭望之塔顶部，这里的空气带着尘土，只要稍微待得久一些，就会感觉口鼻中满是灰尘。血腥味的风倒还好，习惯了，便就闻不到了。

"这是希望壁垒的常态，是属于希望壁垒的空气，来到这里就必须要适应这里的空气和这里的味道。"来到瞭望之塔顶部后，这是仰空告诉少年们的第一句话。至于接下来，就不用说什么了。

因为在这里，什么都看得清楚，他们需要自己观察，观察这个在巨大废墟上的地方，只要不傻，就一定能够很快地发现问题的所在。

唐凌也在静静地看着。感谢之前在指挥室的时间让他先适应了战场，所以他这一次真正地直面战场并没有带来太大的冲击，甚至为了把这个希望崖背后的世界看得更清楚一些，他站到了瞭望之塔顶部的边缘。在这里，尘土会更大一些，风中的血腥味陡然变得充满了真实感，就如整个人浸泡在血水之中。

但是没有关系，这样能更加感应到眼前这个离瞭望之塔不到二十米远，有荣耀大殿那么宽，高度达到十四米的紫色巨石剧烈的能量波动。

是的，来到这里第一眼看见的就是这块紫色的巨石，它安静地矗立在大片的废墟之上，散发着朦胧的紫光，笼罩了极大的一片范围，形成一个不规则的圆形。这范围就包括了整个希望壁垒。

没有仰空的讲解，没人知道这块紫色的巨石是什么。只是凭借身体的本能，可以感觉到这么"赤裸裸"地靠近它，身体里的每一个细胞都很活跃，如同新生。就连精神意志那么虚幻的东西，也清晰地感受到一股亢奋之意，正面地积极地燃烧着热血，吞噬着畏惧。

这种感觉并不陌生，之前在指挥中心，只是感应到了一抹紫光，唐凌就有一种细胞活跃、战斗欲望沸腾的感觉。如今只不过更加明显罢了。

他还发现了战场，不，确切地说应该是所有的战斗都围绕着这一块紫色的巨石，只要稍微仔细点儿，就能发现不论是尸人、野兽也好，什么乱七八糟的怪物也罢，它们的目标全部是这块紫色的巨石。

17号安全区的战场区域，也都是围绕着这块巨石所划分，基本上做到了三百六十度密不透风的防护。

原本唐凌对于紫色就非常敏感。不论是昆语焉不详，无意之中提起的紫月，还是苏耀那一次不小心说漏嘴，说紫月有大秘密，都加重了唐凌这种敏感。所以当看见紫色巨石的第一眼，唐凌就知道他所追寻的答案就在眼前了。有精准本能的他，比别人更加能够感受身体乃至精神的每一丝变化。

唐凌下意识地就想要靠近这巨石一些，想要弄清楚这紫色巨石到底是什么，它散发的紫色光芒意义何在？与天上的紫月有什么联系吗？仅凭双眼，唐凌没有这个本事确定什么，他对着紫色巨石运用了精准本能。

这是一次前所未有的尝试，更是对精准本能一次颠覆性的运用，因为精准本能现在表现出的特点是运算，而不是分析成分。当然，它也会有对危险产生高度敏感的作用，但这究竟是来自自身的本能，还是精准本能的能力范畴，唐凌还没有搞清楚这一点，就更别谈掌握了。

总之不管怎样，唐凌开始尝试了，他试着用精准本能去"看"紫光，感应到了非常模糊的能量波动。这根本不足以让唐凌感知到这是什么能量，有什么类比物可以参照，然后得出什么结论。

于是，唐凌又大胆地凝聚精神，用精准本能去感应那一块紫色的巨石。只是一瞬间，唐凌就感觉身体如同掉入了沸腾的水中，紫色巨石似乎能对他的感应有所回应一般，巨大的能量猛地就"冲"了过来。

唐凌忍不住低呼了一声，整个脑袋感觉到巨大的眩晕，他及时收回了精准本能对紫色巨石的感应，如果任由那一股能量"冲"过来，他的身体会被撑得爆炸。

这是一个极其正确的判断，当精准本能被收回后，那剧烈的能量也平息了下来，但眩晕让唐凌站在瞭望之塔边缘摇摇欲坠……

仰空一把拉住了唐凌，看着唐凌通红的、充斥着血丝的双眼，他非常直接地问道："你，做了什么？"

第107章 万能源石（下）

"我没有做什么，我就是集中精神去'看'了那一块石头，因为我太想搞清楚它是什么了。"唐凌用一定的技巧说了实话，听来并没有任何破绽。

仰空的脸上露出了一丝嘲讽的笑意。

唐凌有些不服，大声说道："我不知道我的精神力怎么样，但是我集中精神往往能感觉到危险……我觉得我能感应到什么。"

"你以为我是在嘲笑你这个？"仰空让唐凌站好，接着把所有的少年们都召集了过来，"刚才唐凌鲁莽地用精神力去感应这块，唔，你们应该叫它万能源石，差点儿造成了极坏的后果。什么后果呢？轻则变成白痴，重则身体爆炸。

"我不知道是因为你精神力不够强，还是因为幸运，仅仅是出现了眩晕的症状。如果我没有及时出手，你不是已经跌落下去了？"仰空一开始是严肃地对着所有人说这件事情，到后面，目光却是单独落到了唐凌身上，脸上嘲讽的神色更甚。

他没有恶意，也不知道是不是因为飞龙的原因，他也对这少年多了几分偏心的欣赏，沉稳却不怯懦，甚至很有勇气，且善于思考。特别是后一点，是仰空尤其欣赏的品质。也正因为这一点欣赏，他必须得阻止唐凌的莽撞。

对于仰空的嘲讽，唐凌接受，仰空说得很对，如若不是精准本能感应到能量的涌动，他的后果就是爆体而亡。一开始他伪装不服，也不是怕仰空的嘲讽，而是怕他怀疑到什么。伤痕和苏耀的提醒，让唐凌的防备心重到无法想象。

对于仰空的话，自然也有傻瓜不是那么相信，就比如说奥斯顿，他大声地嚷嚷了一句："不就是一块颜色特别的石头吗？有那么严重？"

"嗯，不严重。你可以试着集中精神去感应一下，这石头恰好对精神力的波动非常敏感，它一定会回应你的。不然试试？"仰空翘起了嘴角，怂恿了一下奥斯顿。

奥斯顿抓抓脑袋，到底还没有蠢到这个地步。

"记住，在希望壁垒，你们是新月战士，但你们也是最稚嫩的学员，对什么都一无所知。你们来这里是学习的，对未知的和不解的，你们必须先学会一项宝贵的品质，那就是询问。否则，出一点儿差池都会要了你们的性命。"仰空的神情平淡，但语气前所未有的严厉。

受到了一次教训的唐凌也牢牢地记住了这句话。但更重要的是，他听到了"万能源石"这个名称，在经过了一番思考后，终于在它散发的能量波动上，找到了一个东西来类比。

或者说不是一件东西，而是一个概念，即任何有生命的存在，都可以称作万能源石的类比物。所以，那能量的波动非常像是生命的气息。

这种气息如同清晨的莽林，带着露水的叶子，四处鸣叫的鸟儿，万物苏醒的那一刻……又像是傍晚的聚居地，篝火升起时，带着食物味道的烟火气与人们归家休息时安心的那一刻……

无法形容的微妙，可那就是生命的气息，在某一种时刻会散发得非常明显，能让人清晰地感觉。这万能源石的能量与之雷同，却又不同，但不可否认的是它的能量带着勃勃生机。

"唐凌，你为何特别关注万能源石，我想听听你的原因。"仰空打断了唐凌的思绪，把话题带回了关键之处。

实际上，除了奥斯顿比较迟钝，所有人都感觉到问题出在紫色的巨石上。之前，在指挥厅，不知道是因为巧合，恰好没有监控到这一块，还是因为别的什么原因，大家并没有发现原来在瞭望之塔的前方，竟然有那么一个存在。安东尼打开了窗户，也只有唐凌注意到了一闪而逝的紫光。

但现在，没有人可以忽略它。而且身体和精神状态上的变化，每个人都有感觉，只有奥斯顿一个人没有往紫色巨石上想而已。

"我不知道，我只是本能地感觉，这块万能源石就是希望壁垒存在的原因。"唐凌直接回答道。

仰空在这一次非常直接地说道："对，希望壁垒就是因为它才存在的。确切地说，应该是为了它，才修建了希望壁垒。

"不仅如此，在这里所有的战斗都是因为它才发生。也因为它的存在，吸引了来到这范围内的所有强大生物……也因如此，我们17号安全区，才能拥有所谓安稳的前方，就比如安全带和次安全带！战争不都在这里发生了吗？"

尽管有所猜测，少年们还是震惊了，更多的是心情复杂——原来所谓的安全，都是假象，因为战争全部集中在了这里而已。这种颠覆，又像是在告知他们，这个时代比他们想象的还要更加残酷，就算安稳也必然是有背后的代价。

但仰空并不想就这个话题再深入什么，他只是指向了那一块巨大的万能源石，说道："从名字你们就已经知道它的一些本质了吧？万能的能源？是的，它的确是！这个概念很大，也比较不好理解。但你们只需要记住，无论是烧开一壶热水所需要的热能，还是推动一件物品所需要的机械能，它都可以为其提供能量。

"这样说起来，是不是很像前文明的石油？或者煤？不，并不一样，只是类似。且不说它所能提供的能量值远远大于这些东西。就说它的转化率，是百分之百，且不需要复杂的机械来转化它。

"很难理解，对吗？其实，我也很难理解。"仰空的神色也发生了一些变化，这是超出了前文明所定下的科学基础理论的东西，但这个时代并没有能力去用一种新的理论来解释它，定义它。

"它要转化，只需要一个条件。那就是精神力！"轻轻地，仰空又补充了一句。同时，他脸上已经不可抑制地流露出了怪异的神情，又说出了一句："如果，当你们发现，它不仅仅只是作用于单纯的无生命物体，更作用于生命时，那么，这里的一切，这里的疯狂就是不是能够理解了？"

第108章　权限

的确，能够理解了。虽然理解起来，起码需要花好几分钟的时间来思考，而且必须要懂得一些基础知识。

做个简单的比喻，就像烧开一壶水，需要热能。抛却前文明那些各种用于发热的机械仪器，最原始的方式也需要一堆可燃物，然后生火，以可燃物来保持火的燃烧，用火的热能来烧开这一壶水。这就是一种能量的转化。

在这其中，火的热能不可避免地要向四周溢散，所以烧开一壶水需要的热量，其实是小于火燃烧所产生的热量的，有部分热量被浪费了。这不算精确的比喻，但也恰如其分地说明了能量转化率的问题。

那关于万能源石，仰空表达了什么呢？

最简单粗暴的说法就是，你要烧水，放一壶水在万能源石上，你用精神力定义了它现在的作用是烧水，那么万能源石就能提供烧水的热能。并且在这过程中，这热能只作用于水，不会溢散浪费，达到百分之百的转化率。

很疯狂，好吧！

在场能够进入第一预备营的少年们，都是有知识基础的，想到了这一点，脸瞬间涨得通红！根本就是像笑话的事情，如果不是仰空说出来，谁会相信？

除此之外，它还能作用于生命？这就更像个笑话了，就比如受伤了，用精神力告诉万能源石，治伤……如果思维发散一些，饿了，渴了，再玄幻一些，我生命力快耗尽了，我还想活……

这样一想，就连最胆小的安迪在看向那块紫色巨石时，双眼都变得通红。

"你们，在想些什么呢？"仰空靠着瞭望之塔顶部边缘的一根柱子，看见这些少年们激动的脸，不由得嗤笑了一声。想来，他们应该是放大了万能源石对于生命的作用。

"没有你们胡思乱想的那些。对于生命体，它唯一的作用也是提供能量，让生命体更加强大的能量。但你们要记得，这块万能源石是很神奇，它也很狂暴。我想这一点唐凌你应该有所体会。它的本体，以我们现在的力量，是没有办法切割再加以利用的，唯一可以利用的，便是它散发出来的能量。

"我是指那些紫光。"仰空说完这话，站直了身体，然后郑重地望向了这些少年，"所以，你们应该明白希望壁垒存在的意义，便是要占领这个'光芒'之地！守卫这万能源石！你们的职责也是如此！不管这万能源石吸引了多少危险的存在聚集在此并想要争夺它，我们都丝毫不能退让，因为它是17号安全区的希望和底蕴所在。"

"是！"少年们背负着双手，站得笔直，大声地回答着承担了这个责任。

仰空点点头，摘下了他胸前的徽章，走到了少年们面前："那么，现在开始。作为你们的教官，给你们上第一堂课的教官，我代表希望壁垒正式对你们授权。授权以后，你们会更好地理解我之前那些话的意义。"

而少年们则略微有些激动，授权了以后，是不是意味着那些碍眼的白芒都会消失，他们会看见整个宏大的希望壁垒？

所谓的授权仪式非常简单，就是仰空用自己的徽章与少年们的徽章相互贴紧大概十秒钟。这样，少年们徽章内隐藏的芯片便会记录下仰空徽章内的芯片所传来的信息，当仰空通过徽章确认了这些信息以后，少年们所佩戴的徽章权限就正式被激活。

在此过程中，唐凌注意到了一个细节，在传输信息时，仰空会摁动徽章靠左边缘的第二颗星星；在最后确认的时候，仰空摁动的是徽章上最大的那颗星星。唐凌自己也说不上来为什么，自己要记得这些无关紧要的事情，但之后或许会有用？

"你们的权限正式被激活，等待两秒，你们便可以看见希望壁垒。"仰空的一句提醒，打断了唐凌的胡思乱想。

而两秒后，瞭望之塔的顶部传来了少年们此起彼伏的吸气声。对于希望壁垒是什么样子，之前早有概念，更不用说他们还通过教学投影仪看见了它的立体形象。但当真正看见这个耗时九十年才修建而成的庞然大物时，心中的震撼还是无法言说。

阳光下，紫芒中。绵延十三公里，紧贴希望崖崖壁建造而成的壁垒，散发着晶莹五彩的光芒。在光芒之中，壁垒顶部边缘的营地，钢索带，还有火炮阵列充斥着一股铁血之意。

钢索带上，戴着电磁护臂的战士们来来回回。下方，运载着各种"收获"，比如装载着野兽尸体等的类似于前文明火车的大型运载车，正通过希望壁垒最下方的一扇大门，进进出出。

而在这忙碌之中，大片的绿，代表着希望和生命的绿，意外地占据了视野。高一百五十米的希望壁垒，除了最下方的五十米是用类似于内城城墙那种奇异的金属垒成的厚墙外，上方的一百米，全是用一种应该是玻璃，但又有微妙区别的材料建成的"玻璃墙"。所以，第一眼看向它，才会觉得它散发着五彩的晶莹光芒，美不胜收。

这些玻璃墙后，从底部开始，每上升十米，便会有一个巨大的平台，同样蔓延十三公里，而平台上全部栽种的是各种农作物，隐隐约约还能看见养殖场，许多的老百姓混杂着战士在其中忙忙碌碌。包括顶部平台也是如此，不同的只是在顶部平台靠近外侧边缘的五十米范围内，驻扎着大量的兵营，也就是仰空所说的巡逻之地。

希望壁垒，它的本质更像是一个农场！

怪不得……怪不得……少年们已经震撼得说不出话来，可心底也浮现出一丝荒谬的感觉，这是谁想出来的天才主意，把农场建在这种动荡不安的战场边缘？安全带和次安全带不是有大把的土地吗？那些土地为什么不利用起来，要费尽心力地用人工建造土地和"玻璃房"来种植这些农作物？

当然，脑海浮现这个念头的同时，只要不是傻子，应该就能想到这一切一定与万能源石有关！

第109章　农场

果然，在这个时候作为教官的仰空开口了。他的声音有些幽幽，带着一种莫名的叹息意味，像是从悠远的时光中传来："这里栽种的几乎都是前文明的农作物，以马铃薯为主。要挑出属于我们这个时代的农作物，只有一种，还是基于前文明遗留下来的种子，用了几代人才改造成功的——黄粟谷。改造后的黄粟谷并没有提升什么营养价值，甚至还出现了营养和口感倒退的现象，只不过产量让人感到安慰。所以，前文明很伟大。

"但那又如何？如此让人向往的时代，它毕竟已经覆灭了，留给我们的是一个什么都在改变的时代——改变的动物，改变的植物，就连我们人也在改变，更大的改变！

"这很凄凉，是不是？我们想要追寻前文明的步伐，它却消失得愈加快了，你们所见的废墟，不是被一片片的莽林所占领吗？直到有一天，前文明的影子终究会毫无痕迹，只剩下一些文物让我们悼念。

"对不起，这些感慨不应该是一个理智的教官在课堂上该说的。"说到这里，仰空双手插兜，站到了少年们的身边。

尽管努力地让情绪平静，这些少年们还是露出了伤感不安的神情。这个时代是没有安全感的，想起前文明的覆灭，每个人都会升起一种共鸣般的同悲。人很自私，但无论怎么自私，也剔除不了作为一个族群，留在灵魂之中的族群属性，在某种时刻，会抛开生死，去为族群牺牲。

"不过还好的是，如今的我们，还是收到了前文明留下的礼物。就比如说这些珍贵的农作物的种子。"整理了一下情绪，仰空再次开口，"但我刚才也说过，这个时代是一个变化的时代，它最大的变化在于，生物进化变得加速且不可预测，难以人为干预。所以，要在希望壁垒以外栽种这些植物，得到的可能是有毒的小麦，坚硬得不可入口的马铃薯，或者说吃了反而会让人生病的苹果。当然，更可能的结果，是这些遗留自前文明，我们费尽心力才保存下来的种子，在这个时代脆弱得根本不可能成活！

"想想吧，高温，极寒，不可预测的、无处不在的、也难以分析成分的污染，让它们已经适应不了环境。而我们，在这个时代挣扎的我们，还没有研究出更适应这个时代的农作物，危机无处不在，我们也没有那个环境去潜心研究。黄粟谷这种成果，已经是17号安全区的极限了。"

很难受，唐凌听闻这番话，抿紧了嘴角，握紧了拳头，全身充斥的只有难受的感觉。这一切的悲哀，是在预示人类终究会是这个时代的弃儿吗？

接下来的话，仰空不必说，大家都明白了。

要想这些农作物能够存活，唯有在希望壁垒，万能源石紫光照射的范围内！因为它的能量作用于生命体，会让生命体变得更加强大。那么想来，也唯有这里了。也是因为这样，希望壁垒的意义再次变得深刻。如果没有这里的农场，17号安全区的人如何存活？

很多猜测此时才变得明朗。如17号安全区的粮食来源——毕竟，在这里生活过的人都知道，打猎采集来的肉类和野果，并不是17号安全区的主食，就连曾经的聚居地也会得到的"营养块儿"，它们的来源是什么？

唐凌在获得知识后，曾经猜测过一定是有什么农场藏在莽林之中，但谁能想到是在这战场的边缘，用白芒遮挡着的，如此没有安全感的一片地方？

"我说我吃的苹果是在哪儿长的，我就没有在别的地方看见过苹果树！"奥斯顿在这个时候，也恍然大悟了。

唐凌恶狠狠地瞪了一眼奥斯顿，能吃苹果的家伙！

但安迪却在这个时候异常地不安了起来，他惶惶地说道："这农场里有人在劳动，我，我，我爸爸妈妈……"

安迪出生于外城，在幼年的时候，他就曾经好奇，在拥挤的17号安全区，除了那些做着生意的大人们，其他的大人们到底每天去哪里忙碌了？是用什么方式换来了每日的吃穿用度？是去打猎了吗？可是也没有见到猎物，而且要走出安全区这种事情，是不敢想象的。对于此，大人们似乎也讳莫如深，不愿多谈。

他无论如何也没有想到，有一天答案会以这样的方式呈现在眼前。如果爸爸妈妈也在其中劳动，他们一定不知道相隔不远就是如此残酷的战场，3D全息投影"欺骗"了所有的人，他们在那个"玻璃屋"里劳动，看见的也一定不是真相。

想到这里，安迪忍不住全身颤抖，在他一旁的薇安眼中也泛起了泪光，因为她也同样出生在外城，安迪能够想到的，她如何想不到？

"不行，我，我要去那边，我要……"血腥的战场，可怕的怪兽，安迪已经不能淡定了。

唐凌在心底叹息了一声，尽管不认同安迪的冲动，但他无法冷漠地看着安迪失控，在规则如此严苛的希望壁垒，万一惹祸失去了新月战士的身份呢？毕竟，安迪对唐凌是最先流露善意的一个人。所以，唐凌斜跨了一步，想要拉住安迪，却不想在这个时候有一个人比他更快。

"啪"的一声，阿米尔一掌打在了安迪的脸上，把情绪有些激动的安迪打倒在了地上。他还想出手，却被唐凌拦住了。同时，唐凌也拉住了安迪。

"你有什么资格说不想爸爸妈妈在这里？我真是很讨厌这样的话啊。"不等大家质问，阿米尔忽然抬起了头。几乎遮住双眼的凌乱刘海下，阿米尔有些像野兽般冰冷的双眸流露出的是愤怒。

唐凌的手微微松开了，他知道阿米尔的心情。

第110章　裂缝

果然，阿米尔下一句就吼道："我出生在聚居地，如果让我在这里劳动，就可以安心地吃饱，我只想说我非常愿意。"

说完这话，阿米尔似乎是意识到了自己的失态，畏惧地退了一步，赶紧低下了头，有些害怕的模样。经过一个月的封闭训练，阿米尔出生在聚居地根本就不是什么秘密了，他自己之前也还提过一次。

"这里是安全的。"唐凌放开了阿米尔，扶起了安迪。事实上，阿米尔的想法何尝不是唐凌的想法？至少对于聚居地的人来说，还有比这更美好的事情吗？

安迪出生在外城，他不可能了解。不用冒着严寒酷暑，不用奔波，甚至不用迷茫明天应该做什么才能换来食物。只需要在战士，甚至包括紫月战士的保护下，每日耕种就能吃饱，这不是美好是什么？

"是的，安迪，是安全的。希望壁垒是17号安全区必须守护的。这里还有紫月战士，有什么比希望壁垒里劳动更安全呢？"薇安也安慰着安迪，她也是有不安的，她也同样出生在外城。但女孩子也许比男孩子更加早熟，所以她很快想通了这个问题，并没有慌乱。

"对，对不起，阿米尔。"安迪小声地说了一句。

"啊？唔。"阿米尔似乎没有想到安迪会道歉，慌乱地接受了。

"过来吧，阿米尔。没人怪你，我们都理解。"唐凌始终对阿米尔有不一样的情感，他也出言安抚阿米尔，尽管阿米尔似乎有些抗拒所有人。倒是奥斯顿强行把阿米尔拉了过来。

到这时，一场小风波已经快要结束，仰空才淡淡地插话："如果以后有人再破坏课堂，我不会客气。鉴于这只是第一次，而且是第一堂课。"大家都沉默着不敢说话，没人敢质疑仰空此时的认真。

果然，下一刻仰空就语带讥诮，说道："你们以为是人人都可以在这里劳动的吗？只有17号安全区最信任的居民，才能取得这里的劳动资格。安迪，你的父母可不一定在这里。在17号安全区，还有许多需要劳动的地方，包括建造在地下的工厂。不然你以为你们所吃的，所住的，所穿的，以及享用的一切物资来自哪里？这个时代可没有废物能够堂而皇之地生存。"

那安全区里那些贵族呢？唐凌很想问，但并没有提出这个尖锐的问题，现在继续听课是最好的选择。

"我们的第一预备营在哪儿？"昱难得开口了，显然也是为了把话题转移过去。少年之间建立了情意，不管用什么方式，也总是会表达的。虽然委婉了一些，但昱的问题还是成功地把仰空的注意力拉回了课堂。

"还没有发现吗？仔细看看主战通道的另一头通往哪里啊？"仰空的提醒，让少年们注意到了，主战通道的另一头原来是通往了希望崖。

之前，因为权限的问题，四周都是白芒，也不可能注意到原来在希望崖上还有如此大的一个洞穴，而且是人工开凿的洞穴！这下，问题的答案已经非常明显，第一预备营原来是在洞穴之中。

"实际上，除了紫月战士。所有兵营的驻扎地都在希望崖里。平常不用在巡逻之地值岗的时间，都会在洞穴里待着。这并不是没有好处，这可是靠近万能源石的地方！所以，洞穴里也并不是那么简单。

"毕竟，在这个地方死亡率如此之高，对于战士如何能没有回报呢？"仰空的几句话，说得少年们无比好奇，回报是什么？如果和万能源石有关，想想是很令人激动的。

但仰空在这个时候，并不想对这个小问题过多地解释，只是淡淡地说了一句："万能源石能令前文明如此脆弱的种子生存，那么你们能想象，在附近修炼，通过一定的手段让战士们能得到的提升也是巨大的。这，也可以看作是17号安全区的底蕴之一。

"可是，一个地方怎么可能只有底蕴？在这个时代，任何得到都是要付出代价的。你们以为现在这样的战斗就是代价吗？会不会觉得这样的代价太小了？"仰空说到这里，冷漠的脸上浮现出了一丝愤怒。

这样的代价还小？少年们有些头皮发麻，莫非还有更可怕的事情不成？仰空则深吸了一口气，转过了身，面对着战场轻轻地说道："你们现在提升了权限，可以看到一样隐藏的东西了。这个东西就隐藏在战场。你们要记得，深深地记得，它是和万能源石一样重要的，必须要放在心上的东西。只不过，是一种恶心的东西罢了。"

仰空的话刚落音，少年们便迫不及待地转过了身，是什么东西需要教官如此地描述？

当所有人亲眼看见了那样东西以后，一股毛骨悚然的感觉，一下子抓住了每个人的内心——

裂缝，一条巨大的裂缝！在万能源石的另一方，距离不到二十米，和瞭望之塔正好相对之处，有一条巨大的裂缝。它绵延至远方的长度起码有十公里。最宽的地方达到了上百米，最窄的地方也有十几米。就这么横亘在废墟之上，露出了幽深的地底……

就是这么一条裂缝，值得这么畏惧？唐凌努力地抗拒着内心传来的恐惧之感，朝前走了两步。他想要看清楚这条巨大的裂缝之下，到底有着什么东西。但直到他走到瞭望之塔顶部的边缘，也根本看不清楚这条裂缝到底有多深。入目只是一片黑沉，看不到尽头的黑沉。

想要用精准本能测量，但是失效！很奇异地失效了！就连所见之处的深度都不能测量。唯一的感觉，竟然是一股深深的恶意。怎么会有这样的感觉？细密的冷汗出现在了唐凌的额头，他无法解释一条裂缝怎么可能冒出"情绪"。而仰空的话也同时响起在耳边："这伪装，可不是我们的手笔。是裂缝自己的伪装。"

第111章　恶意

唐凌猛地转头！什么话？裂缝自己的伪装？它不是生命，它只是一条裂缝，自己能感受到它的恶意，已经是万分难以置信的事情，仰空教官竟然说它会伪装？难道是它有生命的意思？

"教官？这条裂缝是活的？"克里斯蒂娜和唐凌想到了一块儿去。

"它自己的伪装，为什么我们的权限提高了，就能看见？"昱思考的是另外一个问题。

"我们监控整个战场，因为它的伪装我们看不见它，那万一跌落进去了怎么办？"薇安的问题。

"我们看不见，那些尸人和野兽也看不见？"奥斯顿想不透这个道理。

对于这条裂缝，所有人的好奇甚至强过了万能源石。而每个人都不愿意承认的是，看见那条裂缝就有一种毛骨悚然的感觉，为什么不愿意？少年热血，难道承认惧怕一条裂缝吗？

面对如此多的问题，仰空只是沉默不语。新月战士的权限不需要知道那么多，他们只需要知道在这里有一条裂缝，要防备它，监视它，千万不能靠近它就对了。所以，对于大家七嘴八舌的问题，仰空根本没有逐一地回答，只是淡淡地解释了两句，徽章的权限是由和护城仪相连的智脑提供的。护城仪能够看透裂缝的伪装，拥有了权限徽章的人，自然也能看透。至于那些怪物能不能看见，仰空表示无法得知，但根据战场收集的信息来看，很多怪兽是有意避开了那条裂缝的，虽然不是全部。这个也许也可以解释为本能。

总之，虽然裂缝曲曲折折并非一条直线，如果没有勘破它的伪装，就算在空中俯瞰，也不能发现它的存在。但这个战场很大，一条绵延十公里的裂缝也许很长，但它的宽度毕竟有限。毕竟，偌大的战场不是每一个角落都在厮杀，总有空白地带。

对于裂缝的信息，仰空只愿意透露那么多，末了他严肃地说道："从你们进入第一预备营开始，面临的就不只是学习以及提升，你们还是战士，所以也要执行任务。在没有特殊任务的情况下，你们必须到希望壁垒主体顶部的巡逻之地值岗。对于裂缝，你们只需要记住，值岗的最大任务就是监视它。"

说到这里，仰空已经准备转移话题。可唐凌回想起那股恶意，心中总是有压不下去的疑惑："那么教官，如果怪物们和战士，我是指不小心掉进裂缝，后果是什么？"

"希望身为一个战士，不要犯那种愚蠢的错误。"仰空厌恶愤恨的神色中透着一丝掩藏得很深的畏惧。他没有直接回答唐凌的问题，而是侧面给了唐凌一个答复——掉进去以后，是不可能出来的。更暗示了一点——出不来，和裂缝的深度没有关系，和人或者怪物的攀爬能力也没有关系。

唐凌沉默了。忍不住再次看了一眼那条巨大的裂缝，这一次不用精准本能也能感受到恶意。如果凝视它，那铺天盖地的恶意似乎就要将人包裹。

这让人忍不住想起了前文明的一句话——当你凝视深渊时，深渊也在凝视你。也许，不是那么合用，却是那么地应景。

"这堂课讲到这里，17号安全区最大的秘密——希望壁垒对于你们已经展露了它大部分的真相。你们要记得一句话，知道得越多，背负得也就越多。你们的生命维系的是这希望崖后更多人的生命，请将这句话烙印进你们的心里，灵魂之中。

"最后，你们要记得的是，你们胸前的徽章，是你们的荣耀，你们的权限，更是你们的身份。在希望壁垒中行事，只认徽章不认人。这个地方非常重要，绝不允许任何意料外的状况发生。这一点，你们记住了吗？"仰空大声地问道。

"记住了。"几个少年神情一肃，几乎都下意识地抚摸了一下胸前的徽章。

"很好。关于第一预备营还有很多的规则，当然还有一些更加基础的知识，安全区认为没有必要特别开课。你们今天回到营地以后，找到营地的营长，他会带你们去属于第一预备营的特别资料室，用徽章你们就可以查到一切。"仰空又对这些新月战士交代了一句。

毕竟，这是一个残酷的地方啊。如果讲解规矩、适应规矩加上理解一些基础的东西，要用上很多的时间，是不现实的。封闭训练的一个月，已经让他们有了基本的战士素养。"好了，该讲的就到这里。现在，你们进入希望崖的山洞吧，自然会有人带你们进入营地。"仰空似乎有些疲惫。

"是。"唐凌几人回答了一声后，没有半分犹豫，就自动列队朝着山洞走去。

"等等，我忘记了说。在第一预备营，不论是营长也好，什么军官也罢，全部都是你们的学长，好好适应吧，小家伙们。"

盛夏夜，繁星漫天。银河系就像一条闪烁的光带，在属于夜的深蓝幕布上穿梭而过，留下了它的光彩，却又带着点点的寂寥。或许，它也渴望和别的光带交错？

这个时代，并非完全没有可取之处，优质的环境带来了夜空的繁华，也衬托得紫月有些暗淡无光。就如同此刻闪烁在唐凌嘴边的烟头，在广袤的夜空中，它算个什么东西！"所以，放在宇宙中，紫月也算个什么东西！"唐凌不无恶意地想到，顺便看了一眼身前的红外瞭望镜。

瞭望镜中，那条充满了恶意的裂缝依旧安静。实际上，来到第一预备营的日子也有二十天了，它就一直如此安静，没有任何意外发生。像唐凌这种总是对一切充满了好奇的人，反而希望它能动上两下。

"唐凌，抽烟是不好的。听说在前文明，十五岁就抽烟的家伙，都是不良少年。"安迪背着一把比他的背还长的复合战弓走了过来，看见唐凌叼着烟，不由得皱起了眉头，"还有，过早地抽烟，对咱们提升身体素质也没有好处。"

"少废话，你的烟呢？也给我吧。"唐凌不耐烦地打断了安迪的啰唆。

第112章　唐凌其人

对于唐凌的无理要求，安迪只是眨巴了两下眼睛，就老实地从裤兜掏出了他的卷烟。

"这就对了，我的抽完了。你看我多伟大，情愿把自己抽死，也绝不便宜了那些家伙。"唐凌毫不客气地接过了安迪递来的卷烟，一边做出了一副自己亏大了的模样，一边掏出一个小皮包，把安迪的卷烟盒熟练地打开，把里面的卷烟一根根地往皮包里放。

安迪无奈地叹了一口气，却猛地瞥见唐凌的小皮包里还有整整七支卷烟，不由得喊道："唐凌，你骗我，你明明还有七支卷烟。"

"嚷嚷什么啊，不然我都给你，你拿去抽？"唐凌作势就要把小皮包扔给安迪。

"不要，不要。"安迪如同看见了烫手的山芋，连连摆手。

"那就对了，你想想你是愿意便宜你哥哥我，还是便宜那些可恶的家伙？"说话间，唐凌吐了一口烟雾，也不知道这个姿势吐烟，像不像苏耀。不，自己应该抽得比他好看。

唐凌什么时候成自己哥哥了？可是那些家伙——安迪的脸色变得难看了几分，不用明说，他也知道唐凌口中的那些家伙是指第一预备营的，他们所谓的学长。像吸血鬼一样的学长。

想起他们，让人很难不回忆那一天，替侧柏教官送水而来的几位学长，其中那位热情亲切的学长还特别嘱咐，有困难就找他。

如今看来，真是讽刺——有困难，当然可以找学长，但代价也是必需的。这代价可以是食物、卷烟、水果，反正任何营地发放的福利，剥皮到休假的时间也可以算上。即如果你付出了三个小时的休假时间，那么到学长们执行一些鸡毛蒜皮的常规任务时，你就必须顶替他们三个小时。

如果这些福利都没有呢？没有关系，学长们最爱收的就是希望点。这是在希望壁垒一种特殊的货币，只能战士使用。有了希望点，你可以买到更多的物资，就比如食物什么的，如果希望点足够，还有更高级的东西等着你，如高级营养液之类。更重要的是，可以买到装备，保命的装备，甚至还可以买到各个教官一对一的指导。有一句话说得好，只要有希望点，你完全可以弄到一套紫月战士的装备来玩玩。

可是，希望点很难弄到啊，在巡逻之地值岗一夜才五个希望点，帮助打理农场，最基础的才两个希望点……

安迪的脸色越发地难看。

在第一预备营，有些东西没有学长的帮助，自己摸索很浪费时间，咬牙不找他们帮忙，就可以了吗？那是天真的。

第一预备营有自己的规矩，就算教官和高级军官都不得干涉，就是上供原则——一共只有一百一十人的第一预备营，按照实力有一张排名表，前五十五名的可以完全享用每个星期希望壁垒发放下来的物资。后五十五名就必须按照排名来上供所得的物资，排得越靠后的，上供比例就越大。

还记得，进入营地的第一天，大家就被教训了，因为没人愿意无故地上供。奥斯顿还当场提出要挑战，后果……安迪都不愿意回忆！那么生猛的奥斯顿，就算动用了他的"文身力量"，还是被揍成了一头钢鬃猪的模样。安迪也后悔头脑发热跟着挑战，估计是自己瘦小的原因，被揍得没有那么惨。

唯一的逃脱者是谁？是唐凌这个家伙。他看见了规则，就非常配合地按照比例上供了刚刚到手的物资，要知道那是一个星期的物资啊，上供以后剩下的，怕是三天都难熬。可结果呢？大家最后都是靠着唐凌剩下不多的物资，还有唐凌出的主意活下来的。

什么主意？安迪脸色一变，不太愿意回想。

第一个办法还好，那就是去莽林打猎，毕竟希望崖的边缘也连接着莽林，而战场地带主要集中在希望壁垒正对的废墟区。唐凌那个家伙振振有词地说，厉害的家伙都被万能源石吸引到战场了，两侧的莽林应该危险不大。结果，冒险了大半天，几个人被一头估计是在战场战累了，然后在莽林休息的三级变异兽，追得哭爹喊娘地逃了出来。

幸好唐凌那家伙死不松手，不知道从哪里扒拉了一只无辜的跳跳鸡紧紧地抱在怀中，这才让大家啃了一天的鸡肉。

打猎是不敢再去了。那第二个办法呢？安迪已经起了一头的黑线——妈的，竟然是打起了农场的主意，去偷东西！唐凌那家伙似乎很有这方面的天赋，带着他们在农场一共偷到了一头五花猪，三只跳跳鸡，好几十个苹果，还有三捆水稻。

三捆水稻？！安迪已经不愿意再回忆水煮稻谷的滋味了，喉咙现在都觉得很刺激。至于后果……安迪翻了一个白眼，他不敢再想，想起来就有和唐凌拼命的冲动。

第一个星期，就是这样艰难度过的。除了上课和体能训练，还有任务外，全部时间都是在思考怎么弄吃的，和去弄吃的的行动上。

第二个星期，大家都乖乖上供了，日子就算艰难点儿，但多执行一些任务，累死自己，总能用希望点换取吃的。

可唐凌又反着干了！他非常厉害，在物资发下来的第一时间，就全部吃光，狼吞虎咽，风卷残云。而发放的物资里，不知道怎么的，还包含卷烟，他也全部给抽了，把他们所在的洞穴弄得像个仙境，云雾缭绕，他自己也呛得像个蠢货！

所以，学长们来收物资的时候，唐凌什么也没有了！抢他的衣服和装备吗？不，他那点儿低级玩意儿，学长们看不上。休息时间？这种事情强迫不了的！用学长们的话来说，像唐凌这种赖皮，与其逼他，还不如打死他，问题是打死还费劲儿啊！希望点？唐凌非常狠，根本不考虑攒着，一有希望点，就换成食物，全吃了。

"你怎么这么能吃？为什么你没被撑死？哦，你这头哈士野猪。"学长们真的很头疼。挣扎到如今，不过二十天，整个第一预备营最流行的话已经变成了——老天爷，请让我赶在那头哈士野猪吃光一切之前，完成×××事吧。

第113章　信息

回忆只用了一瞬，何况，这还是不怎么美好感觉有些怪的回忆。看着在旁边呼哧呼哧抽着烟，时不时还会被呛到的唐凌，安迪终于忍不住问了一句："唐凌，你是怎么有办法在那些吸血鬼来搜刮以前吃完全部东西的？"这是安迪心中的谜题，他其实也想那么做，变成一个唐凌这样的"老赖"，可惜他实在没有本事一顿就吃完一个星期的食物。

唐凌无所谓地说道："计算啊。每个星期我们发放物资的时候，他们也在发放。按照规矩，我们先发放，他们后发放，然后再加上他们走到咱们洞穴的时间……嗯，只要计算得当，就总有办法让他们毛都捞不着。"唐凌恶狠狠地说道。他不可能承认，他用精准本能计算过这件事情，有点儿丢脸。

"哦。"安迪在唐凌的身旁坐下了，也望了一眼红外瞭望镜，夜间的战斗比起白天还要激烈一些，毕竟那些怪物都是在夜间比较活跃。

也多亏是这个时代的人们，眼睛变得比前文明要好用，只要有微弱的光芒就能看得清楚。否则，很难想象每个战士都要配备夜视仪的花费。

不过，再激烈的战斗习惯了就好，只要那条裂缝没有动静就是好事。作为他们总教官的侧柏曾经说过一个可怕的死亡率，在后来的战斗技巧课堂上，他也亲口承认，那个死亡率是裂缝有动静时，才会发生的。所以安迪非常害怕裂缝有什么风吹草动。

这一轮的值岗，已经过去了整整六个小时，天也快要亮了，紫月越发地暗淡，星光也不知道何时变得不是那么璀璨，在东方的天际露出了一抹鱼肚白。唐凌背起了他的复合战弓，准备去巡逻一趟，让安迪休息一会儿，但在这时安迪叫住了唐凌。

"唐凌，你现在那么不配合吸血鬼的搜刮，第一次为什么就那么干脆？"这是安迪一直以来的疑问，那一次他差点崩塌了信仰，觉得自己看错了唐凌，以为他原来是个"软骨头"。如果不是因为后来，唐凌带着他们混饱了肚子，艰难度过了一个星期，他差点放弃对唐凌的信任。虽然更后来，发现唐凌是如此无赖……

"每到一个新的地方，肯定需要先隐忍，把事情弄弄清楚。之后，根据后果再来衡量怎么做，是我做事的准则。"说到这里，唐凌忽然转头看着安迪，"你难道没发现吗？就算没有东西上供，这些吸血鬼也拿我没办法。这是我花了一个星期才搞清楚的事情。"

我去，安迪暗骂了一句，真是一个不要脸的家伙啊。

"唐凌，安迪，你们的值岗时间结束了。"就在两人说完这几句话以后，一个看起来有些憨厚的年长战士带着笑容走了过来。唐凌的神情也立刻变得亲热了起来，从他的小皮包里摸出了一根卷烟递给了那位年长的战士。

"臭小子，就你滑头。"年长的战士拍拍唐凌的肩膀，接过了唐凌递来的卷烟，点上之后说道，"如果可以的话，几天后的值岗不要错过。有一个百人团要负责清理八号废墟区的一片废墟，地形简单，据说是前文明的一个仓库地带。到那里，说不定能找到一点儿前文明的东西换取希望点。跟着杀几只尸人，说不定还能掏出一些能量结晶。值岗的战士是需要配合行动的。"说到最后，那位年长的战士又借着唐凌递来的火石，点燃了卷烟。

"谢谢了啊，胡子哥。"唐凌卸下了背上的复合战弓，搭着安迪的肩膀，就要离开巡逻之地。

那位被称作胡子哥的年长战士骂了一句："没大没小。"却也带着笑容，看着这个虽然滑头却很讨人喜欢的小家伙离去。

"唐凌，为什么你不肯上供学长，却不吝啬分东西给这些普通战士啊？学长们可是要成为紫月战士的啊。"路上，安迪似乎有问不完的问题。

"傻不傻？我们也会成为紫月战士！虽然，现在我们几个人实力排名倒数，那也只是因为我们是新人。"唐凌满不在乎。

"可是……"安迪没说的是，排名倒数第一的是唐凌，至于昱和阿米尔，已经超越了两个学长，排在了倒数第九和第十。

"没有什么可是的！你以为我第一个星期哪里打探来的消息啊。"唐凌灭掉了口中的卷烟，环顾四望，忽然对安迪说道，"走主战通道太无聊了，我们走农场回去吧。我喜欢那里的新鲜空气。"

"我不去。"安迪的脸色陡然一变。

"是不是兄弟？我还是不是你哥哥了？"唐凌异常地不满。

"你什么时候……"安迪的话还没有说完，就被唐凌强行拖入了农场。

唐凌最喜欢的就是顶部天台的农场，只有在这里，才有很多种类的蔬菜和水果，到了下面几层，全是最常见的马铃薯、黄粟谷那种玩意儿。

苹果树下，唐凌兴奋地指挥着安迪摘着苹果，他负责望风。安迪欲哭无泪，他实在是不需要这些苹果，虽然苹果很美味，他很喜欢吃，可这些日子他已经能吃饱肚子了。他也想不通，为什么唐凌明明排名倒数第一，却每次还是能轻易地把他拖进农场呢？是不是因为自己是敏捷型的，力量太差？看来以后要好好练习一下力量了。

此时的农场，到处都回荡着一种声音："唐凌值岗结束了，农场进入一级戒备状态。"

"什么？那个比密子大卫鸟还可怕的家伙！快快快，大家全部去农场巡逻。"

"还有，小心他的几个同伙，全都不是好人。"

安迪快哭了，这是一件光荣的事情吗？这就是第一个星期"扫荡"农场留下来的后果啊！对了，密子大卫鸟是什么鬼？安迪表示疑惑。

"密子大卫鸟是什么鸟？听说一次能吃下五十个苹果？下一次逮一只烤了

吃。"树下的唐凌一脸无所谓，甚至还有心情啃苹果，就那么一小会儿时间，他已经啃完了整整三个比奥斯顿的拳头还大的苹果。

他怎么那么能吃？

"哈，果然在这里，我发现哈士……"就在安迪心情悲愤的时候，一个声音突兀地出现在了这里。

第114章　洞穴

唐凌拉着安迪，哪里还敢啰唆，趁着人群还没有来到这里，赶紧朝着农场外跑去。

"唐凌，以后我再跟着你去农场，我就变成狗。"终于跑到了主战通道，安迪气喘吁吁地抱怨道。

此时的农场非常热闹，想必是被唐凌和安迪残害的苹果树已经被发现了，人们少不得一顿怒骂。

"行了，以后也没有机会了，已经惹众怒了。"唐凌抛着手中的几个苹果，撇着嘴无奈地说了一句。

"什么意思？"安迪擦了一把额头上的汗，不解地询问道。

"你以为呢？希望壁垒是17号安全区的重中之重，农场又是那么紧要的地方，能让我们轻易地偷了东西去？只是睁一只闭一只眼而已。不然，让我们饿死在第一预备营？这才是笑话。二十天了，我觉得差不多也是底线了。以后，只要我一踏进农场，我保证就一定会被人盯上的。"唐凌收好了苹果，双手插兜，很平淡地说道。

安迪目瞪口呆地看着唐凌，越发觉得同样是十五岁，为什么唐凌有一种老奸巨猾的感觉？而唐凌却没有再多说，只是微微地皱着眉头，不知道在想些什么。

希望崖洞穴——人工开凿的大洞，一共驻扎了三个营地，即精英二营与普通七、八营。他们占据了洞穴前方上百个分支洞穴。而最里面的六个分支洞穴，则是留给了只有一百多个人的第一预备营。

就如侧柏教官所说，第一预备营在重重保护之下。就算有一天希望壁垒被攻破，第一预备营所处的位置，也有很大概率能够逃到17号安全区。因为希望崖下，可不止有一条密道直通安全区。不然光凭那个吊上吊下，实际是为维护希望崖上包括二级护城仪在内的一些设备的铁笼，怎么可能运载如此多人来农场劳动？

可是，这个位置真的很好吗？唐凌并不觉得，他希望能够在更靠近紫光一些的位置，光是凭借在希望崖上开凿的，直通他们驻扎地的能量小孔是不够的。即便是在营地正中装上了能量聚集仪，那也是不够的。

唐凌和安迪熟练地走入了第一预备营的分支洞穴，迎面所见的便是最大的、作为第一预备营会议和各种活动所使用的洞穴。

此时，这个洞穴非常的安静。正是清晨最好的时光，夜出的新月战士已经归来休息，而其他的新月战士一大早就会外出，各自忙碌，不肯浪费一点儿时间。

"运气真好。"安迪拍着胸口，他可是很怕遇见那些学长。

"这个时间，原本就遇不上。"唐凌看着放在洞穴正中的能量聚集仪，此时正散发着幽幽的紫光，正对的就是排名最高的前十位学长所住的洞穴。总有一天……唐凌暗自想着，又看了一眼这个大洞穴正中挂着的一块石板，上面写着第一预备营所有新月战士的排名，他的名字赫然就在最可耻的倒数第一。

倒数第一吗？唐凌心中嗤笑了一声。

安迪倒是没有注意到唐凌的眼神，两人谈话间，已经回到了属于他们所住的洞穴——倒数十名所住的，最远离能量聚集仪的洞穴。很遗憾，虽然包括唐凌在内的第一百零七期新月战士全部都住在这里，但以昱的进步速度，他应该很快就会离开这里了。

第115章　拖油瓶

想到昱会离开，安迪就有些黯然神伤，好不容易才熟悉起来，变得亲切的同伴……就算都还在第一预备营，但是不住在一起了，是不是就会变得疏远？

不过，也不能一直住在这代表落后的洞穴之中吧。大家都会慢慢变强大的，也一定都会离开这里的。这么说来，唐凌是倒数第一，到时候他得有多孤单啊！如此一想，安迪不由得同情地看着唐凌。

"看什么？"唐凌斜了安迪一眼，然后从身上各处掏出了七八个苹果，在宿舍里直接喊了一句："吃苹果了。"

话音刚落，这个洞穴宿舍之中的各个小洞穴都有了动静，除了阿米尔，其余的几人都在，另外还有三位学长，很不幸地，他们也是倒数十名以内，所以必须住在这个洞穴。

唐凌把苹果分给了大家，然后跃到了属于自己的小洞穴，坐在边缘，晃荡着双腿，叼着一支没点燃的卷烟，满足地看大家吃着苹果。他就是喜欢大家一起"同流合污"的样子。

"唐凌，今天一起去做任务吧。"开口的是昱，比起之前，他说话已经流畅了许多，集体生活并非全无好处。

"不去。"唐凌直接拒绝，伸了个懒腰，枕着头，一副吊儿郎当欠揍的模样。

"不难的，在最安全的十号战区，猎杀尸人和野兽。"昱皱起了眉头，有些不甘心地补充了一句，他难得说那么多话。

"你多做些任务，积攒一些希望点就好。"唐凌依旧笑眯眯的，却是一点儿都不松口。

严格说起来，他们还没有正式开始修炼，按照仰空课堂上的说法，要正式开始进入修炼课程，必须他们每个人力量到达一千公斤，速度每百米小于五秒，神经反应速度和耐力都要达到一个值，才可以。

"这代表了身体素质可以承受修炼的力量。当然，必须要等到你们全部达到这个数值，或者绝大部分达到这个数值，负责内体修炼课程的奥斯教官才会对你们正式授课。为什么？不为什么，教官的时间也很宝贵，难道你们觉得应该单对单这样授课吗？"

鉴于此，共同进步是非常重要的，也是因为这样的要求，才让第一预备营多年以来一支又一支小队建立了比较真诚的战斗友谊。

唐凌简直像个拖后腿的。

"唐凌，你小子能勤奋一些吗？你难道不知道昱这个家伙，是想带着你做任务，希望你能积攒一些希望点？"奥斯顿嚼着苹果，有些生气地走到了唐凌面前，想拍唐凌一巴掌，却被唐凌抓住了手腕。

唐凌依旧笑着，奥斯顿无奈地叹息了一声，以前怎么没有看出来这家伙如此不上进呢？每周，除了做满必须要求的任务和按时上课以外，唐凌都一直自由行动。毕竟这里是第一预备营，不是什么安全区的幼教园，只要遵守规则，完成该做的事情，不会被太过限制自由。

谁也不知道唐凌的自由行动，到底去做什么了。可每日住在一起，总是能看明白，他是一无所获的。提升，很多时候是靠自身的努力和自觉，奥斯顿是真心为唐凌这个家伙担忧。

"奥斯顿，逼迫是没有用的。我们可是一百零七期猛龙小队啊，是不会让任何一个人掉队的。"薇安温柔的声音传来，她拿着一件作战常服，看样子已经清洗修补好了。

那是唐凌的作战常服，也不知道为什么老是弄得破破烂烂，他自由行动到底是去干吗了？

而奥斯顿不满地"哼"了一声，猛龙小队那么难听的名字，也只有唐凌这个家伙想得出来，更没想到的是大家还同意了。就因为唐凌说，龙是最厉害的，特别是前文明东升洲华夏国的巨龙，是上天入地无所不能的。

"是啊，唐凌这家伙如果真的变成了'拖油瓶'，我们大家想办法不让他掉队就好了。"克里斯蒂娜一边吃着苹果，一边擦着脸，说话间瞪了唐凌一眼。唐凌对她做了个鬼脸，气得克里斯蒂娜不想再看他一眼。

"也只能如此了。真是便宜你了，臭小子。"奥斯顿还是不满，他是欣赏唐凌的，第一场考核唐凌的惊艳表现，至今还在他心中留下了震撼的印象。可……这小子怎么是个无赖？

"唐凌，你的衣服，下次小心一点儿。你的希望点都花光了，没有多余的来兑换作战常服了。"薇安脸有些红，低着头把缝补清洗好的衣服递给了唐凌。

"安迪，帮我拿一下。"唐凌很是无所谓的样子，随口又问道，"阿米尔呢？"

"你这小子。"奥斯顿从牙缝里蹦出来几个字，看着有些失落、又强打笑容的薇安，也不知道该说什么。反正他是不愿意回答唐凌的问题。

"好意思问，阿米尔可不像你。他已经出任务了，真是担心他，估计连睡觉的时间都没有。"克里斯蒂娜白了一眼唐凌。

"咦？蒂娜，你好像很关心阿米尔啊……"安迪犹如发现了新大陆，立刻调侃了一句。

大家顿时笑闹起来，在旁边吃着苹果一直没有说话的三位倒霉学长，一脸羡慕的神情，其中一个忍不住说道："真是感情太好了，这猛龙小队。"

唐凌嘴角带着笑容，闭上眼睛躺下了，伙伴们笑闹的声音还在耳畔。如果，如果可以的话，他也不想扮演一个"拖油瓶"的角色，他也想堂堂正正地和大家共同成长。可是，身后是谁在针对着自己，这是一片挥之不去的阴影，他必须蛰伏，必须低调，必须……

而且，他到底是吃不饱的，为了不拖累大家，这件事情还是要自己解决的。背负着秘密前行，真是会让人疲惫的。唐凌悄悄握紧了拳头，不允许自己有这样软弱的想法。

在这个时候，大家都已经收拾完毕，该出任务的也准备出发了。事实上，如果不是为了等唐凌和安迪回来，大家也早就应该出发了。也是在这个时候，唐凌忽然说了一句："我得到一个可靠的消息，不然星期五，我们去做一次集体任务吧？"

第116章　自由行动（上）

所有人忙碌的脚步都停住了，在沉默了一秒后，几乎是异口同声地说了一句："好啊。"两个女孩子的语调甚至还带有明显的惊喜——懒散的唐凌终于悔悟了吗？开始那么积极主动要求做任务，而且还是集体任务！

要知道，集体任务意味着巨大的难度，不过也意味着更多的希望点收入。希望壁垒非常注重集体意识，如果是以集体为单位完成的任务，希望点的获得都会在原有的基础上按比例加成。

猛龙小队的所有人早就期待能做一次集体任务。但奇怪的是，懒散的唐凌似乎影响了大家，在唐凌提出来之前，竟然没有一个人开口提过这件事情。莫非是当初他带领大家"偷鸡摸狗"的日子，养成了大家习惯性地被他领导了吗？

这个想法让昱都打了一个冷战，感觉再和唐凌这家伙接触下去，人生是不是会走偏？

但内心的兴奋还是抑制住了所有人乱七八糟的想法，奥斯顿激动地一握拳："我会通知阿米尔的。"

"唔，好吧。"唐凌懒洋洋地闭着眼睛，努力地想要打散内心聚集的感动，还有情绪的波动。伙伴们，如果有一天我们终究站在了对立面呢？这是一种无法言说的沉重。可这种麻痹一般的假象，也很是让人沉溺啊。

在交代了几句集体任务之前，先去把星期五夜里的值岗任务接了这样的话以后，唐凌彻底放空了自己，躺在了略微有些冰凉的石洞之中。石洞上有一个小孔，能量聚集仪收集的紫光在小孔之中微微地亮着，像是漆黑之中的一点光明。

在没有正式修炼以前，紫芒的作用似乎不大，只能用来快速地恢复疲惫的身体。据说，在正式修炼以后，紫芒的作用就会变得非常重要。现在住在这个最偏的洞穴也没有关系，之后一定会到最好的地方去的。只是，他需要一个名正言顺，又不过于暴露自己的办法！集体任务应该是最好的掩饰，但自己这样算不算是利用了伙伴们呢？

也许有利用的成分，但……还是有该死的真诚吧？唐凌揉了一下眉心，不想让自己去想太多，这个时候安迪的声音传来："唐凌，我睡四个小时后，要去接新的任务。需要叫醒你吗？"

"不用了，我等下就要出去。"

"今天晚上七点，有侧柏教官的体能提升课程，你要记得啊。"安迪不放心地提醒了一句，不明白唐凌为什么总是不接任务，自由行动。

这句提醒是多余的，唐凌就算如此，也从不耽误课程。可是，安迪怕唐凌如此"放浪"下去，连课都不好好上了。第一预备营不会强制他们做什么，跟不上的结果就是直接开除而已。

"嗯，知道了。"唐凌懒洋洋地答了一句。

安迪没有再多说，而是回到了自己的小洞穴抓紧时间睡觉去了，看似松散的规则，实际上如同一座大山一般沉重，在第一预备营，没人敢保证自己每天能够睡上六个小时。

洞穴再次变得安静，大家都各自忙碌去了。就连三位倒霉学长，在听说有集体任务后的羡慕之余，也赶着去找曾经的队友商量，看是不是也可以组织一次周五的集体任务。

安迪也睡了，不到一分钟，就传来了规律有节奏的呼吸声，而唐凌却在这个时候陡然睁开了眼睛。他把薇安缝补好的作战常服装入了背包，又带上了一些零碎，然后直奔属于第一预备营的洗浴洞穴，他要好好洗个澡，然后开始自己的自由行动。

蒸腾着氤氲热气的浴室，似乎是天然形成的石池，此时空无一人，只有左侧边缘出水口"咕嘟咕嘟"冒着的热水，为这个安静的地方增添了一丝生气。

脱掉衣服后，唐凌一个猛子就扎入了水中，憋了大概一分多钟气以后，才猛地浮出了水面，长吁了一口气，接着抹了一把脸上的水，才慵懒地靠在了池子的边缘，闭上了双眼。

水中应该加入了一些特殊的成分，让人放松，并且能缓缓地抚慰着伤患之处。

整个第一预备营，唐凌最喜欢的就是这处浴池。可惜的是，除了清晨这点时间，其余时间人都会很多，以他的"声名狼藉"，最好还是不要遇见谁，免生是非。

"真是的，干吗赖在第一预备营不毕业？"有些不满地嘟囔着，唐凌从自己的背包里抓出了一条肉干，放在口中咀嚼着。

按照第一预备营的规则，最快两年就可以毕业。再根据可怜的招收率，第一预备营的新月战士按说不会超过十个人才对。但事实上，第一预备营却有可怕的一百多人。

是毕业的标准太高了吗？其实一点都不高，因为标准只有一个——能够突破为紫月战士便可。于是，这才有了在民间的传说，能活下来走出第一预备营的人，都能成为紫月战士。

可事实是不能突破的早就被淘汰了，留下的一百多人都能轻易突破，但他们自己不愿意突破，17号安全区的高层也放任这种行为。

那又为什么不愿意突破呢？据说是为了累积！有了足够的累积再突破成为紫月战士，会更加的强大。反正，在三十岁以前突破的紫月战士，据说都是非常具有上升潜力的。

这样一年又一年，就足足累积了一百来人，听闻资格最老的人已经赖在第一预备营十二年了。

作为才入营不久的新人，唐凌能了解到的大概也只有这些。毕竟正式修炼课还没有开始，连怎么样的标准才能算作紫月战士，突破又是什么，这些最基础的知识，猛龙小队的新月战士们都不了解，也不是资料室里能够查询到的东西。

想着这些有的没的，唐凌已经有些昏昏欲睡，干脆将口中的肉干一口咽下，抓紧时间入睡。

没有人知道，唐凌每日最完整的睡眠时间，只有这可怜的一个多小时，而且基本上都是在清晨安静的浴室。毕竟要最大程度地利用资源，比如这个有些许疗伤作用，能够放松身体的热水。这也是唐凌计算后的结果，他连自己的睡眠都纳入了精准的计算！

第117章　自由行动（下）

通过第一预备营的资料室，唐凌知道人的睡眠非常重要。

而睡眠模式则分为了做梦时，眼珠会不停摆动的"快速眼动睡眠"，和无梦时，脑波会进入高幅度慢波震荡的"慢波睡眠"。慢波睡眠会有利于身体的恢复和休整，而快速眼动睡眠是对白天录入记忆的一次整理，大脑会在这时开始重新活跃，有利于精神力的恢复。

这两个模式相结合，就会形成一个睡眠周期，大概耗时90到110分钟。普通人需要完成4~5个周期，也就是7~8个小时，身体和精神才能保持巅峰状态。而唐凌通过精准本能对自身的监控，发现自己只需要3个周期就能保持巅峰状态。

可是，他没有时间去奢侈地享受3个睡眠周期。于是，在通过一次次的摸索后，他发现只要保持一个完整的睡眠周期，再利用各个分散的时间碎片去休息，也能勉强完成剩下的两个周期。效果自然不是最好，但也勉强能让身体和精神保持在一个比较良好的状态。

这意味着唐凌精准本能，在不知不觉之中又进了一步。至少对自身的监控和把握上，它堪比"仪器"，就如同前文明的"睡眠监控手环"一类的东西。终于可以在自己自主意识不甚清醒的状态下也精密地工作，得出一个精确的分析计算结果。这让唐凌十分期待，精准本能再进一步发展，又会有什么潜力？

浴池重新变得安静，"咕嘟咕嘟"的规律水声如同最好的"催眠音"，让唐凌很快就进入了沉沉的睡眠。

97分钟以后，清晨8点39分，唐凌陡然睁开了双眼，在一个睡眠周期完成以后，一秒也没有浪费地醒来了。一直缓慢运转的精准本能如同一个最准时的闹钟，会及时地叫醒唐凌。

一刻也不耽误地，唐凌穿好了作战常服，并几乎是用小跑的速度跑出了第一预备营，来到了希望崖密道区。这里有专人看守，在希望崖下四通八达的密道不仅可以通往17号安全区，也能通往战场，还有希望崖两侧的莽林。第一预备营徽章的权限，是可以随时进入密道的，只是不能进入通往17号安全区的密道。

"嘿，狩猎小子，又来了？这次是去左翼的莽林，还是右翼的莽林？"值守的战士看见唐凌，随意地开口调侃了两句。

真没有见过如此的新月战士，作为精英不去接希望壁垒发布的、更有利于自身的任务，反而天天往莽林跑。不过，这小子乖巧懂事，每次从莽林回来都会把身上的肉食一点儿不剩地分给这些值班战士。于是，大家也乐得对他的行踪闭口不言，帮他保守秘密，免得这个不务正业、爱打猎的小子触怒了掌管第一预备营的真正高层，被开除了。

"随便吧，左翼右翼都行。"唐凌友好地笑着，也不在乎战士的调侃。他就是这些地方让人喜欢，战士也笑笑，不再啰唆，而是打开了密道区的大门，又带着他进入了此时人还不算多的密道大厅，为他打开了一条通往左翼莽林的密道。

"我说小子……"这一次开门后，战士没有急着离去，而是犹豫了一下，叫住了唐凌。

"嗯。"唐凌略微有些忐忑，莫非自己真的太过分了？天天都去往莽林，已经让这些战士为难了？

事实上，并没有这样的事情发生，这战士犹豫了一下，只是说道："不要那么沉迷于在莽林待着，虽然在那里找食物是容易的。可是，更危险的战场不是更有利于提升自己吗？而且，收获会更大。"

"啊，是这样的啊。"唐凌有些不好意思地抓着脑袋，然后抬头认真地看着战士说道，"可是，我胆子很小啊。"

"臭小子。"战士无语了，干脆一挥手，让这虽然讨人喜欢，却不求上进的小子赶紧走了。

　　左翼莽林位于希望崖的左侧。以希望崖为界，把这一大片莽林分割成了两片。内里的一片，是环绕着曾经的聚居地，所谓次安全带——也被称作内莽林；外侧的一片则是包围着战场区域，蔓延到无边的远山地带——它被统称为外莽林，其中靠希望崖左侧的叫作左翼莽林，右侧的叫作右翼莽林。

　　17号安全区的部队就驻扎在希望崖下，在这里构成了一道严密的防御带。因为它的存在，曾经的聚居地人想要穿过内莽林，来到外莽林是不可能完成的事情。而希望壁垒的战士们，也不可能通过莽林进入次安全带，从而回到17号安全区。这就是3D全息投影能欺瞒所有人的原因，有强大的武力配合，希望崖前后被划分为了两个世界。

　　为什么要那么执意地划分？侧柏教官一次无意的话语透露了一些信息——因为人口，因为要打造一个相对安全的地带来吸引人口！特别是优秀的人口，就比如曾经被莱斯特银背巨熊灭掉的营地流浪者们，就是优秀的人口。一些血腥的真相如果赤裸裸地摆在了台面上，还有外来人口不停地加入17号安全区吗？

　　唐凌一边如是想着，一边小心地走在左翼莽林的灌木丛中，仔细地搜寻着。他在寻找一种只长在灌木丛底，有着一个可爱名字的植物——酸妮儿塔塔。

　　这是一种塔状的植物，到了秋天会结出能酸掉人大牙的粉红色果实。这种果实可以用来做调味品，但唐凌如今需要的是它的叶子。因为它的叶子碾碎了以后，能释放出一种类似于泥土的气味，还伴随着一种能掩饰其他气味的微酸，是用来隐藏自己气味的最佳植物。

　　上次唐凌找到了几株，不过因为频繁进入莽林，已经用完了。而如今，找到酸妮儿塔塔是当务之急，否则在这茫茫的左翼莽林，生存率会大大地降低，更别谈狩猎。

　　之前，那个好心的战士提醒唐凌，莽林是个觅食的好地方，但远不如战场危险，实在是误会了什么啊……唐凌无奈地摇头，接着眼睛一亮，一株酸妮儿塔塔已经被他抓在了手中。

第118章　狩猎者

　　忍着齿根发酸的感觉和说不出的怪味，唐凌细细地咀嚼着口中的几片酸妮儿塔塔叶。他不敢发出吸气的声音，实际上不管是左翼莽林还是右翼莽林，危险程度并不比战场小。毕竟莽林能一直延伸到茫茫的远山丛林地段。

　　那个战士口中所谓的安全，应该指的是靠近17号安全区部队扎营的方圆几里内。另外，战场的两侧也应该是相对安全的，按照仰空的话来说，厉害的都被万能源石吸引过去了。实际上，之所以有安全带和次安全带，也是因为万能源石的吸引，以它为圆心的一定范围内，厉害的家伙都冲着它去了。

　　但那只是一定的范围，超出了范围呢？唐凌的脸上浮现出一丝苦笑，从地上挖了一把泥，用一点儿水调和成了泥浆，然后把口中嚼碎的酸妮儿塔塔叶混合在其中，接着仔细地涂抹起来。

　　因为旺盛的探索欲，他可以负责任地回答，超出战场一公里的地方，都是"地狱"级的危险地。

　　在那里，靠北是一头五级的变异兽——爆眼箭齿猪的地盘，在前文明野猪已经绝对是战斗力不弱的存在，这个家伙的战斗力大概还要强不止二十倍，和现代最常见的钢鬃猪比起来，也强了不下十倍。关键是，它的"爆眼"虽然突出且难看，但却为它带来了极佳的目力。另外，由于变异，它的两只獠牙锋锐如箭，在最危急的时刻，可以脱落射出，直接攻击敌人。虽然这种绝招只能用一次，下一次再用必须等獠牙再长出来，可谁能受得了带远程攻击的野兽？

　　而南面是另一头六级变异兽——针毛猴的地盘。这种猴子的体积已经和前文明的大猩猩没有区别，力量不算强，但也绝对不弱，反正一拳上千公斤，轻轻松松。可怕的是它的敏捷和在丛林中穿梭的能力。更可怕的是它的毛发，在放松的时候柔软蓬松，可是一旦进入战斗状态，就会变得坚硬如铁，根根如钢针一般，简直是自带最佳防御。同爆眼箭齿猪一样，在最危机的时刻，它还可以把自己的毛发扯落，当作武器来投掷。这又是远程攻击。

南北都有厉害的家伙，而唐凌想要走得更远一些，所以选择了相对安全的中部路线探索。可是，深入了之后才发现，中部路线是最危险的，因为那里是一头一级凶兽的地盘。至于是什么凶兽，唐凌压根没有看清楚，只是远远地看了一眼，从它身上的一条紫纹确定了一级凶兽的身份，唐凌就狼狈地逃了。这，就是所谓并不怎么危险的左翼莽林。

至于右翼莽林，情况和左翼莽林相差无几，也是由三头变异兽坐镇在离战场大概一公里外的地方。虽然没有一级凶兽这样的家伙，但那头九级变异兽又岂是好惹的？

在脖子处特别加厚涂抹了两层遮掩气味的调和泥，唐凌终于微微松了一口气。在莽林狩猎，除非只是想在靠近部队驻扎的范围内，捉一些跳跳鸡、蹬腿兔之类的东西，否则任何细节都不能马虎。脖子处有大动脉，气味会分外明显一些，所以要更加注意掩盖。这些都是经验，可即便如此，凭借现在的实力，唐凌还是走不出太远，探索不了太多。

不过，他还是很感谢第一预备营的资料室，让他弄清楚了这个时代的一些规则。比如在野兽之上有王野兽，辨认法则除了外观会和族群有所不同，还有就是在腹部会生出一个淡紫色的点。而在王野兽之上的变异兽，那个淡紫色的点就会变成一条淡紫色的纹路，一级变异兽一条纹路，以此类推，九级变异兽就会有九条淡紫色的纹路。

那凶兽呢？它的淡紫色纹路会产生异变，一级凶兽淡紫色的纹路会变为深紫色，变为深紫色的纹路越多，它的级别就越高。

在作战方式上，就算是王野兽也逃不脱基础范围，就是所谓的力量、速度、神经反应等等。可是到了变异兽，它们不仅在基础能力上有成倍的提升，作战方式上也有了匪夷所思的变化。就比如说爆眼箭齿猪的双眼和牙齿，又比如说针毛猴的毛。当然，这些能力只能算普通，还有各种你猜测不到的能力，就算17号安全区也在努力地收集之中。对于自己的资料库，17号安全区的评论是极度残缺不全。

至于凶兽，现在掌握的是——唐凌皱起了眉头，不知道该如何形容，玄幻一些的说法是——法则的力量？实际上，也不算玄，就比如对速度能力的掌控者，会在速度这一项能力上一直提升，没有成长的瓶颈……应该这样理解？

唐凌的脑子里冒出奇异的念头，但下一刻，他在裤腿处一摸，一把被他插在军靴侧边扣上的匕首就被他拿在了手里。只是一瞬，匕首就被他朝着左侧用极快的速度扔了出去。不过半秒的时间，一声轻微的"扑哧"声，就在离唐凌不到五米远的地方响起。

一抬头就能发现，在唐凌左前方，视觉盲点处的一角，一只身体大概有成年男人两个巴掌大小，展开八只腿接近五十厘米的蜘蛛被唐凌的匕首刺中了腹部，正在努力地挣扎。

地行麻蛛，一种一级变异节肢动物。能够捕食比它身体大两倍的鸟类，当然变异鸟类不在它的食谱内。这种蜘蛛的獠牙极其锋利，可以轻易洞穿皮革，人类的肌肤和肌肉在它眼里就是玩具一样的东西。被它咬上一口，伤口会血流不止，极难愈合，除非有特效药。更关键的是，它还会分泌一种毒素，那就是麻痹毒素，被它的獠牙注入麻痹毒素以后，就算一头变异鳞马，也会在五分钟之内动弹不得。

想想吧，那有多绝望？伤口血流不止，人还动弹不得。不仅如此，这地行麻蛛还会无声无息地偷袭，它走路可是无声，在捕猎最后一刻的冲刺速度却是极快。

不过，它还是栽在了唐凌的精准本能之下。带着略微有些不满的神情，唐凌悄悄地摸了过去，取下了腰间的狗腿刀，一刀斩烂了它的头。

第119章 提升

地行麻蛛的生命力显然非常强大，即便头部被唐凌斩烂，还是挣扎了一两秒，才缩起了八条腿，彻底死去。唐凌很有耐心，等它死透了，才斩下了它的八条蛛腿，挂在了战术腰带的挂钩上，最后小心地剥下了它的獠牙和毒囊，放入了腰间的小皮囊中。

"左侧，46度角，出刀时刻算是把握得不错，但角度还是有偏差。精准本能的计算应该不会出错，是我对自身身体的把控，还跟不上精准本能。"唐凌对于收获是满意的，像这种不费力气就能杀死的地行麻蛛，他恨不得多来几只。他不满的是最后的结果，和他预估的有偏差，在他的预估之中，他应该一刀致命，匕首精准地刺中地行麻蛛的脑袋。

虽然是不满，但唐凌也并不着急，他非常认同侧柏教官的一句话，战斗是有技巧的。虽然他们还没有开始学战技，可是不管是任何技巧，都需要千百次的失败，才铸就它的熟练和精确。当然，体能是一切的基础。

收拾好了战利品，唐凌继续朝着他这一次行动既定的目标点前行。每一步都是小心，每一处都是仔细的观察。

三个小时后，北翼莽林——接近战场最偏僻的七号区三里处。唐凌隐藏在一片快被莽林吞噬的废墟中，低声地喘着粗气。

一路的行进，并不算太顺利，绕过了两只王野兽，还和一头云影豹缠斗了很久，受了点儿小伤。最后又杀了一只狼头鸟，顺便解决了一只不长眼的蹬腿兔，才来到了这里。

抹了一把脸上的汗，唐凌没有半分的耽误，手脚麻利地把猎物处理了，留下了稍有价值的部分。再点燃了用当初死皮赖脸问猛龙小队其他人借来的希望点兑换的固体燃料无烟炉，把分割的肉块一块块地放在了炉子上。做完这一切，唐凌才长舒了一口气，三个小时已经是极限，再耽误最多十分钟，难耐的饥饿就会将他吞噬。

事实上，他也想多接一些能够积攒希望点的任务，可17号安全区派发给第一预备营所谓七天的食物，唐凌最多只能支撑两天。如今，唐凌的食量在希望壁垒已经"小有名气"了，只不过还在底线之上。如果暴露了真实的食量，只怕会惊世骇俗，引发"有心人"的注意。所以，当个拖油瓶除了刻意的低调外，也有现实不得已的需求，以唐凌的谨慎，权衡之下，自己捕猎补充食物无疑是最好的方式。这也就注定了他只能完成基本任务。

"只是……"皱着眉头，拧开了水壶，唐凌一口气喝下了三分之一，望着散发着红光，瞬间发出高热的固体燃料无烟炉，他的内心更觉沉重。这该死的食量究竟是怎么回事？越发地贪婪了！特别是随着实力的提升，它也会跟着成正比提升。如今的自己，一天必须要三十斤以上的肉食，才能完全地抑制饥饿。

这时，炉子上的肉块已经泛起了油光，唐凌不管不顾地拿起一块，也顾不得半生不熟，就囫囵塞进了口中。唐凌的进食速度越来越快，很快，一只十三斤重的狼头鸟就被他完全吃了个干净，除了最硬的尖锐骨头，其他小骨都被他嚼碎咽了下去。接着，八斤重的蹬腿兔也没支撑多久，简单地烤一下，随意地洒上点儿盐，就被唐凌当作无上美味一般吞了。最后，八只蛛腿也被稍微烤了一下，剖开，然后把里面的雪白嫩肉吃得一丝不剩。味道还好，有点儿像螃蟹肉。

运转苏耀教他的进食方法，几乎已经成了本能，普通的肉食肯定和三级凶兽肉相差甚远，以至于很快就会被消化干净。

唐凌随意地擦了擦嘴，麻利地收拾好了"进食现场"。唐凌可不想食物残渣引来什么麻烦，破坏了他的"进食地"。这片未被莽林完全吞噬的废墟，是北翼莽林难得的一处相对安全的地方。三面未完全倒塌的墙，一棵遮天蔽日的大树，加上底部密集的灌木丛，形成了一个完美的掩体。

收拾完毕后，还有残余的饥饿感折磨着唐凌，他稍微犹豫了一下，掏出了一块大约一两重的三级凶兽肉。这是苏耀二十天以前留给他的，估计就连苏耀自己也没有想到，不过短短二十天，这块原本三斤左右的凶兽肉，只剩下了不到八两。

要提升，普通的食物跟不上唐凌身体需求的速度，17号安全区配发的物资，只有高级营养液才会有一点儿明显的作用，就连中级营养液的作用都不明显了。另外，唐凌也不是每一天都能弄到足够的食物，就比如第一个星期，他实在"一穷二白"。再则，时间就是金钱，唐凌绝不会因为吝啬而拖慢前行的脚步。今天进食一两虽然有些多，但唐凌到底没有犹豫，麻利地用三把匕首和一根近乎透明的丝线组成了一个简单的陷阱后，唐凌吞下了那块凶兽肉。

短暂的舒爽以后，极度的痛苦很快就铺天盖地而来。唐凌咬着牙齿，双手几乎挖穿了眼前坚硬的泥土，才忍着没有发出任何的声音。最后是经历了痛苦后的虚弱，唐凌就如从水中被捞出一样，但那种异样的饱足感也终于出现了。

"唔，感觉很有力气，应该再次提升了吧。"补充了一些水分，唐凌站了起来。进食凶兽肉，只要熬过了那三个熟悉的过程，之后都有变成"超人"的感觉。

"哗"的一拳，已经带起了风声，几乎不用刻意的计算，精准本能就已经得出了拳力值——1056.731公斤。

至于速度和神经反应速度，在这个地方不能很好地计算，但根据平日的行动，唐凌也知道比起封闭训练营的第一次考核，起码也提升了三分之一，甚至更多。特别是神经反应速度，配合精准本能，唐凌更有把握。

这是生活之中最有满足感的事情，就连唐凌也忍不住露出了一丝笑容。

第120章 变色黑翼螳螂

在一个月前，一丝凶兽肉唐凌都承受得如此艰难，但现在他能吞下一两，支撑得也不算太过辛苦。而真正修炼的资格，他的数据也已经达到，甚至超越了。

想起教官曾说过最天才的新月战士，也要一个半月才能达到的标准。他二十天就做到了，这算不算很厉害？

但这种高兴只是持续了几秒，唐凌就彻底地平静了下来，毕竟他有三级凶兽肉，这是极大的优势。要知道，现在的第一预备营，标配的肉类是王野兽的肉，而且一天的标准只有两公斤。肉类的等级越高，蕴含的能量也就越丰富，对体能的提升也就越恐怖，每跨越一级，几乎是呈几何级的增长。

唐凌用精准本能计算过，如果他摄入的肉类是以三级凶兽肉为主，那么每天的需求最多不会超过三两，但提升速度会超越现在近乎一半。这就是区别。

所以，前路还很漫长，自己还背负着"食欲"的负担，三级凶兽肉消耗完毕以后，又怎么补充？而且，为什么那么久过去了，自己还没有再次入梦？按照昆的说法，梦币如此珍贵，自己如果能够获得，全部换成肉食的话……毕竟，三级凶兽肉被昆当作垃圾中的垃圾。可是万一入梦是一年只能有一次的事情呢？食物还是必须靠自己补充。

如今，实力提升了那么多，精准本能运用得更加纯熟，捕猎的经验更加丰富，那是不是应该……唐凌想到了它——一个他一直在打主意的猎物，一只"拦路虎"，忽而全身的热血就沸腾了起来。时间还算充裕，如果猎杀顺利的话，能赶得上晚上的课，那么就——试一试吧。

在这个时代，并非没有宠儿。如果一定有人要问时代的宠儿是谁。很多人都会回答——不是谁，而是所有的昆虫。

是的，在这个时代，昆虫的变异是最厉害的，你几乎已经找不到任何一只跟前文明一样的昆虫，确切地说是还保留着百分之六十以上前文明体型和特征的昆虫。它们变得强大了，变得更加有生存能力，甚至很多种类还有了少许的智慧。加上恐怖的族群数量和多不胜数的种类，它们不是时代的宠儿是什么？

所以，在这个时代，昆虫等级的划分，和野兽完全不同。最低就是一级变异昆虫，一直到九级。接着，就是"虫精"，类似于凶兽，如一级虫精、二级虫精……至于虫精之上还有没有更厉害的，唐凌不知道。事实上，凶兽之上还有没有更厉害的，唐凌都是懵懂的，资料上没有任何的提及。

"虫精，是指虫子成了精吗？"此时的唐凌，已经来到了莽林的边缘，具体地说，这里是北翼莽林和战场的交界处。躲藏在一棵树上，唐凌吐槽着"虫精"这个称呼，也死死地盯着不到两百米的一处废墟。

这处废墟，已经是万能源石的紫光能够照耀到的极限之地了，所以在这里紫光异常稀薄，几乎于无。加上这处废墟的所在地，可能是前文明建筑比较密集，地形比较复杂的地方，依稀可以看见各种交错的狭窄巷道，各种堆积很高的建筑残骸，加上时不时冒出的植物遮挡视线，所以这是战场上异常清净的一处地方。

唐凌目光所及之处，非常地安静，尽管再往前一公里多就是烟尘滚滚的战场，厮杀得非常激烈，但这里到这时还没有出现一个活着的生物。

是真的没有活着的生物吗？并不是！唐凌多次探寻两侧莽林，最大的任务肯定是找寻食物，但他也不是没有野心。他想通过莽林潜入战场，不管那位战士对莽林的危险性有什么误会，但有一句话没有说错，那便是——战场的收获要丰富许多。唐凌也想有收获！即便他没有接战场的任务，有了收获也只能藏起来，并不能带回希望壁垒兑换希望点。可那又有什么关系？苏耀一定会想到办法的！实际上在莽林得到的一些收获，唐凌也没带回去，而是被他妥善地藏了起来。

所以，唐凌很想要去战场。血腥的厮杀见多了，也就习惯了，冒险的心则在无时无刻地刺激着他。

但，说起来很简单的事情，做起来却是那么遥不可及。处处厮杀而又危险的战场，根本没有良好的突破点，让他能够成功地潜入。当他发现这片诡异的安静之地时，几乎快乐得要疯了，他试着从这里进入战场。却被一只三级变异昆虫——变色黑翼螳螂所拦住了，逃脱时还差点被它斩下一条手臂！

这让唐凌明白了，原来战场也是有地盘的。这种紫光稀薄的烂地方，被一只三级变异昆虫占领了是理所当然。复杂的地形对这只变色黑翼螳螂的战斗力可是有着加成的作用，它能飞，还能变色，体型不算太大，躲藏起来偷袭，对任何对手都是麻烦的事情……而比它厉害的，又实在犯不着为了这么一个地方冒如此风险。

可唐凌不愿意放弃，他没有那螳螂厉害，可是这是他能找到的，战场最好的突破口，再绕到前方没有紫光的地方，就进入那些变异兽的地盘了。

不放心地一再给自己多涂抹了一些酸妮儿塔塔叶，唐凌耐心地等待着。终于，在十几分钟以后，一处像垃圾山一般的废墟角落里动了两动，一只高傲的，高高举着像双刀般前肢的螳螂出现了。

它的颜色几乎与身后的废墟没有任何差别，它慢慢地走动着，身上的颜色也在不停地变幻。唐凌的目力极好，也不知道是否因为精准本能，总之绝对强过普通人太多。可就算如此，如果不是上次做了一个手脚，将三颗染色性极强的桑果砸碎在了这只变色黑翼螳螂的身上，唐凌也不可能轻易地发现它。

感谢老天爷没有下雨，冲掉那三颗桑果的染色，也感谢自己实力提升得很快。唐凌舔了舔嘴角，地行麻蛛的毒囊也被他拿了出来。是的，还得感谢那只地行麻蛛！

第121章　刀刃之舞（上）

作为一只三级变异昆虫，变色黑翼螳螂的智慧比起虫精，相差的不是几个量级的问题。可就算如此，在这战场的边缘之地，以它那可怜的智慧，竟然也能体验到一种叫作满足的情绪。

是的，非常满足。有着能加快自己进化的紫光照耀，尽管那很稀薄。偶尔还能遇见从战场逃脱的生物，它们一般带着伤，自己隐藏在暗处偷袭的成功率很高，而能入战场的家伙，它们的肉蕴含的能量都不会太低。还有这地形，遇见厉害的家伙，就依靠变色的天赋躲藏。最后，这里还靠近莽林，如果很多天没有遇到受伤的倒霉家伙，它还可以进入莽林捕食。

尽管，它可怜的智慧只能体验到满足，分析不出来这些原因，但依靠本能，它也不愿意离开这个地方，甚至会誓死捍卫。再过一些时日，它就会进化了，变为四级变异昆虫，代表着昆虫变异级别的第四个淡紫色圆点，已经模糊地出现在了它的背翅上。

于是，变色黑翼螳螂巡视地盘的步伐越发高傲了，只要进化成了四级变异昆虫，至少在战场的边缘处，它就不是最弱的，而是能够进入中等实力阶层的存在。

唐凌手中抛着一块石头，歪着脑袋，目光中满是兴趣地打量着离自己不到五十米的变色黑翼螳螂。他很好奇，这只半人大小的螳螂是怎么了？失去了三级变异昆虫该有的警觉吗？竟然在这个距离还无视自己，甚至还踏着奇怪的步伐，脑袋昂得高高的。唐凌可不认为三级变异昆虫就能产生具有思考能力的智慧。最多……只能产生一丝自我意识。就那么一丝自我意识，就有如此神奇的效果？在这个世界，最可怕的能力果然还是智慧。

如此感慨着，唐凌无意再去探寻变色黑翼螳螂的内心世界，精准本能高速地运转着。黑翼螳螂发现了唐凌，瞬间便快速地冲了过来。在黑翼螳螂距离他还有37米的时候，唐凌扔出了手中的石头。

唐凌一拳就有上千公斤的力量，还不是极限爆发，而是普通的拳力，所以此时唐凌扔石头的力量也是恐怖的。他扔出的石头有一个尖锐的角，块头虽然不大，但密度很大，重量超过了一斤。石头被唐凌全力扔出，竟然发出了非常轻微的呼啸声，在精准本能的加持下，角度异常刁钻，速度也极快。目标是黑翼螳螂柔软的腹部——从上一次交手后，唐凌所总结出来的它的弱点。

"砰"，一声清脆的响声，黑翼螳螂张开了翅膀，用更快的速度挡住了石头。那颗尖锐的石头只在它的翅膀上留下了一道浅浅的白痕，便再无更大的作为，却也成功地挑起了黑翼螳螂的怒火。它毫不犹豫地追了过来，唐凌所散发的弱小气息，让它没有任何的顾忌。

但唐凌在这个时候已经跑了，事实上，37米就是安全距离，这是唐凌的速度提升以后，精准本能运算之下的最佳结果。如果是平坦的地面，21米的距离就足够唐凌逃脱，只不过复杂的地形更加需要唐凌拉开距离而已。

所以，唐凌在扔出石头的一瞬，整个人已经朝着正面偏左31度的方向跑去。他灵活得像一只猴子，在复杂的、交错的、高高低低的废墟之中跑动，并不比多了几条腿的黑翼螳螂费劲。这个地方的地形，在第一次战斗时就被他烙入记忆，烂熟于心，加上之前的第二次观察，他更有把握，就像进入自家的后花园。

地形的复杂不仅是给黑翼螳螂带来了便利，同样也福利着唐凌，他总是能保持着一定的安全距离，不停地用石头挑衅着黑翼螳螂，勾动着它朝着唐凌既定的目标点前行，直到进入了一条异常狭窄的巷子。

在这里，建筑废墟的密集度到了一个让人发指的地步，几乎每隔三两步，就有一处断壁残垣阻挡着道路，能够顺利通行的宽度不到1.2米。而且，上空各种锈迹斑斑的钢筋，几棵大树的树枝，以及低矮灌木丛，尖刺丛生的枝条交错，几乎封死了上行的道路。虽然长度只有不到30米，但也足够当作决战的战场了。

深入了十几米以后，唐凌终于停下了脚步。他没有必胜的把握，实际上他的计划还非常冒险，需要一定的运气成分，但不知为何，兴奋的热血就是微微地刺激着他——像他这种太依赖食物的人，有任何理由可以不冒险吗？

不到两秒，变色黑翼螳螂也到了这个地方，几乎没有任何的迟疑。显然，它觉得这只猎物在自寻死路，竟然跑进了这么一个地方。它一个冲刺就滑过了这十几米的距离，与此同时，它那无往不利的锋利"双刀"也朝着唐凌斩击了过去，张开的角度几乎封死了整个狭窄巷道，避无可避。

就是现在，此时的唐凌将精准本能运转到了极致，变色黑翼螳螂极快的动作，在他脑中被分解成了一个个慢动作。

而异常极速的运算，也只得出了三个有百分之五十以上生存率的方案。

第一个，就是下一瞬抓住上方离自己不到一米的钢筋，整个人跃到上方的空间。第二个，斜跳，左脚用尽全力蹬墙，利用反作用力的加成，跳入右边那一丛灌木中，会被刺伤，但灌木会挡住甚至拖慢黑翼螳螂的斩击，翻滚得及时可以避免被一刀两断的结果。第三个，则是在下方的断壁处，有一处不到20厘米的小洞，自己用尽全身力气一脚踢向它，有百分之八十的概率可以扩展空间，在这处断壁之下，立刻躺倒滑过去，也能避开斩击。

这几个方案，必须配合立刻执行的行动力，而且身体和反应速度必须跟上，是不能有一丝延迟的高强度要求。最优的无疑是第一方案，按照唐凌如今的能力，几乎有百分之九十五的成功率，让百分之五十的生存率大大提高。

时间紧迫，唐凌必须马上做出判断。可是，唐凌失望的是，精准本能的作用看来更偏向于实战之时，而不是战前预演。因为他发现，他战前的推算出了一点儿偏差，若是选择了这三个方案，几乎就等于这场战斗又失败了。

第122章　刀刃之舞（下）

下一次再来？这是一个比起前三个方案更难的选择，连零点几秒的判断时间都没有留给唐凌。

所以，在唐凌做出了选择的瞬间，整个人已经动了起来。没有选择最好的方案一，同时也放弃了方案二和三。唐凌冲向了黑翼螳螂。

有那么一瞬间，黑翼螳螂是蒙的，已经有了最浅薄的自我意识的它，下意识的判断可不是这样——而是猎物会躲闪，一定会躲闪。他怎么还冲上来了？所以，当唐凌冲到它的双刀之间的时候，黑翼螳螂是真正的愣了那么零点几秒。接着，它才将锋锐的双刀陡然朝着中间合拢。

真是找死，不仅冲了过来，还冲到了两刀之间，莫非以为自己的前肢不够灵活，不能合并在一起吗？

唐凌还真的没有这样以为，他懊恼的是自己所选取的位置，距离巷口的13米处。他大概计算了黑翼螳螂的前肢会展开的角度——狭窄的巷道和上方的阻碍，让它大概率会向下斩击。如果是这样，自己就能够抓住这预想之中唯一的机会。

偏偏为了追寻更加保险的方案，唐凌选择了此处，因为这里最狭窄，两侧还有两根斜出来的钢筋。黑翼螳螂的前肢非常厉害，这两根经历了岁月的钢筋虽然一定会被它轻易切断，但也能微微阻挡它一下，为唐凌争取更多的时间。再加上空间狭窄，它的前肢摆动不可能那么灵活，能够立刻换转角度，就比如偏斜其中一只上肢来"斜斩"自己。这样的计算应该无错。

可惜的是，自己到底还是低估了有了浅薄自我意识的黑翼螳螂想要杀死自己的愤怒，加上对黑翼螳螂前肢的不甚熟悉，导致了失误！它竟然没有用最熟悉的前伸接着下斩的方式来杀自己，而是微微侧转了前肢的角度，使两个"刀刃"向内，如此也就将前肢合并得更紧，然后避开了两根斜出的钢筋，直接刺了过来。

　　这应该不是计算的结果，它不可能计算，而是愤怒之下本能的举动，最干脆地杀死自己的选择。

　　失误总是要付出代价，如果不想放弃的话。唐凌此时侧着身体，在两片锋利的"刀刃"之中，已经滑出了0.3米，看起来就像把自己硬生生地塞入了两把刀的刀锋之间。轻微接触刀锋的常规作战服前后，轻易地就被拉出了两条整齐的口子。同样受伤的还有唐凌的腹部和背部，也出现了血淋淋的口子，所幸只是轻微的接触，速度又极快，切割得不算深，皮肉伤而已。

　　可唐凌根本就无视了伤口，他只听见因为极快的速度，耳边响起的呼啸般的风声。黑翼螳螂急剧合拢的前肢，只需要一瞬就可以彻底将他分成两半。可唐凌异常冷静，兴奋的感觉竟然在此刻爆炸了，还有什么比在生死间跳舞的极限战斗更加动人？

　　低头，弯腰，举起拳头，这几个动作瞬间完成，感谢黑翼螳螂人性化的呆滞。没有任何好保留的，唐凌的拳头重重地落在了他侧着的身体正面对的那一把"大刀"上。极限爆发1300多公斤的拳力，虽然不至于能够打碎黑翼螳螂的前肢，甚至也许连痕迹也不能留下。但是这一拳也是充满了力量，让黑翼螳螂被打击的那只前肢向下一沉。唐凌立刻紧贴上去。此时，另一只前肢就紧贴着唐凌的头上滑过，削去了唐凌后脑勺的一缕头发。唐凌根本不在意，整个人快速后仰，又避开他贴紧的那只前肢下意识的攻击，安全地落地！

　　黑翼螳螂愤怒地翘起了双翅，两只前肢立刻翻转，朝着下方的唐凌斩击而去。但它错过了唯一的机会，便给了唐凌唯一的机会。

　　斜出的钢筋终于发挥了作用，稍微地阻挡了一下黑翼螳螂，唐凌微微调整了一下身体，用手臂朝着地面猛地一撑，整个人滑到了黑翼螳螂的腹部下方。与此同时，被他扣在袖中，涂抹了地行蜘蛛麻痹毒素的匕首被他握在了手中。几乎没有任何犹豫，唐凌将匕首刺入了黑翼螳螂柔软的腹部并用力地一拉！在绿色的汁液流出来的刹那，唐凌连滚带爬地从黑翼螳螂的腹部下方滚了出来。然后站起身，跳起来拉住了一根树枝，整个人跃到了巷子的上方。

　　麻痹毒素何时发作，发作到什么程度，唐凌并没有把握。但狭窄的巷子，这只长度有1.8米的螳螂转身可不是那么容易。况且，受伤的它，想趁着毒素发作之前飞走，也再无可能。这里上方的道路可是被封锁了。自己现在选择的这个地方，进可攻，退可逃，已经是非常安全了。如果这只螳螂选择后退，自己便可以跃到它的身上进行阻挡，它的前肢和有着锋利边缘的翅膀，可是攻击不到它自己的背部的。

出乎意料，事实证明唐凌多虑了。地行蜘蛛的麻痹毒素虽不致死，但发作得还是极快。何况几乎贯穿了整个脆弱腹部的伤势，让这只黑翼螳螂已经失去了大半的战斗力。它的智慧不足以让它在第一时间想到后退，只是本能地挣扎着想要飞起来，或者跳跃，但在这个唐凌精心算计的地方，就算它是完好状态，也绝对不是轻易可以做到的。这样的挣扎反而加快了麻痹毒素发作的速度。不到五秒钟的时间，它就已经彻底麻痹，不能动弹。

唐凌跳下来，小心地试了几次之后，终于确认了毒素发作，稍许松了一口气。这个时候，腹部和背部传来的刺痛才明显了起来，让唐凌微微吸了一口凉气。但很快，喜悦之意就充斥了他的心——他终于暂时打通了一条可以悄悄潜入战场的道路。

而且，三级变异昆虫，应该能够收集起来一些可食用部分，虽然它不能和三级变异兽相比，但也绝对强过王野兽，就是不知道效果怎么样，唐凌很想试试。

除此之外，有一样唐凌一直好奇且渴求的东西，不知道在这三级变异昆虫身上，能不能够被找到。

第123章　丰富的收获

这样东西就是结晶。这结晶具体是什么？没人能够说得清楚，反正前文明提起的只有结石，会发生在动物和人身上的各种结石，比如胆结石、肾结石。

结晶，不知道那个时代会不会也有？唐凌毕竟不是科技者，虽然他好奇，也想探寻知识，但终究没有时间和环境去研究个彻底。只能说结晶是这个时代的特有产物，一般会出现在心脏的心大肌当中。

唐凌没有真的见过结晶，不过根据查询资料，唐凌得知这种血红中带着一丝丝紫色的结晶，并不是突兀的就如同嵌入了心脏的一颗石头那般的存在。而更像是生长在心脏当中，和心脏血脉相连一般。结晶周围的心大肌也会产生变化，变得更加坚韧，越接近结晶的位置就越发凸显出这种特征。这感觉就像是心脏的细胞在慢慢地变异，最终形成了结晶。

而结晶的本质究竟是什么？唐凌还不得而知，也不知道在其中可不可以观测到细胞。不过，发生这样的变化也是有道理的，否则以前文明血肉构筑的心脏根本不足以支撑现代人的力量、速度等。至少人类是如此，越强的生物才越有可能产生结晶。

至于昆虫……唐凌一边想着，一边简单快速地包扎了自己的伤口，接着砸死了这只黑翼螳螂，毕竟以他的力量，费点儿事对付一只不能动的黑翼螳螂还是能做到的。然后，便是寻找结晶。

昆虫没有像人类那样的心脏，而是沿着背部正中线，有一处上下相同叫作背血管的脏器，可以看成是心脏和血管的结合，类似于心大肌，有压缩跳动输送血液功能的肌肉也在这里。唐凌一心想要找结晶，不可能不注意这样的知识。

没有半分的耽误，唐凌用手中最锋利的，问奥斯顿借用了一个星期的军刺，开始简单地解剖这只黑翼螳螂。当螳螂裸露出的背血管出现了坚韧化的特征时，唐凌的心跳加快了。他摸索着这些坚韧之处，寻找着它们的中心点，满心地祈祷中心点已经产生了结晶化的异变。这时，唐凌的动作变得异常慢，直到手中出现了不同寻常的坚硬感觉，唐凌才忽然停下，几乎是迫不及待地朝着那一处坚硬看去。

很小，只有半根大拇指大小。妖异的血红色，散发着幽幽的荧光，质地非常地细腻，呈半通透质感。掏出来以后，对着阳光，可以看见里面有几丝非常非常细小的紫色。

这就是结晶吗？这就是每一克都价值五十个希望点的结晶？握着手中差不多三克的结晶，唐凌有一种不真实的感觉，他快速地计算出，他这二十天就算不停地做能够完成的所有任务，也赚不到八十个希望点，这么一块小小的东西就值起码一百五十个希望点？唐凌立刻收紧了手指，紧紧地握住它。完全就不像握着石头的感觉，它的温热细腻，就如同有生命一般，让人从内心喜爱它，想要拥有它。

真是好运气啊！要知道，就算三级变异兽也不一定会产生结晶——如果它是整颗心脏开始坚韧化，而不是部分先坚韧化的话。而自己在一只三级变异昆虫身上得到了。何况，这结晶看品级，应该是接近了良品。况且，这一只黑翼螳螂，算是三级变异昆虫之中，价值较高的昆虫。它的前肢和翅膀，都是属于希望壁垒收购范围内的东西。它的肉量绝对不算多，也是属于希望壁垒收购的范围。

只不过，现在并不是沉迷这些的时候，就算此处再接近边缘，也是处于战场，意外随时会发生。自己不能就在这里处理黑翼螳螂的尸体，如果倒霉遇见了意外，受伤的自己显然不能保持最佳战斗状态。何况，出现在战场上的家伙没有弱者。

收好了结晶，唐凌也想不出更好的办法，干脆扛起了这只螳螂的尸体，快速地朝着莽林狂奔而去。黑翼螳螂体重大约有一百公斤，但流了那么多血液，再加上唐凌的力量，这点儿重量还算不上什么。

那处被唐凌认作是"进食地"的地方，显然是处理黑翼螳螂尸体最好的地方，而且它靠近战场。幸运之神在这一次眷顾了唐凌，全速奔跑再加上拿取藏在树上的战术背包，唐凌也只用了五分钟左右，便成功地回到了"进食地"。一路并无风险。

但解剖是一件麻烦的事情，黑翼螳螂全身坚硬的地方有不少，幸而有奥斯顿的宝贝军刺，否则用唐凌自己的精钢匕首不知道要多花费多少的时间。

即便如此，这只螳螂也被肢解得非常粗糙，不过胸前重要的那一小块硬甲，被巧妙地掏空了肉的前肢，还有双翅和几条腿，唐凌是一个也没有错过。能放入弹力战术背包的，唐凌都尽量放了，但巨大的前肢和双翅只能挂在背包的挂钩上，这也是无奈的选择。好在北翼森林很少能遇见人，唐凌不相信自己还能遇见打劫的。

至于肉，唐凌清洗以后，全部给囫囵地烤了吃了。战斗以后本身就需要补充，就算超过了今日身体的需要，但利用苏耀所教的进食法，也能快速地消化分解，化作能量储存在身体。

满足地拍拍肚子，唐凌感受到了这只三级变异昆虫肉的力量。几十公斤的躯体虽然细缝都掏干净了，也只有五公斤不到的肉。可这五公斤的肉，让他至少两天之内都不用陷入饥饿的烦恼，也可以有时间去做一些任务，积攒一些希望点。重点是，这种质量的肉，对身体的提升是强过王野兽的肉的。变强，从吃开始，从会吃开始。

唐凌心满意足，带着收获，忍着疲惫，决定在那个地方——他的"秘密基地"藏好收获以后，就回希望壁垒。一次丰富的收获，也许能让他今夜有睡上几个小时的奢侈机会。不过，路上的时间是绝对不能浪费的，这次战斗的得失必须第一时间总结！

第124章　交易

　　唐凌的战斗，除了他自己刻意，也就只是第一次考核暴露在了众目睽睽之下。那一场战斗人们都觉得堪称传奇，惊艳得让人诧异。而事实上，在精准本能的辅助下，他的每一次战斗都能称得上接近完美，就包括夸克所看见的与黑角紫纹蛇的一战。和变色黑翼螳螂呢？如果有外人在场，一定会惊呼这是一场"刀尖上的舞蹈"，还有比它更完美的吗？

　　不，的确还能再完美一些。就比如对三级变异昆虫自我意识的认知，可以加入精准本能的运算中。不管是愤怒、悲伤、高兴、兴奋，都能影响一场战斗，特别是只有一次机会，一击定生死的那种。

　　可是，这很难，精准本能只能推演精确的数字，对于情绪是无能为力的。这就证明了它还是必须受控于战术思想之下，只能是一种工具，自己不能太过依赖它。毕竟，对于情绪的算计，甚至人心的把控，是在自己思维的计算之中，这才是比精准本能更加可靠的东西。

　　就像之前冒险冲向螳螂，如果它产生了一丝自我意识，一定就会有自我意识特有的表现，而不是完全反应不过来，冰冷地调整以应对各种情况。这样的算计思维，才为唐凌赢得了最珍贵的零点几秒。但同时也说明了，在战斗中最高效的永远只能是冰冷的机械，如果保持这种高效，再结合计算能力和战术思维，那么……唐凌入神地思考着——战斗的本身自然是以能力为基础，但在能力之上，战斗思想才是统领！

　　尽管是在思考，唐凌的步伐依旧很快。因为不再需要冒险捕猎，对北翼莽林的一定范围已经非常熟悉的唐凌，自然也有一条相对安全的道路可以通往他的目的地。这样无疑是节省时间的。不过半个小时，唐凌就来到了自己的秘密基地。

　　说是秘密基地，实际上只是一棵七里香树，这种树没有十分特殊的变异，唯有它的叶子和树干都能散发一种清香。这种清香有一定驱除昆虫的作用，也能在一定程度上掩盖气味，虽然掩盖气味的功效不如酸妮儿塔塔。

唐凌所有的战利品都收藏在这棵树的树干当中，那是他精心制造的一处空间——沿着树的纹路，掏出了一块连同树皮的树干，再把里面掏空，就形成了一个大约有一立方米的储物空间。树够大，所以这样的空间还没有占据它半个树干的直径。加之这里又比较靠近17号安全区部队驻扎的地方，出现意外的概率大大降低。

至于会被人发现？唐凌并不这样认为，七里香树掩盖了战利品的气味，被削下的那一块带着树皮的树干作为"塞子"，因为是沿着纹路削下的原因，显得无比自然。虽然到了一定的时间，那块被削下的树皮就会枯萎，和周围的树皮不同。但是这也没有关系，唐凌并没有把战利品长久地隐藏在一个地方的打算，更没有打算一直这么藏着。东西要变现，才会有价值，他并不是搞收藏的。

这样想着，唐凌已经来到了离这棵七里香树五米左右的地方，藏好东西他今天就再无琐事。可是，很奇怪的是，唐凌却异常地放慢了脚步，然后做出了一副四处搜寻的模样，最后才选择了一块靠近"秘密基地"的大石坐了下来。

很是疲惫啊，唐凌掏出了卷烟，点燃了它，一边吸着烟，一边喝着所剩不多的水。虽然到了现在，唐凌对卷烟的味道依旧不算太习惯，但不得不承认它对缓解疲惫还是有一些微小的作用。

就这样待了大概一分多钟以后，在不远的一处地方，有一个穿着军装的身影，有些犹犹豫豫地出现了。唐凌若无其事地望着天，那把最锋利的军刺已经被他悄悄扣在了手里。

"嘿，哥们儿，请你相信我，我绝对没有恶意。"那身影出现以后，就站在原地，没有轻易地靠近唐凌，反而是对唐凌传递着友善的信息。唐凌看了他一眼，并没有说话。

而那身影却没有因此走远，反而是扯着胸前的衣服，努力地展示着他别在胸口的铜色徽章："我是第二营地的二级士官，徽章，看见了吗？如果你需要，我可以把徽章扔给你，你用你的徽章碰一下，就能证明我的身份。"说话间，这个人就真的打算这样做。17号安全区证明身份的徽章就是如此，如果是真的，徽章互相碰一下，会有一声特殊的声音发出。当然，这仅限于战士之间。曾经，苏耀给过唐凌一块类似于徽章的透明物体，如今唐凌才弄清楚，那是内城普通人的身份证明。而那证明比起一般战士的徽章更加难得，毕竟那代表着内城居住的资格。

　　唐凌的思绪已经跳到了别的事情上，对于来人的举动也就毫不在意了。事实上，他之前就已经发现了这附近应该有人，因为他在"秘密基地"周围设置的一些"小东西"被触碰了。这种触碰痕迹是人类出现才会造成的，和野兽与别的什么触碰了有微妙的区别。而且痕迹新鲜，显然是才被触碰不久的。于是，唐凌才临时做了一个伪装行为，"秘密基地"绝对不能被轻易地暴露。

　　而剩下的事情呢？当然是观察，对于自己那么重要的地方，唐凌几乎立刻用精准本能对此地附近一定范围内，做了一次"精准测量"，任何不对劲的地方都会被他轻易察觉。所以，在来人出现以前，唐凌已经判断出他的位置。他没有什么过度危险的预感，但很多事情不能交给预感，他一直提防着。直到来人自己主动出来，主动示好，在判定了来人的实力，和反复地确定没有埋伏以后，唐凌这才稍许放松下来。

　　对于来人的热情，他只是回应："不用，我休息一下就要回希望壁垒。"

　　唐凌的冷淡让来人露出了些许的失望，他想要转身离去，但到底还是不甘地停下了脚步，转身说道："小兄弟，你想，想要交易吗？"

第125章　黑市（上）

　　交易？唐凌的神色陡然多了一丝冰冷——在这种地方，让唐凌相信什么狗屁交易，绝对是天方夜谭。暴露在外，直接挂在战术背包上的黑翼螳螂前肢以及翅膀，到底是引来了觊觎吗？

　　或许是唐凌的表情惊到了来人，又或许是他闪亮的银色徽章背后代表的身份，让来人感觉到了压力。他犹豫了一下，干脆大胆地靠近了唐凌几步，一把扯开了自己的作战常服："这样，小兄弟，你还有怀疑吗？"

　　什么意思？来人扯衣服的动作让唐凌觉得莫名其妙，但当他目光扫过了来人，一下子呼吸的节奏都乱了两分。整个人不由得站了起来。

　　因为他在来人的作战常服内，看见了曾经用过的，留下了极深印象的沙漠之鹰，看见了泛着冰冷光泽的几件小件儿武器。这些武器本身并没有什么特别，无非就是匕首、指虎、军刺等，但就算唐凌再没有见识，也能认出武器上特有的属于高级材料的冰蓝色金属光泽。是比向奥斯顿借来的军刺，还要高级的材料。

除了这几样，他的作战常服内甚至还有几颗手雷，属于前文明的手雷！这些东西无比地吸引着唐凌，他做梦也想不到这个人的作战常服内，竟然是一个"小型商铺"。

"我叫托尼。小兄弟，我想我们可以认识一下。"来人看见了唐凌感兴趣的样子，整个人一下子就放松了，他露出了友好的笑容，从作战常服内的挂钩上摘下了一把匕首。然后把匕首尖朝着自己，放在了地上，踢向了唐凌。"B级合金，加入了一些生物材料。我托尼做生意童叟无欺，小兄弟，你可以先验一下货。"

唐凌看着脚下泛着冰蓝光泽的匕首，并没有急着捡起来，而是第一次认真打量了一眼托尼。棕发黑眸，黄色皮肤，虽然也是高眉深目，但应该是前文明梅拉人的血统。他的目光很是诚恳，又有一些急切，看来很想和唐凌交易一番。

不动声色地，唐凌捡起了地上的匕首。握着手感极其舒适，特别缠绕了蓝蛇藤的把手，唐凌熟练地耍了几个刀花，然后一个甩手，匕首便化为了一条带着冰蓝色光带的弧线，深深地插入了之前唐凌所坐的那块岩石上，入石有三指深。

果然是好货。唐凌再清楚不过，他只是随手一扔，根本没有用全力！如果不是材料够锋利，坚硬，还带有一定的韧性，根本不可能这么轻松地插入岩石。B级合金，已经超越了紫月战士定制盔甲和制式长刀的C级合金级别。

这些所谓的合金，是这个时代超越了前文明的一种技术。前文明最好的合金，也只能堪堪达到目前的D级合金级别，因为前文明根本找不到这个时代特有的"生物材料"来和金属相熔合，制造出这些更高级的合金。

按照这个时代的划分，金属材料分为了四个大等级。第一等级，是一切普通的金属以及合金。第二等级是高级合金，它们被分为了S、A、B、C、D、E六个级别。第三个等级是超合金，最低级的是一阶超合金，最高级的是五阶超合金。到了超合金这个层次的金属材料，都有了一定的特性，如自体会产生高热能，或者自带极寒温度……总之，资料室能提供的超合金资料语焉不详，只凭这些描述，唐凌绝对难以想象什么是超合金。但好在三阶紫月战士安东尼的一战使用了他一阶超合金的武器——黑夜闪电，唐凌才算对超合金有了一些认知——在某种程度上，它的威力甚至会大于前文明的热武器吧？对于这种武器，唐凌也是极度渴望的，不过现在离他实在太过遥远。

最后，在超合金之上的金属材料，叫作神藏。这个名字代表的寓意是，它是传说中属于神的地方，才会有的矿藏。它变幻莫测，它威力巨大，甚至到了伟大的地步，唯有神藏这个名字才能与之匹配。这是什么狗屁解释？唐凌看得云里雾里，但在17号安全区，对于神藏的描述偏偏就只有这么一小段。

脑中回忆着关于金属材料的资料，唐凌神色平静地拔出了插在岩石中的B级合金匕首。其实在他的内心之中，对这把匕首已经爱不释手！如果刚才他就拥有这把匕首，配合地行麻蛛的毒液，事情会变得顺利许多。毕竟在破防不成问题的情况下，配合精准本能，能有许多办法在那只螳螂身上留下至少十条以上的伤口，而不是非要选择柔软的腹部。

"你的匕首不错，有些打动我，然后呢？"唐凌很是无所谓地将匕首踢还给了托尼，虽然他已经有了想要"抢劫"的心思。这个家伙身上的好东西未免太多了一些，多到不免让人产生联想和怀疑。但这是别人的秘密，唐凌没有打听的心思，八卦在这个时代绝对不是一个好习惯。他只能尽量装作兴趣一般的样子，免得被讹诈了。是的，唐凌已经有想交易的心思，他有很多乱七八糟的东西，但他缺乏变现的途径，原本这一切他还指望着苏耀能给他提供一些帮助和建议。

"然后？"托尼做出了一副夸张的震惊模样，接着流露出了友善的笑容，"然后当然是交易啊，我尊敬的小先生。"

称呼变为了小先生，听起来有些怪怪的。唐凌看着托尼，脸上的神情似笑非笑，也不说话，似乎还在静待着什么。

托尼也不笨，他知道对方的心思，于是大着胆子又上前一步："您新月战士的身份，就已经有了足够的交易资格。您刚才试了匕首，就毫不犹豫地将它还给了我，证明了您的品德。这样的人是我们黑市梦寐以求的交易对象，而我作为黑市的第57号交易员，遇见您是我的幸运。这样说，您对交易还有什么犹豫吗？"说话间，托尼从作战常服的内侧拿出了一个黑色的徽章。黑色徽章上，只有一个前文明代表金钱的简单标志。

第126章 黑市（下）

黑市？交易员？还有这奇怪的徽章？对于这一切，唐凌都表达出了适当的好奇。不知道就是不知道，这是一种恰到好处的真诚，也容易得到他人的信任。

对于唐凌的好奇，托尼早有预料，如果眼前这位稚嫩的小子知道黑市的存在，就不会有先前种种防备的表现。当然，唐凌坦然的态度，让托尼对他又多了一丝好感。于是，他很快解释道："黑市，就是地下市场！在17号安全区它总有各种各样存在的理由，您说对吧，尊敬的小先生？"

"你可以叫我唐。"唐凌对小先生这种称呼实在不习惯，干脆地告诉了托尼一个称呼。也无所谓隐瞒，如果黑市真的存在，自己新月战士的身份，又长着东升洲人的样貌，很容易被打听出来。

"好吧，唐。"托尼带着笑容，走到了唐凌的身边，他没有说话，而是从他那"百宝袋"一般的作战常服内里掏出了一份资料模样的东西递给了唐凌，"看过之后，请你将它销毁。"

还是保密的？唐凌接过了这一份资料，打开来是一张很详细的地图，在地图上标记了十二个红色的点。这些红色的点分布在内城和外城的各个地方，都是不甚起眼的地方，有的地方是食肆，有的地方是酒馆。地图还在十二个点上标注出了每个点对应的暗号，和需要寻找的接头人。不用细想也明白，这就是进入所谓地下黑市的办法。

"作为交易员，我的任务就是寻找有交易潜力的人加入黑市。在那里的交易虽然见不得光，甚至东西会略贵一些。但胜在方便和隐秘。当然，偶尔，不是那么方便的时候，也可以选择在黑市外的地方交易，就像现在的我们。但这种交易，必须提前约定地点，留下特殊的交易标志，否则靠偶遇的概率实在有些不靠谱。"

唐凌没有接话，而是快速地记下了地图中的所有内容，然后毫不犹豫地点火，烧毁了这张地图。

"唐，你难道对黑市没有兴趣吗？你要知道……"托尼的脸上带着震惊，不要说新月战士，就算紫月战士也有需要黑市的时候，这个唐怎么……

"哦。我只是已经记住了全部的内容。"唐凌打断了托尼。他没有对黑市不感兴趣，相反他非常地感兴趣！只不过现在，他还有些许的小疑问。

"你，你已经记住了？"托尼比刚才更加震惊了，怪不得能成为新月战士！已经处处超越了普通人吧！

"不然，你可以试着问问我？"唐凌的语气之中带着调侃。

托尼连忙摇头，说道："我只是羡慕你的天分。与其浪费时间废话，不如我们谈一谈交易？"身为交易员，托尼非常尽责，时时刻刻都想把内容引向正题。同时，他也暴露出了一点，就是他对唐凌身上那些东西抱有极大的兴趣。

唐凌却并不着急，而是直接询问道："黑市有多少东西？整个市场的东西之中，你身上的就是最好的货色了？"

"怎么可能？我身上的东西充其量只能算作中等偏上，其中唯一能称作上等货色的，就是刚才那把'狼咬'，那是为了引起紫月战士的兴趣。我的意思是，万一我的运气极好，遇见一位刚好想进行地下交易的紫月战士呢？"

唐凌没有说话，只是掏出了一支烟递给了托尼，相比于老狐狸夸克，这个托尼做生意不算狡猾。至少他透露了一些信息，让初次交易的唐凌可以去衡量一下物品的价值。

"唔，看来黑市的好东西很多啊。"唐凌也给自己点上了一支卷烟。

托尼得意地跟着点上了唐凌递来的卷烟，一边赞美着唐凌的慷慨，一边说道："是的，那把'狼咬'也只是上等货色中，比较偏下等的东西，如果不是在野外，而是进入了真正的黑市，你还可以看见一些非常顶级的东西。就比如说……超合金，还有……基因药剂、细胞药剂……"托尼压低了声音，非常神秘地对唐凌说道。

唐凌的心跳都加快了几分，这些东西简直……逆天了！不说超合金，就说基因药剂和细胞药剂就各有非常神奇的作用。虽然现阶段，以他的权限能接触到的资料有限，但好歹也知道这两种药剂中，基因药剂有改变自身、突破自身的作用，至于细胞药剂，则是超级疗伤药！

但唐凌并不打算透露这种心情，没有见过好东西的人，更容易在交易之中吃亏。所以，他只是淡淡地吸了一口烟，敷衍了一句："是吗？"

这让托尼不禁猜测，他觉得唐凌陌生，是因为自己已经半年没回17号安全区，错过了什么大家族子弟的"出世"吗？当然，托尼的猜测并不算完全不靠谱，有着苏耀"侄儿"名头的唐凌就算不是大家族的子弟，但也相差不了多少。这一猜测让托尼无疑更加热情了几分，赶紧对唐凌说道："的确是这样的，虽然这些顶级物品只有黑市的地下拍卖会中才会出现。可运气好的话，平日里也不是不能遇见。"

"好吧。我对你的交易动了心。可是，我也非常担心。你知道按照希望壁垒的规矩，不论有任何收获，都是要带回希望壁垒的。希望壁垒会根据收获的价值抽取一部分，剩下的才是我自己的。所以，如果我拿这些东西和你交易了什么，我也……"说话间，唐凌摇着头，一副大为可惜的模样。他的言下之意也再明显不过，我和你交易了，交易得来的东西也一样会被希望壁垒得知，我何必绕圈子和你交易？而且，这可能还有"说不清"的危险——你外出战斗，怎么可能得到武器？莫非你杀人了不成？这就是唐凌最担心的问题，如果黑市能够解决这个问题，那么唐凌就再不用为他的战利品忐忑了。

"哈哈，黑市是无所不能的。而且，亲爱的唐，你听过一句古华夏语吗——水至清则无鱼。戴上这个吧！你回希望壁垒的时候，检查会轻松那么一些。"托尼又拿出了一个黑色的徽章，对唐凌眨了眨眼睛。

第127章 狼咬

对于聪明的人，实在无须多言。托尼的话没有明说，但也已经暗示了唐凌，他换取的东西能够不被追查。

"就算交易不成，这个东西我也送给你了。至少你的收获会得到一些隐藏。"托尼的模样非常真诚。

唐凌接过了托尼的徽章，眼中流露出了谢意。其实，这件事情本身并不奇怪，黑市那么大的规模，若说没有17号安全区的大人物参与是不现实的。既然有大人物参与，在某些地方一定要给一些方便的。唐凌完全相信，只要不在底线之下，这个黑色徽章能解决很多麻烦。一切，不要太过分就好。

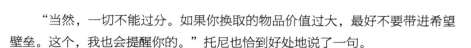

"当然，一切不能过分。如果你换取的物品价值过大，最好不要带进希望壁垒。这个，我也会提醒你的。"托尼也恰到好处地说了一句。

"那么，那把'狼咬'在范围内吗？"唐凌终于没有疑问，决定放心地交易。他想要换取的东西很多，就比如沙漠之鹰，又比如那些手雷什么的。可是，论性价比和实用性，最好的还是那把B级合金的匕首。毕竟，手雷是一次性的，沙漠之鹰的子弹消耗一定也需要花费。

"'狼咬'？唐，你果然喜欢这个。"终于谈到了交易，托尼立刻兴奋了起来，双眼放光，还不忘拿出了那一把狼咬在唐凌眼前晃动。

"嗯，价格？"既然说出来了，唐凌也就再无掩饰的必要了。

"这个是不卖信用点的。只能以材料来交换，当然希望点是可以的。这把'狼咬'需要八十希望点。这是一个非常公道的价格。"

八十希望点？如今唐凌身上只有可怜的七个希望点，还是他明天的餐费，把他卖了也凑不出八十个希望点。

"贵！要是在希望壁垒兑换B级合金的物品，一把长刀才值八十希望点。"唐凌胡掐，实际上因为希望点匮乏，他根本没有去资料室看什么兑换表，只是偶尔会从猛龙小队的交谈中，得知一些这方面的信息。可是并没有涉及B级合金那么高级的东西的。要知道奥斯顿那把军刺，听说还是同在希望壁垒的家族之人，托关系带给他的。

"八十希望点能换取B级长刀？"这下换作是托尼蒙了，他知道对于这些新月战士，17号安全区是有资源倾斜的，现在已经倾斜到了如此的地步？自己的信息太落后了？八十希望点就……

"是的！"唐凌无比笃定，同时惋惜地叹了一口气，表示这单交易他很不满意，即便他对"狼咬"动心。

"亲爱的唐，你要相信我并没有欺骗一个新月战士的勇气。八十希望点是这把'狼咬'的公道价，在黑市，它最多……"托尼有些着急，赶紧解释，渴望能做成这笔生意。一个新月战士的未来不可限量，这半年他泡在营地，最多也只和精英战士达成了交易。他想要抓住唐凌，这等于抓住了未来。

"嗯？它最多？"唐凌又稍微流露出了一丝兴趣。

"最多只能降五个希望点了。"托尼咬牙说出了这句话，实际上最多只能降两个希望点，可是第一次交易对于以后的交情非常重要。托尼决定自己吃亏。

"还是亏。"唐凌撇撇嘴，说道，"很遗憾，我情愿和希望壁垒官方交易。"

"但，你的材料会被克扣。他们的价钱就算比黑市便宜，算上被克扣的材料，也就不便宜了。再则，兑换B级合金的物品，还需要资格。"托尼说的是实话。

"可我是新月战士，资格是没有问题的。"唐凌摇头，做出想要离去的模样，又说道，"材料的克扣，是一个问题。计算起来，真是艰难啊……"看上去陷入了烦恼中。

"计算起来，是我这里划算。"托尼强调，其实他也没有计算过，对于新月战士可以享受的兑换待遇更是有些摸不着头脑。他只是从唐凌能够耿直地归还"狼咬"来判定唐凌是个真诚的人，应该不会骗他。

"好吧，如果加上这个指虎的话，七十五希望点我就换了。"唐凌抓了抓头发，有些不情愿的样子。

"不，亲爱的唐！这指虎是C级合金的。"托尼头摇得像个拨浪鼓。

"那我也没有办法了。而且，这指虎就算是C级合金，可是它很薄，耗费的材料实在不多……"唐凌一副挑剔的模样。

一句指虎很薄，说得托尼竟然无言以对，很薄吗？不是正常的规格？

"我不想用希望点换取，如果可以的话，用这些材料吧。"唐凌取下了螳螂的材料。从托尼的表情之中，唐凌就得知，这是他能够"压榨"托尼的极限了。甚至，应该超出了他的极限，说不定自己还得补上一些什么。

"这些材料的话……"托尼的脸色稍微好看了一些，实际上作为黑市的交易员，他情愿收取材料，而不是希望点。从希望点上他只能够得到提成。而如果是材料，他可以留下来一部分，运气好的话，能和金属熔合成功，就什么本钱都回来了。

实际上，唐凌给出的螳螂材料无非也就值七十希望点。但那是希望壁垒兑换价，拿到黑市会更值钱，可是黑市没有发放希望点的权力，只能给交易人信用点。因为按照规则，黑市的希望点只能购买一些东西，而且购买的权限有限。

"愿意吗？不愿意就算了。"唐凌并不是很耐烦，他抛玩着手中那块黑色徽章，又补充了一句，"托尼，相信我，如果不是你的慷慨，就算你加上指虎，我也不愿意交易。想想吧，长刀和匕首的用料差距。而且在战场上，你觉得匕首会比长刀更有用？"说到这里，唐凌已经显露出一丝后悔。

托尼略微有些慌张，可是这生意未免太吃亏了，他大声地说道："唐，你绝对不能怀疑我的诚意，实际上我已经亏损太多。指虎可以交易给你，但你必须补充一些东西。否则，就算遗憾，这交易我，我也没有权限就这样答应你。"

是底线了吧，唐凌在心中估量了一番，脸上的神情却是非常的纠结。最终，唐凌才从随身的小皮囊里掏出了全部的东西，说道："就这些了，否则，遗憾也只能遗憾了。"

第128章　约定

托尼望着唐凌掏出的那一堆东西，有些欲哭无泪——地行麻蛛的獠牙，狼头鸟的喙和爪，甚至最过分的是还有一张蹬腿兔的皮，这种"破烂"有什么价值？无非就是给爱美的女士缝一双手套，作为一个新月战士，这也收起来？

检查了一遍，这些收获倒也符合一个新月战士的身份，虽然过于少了一些，而且最值钱的地行麻蛛的毒囊是没有的。但联想起那螳螂的材料，让托尼对唐凌的实力也有了一个评估。是一个极高的评估。所以，即使这些材料只值不到十个希望点，但就因为这个评估，托尼决定自己贴钱也要进行这一笔交易。万一，万一那螳螂的材料幸运地熔合了金属，他就不算亏了！反而有些赚！

"好吧，那就这样交易吧。"在挣扎了起码两分钟以后，托尼终于红着双眼说出了这句话。他非常不甘心地补充道："亲爱的唐，这单交易我希望能收获你的友谊。相信我，真的是太亏了。"说话间，托尼先将"狼咬"和指虎交给了唐凌，又开始拿出一个弹力战术背包收拣起唐凌拿出的材料。

弹力战术背包？而且是一个高弹力战术背包？！唐凌的双眼一下子发光了，这也是他梦寐以求的东西啊。要知道，他平时对收获挑挑拣拣，只能拿最重要的东西，就是因为背包的容量实在有限，如果有了这么一个背包，那他就不用那么心痛地放弃一些东西了。毕竟，并不是什么东西都如那螳螂，值得他冒险裸露着一路背过来。这样，也会让行动非常受限。

"嘿，托尼，你的弹力战术背包……"唐凌忍不住询问了一句。

听到这句话，托尼就像一只受惊的兔子，猛地跳了起来，大声地说道："不，唐，就你给出的这些东西，背包想都别想！"

唐凌一脸黑线，自己果然是压榨得太狠了一些吗？于是他尽量柔和地说道："没有那个意思，我像那么贪婪的人吗？"

托尼的眼神流露出一丝鄙视：难道不是？

唐凌无视了托尼的眼神，抓着脑袋无辜又真诚地说道："我只是认为下一次交易，你应该带一个这样的背包，不，或者比这个更好的背包来交易。"

"你是说下一次交易？"托尼流露出喜意，那么吃亏的一单生意，竟然真的就马上为他收获了唐凌的友谊？想到这里，托尼又有些不确定地问道："你现在弄清楚了黑市以及交易员的事情，如果下一单你遇见别的交易员呢？我的意思是指，很多交易员都会选择在左右翼的莽林游荡，这样遇见高阶战士的概率会大。"

"不，我的意思是只和你交易。除非，我亲自去黑市！在野外的交易，我只选择你。"唐凌的语气透着认真，他拿着黑色的徽章说道，"这，是你送给我的，我会记得这份情谊。"

"那，那实在太好了。"托尼没有想到一个高贵的新月战士，会因为一个不起眼的黑市徽章而在意他。实际上，以新月战士的身份，用不了太久，他们就会通过各种途径得到这种徽章的。他们只会选择有更高权限的交易员，而不是像自己这种拿得出的最上等物品也只是一把B级合金匕首的交易员。就算唐凌现在不了解这些，但他完全可以打听了之后再做这样的决定，毕竟他并不傻，应该立刻就能知晓黑市交易对于高阶战士也是不能忽视的，是对物品的另外一种重要补充。可没想到唐凌那么轻易就选择了自己……

"那好吧，就这样决定了。两天后，还是在这里，咱们进行一场交易。不过，你如今带的这些物品，不足以进行下一次的交易，最好多一些高级货色，还有质量好的肉类，需要很多，防御类的也要有些。"唐凌对托尼嘱咐了一句。

"是的，尊敬的小先生，我一定会努力地申请到好东西带来与您交易！另外，您既然认可了我，可不可以摩擦一下徽章，这样的话……"托尼这些话说得感动又小心，毕竟才被认可，就提要求是不是有些……不过，不经过交换徽章信息，这种认可也没有意义。

唐凌手一挥，也不等托尼说完，就把胸前的徽章取给了托尼。他实在不耐烦听到小先生这个称呼。

托尼欣喜若狂地接过，小心地摩擦了几下徽章，交换了权限内的信息后，赶紧解释道："放心，唐，这样只会让我的徽章能够接收到你的徽章发出的波动，并不能读取你的任何信息。这样的话，你以后和我交易，不用特意约定，只需要摆出这个标志，属于我——57号交易员——托尼·贾克的标志，再把徽章放在上面，我不出二十分钟就会出现。当然，以我的实力，你最好就选择这附近。太危险的地方我，我赶不过去……"

"好吧，那下一次我就这样做，我正烦恼约你什么时间呢。"唐凌收好了自己的徽章。而托尼则收好了那些材料，在对唐凌的一片赞美之中离去了。

在确认托尼离去以后，唐凌犹豫了一下，还是把辛苦得到的结晶藏在了自己的"秘密基地"。

今天是星期一。再过几天，就是猛龙小队第一次集体行动，之所以定下下一次交易日在两天后，就是为了这一次的集体行动。唐凌需要做一些准备，尽管胡子叔说得轻描淡写，但唐凌的心中一想起这次行动，就会涌现出不平静的波澜。虽然并不知道这是不是精准本能的预示作用，但曾经的经历让唐凌不得不提起十二分的警惕。至于放弃？这种事情绝对不在唐凌的考虑范围以内，他需要一个借口来得到希望点，这次行动就是最佳掩护。

当然，唐凌也有底线！那便是这次的行动危险如果超出了预期，他一定会让猛龙小队的其他人撤退。因为，在唐凌的心中有一把衡量标尺，那便是放眼整个猛龙小队，他现在的实力绝对是最强的。就算奥斯顿和昱用上家族能力也不能敌过他。他唐凌，也有能力！虽然他的能力只爆发过一次，但它威力惊人！

第129章　幸福

是的，唐凌的能力便是他的变身能力。梦中那一次爆发不能算数，那么，说起来，在现实中应该只爆发过一次。不过，真的是那样吗？唐凌扛着两只临时打猎来的跳跳鸡和蹬腿兔，排队等候在进入秘密通道的一处入口。

今天，开放的是第九号入口，通过它可以直接回到希望壁垒。在茫茫的左翼莽林，唐凌只遇见过一次其他的战士。却不知道为什么，不管何时到排队的入口处，总会有那么十几个人在等候。

想来，这也并非不可以解释，左翼莽林如此之大，自己又以探寻为主，捕猎都是顺手为之的事情，别人可不见得会对危险的探寻感兴趣，所以他能遇见其他人的概率就小了很多。

不过这个问题，唐凌如今已经不关心了。他在意的是一件往事——曾经在聚居地，他被黑齿鼠所包围，陷入了昏迷，醒来后黑齿鼠全死光了，自己还啃噬了至少半只。

这是突变之夜以前，唐凌最大的秘密，也是最大的不解之谜。如今想来，这应该是他的能力爆发了，如果"它"也能称之为能力的话。这件事情一旦确定，唐凌就能确定他的精准本能得出的结果——能力一旦爆发，他的身体素质，就是说他的全方位能力能提升为现在的4倍。

力量方面最为明显，比如说只有100公斤的拳力，会升至400公斤。速度的话，假设现在每秒能跑10米，则会变为每秒能跑25米左右，虽然没有到4倍，也是一个夸张的提升。神经反应速度的提升则很难精确，毕竟那个时候的自己并不太能保持清醒。不过，应该也是超过了两倍以上的。

这些，是唐凌根据对手和自己的能力，加上梦中相对清醒的情况得出的答案。如果，黑齿鼠那次也能确定，以唐凌对黑齿鼠的熟悉，自然就能更加确信这个数据的真实性。

"嘿，唐凌，今天的收获让你惊呆了吗？"就在唐凌凝神思考的时候，入口处负责检查的战士不由得开口提醒了一句唐凌。

原来，思考得太过入神，唐凌并没有注意到已经轮到自己了。虽然这种检查已经面对了很多次，但这次唐凌还是不由得有些紧张。毕竟，他第一次带了有价值的东西进入希望壁垒，但愿托尼给的徽章有用。若是无用，暴露了东西是小事，关键是他一贯低调的掩饰就不成立了。但如果黑市的存在是一个默许规则的话，就算守备的战士发现什么，也一定不会声张。

这样想着，唐凌有些傻乎乎地对着那个战士笑了笑，然后走进了那个类似于前文明安检设备的门框。奇异的是，在作战常服内里佩戴着黑色徽章的他，在被扫描时，竟然没有被扫描出匕首和指虎的存在。通过精准本能，唐凌能感觉到在扫描的时候，黑色徽章发出了一阵淡淡的能量波动。想必就是那能量波动，帮他掩盖了匕首和指虎的存在。但如果是那些狩猎所得的材料呢？结晶

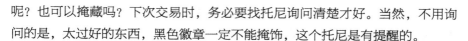

呢？也可以掩藏吗？下次交易时，务必要找托尼询问清楚才好。当然，不用询问的是，太过好的东西，黑色徽章一定不能掩饰，这个托尼是有提醒的。

顺利过关后，唐凌松了一口气，不禁感叹起自己的运气——今天收获了结晶，还遇见托尼这样一个交易员，简直是雪中送炭一般的存在。

希望壁垒，第一预备营，唐凌所在的最差洞穴。此时，已是深夜。一堂侧柏教官的体能训练课，将猛龙小队的所有人都操练得死去活来。可他们并没有就此疲惫地睡去。相反，每个人都瞪着狼一样冒着绿光的眼睛，盯着地上的火堆。

不用怀疑希望壁垒在夜晚的寒凉，即便躲入了洞穴之中，那冰冷依旧入骨，毕竟这不是有着高墙遮挡的17号安全区。所以，火堆是为了取暖吗？并不是这样，而是为了煮东西吃。

洞穴中，排气管道抽走了火堆的烟气，却抽不走食物的香气。吊锅上炖煮的跳跳鸡汤，已经炖出了黄澄澄的油，加上用半只跳跳鸡去农场换取的少量蔬菜，香味已是非常诱人。

"这样的汤，只需要加少许的盐就鲜得吓人，我保证。"奥斯顿舔着嘴角，这个曾经把苹果都不当一回事的家伙，如今只在第一预备营待了二十来天，对食物的执着就已经朝着唐凌靠近。"蹬腿兔，烤得很好。"昱摸着手中的匕首，几乎是咬牙切齿地说道。等一下这只油光闪闪的兔子一烤好，他就会用匕首削去最好吃的兔腿，昱是这样打算的。阿米尔在昱的身旁咽了一口唾沫，"咕噜"的声音非常响亮。惹来了克里斯蒂娜的一阵笑声。薇安和安迪小心地当着主厨，可不能浪费唐凌辛苦得来的猎物。倒是唐凌这个食物的贡献者，此时双腿还吊在属于他的小洞穴外，已经睡得呼噜震天。

"难得他那么勤快，等下还是叫醒他吧。"奥斯顿嘀咕了一句。

"鸡腿和兔腿是唐凌的，如果不是他，我们可没有这一顿好吃的。听说，为这些猎物，还花费了他三分之一个希望点。"薇安很怕唐凌吃不到东西的样子。

"为什么啊？"奥斯顿和昱同时惨嚎了一声，对薇安的说法表示反对，惹来了大家的一阵笑声。

实际上，在第一预备营，吃得比在封闭训练营更好。但是因为效率和性价比，大家都乐得把物资换成营养液、营养膏一类的东西。战士是不能太贪图口腹之欲的！可是，不贪图并不意味着口腹之欲就可以被忽略。何况，不知不觉中的成长，极大地提升了他们对食物的需求，分配的物资渐渐已经不够每个人对食物的需求了。所以，唐凌这一次慷慨奉献出来的食物才会让大家如此兴奋，又感觉如此幸福。就连火光之中，唐凌的呼噜声也变得分外动听起来。

第130章 报答

热乎乎的鸡汤，泛着油光的烤兔腿，还有伙伴们善意的笑容。这是唐凌第一次感觉，就算在睡梦中被叫醒也是一件幸福的事情。

"学长们，也来吃啊。"蹲在火堆旁，唐凌喝了一口鸡汤，很斯文的样子，完全没有曾经那穷凶极恶抢食的感觉。看着在旁边眼馋的学长们，唐凌还不忘招呼他们一声。猛龙小队可不想得到一个吃独食的不好名声。

"啧啧，真大方。唐凌你今天是不是受刺激了？"奥斯顿咀嚼着一块鸡肉，含糊不清地说道。

"唐凌今天好像很斯文啊。"安迪也难以置信，小口喝汤的唐凌画风有些不对啊。

"喊，我在外面吃过了。"唐凌随手把手中的兔腿塞给了安迪，只要不饿，唐凌是非常大方的。

对于唐凌这个说法，大家流露出了果然如此的鄙视目光，唐凌却十分安然，招呼着所有人吃吃喝喝，顺便说着他打猎是多么的辛苦和不容易。自然，这些说法又换来了群嘲，可是唐凌根本就不在乎。

一顿饭在笑闹中吃完，虽然多少有些意犹未尽，但每个人还是感恩唐凌的慷慨，不管如何，就以他"大胃王"的名声，能挤出这些食物也是不容易的。

饭后，勤劳的薇安将几人的洞穴收拾得很干净。火光依旧温暖，驱赶着深夜的寒凉，二级饮用水被烧得滚烫，昱还在其中奢侈地倒入了一管中级营养液。

"喝下去，身体很暖，能睡好觉。"昱如是说道，也是想和大家分享一些。他的实力最强，所以赚取希望点相对较多。

"真是奢侈，二级饮用水和中级营养液，我几个月前，绝对难以相信我喝的一碗水，就能够换取至少一个星期的食物。"安迪捧着水碗，有些感慨地说道，小心地喝下了一口热水，果然身体都暖了起来。至少夜里不用因为寒冷辗转至少十几分钟，才能渐渐入睡。毕竟对于紧张的生活来说，十几分钟也是非常宝贵的，像今夜这种悠闲实属难得中的难得。

"难以想象的事情还有很多。就像前文明的人绝对想象不到有朝一日，夏天的晚上也能冻死人。"奥斯顿也不顾烫，一口气喝下了半碗热水，整个人靠在洞穴壁上有些昏昏欲睡。

实际上，这种白日能够热死人，晚上能够冻死人的天气，在前文明也不是绝对没有，但它只会发生在荒芜的大沙漠或一些高海拔地区。

说起这一点，一向有些沉默的阿米尔竟难得地开口："我一直记得一件往事。在我还小的时候，曾经遇见过一个流浪者，他告诉我从这里出发一直往东走，有那么一小片神奇的地方。还保留着前文明的气候，甚至在那里还能找到一些前文明的物种。我，我一直想要去看看。"说话间阿米尔脸上流露出了一丝向往，但很快又默默地低下了头。

"真的吗？"克里斯蒂娜看了一眼阿米尔，眼中同样也流露出向往的光芒，她幽幽地说道，"如果可以，我也想看看外面的世界啊。我经常猜测，外面的世界还会不会像前文明书籍里记载的那样，所有的地方都没有改变。南寒洲和北冰洲是不是还在星球的两端？哈拉大沙漠是不是还存在着？那里的绿洲是什么样子？会不会还有一个三毛一样的女人，在那里和爱人过着相爱的、流浪般的生活。"

克里斯蒂娜的声音渐渐小了下去，带着一丝迷梦般的色彩，大家的眼神都充满了复杂的向往。外面的世界？很向往，听着也像随时可以去拥抱它。但时代禁锢了人们的脚步，根本计算不出出了安全区，还能够行走多少里，是否还能够活下去。

唐凌也眯着眼睛，似睡非睡，直到克里斯蒂娜说起了三毛，他才有些莫名其妙地问了一句："三毛是谁？一个女人吗？克里斯蒂娜的朋友？为什么要取这个名字？因为头发很少吗？"

克里斯蒂娜有想爆粗口的冲动，如果可以，她甚至想要痛打唐凌一顿。多么美好的夜晚，多么幸福的气氛，为什么这个家伙能够轻易地破坏它？可是转念一想，就算痛打了唐凌，他也不会理解前文明的文学，在相当于"精神荒漠"的如今，又有多少人知道前文明曾经璀璨的精神文明呢？那些文字、音乐，甚至还有叫作电影的东西……

薇安坐在唐凌旁边，抱着双膝抿嘴笑着，旁边这个显得务实又有些无赖的唐凌，眼中偶尔流露出的忧郁和深邃很让人好奇，他怎么会是一个除了吃饭和生存，毫不在意别的事的人呢？说不定，他的内心有火山，只是习惯了掩饰。

薇安想得有些入神，出于女孩子特有的敏感，克里斯蒂娜察觉到了薇安小小的心思，不由得翻了一个白眼。女孩子总是会美化自己心中有好感的人吗？唐凌分明就是很粗俗的家伙，相比起来，反倒是阿米尔像背负着许多悲伤的故事，让人怜惜。

跳动的火光之中，大家都有些昏昏欲睡，没有人提出回到自己的小洞穴，聚在一起守着火光的感觉像家人之间的守候。

"唐，你们是要参加周五的行动吗？"或许是因为食物和热水的"恩情"，其中一位学长在犹豫了很久以后开口了。他的话显然吓到了其他两位学长，但不知道想到了什么，这两位学长到底还是没有阻止这位冲动的学长继续说下去。

"这个任务有什么问题吗？"或许是学长的表情太过挣扎，像是有什么秘密，唐凌第一时间就敏感地清醒了过来。对于这三位同属于倒数十名之列的学长，唐凌和他们关系说不上很亲近，但住在一起相处也算融洽。所以在平日里，唐凌有什么好处，也不会忘记分享一些给他们。

他们今天如此地郑重其事，难道是知道什么消息，想要报答平日的恩情？

第131章　亨克

事关任务，唐凌又表现出了敏感的样子，所以整个猛龙小队的成员都开始在意了。原本还有些吞吞吐吐的学长，看着大家的目光，干脆一咬牙直接说道："是这样的，周五的任务我们也去打听了。因为，能够让第一预备营参加的集体任务原本就很少。不过，打听了之后，我们打算放弃。因为……"学长的话刚说到这里，外面作为集体活动的大洞穴就传来了嘈杂的脚步声。听到这个脚步声，那位说话的学长脸色立刻变得有些畏惧，尽管如此，他还是快速地说道："因为这一次的任务，亨克放话了，他的顶峰小队要……"学长的话说到这里，再次稍许停顿了一下，才说完最后两个字，"包场。"

包场？听到这里，唐凌眉头一皱，心中已经大概明白了亨克所谓的包场是什么意思。就像学长所说，为了保护第一预备营，若非相对安全的情况，一般是不会给第一预备营集体任务的。但偏偏集体任务的收获又是最丰富的，不难理解大家都很想去做集体任务。而所谓的包场应该不是指整个任务会被亨克承包，这毕竟是整个希望壁垒的作战任务，只是分配给第一预备营的部分，亨克是不允许第一预备营还有他人染指的。

唐凌何其聪明，瞬间便想通了学长的言下之意，而猛龙小队的其他人，还没有明白所谓包场是指的什么。"他在战场上，敢对我做什么吗？"杂乱的脚步声越来越近，唐凌直接抬头，问了学长一个问题。

"绝对不敢，那是希望壁垒的大忌。只要有人举报，不管举报人是何身份，这种事情一定是要追查到底的。何况，你们小队里还有……"学长声音很小，语速很快，说到最后，眼光扫过了昱和奥斯顿。唐凌不再说话，心中已经开始计算得失和应对的办法。

简短又急促的对话，其他人兀自都没有反应过来是什么意思。倒是三位学长看向唐凌的目光多了一丝欣赏——这个看起来毫不靠谱，没有上进心甚至有些无赖的学弟，真是表现出来的那么简单吗？按照原则，其实能进入第一预备营的任何人都不该被小看。

"亨克要包场？那意思是不准我们做任务？"在这个时候，昱才作为第二个反应过来的人，看向了三位学长。他的神色无比严肃，眼中却闪动着兴奋的光芒。

实际上，在进入第一预备营之前，他就已经把亨克作为了自己这一阶段的最强对手。亨克是谁？五年前考入第一预备营，传说他在进入第一预备营之前就已经有了随时能成为紫月战士的实力。如果他愿意，能够直接申请到17号安全区的资源，一举突破成为紫月战士。可他偏偏选择进入了第一预备营，而如今已经过了五年，他还没有毕业。

但没有人能够因此就觉得亨克"堕落"了，只因为他从进入第一预备营的第六个月开始，就一直是第一预备营的老大。在门口大厅那一块代表荣耀的排名石上，亨克的名字永远都是第一，第二名连挑战他的勇气都没有。所以，所有人都认为，亨克迟迟不成为紫月战士，一定有他自己的计划，当他成为紫月战士的那一天，一定是非常惊天动地的。

昱身为大家族的子弟，早早就知道紫月战士之间的实力差距也是巨大的。那么骄傲的昱，从小也被称为天才的昱，发誓要成为最强的紫月战士。亨克注定是他的挑战目标。至高强者，是应该踩着其他强者的肩膀，才能登顶巅峰的。

"啥意思？不让我们做任务？"奥斯顿抓着脑袋，还没有反应过来，他显然不能明白唐凌和学长之间快速的对话，倒是昱的话让他听明白了字面意思。

"放弃吧。"阿米尔低头轻声说了一句，一直沉默的他好像很快也想明白了其中的关键。

唐凌沉默着。倒是昱稍显激动，也是望向了唐凌："不能放弃。"同时又看向了阿米尔，"我明白你，但躲避得久了，脊梁就再也挺不起来了。"

"说得好。"在这个时候，一个突兀的声音插了进来，还带着非常阳光的少年气息，音色并不成熟，却又有一种上位者淡淡的霸气。那语调就如同称赞出色的下属。

洞穴中所有人都抬头，发现洞口处此时已经站了八个身影。这八个身影几乎完全堵住了洞口，那大厅洞穴由聚能仪聚集起来的幽幽紫光，就像他们的背景光芒，映照得这八个身影神秘又强大。

"御风家族的昱？"又是那个声音，带着一丝耐人寻味的腔调，询问了一句。这时，大家也注意到，出声的是八个身影当中居中的那一个。这个人相比于其他人，个子并不算高大，微微有些瘦的身材，配合贴身的制服，却又能看出些微的肌肉线条。他金发耀眼，肤色有些苍白，眸色是少见的绿色，嘴唇很红，俊美得有些病态。但就是这样一副形象，却给人一种无形的压迫感。

昱的手心开始有些潮湿。因为这个俊美的，看起来还像少年，实际上已经二十岁的人就是亨克。亨克·泰！他从小就当作目标的人。一个17号安全区的传奇，一个只是出生在中等家族，家族却因为他荣光无限，如今已经跻身于大家族的人。

昱预想了无数次他亲自面对亨克的场景，应该是兴奋的，充满战意的，但绝对不会有紧张和畏惧。可如今这情绪算什么？昱对自己有些恼怒，于是他握紧了拳头上前一步，说道："我是昱，如今只是第一预备营的昱，我的家族……"

"我对这些没有兴趣。"亨克掏了掏耳朵，越来越多的人聚集在了大厅洞穴，显然是还在第一预备营的人都来看热闹了。甚至还有其他营地的战士也来

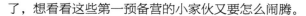

了，想看看这些第一预备营的小家伙又要怎么闹腾。

"很多人把我作为挑战目标，我只是想御风家族的天才也不例外吧？对于你的其他事我根本没有兴趣。"亨克淡淡地说道，语调之中已经有微微的不耐烦。

昱的脸一下子涨得通红，这根本就是不屑，赤裸裸的不屑！他如果承认了亨克就是自己的挑战目标……而与此同时，一只温热的手轻轻放在了昱的肩膀，昱下意识地回头，是唐凌！

第132章　无奈

"昱，最近希望壁垒是有什么大型的活动吗？"唐凌根本没有看亨克一眼，而是突兀地问了昱一个莫名其妙的问题。

"啊？"昱有些不解，不明白唐凌要搞什么？但肩膀上的那只手微微握紧他的肩膀，那一股支撑和鼓励的意思，昱是能读懂的。他心底泛着一丝感动。

"我记得应该是没有吧？"唐凌露出了不解的神情，如同自言自语一般地念叨，"什么傻子啊，大晚上的还穿着礼仪制服，这样是不是能显得爷们儿一些？"

唐凌的话刚落音，整个洞穴之中的人目瞪口呆，那三位学长几乎是下意识地倒退了几步，躲进了洞穴的最角落。倒是大厅洞穴之中传来了几声压抑不住的嗤笑声，映照的是亨克微微变色的脸。对，整个第一预备营，只有亨克会常年在日常也穿着作为礼仪制服的黑色制服，整整齐齐一丝不苟。亨克有洁癖，还异常注重自己的形象。他万万没有想到，在这个住满了"垃圾"的洞穴之中，有一个"小垃圾"竟然会以此为理由嘲笑他，并且讽刺他长得像一个女人。

被嘲笑？亨克已经很多年没有体验过这种事情了。他眯起了眼睛，眼中迸射出危险的光芒，原本已经让人感觉到压迫的气场陡然提升，在他身前，几颗小石头"啪"地裂开，发出了细微的破碎声。

与此同时，一个比奥斯顿还壮硕的，八人之中最边缘的身影站了出来："我迪尔·戈丁，第一预备营排名第八，兼任第一预备营后勤官，深刻地觉得有些学弟欠教训了。"说话间，他大踏步地朝前走了几步，每一步都在洞穴之中留下了深深的脚印，"奥斯顿，给我退开。看在同一家族的情分上。"迪尔停住了脚步，一拳打在了洞穴壁上，一道裂缝缓缓地蔓延开去。

"3300公斤的拳力。"唐凌第一时间便得出了数据，同时又看了一眼亨克，那几颗碎裂的小石子唐凌当然注意到了。他也能感觉到那是从亨克身上传出来的能量，破碎了这些石子。不过这是什么样的能力，唐凌还分析不出来。

"呵呵呵，你们庆幸吧。要出手教训你的，是我们之中最弱的家伙。其实，如果你们此时愿意表明立场，我想只有那个嘴最臭的学弟会被教训。"此时，又一个人开口了，是一个留着棕色中长发，身材火爆，小麦肤色的火辣学姐。

可奥斯顿并没有退去，更没有表态，他眼中还闪烁着一丝迷茫，有些反应不过来到底发生了什么，就要开始动手了？

但就算明白了，奥斯顿也不会退。他是谁？戈丁家族最看重的天才。奥斯顿自然也认识迪尔，严格地说起来，迪尔是他的堂兄，也是戈丁家族的天才。不过，为什么他这个家族第一的天才要给不是第一的天才退让？而且，抛弃伙伴不是奥斯顿做人的原则，前提是他已经认可的伙伴。

"奥斯顿？"迪尔的神色变得难看了。

同样的，猛龙小队的其他人虽然沉默，可没有人开口表明什么立场。就算最胆小的安迪和似乎最怕事的阿米尔也没有。

"迪尔，让开。"亨克开口了，刚才那股爆发的气势已经被他收敛。

"你要亲自出手？"迪尔退开了，又警告地看了一眼还兀自在迷茫的奥斯顿。亨克没有说话，只是步步逼向了唐凌。

昱下意识地想要站在唐凌的前方，毕竟唐凌刚才是为他挡回耻辱。可是唐凌嘴角带着不屑的笑意，一把就把昱拉向了后方，反而是朝着亨克上前了一步："你敢打死我吗？就在这里？"唐凌歪着脑袋问道。

亨克愣住了，他忽然感觉眼前这个黑发少年身上有一种很强大的"贱气"，让人异常不爽。事实上，他有一万种方法打压唐凌，也有一百种办法让唐凌无声无息地死掉，却真不敢公然在这里杀死唐凌。希望壁垒的规则如铁，其中最忌讳的就是互相残杀。

试问，在残酷的希望壁垒，一支互相残杀的部队有什么战斗力？就算天才如亨克，也不敢公然去挑战这个铁则。所以，他皱起了眉头，开始略微有些犹豫下手的分寸。可就是那么一瞬间，唐凌忽然深吸了一口气，用最大的声音喊道："大家快来看，第一预备营的老大亨克，要公然打人了！没有理由地，公然打一个排名倒数第一的、无辜的弱者！哎呀，以后谁还敢进第一预备营？活不下去了！因为我就是那个倒数第一！年纪小一点儿是错吗？是错吗？就因为年纪小，成长得晚，所以要被打死？大家快来看看啊，这种事情难道不值得围观吗？奥斯顿，你要帮忙收门票吗？一个希望点可以近距离观看。"

寂静，整个洞穴死一般的寂静。只有唐凌那震耳欲聋的声音回荡在其中，甚至已经传出了第一预备营的洞穴，远远地传到了外面的大洞穴之中。

因为，外面传来一阵阵爆笑的声音。第一预备营什么时候竟然出了这样的奇葩？谁不知道能进第一预备营的都是天之骄子，无比骄傲。这样的人好斗且要面子，有什么矛盾，都喜欢以挑战的方式去解决。输的一方就算被打死，也不会有怨言，因为荣耀！可怎么会有人这么不要脸？不过，倒数第一，好像是那个有些小名气的"大胃王"，如果是他的话……这样喊，倒也合情理。

"亨克不敢动手。"有听见的老战士嗤笑着对身旁的人说了一句。的确，这件事情可以私下进行，不能摆上台面，摆上台面就是对新战士的公然打压，亨克如此爱惜羽毛之人，肯定不会背这个名声，而且这也是违反规矩的。

事实是亨克真的愣住了，他进入第一预备营以来，从来没有见过如此厚颜无耻之人。他俊美的脸庞气得通红，但真的就踌躇着不敢动手了。

"但愿你能记得你今晚的一切所作所为。我们是来找薇安的。"也就在这时，一个长相平凡到很难让人记住，略显得有些成熟过头的人站了出来。他无声地把亨克拉了回来，语气平静地说出了他们的目的。

第133章　交锋

这个人是谁？很多来看热闹的，非第一预备营的人都略微有些疑惑。

但是第一预备营的很多人却发自内心地开始为唐凌祈祷——亨克是最强大的，但在第一预备营最可怕的并不是亨克，而是亨克身旁这个外号蝎子的男人——安德鲁·昂斯。他很强大，实力稳稳地排在前五。实际上，亨克的顶峰小队八个人，就是第一预备营排名前八的八个人。

安德鲁虽然排在第五，但第一预备营的人大多数都认为，那只是安德鲁刻意低调而已。他如果真的想争，除了亨克，其余人就算排名第二的阿卡，也不是安德鲁的对手。而安德鲁号称亨克的大脑，亨克对安德鲁的话几乎是言听计从。事实也证明，这个低调沉默的男人安德鲁，他所谋划的事情都是稳妥且出色的，他的建议往往是最好的选择。

只不过，这些还不足以让安德鲁称得上可怕。他的可怕之处在于他的意志和为了目标不择手段的作风，这两者结合起来，让安德鲁异常冷血，在他的字典里没有同情和怜悯这两个词语。他站出来说话，看似是平息事态，而了解安德鲁的人都知道，这分明是因为唐凌引起了安德鲁的不满。毕竟，唐凌如此挑衅亨克，安德鲁理应如此，因为关于安德鲁和亨克之间，可是有着些"传闻"的。

唐凌每天来去匆匆，对于这个站出来说话的安德鲁自然是陌生的，可是当安德鲁站出来的那一霎，唐凌的心跳竟快了一分。这个男人给他的感觉比亨克危险。他如今要找薇安？唐凌立刻就反应过来原因是什么。唐凌下意识地抓住了薇安的手腕，这个娴静的女孩子应该有些害怕，她应该需要支撑。

"薇安，对吗？"安德鲁的语气依旧平静，就像刚才那一幕根本没有发生。甚至，说话间安德鲁还微微躬身，表现出了良好的修养。

"是……是，哦，是的。"薇安有些怯懦，一双大眼不安地转动着，直到唐凌握住了她的手腕。这种奇异的触感，如同一股电流流过了她的身体，让她颤抖，想要闪躲却又舍不得甩开，内心的畏惧反而消散了。

"听说你接了周五的任务，而那个任务你了解吗？"安德鲁如此问道。这才是他们顶峰小队来此的目的，至于唐凌……安德鲁是了解的，就算没有发生今晚的事情……想到这里，安德鲁的脸上笑容加深了一分，但目光自始至终都没有望向唐凌。

"她不了解，我让她接的。"唐凌觉得是时候打断安德鲁的话了，压力不应该只让薇安承担。事实上也是如此，商量好要做集体任务以后，忙碌的唐凌自然是不可能亲自去报名的，他委托了办事稳妥的薇安去接任务。

面对唐凌的话，安德鲁根本就不应答，甚至他没有看唐凌一眼，而是继续看着薇安说道："周五的任务，是彻底清理一号仓库，让我们希望壁垒的安全线再往前推进一些。一号仓库是什么呢？那是前文明的一处废墟仓库，因为靠近万能源石，所以保存得很好。我赞美万能源石的神奇，但也因为保存得完好，所以造成了那里很难被具体探查，地形也相对复杂。想想吧，一栋栋相对完整的仓库，很容易藏着很多危险。这次分给我们第一预备营的是三个小仓库的清理工作，已经是相对轻松的任务了。可是，我认为作为新人的你们，组成的小队实力还是不够。学妹学弟们，生命是可贵的，不是吗？"说到这里，安德鲁没有再说话了，而是带着温和的笑容，亲切且自然的望着薇安。

"你就是让我们退出任务？"奥斯顿忽然一拍脑门，大声地嚷嚷了一句。这让洞穴中的所有人，特别是三个学长无语，这才真正反应过来吗？

"不，是为了你们。我劝告你们先好好地修炼成长。任务以后多的是，不是吗？"安德鲁说道。

"呵呵。"昱冷笑了一声说道，"不退。我不会退！"

安德鲁同样也没有理会昱，而是看向了薇安："我内心虽然为学弟学妹们担心着，但我们没有权力去阻止你们的任务。只有在任务开始之前，亲自劝说你，让你本人去退任务，只有你本人有这个权利。"按照规则，谁出面接的集体任务，谁就有权利去退任务。这个为难的选择自然落在了薇安身上。

"学妹，你考虑清楚。战场上的情况谁都无法预料，就算我们身为第一预备营实力稍强的老兵，也很担心各种意外发生呢。事实上，在第一预备营的日子还有那么久，我时时都担心我的任何队友出现说不清的意外，这真是折磨人的苦恼。学妹，你做好决定了吗？"安德鲁再次微微躬身，脸上的笑容更加和煦。

"我……我很感谢学长的好意。不过，我……"薇安咬了咬下唇，犹豫了一下，但被唐凌温热的手握着手腕，那股激荡的感觉让她充满了勇气。她似乎能读到唐凌的一丝心意，是绝对不愿意放弃任务的，否则他又怎么会如此"无赖"地去顶撞亨克？

"嘿，装什么大尾巴狼？堂堂顶峰小队的男人沦落到要恐吓一个女孩子吗？"唐凌打断了薇安的话。如果势必要得罪顶峰小队，也不应该是薇安来得罪，任务是因为自己的计划，自己的私心，那作为一个男人就要承担全部的后果。

"唐凌。第一预备营倒数第一。但我并不这样认为。毕竟除了第一个星期，没有一个学长在你身上得到过什么尊重和好处呢。另外，我还有疑感要请教学弟。因为我知道人最初修炼，支撑的营养是来自食物。这种东西亏则损，满则溢。学弟你吃得很多，最不好的影响是肠胃不适，稍次的影响也是会变成一个小胖子，不是吗？"安德鲁根本不回答唐凌的问题，反而是说起了其他的。

"小胖子"这样的说法，引来了一阵笑声，但笑声之后却又是沉静，大家忍不住开始有一些想法了。尽管安德鲁根本就没有说出什么判断，只是做出了很疑惑的模样。而且，他的用词非常考究，一句没有一个学长得到过什么尊重，就为唐凌拉来了大量的仇恨。关键是，他好像非常了解唐凌！

第134章　顽抗

唐凌的神色冷了下来。如果说安德鲁的话，只是为他引来了别人的仇恨，唐凌是不在乎的，因为他对17号安全区原本就没有多少认同感。所以，别人对他是喜欢还是讨厌，根本不重要。但安德鲁似乎暗示唐凌隐藏了一些什么秘密，这就完全和唐凌想要低调的想法背道而驰了。从某一个方面来说，甚至是把唐凌置身险地，毕竟唐凌从来没有忘记过，在他背后有一只看不见的"手"，在针对着他。可是，就这样任由安德鲁拿捏吗？绝不！从那一夜以后，反抗是刻在了唐凌骨子里的东西，命运绝不会交给他人拿捏，何况是用言语这种浮于表面的方式。

唐凌笑了，然后很无辜地望向安德鲁："你怎么那么关注我这个倒数第一名，以至于我的食量？这种在封闭训练后，才暴露出来的能力都打听到了？"

是的，唐凌的反击就两句话，可也足以让人浮想联翩，外加打消疑惑了。为什么安德鲁会很了解这个倒数第一名？而食量这件事情原本唐凌就在封闭训练后的第一次考核中，就特意暴露了一些，并为之找了一个完美的理由。摆在台面上的事情，就不再值得深究。

安德鲁的笑容凝固了，看向唐凌的目光之中多了一丝他自己才懂的深意，但他并没为此失了方寸，而是淡淡地说道："于我来说，第一预备营的任何人都值得关注。"

"可那些并不是重点。重点是，薇安的任务是我拜托接下来的。所以薇安，现在请你把这个任务交还给我。"唐凌并不认为自己的两句反击，就能让安德鲁吃瘪。现在要解决的是另一个关键问题。薇安看向了唐凌，按照规则，

她这个任务人是可以随时将任务委托给他人的，就如同委托给顶峰小队。

"好，任务现在正式委托给唐凌。"看着唐凌坚定温润的双眸，薇安莫名地觉得安心，很自然地就将任务委托给了唐凌。

唐凌微微一笑，安抚性地拍了拍薇安的肩膀，然后双手插袋，悠悠地看着安德鲁，又看向了所有的伙伴："我这个人最讨厌被强迫，所以任务我是绝对不会放弃的。可我也很怕学长口中所说的意外，所以任务这件事情我不强迫他人。按照规矩，集体任务只要两个人以及以上都可以接手。昱，你是肯定要参加任务的吧？"唐凌笑着问昱。

昱点头。他身后是御风家族，自然不怕顶峰小队的威胁。何况亨克是昱的对手，第一次正面交锋岂有退缩的道理。

"其他的人，我想这个任务你们可以退出的。毕竟，这只是我的坚持。"唐凌很认真地说道。他做出了一副像是在斗气，又不想连累他人的模样。实际上，他的目的也是不想连累任何人。毕竟，这个任务是他唐凌的计划，他非接不可，真的没必要把大家都拖下水。至于昱和奥斯顿倒不用担心，毕竟这两个家伙有强大的底气。

"我要参加。"奥斯顿撇了一下嘴，对于唐凌和安德鲁的言语交锋，他不太明白。可他明白，强者面对威胁哪能轻易退缩。何况，战场上的伙伴是不能抛弃的。

"我，我也要参加。"安迪小声地说道，他连看一眼亨克的勇气都没有，但不知道从什么时候起，跟随唐凌的脚步已经成了他心中的一个执念，尽管偶尔唐凌做事让人觉得极不靠谱，他还是难以拒绝。

"我会参加。"薇安捏紧了拳头，没有别的理由，她只是不想错过有唐凌参与的任务，仅此而已。

"薇安？"克里斯蒂娜微微有些吃惊于薇安的勇气，但随即又了然了，毕竟薇安对唐凌一直有着好感的。念及薇安同自己的情谊，克里斯蒂娜犹豫了一秒，也说道："我同薇安一起，我们做任务都是不会分开的。"

只有阿米尔没有表态，他低着头，谁也不知道他在想些什么。

"阿米尔，你……"唐凌明白阿米尔那种战战兢兢的心情，从聚居地最底层爬上来的他，原本就有太多的顾虑。唐凌想要劝阿米尔就算不参加也没有关系。谁想他才刚开口，阿米尔就抬头快速地说了一句："我参加。"便又低下了头。这一下，猛龙小队没有任何一个人退出这次集体任务。

"很深厚的情谊，让人羡慕啊。"安德鲁笑了，同时带着遗憾的神情说道，"我也佩服你们的勇气。"

"呸。"唐凌忽然朝着安德鲁吐了一口唾沫，不屑又厌恶的表情。这不礼貌的举动惹来了一片哗然，顶峰小队的所有人都流露出了愤怒的表情，就连一直维持着所谓贵族风度的安德鲁神色也冷了下来。"不要那么惺惺作态，好吗？在场谁不清楚，这次的集体任务顶峰小队想要吃独食？虽然我还不清楚你们这么迫不及待的原因，可能不光只是因为任务的奖励。但那又有什么关系？今天可是所有人见到你们这堂堂学长，还是排名前几的人来威胁我们这些倒数的学弟学妹。所以各位，如果这次任务我们猛龙小队任何人出了意外，都一定要记得今晚，记得顶峰小队的所作所为。要调查到底！毕竟战场上战死没有什么好畏惧的，畏惧的是，分明在拿出性命作战，背后却被同是战友的人捅刀子。"唐凌一字一句认真地说道。

"你可真敢说啊。"在这个时候，迪尔再也忍不住，上前一拳狠狠地打向了唐凌。唐凌不闪不避，结结实实地挨了一拳，整个人被打得退了七八米，跌到了火堆旁边。迪尔的怒火还没有因此熄灭，他大步上前，但昱和奥斯顿率先拦在了迪尔的前方。"让他打。"唐凌站了起来，依旧保持着微笑，吐了一口带血的唾沫。

"迪尔，住手吧。"与此同时，安德鲁也开口了。如果可以，安德鲁真的想亲手一刀杀了唐凌，但绝对不能是现在。迪尔的一拳算作是讨回了顶峰小队的一丝尊严，但再打下去就过了。"佩服你们的勇气。但在第一预备营的日子还很长，希望你们能一直维持这种勇气。毕竟，勇敢是一种难能可贵的美德。我们走吧。"略微犹豫了一下，安德鲁结束了这一场闹剧。

第135章　前奏（上）

2177年7月11号，周五，终于迎来了属于盛夏的暴雨，在下午电闪雷鸣的伴随下，倾盆般下了二十几分钟，让废墟战场蓄起了大片的水洼。在雨后阳光的照射下，就像一面面的镜子，映照着血腥的战场，同时蒸腾着闷热的水汽，让一切都笼罩在其中，扭曲着，晃晃荡荡给人一种不真实的感觉。

唐凌坐在希望壁垒的边缘抽着烟，眯着眼睛望着战场上的那些水洼。时间似乎已经过去了很久，但又似乎近在昨天。每年的夏天，暴雨过后，聚居地也会出现这样大片大片的水洼。每到这时，就是姗姗最高兴的时候，她会用软软的小手拉唐凌，快活地去水洼蹚水。水洼下是软软的淤泥，就像调皮的小鱼儿在脚趾缝间柔软地穿梭。水洼里有一个神奇的世界，会有各种不怎么危险的小虫子、小鱼儿还有小虾米，伴随着水洼干涸，它们就会消失不见。就像姗姗，她消失……不见了。

真是难以忍受的痛苦，如果记忆也可以消失不见，是一件多好的事情。唐凌狠狠地吸了一口卷烟，飘忽升腾的烟气掩盖了他的悲伤，只是乌青一大片的下巴还有些疼痛。这是拜三天前迪尔的那一拳所赐，其实唐凌也并没把迪尔放在眼里，至少他带着愤怒的那一拳还不够资格让唐凌重视。

"抽烟。"这时一个身影在唐凌身旁坐下，看着这小子有一些欲言又止的无奈。唐凌却微笑着递了一根烟过去。胡子叔，一直很关照唐凌的老兵，唐凌对他也不会吝啬。

"再等一个小时，晚班值岗的人就会来了。两个小时过后，报名参加了集体任务的值岗人，就会配合由十个紫月战士带领的百人精英团开始任务了。"吸了一口烟，胡子叔说道。

唐凌笑笑没有说话，目光却落在了那散发着紫光的万能源石上。万能源石的旁边永远有着最激烈的战斗，还有那一条散发危险的裂缝，也永远那么刺眼。

可是，今天的重点不在此，而是在距离万能源石大概一公里的一片仓库区。

曾经，这里是由一群尸人所占领的。但是前段时间，尸人群之中最厉害的那个首领和它身旁的八个精英尸人突然消失了，希望壁垒决定抓住这一次机会，清理那一片仓库区，把它划入希望壁垒以后可开发的安全领域。毕竟那一片仓库区保存完好，距离万能源石又很近，价值极高。只要能够顺利占领，然后增加一些布置，就算尸人首领再次出现，也翻不起什么浪花了。

"没有了最厉害的家伙，又有十个紫月战士带队，外加百人精英团，这个任务危险性真的很低了。何况，你们第一预备营只是负责清理那个角落。"胡子叔继续絮絮叨叨，但神情已经变得沉重，"可是，我后悔给你讲这个任务了。"他冲着唐凌咧嘴一笑，这笑容并不怎么好看。顶峰小队和唐凌几人冲突的事情在希望壁垒不算什么大事，就连第一预备营的几位导师都没有发表任何意见，高层更不可能发表什么立场。但却并不妨碍这个八卦为希望壁垒铁血的生活添上一丝色彩。

亨克是谁？希望壁垒的希望之星！很多人甚至认为他一旦突破为紫月战士，就会对紫月战士中的十大精英小队长形成冲击，至少会拉下其中一位取而代之。假以时日，他甚至会是紫月队长飞龙最有力的挑战者。这样的人在希望壁垒一直横行，结果却在排名倒数第一、吊儿郎当不求上进的一个叫作唐凌的家伙手里吃了亏，还不能成为八卦？

这种吃亏，不仅指当时，还涉及任务之时。亨克的顶峰小队不仅不能暗中下绊子，最好还得祈祷唐凌几人千万不要出事，否则他们难以洗脱嫌疑。所以，迪尔愤然出手也是因为如此！他们不仅被挑衅了，任务之中说不定还得保护唐凌几人，因为谁都背不起残害战友这种名声。这感觉就和吃了屎一样恶心！

不过，这又如何？胡子叔丝毫不认为唐凌真的占了便宜，因为人不能只看眼前，必须考虑长久。这仅仅是一个集体任务，得了好处又怎么样？唐凌在第一预备营的日子最少还有一年多，他能挨过去吗？说不定吃下的好处第二天就吐出来了。就算脱离了第一预备营，还能脱离17号安全区吗？从此以后，亨克的阴影将一直笼罩着唐凌。因为唐凌是得罪顶峰小队最狠的人，至于他的队友有家族身份的固然不用害怕，其余人最多也就是稍微受一些打压，毕竟尽全力打压"小虾米"，对于顶峰小队的名声可不好。

这傻小子啊……除非他以后变得比亨克更强大。胡子叔并不认为有这个可能，在胡子叔眼里，唐凌只是一个机灵的小滑头，并非什么天才。所以胡子叔自责，因为自己的好心，算是彻底毁了这个讨人喜欢的少年的前途。

不用猜，唐凌也明白胡子叔的心事，他笑了笑，揽住了这个善良的老兵，说道："不想太多，才比较快乐。谁都不知道明天会发生什么，还不如活得痛快一些。"

这算安慰吗？这绝对算！因为对于老兵来说，什么"你不说我也会去啊"，什么"你是好心"之类的话都是屁话。在随时都会发生的生死之间，告诉他自己这样做很痛快反而能够戳中他的内心。

真是个体贴的小子，胡子叔拍了拍唐凌的肩膀没有说话。反倒是唐凌看着那一片仓库区，询问了一句："是什么理由，让顶峰小队非要包场这个任务？"

"很简单，战场原则。按照战场的原则，可以扣下三分之一的收获留给自己。这一次清理仓库区，主要的目标是什么？是尸人！你或许不知道，尸人最容易产生结晶。我的意思是这些靠近万能源石的尸人。"胡子叔掐灭了烟蒂，意味深长地看了一眼唐凌。这不是资料里能够记载的东西，而是属于希望壁垒战士之间的秘密。

唐凌淡淡地笑了，望向仓库区的目光多了一丝火热。

与此同时，熟悉的脚步声在唐凌的身后响起，唐凌回头——猛龙小队的所有人已经朝着他走来。

第136章　前奏（下）

人的一生总是逃不脱回忆，而回忆的开场往往会说——那是一个夏夜……是的，有着仿佛燃烧不尽的热情阳光，如血一般的赤红夕阳，带着大地气味的猎猎热风，和漫天灿烂星斗的夏天，总是记忆之中最深刻的一笔。它的夜晚似乎带着天然的浪漫色彩，很多故事便就这样发生了。

这，也是一个夏夜。紫月已经升起，天色却还没有暗淡下来，夕阳如同一幅泼洒的写意画散漫在深蓝色的天空。风吹来，带着希望壁垒独有的血腥泥土气，还有那沉闷的水汽。

薇安站在巡逻之地的边缘，电磁护臂已经戴在了她的左臂，她的脚下就是那粗大的钢索，等一下通过这条钢索，她将第一次正式进入战场。快一个月的时间，已经将初对战场的紧张和不适彻底磨淡，所以薇安的内心很平静，特别是在她的双眸之中映照的是唐凌的背影时。

风，静静地吹过。唐凌背对着薇安，已经两个月没有剪的黑发长到了颈窝，被风吹得有些凌乱。他此时正在整理着装备，电磁护臂，三个手雷，有着七发子弹的沙漠之鹰，C级合金指虎，双手都带着，还有"狼咬"，以及一把C级合金的长刀。这就是唐凌的全部武器，猛龙小队的所有人都是这样的配备。除了"狼咬"。除此之外，还有七件特殊玻璃纤维护体作战内衬衣，和两管最重要的真菌抑制剂。

"已经足够安全了吧？"唐凌自言自语，这些装备是他拿出了所有的储备找到黑市的托尼换的。但分发装备给大家的时候，不是以他的名义，而是以昱的名义。

"我可以完全信任你吗？昱。"

"你难道还没有完全信任我？"

"我信任你。可是每个人都有秘密，我的秘密很大，很苦涩，你有兴趣知道吗？"

"没有兴趣。但有话直说。"

"跟我去一趟左翼莽林，我要搞一批装备回来，为我们的集体任务做准备。不过，这批装备我需要你出来承认是你弄的。"

"为什么是我？"

"你和奥斯顿其实都可以，你们的家世就算再弄一些更好的家伙，都不会有人怀疑。但对比起来，奥斯顿太傻，会留下很多破绽让人发现东西不是他弄的。但你不会，你只要答应了我，你就不会留下破绽。"

"我会将你的话如实地告诉奥斯顿。"

"昱，你想和我单挑吗？"

"一直都有这个想法。"

这就是昱和唐凌出发去北翼森林和托尼二次交易以前，最简短的对话。

事实上，得罪了顶峰小队以后，和唐凌有关的几个人这几天一直都待在洞穴之中。他们立刻就被打压了，没有任何任务可以接，其他的学长天天来搜刮、找麻烦。最后，是昱想办法通知了家族在希望壁垒担任高层的人，才暂时缓解了这种尴尬。

对于这件事情，昱表现得很无所谓，甚至开玩笑地说如果不是进了第一预备营，根本不知道他的堂叔是希望壁垒的高层。但唐凌知道昱很在意，他从来都不想依靠家族的力量。因为自己的存在，似乎将大家拖入了一个泥潭，每个人都越陷越深。可惜的是，唐凌还得继续拖着昱做一些不是那么光明正大的事情，于是有了和昱的这一场对话。

他无法不做任何准备，就带着大家盲目地去参加集体任务。危险的预感再次升腾而起，越是接近任务这一天越是明显，但这种事情无法言说，他唯有倾家荡产地去为每一个人的安全尽力。

昱自然跟随唐凌去了，当这一批东西被他们来来回回三趟弄回来的时候，昱只对唐凌说了一句话："我从来都觉得你不是表面上看起来那么简单。所以，我认为你的秘密真的很重大！我有些好奇但还是不想问。不过，我可以信任你吗？"

　　"你可以把后背交给我。"唐凌这样回答了一句——伙伴的情谊不在于时间，而在于共同的经历。

　　人生最关键的际遇都是一些小事，就比如一起抓了个虫，一起喝了一瓶水，莫名地就深了感情，直到可以两肋插刀，生死交付。唐凌觉得这一切很莫名其妙，当发现自己异常在意猛龙小队的每一个人时，已经无法阻挡以及防备了。

　　在高高的希望壁垒下方，准备参加今晚活动的所有人已经在集合列队了。"都准备好了吗？我们也出发吧。"把指虎放进了裤兜，唐凌转头望着大家，这样说了一句。

　　面对忽然转头的唐凌，薇安赶紧低下了头，脸红得发烫，也不知道唐凌有没有发现自己在偷看他。至于其他人笑笑闹闹，有些大大咧咧的样子。昱的忽然慷慨，让大家有了十足的安全感，不知道为什么平时最烦最啰唆的唐凌倒是变得小心了起来。莫非顶峰小队的事情给了他负担？

　　"早就准备好了。走吧！"奥斯顿已经有些兴奋了。

　　"记得我说的话，哪怕是最简单的抓伤，一定不要吝啬真菌抑制剂，反正是昱出的信用点。"唐凌开了一句玩笑，活动了一下带着电磁护臂的左臂，然后打开了启动按钮，高高地一跃而起，抓住了下方的钢索。

　　"吱吱"，电磁护臂产生了强大的磁力，将唐凌紧紧地吸附在了钢索之上。接着，钢索和护臂之间产生了一股不大不小的推力，将唐凌推向了希望壁垒的下方。

　　"卑鄙，你竟然悄悄第一个出发了。"奥斯顿嚷嚷一声，也跟了上去，只是他身材太过壮硕，跃起的模样远远没有唐凌潇洒。

　　昱再次自然地抢在了奥斯顿的前方，在奥斯顿的怪叫中，大家也跟着嘻嘻哈哈地跃下了希望壁垒高高的墙体。

　　而墙体的下方，安德鲁带着一丝怜惜，认真地整理了一下亨克耀眼的、半长的金色长发。目光却落在了从钢索下滑的唐凌身影之上。

第137章 异常

夜色，终于在部队集结完毕的那一刻彻底降临。白日的暴雨，耗尽了厚重的积云，只有丝丝薄暮的深蓝色天空，星光灿烂，紫月迷蒙。

在前文明，如若是灿烂的星空，便不会有明朗的月色。可在这个时代，紫月如同最负责的卫士，不管是什么样的夜晚，它总会照常出现，如同值岗。

"是一个好天气。"唐凌这样想着，而在他的前方，一名精英战士正在亲吻着他的武器，一把折叠长矛，口中在喃喃地祈祷。此时，整个队伍的行动计划已经宣布完毕，部队马上就要出发。谁也不知道今晚的战斗又会让多少人失去生命。祈祷似乎是唯一的安慰。

可是有用吗？唐凌并不相信任何虚无缥缈的事物，他感兴趣的只是今晚的行动总指挥竟然是拉尔夫。当日，他进行第一场考核，血腥铁笼战时，负责维护秩序的那个紫月分队长。如今不过短短两月不到的时间，竟然就要与之并肩作战。人生，倒也无常。

2177年7月11号，周五，晚22点16分。从队伍出发到现在不过两个小时，骤降的寒意就已经包裹了整个夜晚。再没有夏夜的闷热，有的只是丝丝入骨寒凉的冷风吹拂过被探照灯照得灯火通明的仓库区。

在灯光的照射下，有着残破围墙，矗立在废墟战场的仓库区纤毫毕现，三十七个呈长方体的小仓库如同一排排的盒子，让人忍不住猜测这些盒子里有些什么。

仓库区西北角边缘处，第十九号仓库。这只是一个小型的仓库，同样长方体的造型，或许是为了储存需要通风的物品，在接近屋檐的顶部，开着一排排狭小的窗户。

时光流逝，这个仓库即便是靠近万能源石，也已经略显残破，夜风吹过狭窄的窗户，窗扇"吱呀"作响。

"呼——"唐凌微微喘了一口气，就算如此冰冷的夜风，也降不下身体因剧烈活动而带来的热意。额头密布的热汗，瞬间就形成汗珠，从眼角滚落下来。

"安迪，朝左退后三步。"有些嘶哑的声音从唐凌喉间传来，在喊话的瞬间，他已经冲了出去。带着跳跃式的一步，直接跨过三米多的距离，还未落地，身体便一个急转，挥出C级的合金长刀……

一连串黑色的，略微黏稠的血液扬起，一只在安迪左侧的尸人陡然停止了动作，下一刻便头颈分离，那干瘪的头颅落地，咕噜噜地滚出了四五米远。

"谢谢。"安迪有些惊魂未定，唐凌把安迪拉在了他身后，口中说道："情况有些不对……"

话还未说完，唐凌就脸色一变，拉着安迪猛地一俯身，一只身体已经略微有些变形，有着极强跳跃能力的变异尸人——一级爬行者，就从他们上方，几乎是贴着他们的头皮跃了过去。

"我的失误。"昱的声音传来，下一刻昱也从唐凌和安迪的身体上方跃过，泛着金属光泽的右手一把抓住了刚刚停下的爬行者背脊，五指入肉，用力一提，便拉断了这只一级爬行者的脊椎。爬行者挣扎了两下便不动了。

浑身都是黑色血迹的薇安从一处堆着残破布袋的角落，飞快地跑了出来，一脚踢翻了趴着的爬行者，然后快速而熟练地开膛破肚，寻找着爬行者的心脏。

一颗略微有些污油的结晶从爬行者的心脏被挖出。薇安把结晶抛向了唐凌。

唐凌接过看也不看，就塞入了随身背着的小皮包中。这时奥斯顿和阿米尔带着克里斯蒂娜也从东南角跑了过来，无一不气喘吁吁，浑身都是黑色的血迹。

"还有水吗？"奥斯顿径直跑到了唐凌的身侧，还未坐下就大声询问道。

唐凌扔了一个水袋给奥斯顿，提醒了一句："水不多了，记得擦下手，别把尸人的血给喝进去了。难保里面没有致命的真菌。"

奥斯顿猛灌了几口水，把水袋扔还给了唐凌，很直接地说道："你还顾得了这些？怎么样？仓库北边能出去吗？"

安迪有些颓废地低下了头，他的神情已经说明了情况不妙。仓库的北边出口已经被完全封死，至少有上千只尸人聚集在那里。

看着安迪的神情，奥斯顿爆了一句粗口，一脚踢飞了脚下的一只尸人残破的躯体。

"节省一点儿体力。"看着奥斯顿的举动，唐凌微微皱了一下眉头，靠在墙角，抓紧时间恢复着体力。

"节省了又如何？我们早晚得死在这里。选择一下吧，你愿意变成尸人活着，还是到最后的一刻来个彻底的自我了结。"奥斯顿冷笑着说了一句。

透过仓库残破的窗口，还能看见夜空中的紫月与星辰，明明似乎伸手便可及的距离，变成了不能跨越的天堑。

这怪不得奥斯顿如此丧气。战斗从一个多小时以前，就已经脱离了原有的轨道！谁也没有料到在这西北角，最靠近仓库出口，所谓最安全的一小片区域，竟然有这么多密密麻麻、杀之不尽的尸人。

原本，并不是这样的。整个行动计划非常分明，由十个紫月战士组成先头部队，清理并引走在仓库外游荡的所有尸人。

整个仓库区被划为了十二个区域。分别由百人精英团，第一预备营，还有今晚有值岗任务的战士组成的百人队，来负责这十二个大小不同的区域。而任务只是清理完仓库以及仓库周围所有的尸人。

第一预备营有两支小队参加，他们负责的是相对安全的区域，就在整个仓库区出口的西北角，这里是由三个相对较小的仓库组成的。其中，顶峰小队负责两个仓库，猛龙小队只负责一个仓库。当遇见不可战胜的变异尸人，比如钢铁屠戮者、五行进化者等，便可发出信号弹，自然会有紫月战士前来支援。

猛龙小队一开始的行动是异常顺利的。一路几乎没有什么阻碍地就进入了指定的十九号仓库。在这仓库里，藏着大约四百只尸人，这是安迪确定的数字。毕竟他的动作最快，行动也最敏捷，唐凌安排他先去侦查了一番。

四百余只尸人，对于猛龙小队算是安全的数字，当得知这个答案以后，唐凌还怀疑自己是否太过小心了。如此一来，就不需要多余的安排，猛龙小队直接杀进了仓库。如果顺利，四百余只尸人，只需要不到一个小时的时间便可以清理完毕，猛龙小队就可退出战场。但事实是，顺利的只是前四十几分钟，之后，这小小的十九号仓库，便被尸人的海洋包围了。

第138章　惊艳

变化发生的那一刻，应该是八点四十一分。唐凌清楚地记得，在猛龙小队的配合战斗下，整个十九号仓库只剩了不到三十只尸人。可也就是那个时候，从十九号仓库最大的北大门毫无征兆地涌进来了几十只尸人。

一开始并没有人在意，毕竟多杀几十只尸人意味着多一些结晶的收获。可是，当三分钟以后，整个仓库涌进来了一百多只尸人时，唐凌终于察觉到了不对。在那一刻，那一丝原本只是似有若无的危机感，陡然变得清晰了起来，像一只冰冷的大手一下子就拽住了唐凌的心脏。

"立刻关门。"那是唐凌当时唯一能够想到的应对办法，如果再任由尸人涌入仓库，整个猛龙小队唯一的结局便是被尸人堵死在其中。应该说唐凌的反应非常及时，但这样的决定还是被大家质疑，就连安迪和薇安也觉得是不是唐凌太过敏感？毕竟在外游荡的尸人是由紫月战士负责集中清理，怎么可能包围他们？何况他们也是一路清理过来的，可以肯定的是，仓库外几乎已经没有尸人。

虽然这一百多只突然出现的尸人，现在还没有办法解释。但就这样贸然关门，就等于陷入了一百多只尸人的包围，这对整个小队来说都是异常危险的。毕竟，之前击杀尸人采取的办法都是先引诱，接着才分而破之，慢慢推进的方法。

可是，唐凌没有时间去解释了，他也没办法让队友去相信他那缥缈虚无的感觉。他必须果断采取行动："阿米尔，你继续带队清理内部剩下的尸人。安迪，昱，你们紧盯着我的行动，如果出现了合适的时机，果断去关门。"

"可是……"安迪还有些迟疑，看着那聚集的一百多个尸人，咽了一口唾沫。那些尸人好像变多了。

事实就是尸人大量地涌入！北门显得无比拥挤，反而一时间看不出尸人还在持续涌入。

"我们是队友。关键时候要用生命信任彼此。"唐凌抛下了这一句话，便果断地冲向了北门。所有人都目瞪口呆，只有昱勉强握紧了双拳，说道："相信他。"

但该用什么来相信？薇安有些痛苦地捂住了眼睛，唐凌的实力在整个猛龙小队都是垫底的，平时又是那样吊儿郎当、修习不努力的样子。就连刚才清理尸人，他也表现得中规中矩，没有任何出彩的地方，甚至有些懒洋洋的。怎么可以在这种时候如此冲动，去做这样冒险的事情？

"我要阻止他。"薇安想要追上去，可是昱拉住了薇安，他想起了几天前和唐凌的对话，他必须对得起那一句可以把后背交给彼此的伙伴。何况，唐凌能在莽林收获那么多，他的实力应该不比自己差……

下一瞬，所有人就再次呆滞了，薇安甚至以为自己出现了幻觉——那是唐凌吗？再没有之前漫不经心、有些懒散的样子，跑动起来如风一般迅速，甚至比速度最快的安迪还要快上几分。而他对身体的控制简直是一种艺术，每一下的疾停，每一次的利用那些腐朽的货架左突右拐，每一瞬的冲击，都没有任何一分的错漏……

就这样，他竟然把一百多只尸人都聚集在了一起，跟在他的身后如同一列长长的火车……也就是那一刻，猛龙小队的人才看见了现实的残酷——北门之外一眼望去，密密麻麻全是拥挤的尸人，望不到尽头。到底发生了什么？每个人心中都生出了一股仓皇的感觉。为了夜战特意搬来的几十盏巨大探照灯是如此地无情，在它照耀的范围内，几乎都是尸人，根本不止十九号仓库北门的这些！

"吁——"这个时候，唐凌吹起了一声响亮的口哨。昱这才陡然反应过来，唐凌已经带着那一列尸人暂时远离了北大门。

"安迪，你右，我左！"昱高喊了一声，也朝着北门冲了过去，以那些尸人的密集程度，只要再晚那么一会儿，一定又会涌入至少两百只以上的尸人。

安迪也不敢有任何的犹疑，跟随着昱朝着北门跑去。两人几乎是拼命般地用上了自己最快的速度。

钢铁所铸造的大门有些沉重，加上长期在万能源石的照射范围内，几乎没有什么损坏。"起！"安迪涨红了脸，第一次诅咒万能源石到底是个什么东西，竟然有如此的功效。原本这大门在前文明应该是由机械轨道所控制。之前推动大门时，是整个猛龙小队一起用劲，才勉强把大门推得半开。相比于安迪，昱显得轻松许多，大门在他的推动之下，关闭的速度不算慢。

"安迪，小心！"突然，克里斯蒂娜惊呼了一声，也就在这时，原本离安迪有着十几米远的唐凌，忽然一个跳跃，踩上了残破的货架，然后右脚一个用力蹬跳冲向了安迪。残破的货架在唐凌的力量下，变得四分五裂，稍微阻挡了一下跟随在唐凌身后的那一群尸人。而唐凌则利用这宝贵的时间差，和跳跃产生的冲刺落到了安迪的身旁。

在这个时候，从门外挤进来的尸人，正一个俯冲，冲向了安迪，正在推门的安迪显然来不及做出任何的反应，在克里斯蒂娜的惊呼下，整个人有显得有些呆滞。

尸人的俯冲，标准的捕猎姿势，这种动作唐凌在那诡异的梦境里已经不知道经历了多少次，对这样状态的尸人击杀几乎已经形成了肌肉记忆。所以，唐

凌的表情没有一丝变化，只是右手扬起，C级合金长刀一个反转，刀刃斜着迎了上去。

"唰"的一下，刀光闪过。在大家的眼里，似乎是尸人自己撞向了唐凌的刀刃。

可这并没有结束，唐凌的右手还在扬起，腰却朝着左侧扭动了一下，与此同时，右腿踢出，又一只挤进来扑击捕猎的尸人被踢中了脑袋，脖子发出一声清脆的响声，嘶吼了一声落地便不再动弹。

"所以，相信我。"唐凌望着安迪轻声地说了一句，接着左手一抖，"狼咬"从袖中滑出，随着唐凌甩动的动作，"狼咬"精准地插入了第三只挤进来的尸人眉间。两秒不到，瞬杀三只尸人！这就是唐凌真正的实力吗？

第139章　残酷车轮战

尽管情况如此危急，但唐凌刚才所展现出来的一切，还是让猛龙小队的其他人都陷入了震撼之中。这差距应该怎么对比？战斗技巧？速度？身体神经反应？至少奥斯顿是无法计算的，看着唐凌惊艳的表现，他心里唯一的安慰，恐怕只有力量上能够超越唐凌了吧？

戈丁家族在力量上是颇具天赋的，进入了第一预备营系统训练以后，奥斯顿的力量成长是无比优秀的，如今已经接近了1000公斤，稳稳地达到了950公斤以上，快要符合正式修炼的力量标准了。奥斯顿有信心，最多一个半月，他就能全方面符合正式修炼的标准。可是，唐凌这家伙，明明是吊车尾的家伙，竟然如此惊艳。"以后，只和他比掰手腕。"奥斯顿如此决定。

与此同时，唐凌帮助安迪，终于一起合上了北大门。短短的五秒钟不到，危机总算暂时解除了，但仓库里的那一百多只尸人也扑了过来。这一次又是唐凌，带着安迪和昱，利用地形跑动，生生地把一百多只尸人分割甩掉。

可是很快，残酷的现实又给了猛龙小队一个耳光。关掉了北大门只是暂时解除了最大的危机，任谁也没有想到在仓库的深处，东北角还有一处小门。就在大家和剩下的尸人缠斗厮杀的时候，那一扇小门竟然生生地又涌入了几百只尸人。还是唐凌顶着危险，独自去关上了这一扇小门。

但这时候已经晚了，仓库中再次涌入几百只尸人的现实足以让人绝望。何况，北大门能支撑一段时间，这一扇小门绝对支撑不了多少时间。不要怀疑尸人潮的威力，当它们聚集到一定的数量就算墙都能推倒。另外，这仓库还有许多破烂的大窗户，堆积的尸人要是从窗户进来的话……

是的，尸人没有什么智商，但执着的本能非常可怕，可以说是没有什么能够阻挡饥饿的尸人。如果仓库里没有这几百只尸人，他们还能待在仓库里等待救援，可是现在呢？仓库里的这几百只尸人会把疲惫的他们撕成碎片的。就算他们坚持战斗，那又需要多久才能杀完这些尸人？等他们杀完的时候，外面那些尸人应该涌进来了吧？除非，能够在三个小时内完成这一切！

"巅峰状态的话，也许可以。但现在每个人都很疲惫。"这是昱的想法。

"沙漠之鹰的子弹，之前为了引诱尸人几乎已经打光了。为了消灭聚集的尸人，手雷也用得差不多了。而现在的尸人比刚才更多。"阿米尔还能冷静地分析，可是想法也是悲观。

还有比现在更绝望的情况吗？有的，唐凌平静的脸上浮现出一丝冷笑，那一夜的尸人潮不是更加令人绝望？在那个时候，他还是个普通人，比起现在的差距不是一倍两倍。如今有这么多能战斗的人，怎么能轻易谈绝望？办法应该还是有的。唐凌并不灰心，而是指挥着大家朝着仓库的南边快速地退去。之前他就注意到在那里有一间小型办公室，那地形利用好了，可以不间断地杀戮，也能顾及每个人的疲惫状态！

至少先想办法消灭仓库内的尸人吧，等待救援是顺便的事情，唐凌对依赖别人这种事情，从来不抱太大的希望。

接下来一个多小时，最残酷的战斗开始了。由唐凌去引来尸人，另外两个人配合站在那间小型办公室的门口负责厮杀。七个人，可以三组轮换，利用地形的优势不断地击杀仓库内的尸人。

在这其中唐凌无疑是最累，也是最危险的，时不时还要配合负责战斗的两人用最快的速度清理完引来的尸人。毕竟打斗的声音很容易就吸引来尸人，速度稍微慢一些，尸人就会很快聚集在这里。可唐凌把他分内的事情做得非常完美。从他关掉北门展现出那惊艳的战斗力后，似乎就不愿意再隐藏，事实上这种危急的情况也不能再隐藏战斗力了。

薇安看着唐凌的身影，如同看一个陌生人。她无法形容唐凌现在给她的感觉，如同一架最完美的战斗机器，在他身上所展现的一切，就像战术课堂上的导师所讲解的经典案例，挑不出一丝错漏的情况下，还有惊艳的发挥。这种东西叫作——战斗想象力！导师曾经说过若非天生为战而生的人，根本不可能具有这种天赋。是这样的吗？这才是真正的唐凌吗？

此时的唐凌手持"狼咬"，用最节省体力的方式精准地插入了尸人的眼睛，轻轻一个搅动，便破坏了尸人的大脑。与此同时，他还能顾及身边的战友奥斯顿。一个肘击，便推开了扑击而来的尸人，为奥斯顿留下了可以腾挪的空间，一刀将那个尸人斩成了两截。

看他杀戮尸人，如同欣赏一种杀戮的艺术，最流畅的身体动作，最精准的击杀部位，最节省体力的击杀方式，最有效的一切动作……薇安怀疑就算唐凌没有基因链天赋，也会成长为一个不比紫月战士弱小的战士——他就像一个少年战神。看着唐凌，薇安的眼中闪动着异样的光泽，尽管阿米尔表现出的战斗力同样让人惊叹，敢冲入几个尸人当中厮杀的狂放或许更加华丽一些。但薇安更为欣赏唐凌那种有效精准的战斗方式。

这一个多小时的残酷战斗，对于猛龙小队绝对是一个巨大的考验，也是一个巨大的提升。直到仓库里的尸人渐渐变得稀疏，她和克里斯蒂娜被唐凌吩咐开始挖结晶，收集战利品时，薇安意识到战斗可能快结束了，他们到底支撑了下来。

但唐凌紧皱着眉头，并没有为这个战果所欣喜。按说他们杀戮尸人只花费了一个多小时，完全还有至少一个小时的时间可以休息，等待救援。毕竟，时间已经过去了那么久，这里的异状应该早就被发现，救援也应该来了吧？至于等不来救援的这种情况？除了唐凌没有一个人会这样想！至少，戈丁家族和御风家族不会放弃他们的天才子弟！

第140章　阴差阳错

是的，唐凌也认为奥斯顿和昱的家族绝对没有理由放弃他们——还未成长起来的，珍贵的少年天才。可是，仅仅凭借这个理由就觉得一切安心了，是绝对不足够的。

唐凌并没有告诉大家，他刚才去关东北角的小门时，发现大门是被人为打开的。那人为凿门的痕迹不要太明显！否则以唐凌的警惕，不会仓库还有一扇打开的门，而他却毫无察觉。唐凌不敢肯定这是顶峰小队的"手笔"，还是那个一直横亘在他身后的"阴影"再一次对他下的手。无论是哪一种可能，都说明了对方应该预料到了今晚的情况，是有备而来，哪有可能那么轻易让他们逃脱？

此时，在唐凌的脑海里还勾勒不出这个阴谋的整体。但这并不妨碍他早对整件事情有所怀疑，从一开始只是百人精英团的任务，变成了足足有十个紫月战士带队，甚至还出动了一位分队长。更大的疑点是，为什么要选择在夜里？这对人类作战没有半点优势，反而是有利于尸人。

这些疑问唐凌心中一直都有，加上那一丝危险的感觉，他真的几度考虑过放弃任务。但顶峰小队那夜的挑衅，多少坚定了唐凌要做任务的心。第一，固然有少年人的自尊。第二，顶峰小队的人是现在17号安全区的希望苗子，有他们做任务，安全应该更有保障。毕竟17号安全区可以损失奥斯顿甚至昱，但损失不起顶峰小队的任何一个人。最后，顶峰小队为何又那么在意这一次任务？仅仅是胡子叔所说的结晶吗？

当然这些只是让唐凌坚定的客观原因罢了，更重要的主观原因是摆在他眼前的事实是他放弃不起，因为他需要一个进入通天塔的，光明正大的资格！他不能因为伪装低调，就拖慢了进入正式修炼的脚步。可是，以他表面呈现的状态，哪有可能进步那么快，能够在正常的时间内达到修炼资格。要知道他表现出来的天赋也不过是稀烂的，堪堪合格的三星天赋！

唐凌不想引起任何人的怀疑，所以解决的办法唯有——通天塔。只要能在通天塔里锻炼，会得到极大的提升，越是新人提升得越是明显，这是资料库里明确写出的事情。可是在通天塔里待一个小时，哪怕只是最差的底层，也需要一百个希望点。所以，唐凌需要光明正大得到希望点，当然还需要队友们配合。这就是唐凌不可更改计划的原因。所以，尽管整件事情疑点重重，他还是选择了加入。只是有些对不起猛龙小队的队友……除了倾家荡产为大家准备，唐凌能做的只有扛起一切的危险，且要不容出错地判断好整体局势。

所以就在大家欣喜的时候，唐凌不由分说地将队伍分成了三队：薇安和克里斯蒂娜留守这间办公室，顺便清理结晶；他和安迪去北门探查情况；奥斯顿、昱还有阿米尔则去东南角的小门探查情况。

至于说服大家的理由只有一个，即在来到这间办公室的时候，求救信号已经发出。那么久过去，就算等不到救援，也应该能够等到一点儿回应。毕竟以紫月战士的能力，强行闯入这里，带给他们消息还是能够做到的。而被人为破门的事情唐凌犹豫了好久，始终没有说出。因为单单只说出了救援暂时到不了的猜测，已经让所有人再次陷入了绝望。

回忆到了这里戛然而止。唐凌不能抱怨奥斯顿的绝望，更不能责怪大家的丧气。在无形中他已经成为整个猛龙小队的绝对核心，内疚与肩负的责任让他必须要去解决这个危局。

"清理剩下的尸人。"唐凌感觉体力恢复了一些，站起来这样吩咐道。

"那还有什么用？"奥斯顿一拳捶向了墙壁。

"剩下的不多了，不要浪费结晶。我们为这次任务付出了那么大的代价，不能没有对等的收获。难道你希望的只是逃命？"唐凌擦拭着C级合金长刀。如此高强度的战斗，这把C级合金长刀竟然连细小的缺口都没有，果然好武器才是可靠的。

"还有逃命的可能？"奥斯顿看着唐凌，眼中无疑闪动着希望。事实上，不止奥斯顿，所有人的心里都依赖着唐凌，期待着唐凌的答案。

"当然！所以，我们现在的战利品很重要。"唐凌如是说道，而在他的心中，一个相对冒险的计划已经有了雏形。

"好，那就杀！"奥斯顿重新燃起了希望，或者说每个人都燃起了希望。唐凌的笃定就像告知所有人，黎明的曙光已经来临了。

可杀戮并不是一件愉快的事情，至少唐凌是这样认为。十九号仓库中的尸人被清理完毕时，猛龙小队除了唐凌以外谁都不知道已经屠杀了多少尸人，其中还包括不少类似于一级爬行者的变异尸人。

"一共杀了973只尸人，其中一级变异尸人86只。没有二级的，如果来一只二级的，下场可能是团灭。而我自己，杀了整整307只尸人。"这几个数字在唐凌心中无比清晰，很值得骄傲。但若不是因为之前准备充分，加上利用了地形，以猛龙小队的实力根本不可能做到这一点。

没人再怀疑唐凌的实力。他简直就是战斗的天才，让人连攀比的心都不敢有，而且他似乎不知疲惫一般，就算杀最后一只尸人时，动作都没有丝毫的变形。

"唐凌，你告诉我，是不是像你这样吃就会进步得很快？"奥斯顿连和唐凌比赛掰手腕的念头都不敢有了，他亲眼见到唐凌一拳打扁了一个尸人的脑袋。不要怀疑尸人颅骨的坚硬，和人类几乎没有差别，变异的尸人甚至会更强。这力量，应该有多少？上千公斤的基础力量配合上加速度也许能够做到？唐凌笑笑，对于奥斯顿的问题不置可否。

"我怀疑基因天赋测算仪是不是出错了？"昱显然也对唐凌展现的实力感觉到无比震撼，尽管他是最有心理准备的。

"我有三级凶兽肉，不少的三级凶兽肉。"唐凌神色不变，这样解释了一句，然后看着大家说道，"我只是这段时间忍着痛苦，吃光了它。"

奥斯顿瞪大了眼睛，有气无力地对唐凌比了一个大拇指。唐凌有三级凶兽肉这件事情并不是秘密，这个理由足以让所有人信服！

当然从某种意义上来讲，唐凌也并未撒谎，因为唐凌吸收的能量大部分都不见了。这是唐凌通过精准本能感受到的。应该是胸口的"它"掠夺了这些能量，不然以唐凌的完美基因链会有一个更令人震惊的成长。不过，这也阴差阳错地让唐凌表现出了那种很一般的三星基因链天赋，吃了凶兽肉后"应有的实力"。

第141章　六级尸人王

"不过，我不想暴露自己实力太多，何况现在又惹上了顶峰小队。我越强，可能日子越不好过，之前还得罪了一个导师……"唐凌点上了一支卷烟，看着大家，话说得模模糊糊，意思却也很明白。

"给我来一根儿，我想试试。"奥斯顿从唐凌那里抢过了一根卷烟，然后很是无所谓地说道，"谁有兴趣出卖你？"

大家的态度当然都一致。唐凌心中微暖，面上却没有流露出什么感动，只是把身上装着结晶的小皮包扔给了薇安："你清点一下有多少结晶，再休息十分钟。我想，我们应该行动了。""怎么行动？"奥斯顿立刻追问了一句，唐凌却并没有回答。

　　结晶很快就被清点了出来，900多个尸人一共为猛龙小队贡献了80多颗结晶。当然大多来自一级变异尸人，在质量上也绝对比不过唐凌从三级变异螳螂那里得来的结晶。这些结晶大多浑浊不堪，很多甚至连紫色的丝线都没有凝结出来。结晶自然也分品级，一般分为劣质、普通、良品、优品以及完美五品。

　　这些尸人产出的是最低等的劣质结晶，而三级变异螳螂所产生的结晶已经超过了普通品质，快达到良品了。所以换算下来，这80多颗结晶，最多也就值得3颗变异螳螂的结晶，而且一般情况下，也没有人愿意用最高级的普通结晶来换这些劣质结晶。那么，它们的价值也就在400希望点左右。

　　这对于猛龙小队的人来说绝对是一笔"巨款"了，当薇安报出结晶数量的时候，大家欣喜若狂。唯有唐凌很不满意，除去他的投入，这样的收获有些亏了。何况，400个希望点，他一个人拿100个，剩下的300个大家分，是不是有些太那什么了？当然，唐凌知道这样的分配方式大家也一定会接受，可唐凌的自尊心还想着能不能再多赚一些希望点。

　　答案是不能了！能够清理完仓库里的尸人已经是极限，就连表面上并不疲惫的唐凌实际上已经感觉到饥饿了。剩下的珍贵体力，要用来逃命。

　　"先收好结晶。这一次的收获我要100个希望点，因为我必须进一次通天塔。我以后会补偿大家的。"唐凌异常直接地说道，显然他并不善于对在意的人过多地解释。

　　"没有问题。加上任务补偿的，我们猛龙小队能得到450个希望点。"昱表示赞同，毕竟只有他知道唐凌为了这次行动付出了什么。

　　"你出力最多，这很公平。"奥斯顿显然也不是小气的人。

　　安迪一向支持唐凌，薇安自然也不用说，克里斯蒂娜则相信唐凌的信用，觉得唐凌以后一定会给大家补偿。至于阿米尔，则只是说了一句，按照大家的意见办。

　　最难以启齿的事情说了出来，唐凌便再无任何负担，问薇安要了最后一块肉食，再喝了几口水后，他便快速地用那些有些腐朽的架子搭出了一个简易的爬梯。

　　此时，唐凌想要做什么，大家已经很明白了，唐凌疯了吗？他的意思是从屋顶突破？！

"唐凌，那不可能！我们爬上了屋顶，也逃不出去。这周围密密麻麻全是尸人，我们根本下不去。而且，在屋顶暴露自身，会引来更多的尸人。它们堆积起来，我们就算想回到仓库也不可能了。"这一次，是一向沉默寡言的阿米尔发表了意见。他实在难以接受唐凌说的肯定能够逃生，竟然是用这样的方式，从屋顶突破。

"放心，我只是去探查一下情况。难道我们要一直一无所知地待在这里吗？至少我们必须知道为什么等不来救援，再做打算。"唐凌宽慰了大家几句。

所有人沉默了。是啊，待在仓库里毕竟对外界的情况一无所知，持续地等下去只会被聚集的尸人所淹没。

"那，你一定要小心。"薇安忍不住叮嘱了唐凌一句。没有更好的办法，也没有更好的人选，在场没人比唐凌更强，能够担负起这个重任。

唐凌没有回答薇安，只是对大家微微一笑，便轻轻地一跃，爬上了这个简易的阶梯，灵活得如同猴子一般，轻松地就爬上了办公室的窗户。仓库顶部的窗户都很高，窗台上积着厚厚的黑灰，只有三十厘米左右的宽度。

唐凌勉强半蹲在窗台上，只是探头一望，便看见了下方密密麻麻的尸人头颅。而窗户下的尸人是何其敏感，唐凌只是一探头，它们便已经发现了唐凌，发出了疯狂的嘶吼声，拥挤的尸人群明显开始朝着唐凌所在的位置聚集。

这样的变化，让整个办公室所在的墙面都开始晃动起来。待在办公室的猛龙小队几人脸色都变得苍白了一些，不用看也知道外面聚集了多少尸人，只怕比之前还要多。

唐凌的神色没有任何变化，至少现在尸人攻击不到他，就算再多也没有关系。可是窗台也不能待太久，如果引来了二级变异的爬行者，这个高度绝对不能阻挡它。

"希望不要这么倒霉。"由于仓库延伸出来的屋檐挡住了唐凌的视线，半蹲在窗台只能看到仓库下方密密麻麻的尸人，却看不到更远的地方到底发生了什么。

唐凌深吸了一口气，轻巧地跃出，手臂一把抓住了屋檐的边缘，整个人再趁着跳跃的摆动，一个倒钩翻上了屋顶。

这样的攀爬对于唐凌没有任何难度，看似轻松，但唐凌担心笨拙的奥斯顿和两个女孩子没有办法翻上屋顶，如果掉入了尸人群中，那后果非常恐怖。所以，一上屋顶唐凌就打算找一个可靠的支撑物，绑上背包里放着的轻便登山绳。

可就在他蹲下准备拿下背包的时候，一声惊人的嘶吼从东南方传来。这是？唐凌的脸色一变，整个人下意识地趴下，然后向东南方向望去。那里是整个仓库区的最深处，一个巨大的影子就站在了一个大型仓库的边缘。能够看见的是它在疯狂地舞动着双臂，每一次舞动，总能抓住一两个希望壁垒的战士，然后囫囵地塞入口中咀嚼……

只是一眼，唐凌的心跳便疯狂地加速——尸王！仓库区的尸人王，六级变异尸人为什么会在那里？

第142章　画地为牢

尸人突变之夜，是唐凌一生的转折。所以，对于这种人死后变成的生物，唐凌有着刻骨铭心的厌恶，也对它们有着巨大的关注。

这真的是非常特殊的一类存在，超出了前文明科技的解读范围。现在这个时代，17号安全区也有专门研究尸人的部门，只不过没人能给出真正最为准确的答案。只能给出一条公理，即尸人本身和人生前并没有任何联系，它们是一种复合共生生物。简单地说，就像前文明的"僵尸螳螂""僵尸蚂蚁"，前者是被叫作铁线虫的生物所控制，而后者则是被一种神奇的真菌所控制，然后成为行尸走肉，只为铁线虫和真菌的繁衍大业贡献力量。

从某种程度上来说，这也算是一种共生，只是共生的形态比起尸人要简单许多。因为那些螳螂和蚂蚁并不会进化，而尸人作为一种另类的生命体，它能够进化，同控制它的、被这个时代命名为"恶魔真菌"的菌类一起进化。这种进化不同于植物、昆虫、野兽的进化，反而类似于人类，毕竟人类的大脑是最为复杂的。就算前文明的分子生物学已经发展到了一个极高的程度，对大脑的了解还是极其有限。

当然，唐凌对于其中的很多理论了解也非常有限，他所知道的一切都是来自第一预备营的资料库。他只知道就因为尸人的特殊，所以它们被单独分作了一类。根据它们的进化程度一共分为了九级。每进化一级实力都是呈几何级地提升，就像猛龙小队能够杀死七八十只一级变异尸人，但遇见一只二级变异尸人就会团灭。

所以六级尸人到底有多强大？唐凌心中没有答案，他只恨探照灯把这一片战场区域照得太过明亮，所以在远处的那只六级尸人王咀嚼战士的每一个细节都被自己看得清清楚楚。嘴角的鲜血，因为进化而变异的锯齿般的獠牙，战士被放入口中的挣扎……

唐凌急促地呼吸，干脆把脑袋埋进了双臂之间。他已经看见了紫月战士，以拉尔夫为首的十个紫月战士，同时都在和这只六级尸人王战斗，但感觉根本没有什么希望。他们就像是可笑的老鼠，在骚扰一只大象，时不时地冲上去攻击，然后被尸人王不耐烦地，如同赶苍蝇一般地赶开。

唐凌听不见那边传来的惨嚎，因为密集的尸人群的嘶吼声掩盖了一切。他所看见的是十二个区域，各个区域都密密麻麻布满了尸人，各种尸人！只是一眼，唐凌就看见了好几只形态特殊的三级尸人！不远处的希望壁垒灯火通明，钢索带上密密麻麻的战士如同搬家的蚂蚁一般不停地赶向战场。

唐凌知道，这只六级变异尸人王，被称作"锯齿坦克"，是因为有秘密的原因牵制着它，所以它一直安静地蛰伏在这一片仓库区，和希望壁垒还有那条"邪恶"的裂缝相安无事。

唐凌脑中还闪现着乱七八糟的资料，就比如这只"锯齿坦克"身旁还有好几只变异尸人……它们在之前都神秘失踪了。各种杂乱的资料在唐凌脑中交错，或许是因为短时间的逃避，让唐凌不用再看战士被吞噬的残酷一幕，让他的内心有了稍许的冷静。他嗅到了阴谋的味道。

希望壁垒怎么会犯这种错误，让重点监控的"锯齿坦克"从自己眼皮底下莫名其妙地消失，然后又莫名其妙地出现在这种任务之中？看来这阴谋并不是他之前以为的针对他的黑手，或者是顶峰小队的人能够作为的了。

这是针对希望壁垒的阴谋？唐凌不敢肯定，脑子有些乱。而以他的实力，他也实在顾及不了那么多了。他只知道以现在的情况来看，短时间内想要得到救援绝对是痴人说梦，不管是奥斯顿还是昱的身份都已经不够分量。只要希望壁垒的高层脑子没有被烧坏，如今的要务怕是要不顾一切地阻止"锯齿坦克"以及这一群不知为何疯狂的尸人。而那么多密集的尸人攻破他们所在的仓库恐怕要不了太久了。

想到了这个可能，唐凌的脸色一变，他把手放入了自己的口中狠狠地咬了一口。毫不留情的一口，让唐凌的手背都渗出了鲜血，剧烈的疼痛使他脸色苍白，但同时也冷静了下来。

希望壁垒今夜可能会全面开战，甚至不惜做出巨大的牺牲动用护城仪？想到这个可能，唐凌全身都是冷汗。他几乎是连滚带爬地站了起来，然后快速地冲向了十九号仓库的东南角。这里是被他亲自关上的，那扇被人为破坏过的小门，这也是一个"未解之谜"，为什么分明就是一个巨大的阴谋，还有人特别针对猛龙小队？

唐凌趴在东南角的屋顶，发现自己已经根本顾不上思考了，因为这里聚集了异常之多的尸人，在执着地冲击着这扇小铁门。

就算是前文明的防盗门又如何？它的锁能承受一千个人的挤压撞击？何况尸人还不知疼痛！何况它还被人为破坏过一次！更何况它周围的墙体能有多结实？

唐凌的额头布满了细密的汗珠，他是有计划的，只是没有想到时间会如此紧迫。精准本能在快速地运算，不超过九分钟，这扇门就会因为连接门框的墙体承受到了极限，而连同整个门框一起倒塌。

九分钟！唐凌猛地站了起来，再也顾不得隐藏，开始快速地在屋顶跑动，仔细地观察十九号仓库的周围。

南侧，由顶峰小队负责的二十、二十一号仓库显然安静得多，但同样也被尸人包围着。东侧，是深入仓库的地带，尸人更加密集。北侧，靠近仓库区的出口，原本是逃生最好的选择，但如今也已经变得不可能，这里的战斗动静实在太大，不仅希望壁垒投入的兵力在火速赶往这里，废墟战场上的其他存在也开始奔赴而来。战斗已经开始，兽类，战士，还有从仓库区涌出的尸人……

唯一的希望是西侧吗？唐凌擦了一把额角的汗，那靠近裂缝的西侧！他之前觉得万一到了绝境万不得已，曾经规划过逃生路线的西侧。

第143章　生死时速（上）

仓库区的最西侧是一个小小矮坡，刚好对仓库区的西面形成了阻断之势。

在前文明时代它或许是市内的一座小山，时代的变迁让它形成了一处特殊的矮坡。面向仓库区的一面是山坡，高度不过五十米左右，而另一面则相对陡峭，紧紧地贴着那一条邪恶的裂缝。

这也就注定了在那里不会聚集太多的尸人，因为那条裂缝太邪了，不仅能自我伪装，必须要佩戴希望壁垒的徽章才能一睹真容，而且让人本能地不愿靠近。

事实上不仅是人类，唐凌通过几次值岗观察过，只要感觉稍微敏锐一些的存在，都不会靠近那条裂缝，甚至不愿意靠近其一定范围内。尸人虽然不是人类，但它的大脑毕竟还是人类的构造，就算只有本能，也强于一般的野兽，是更不愿意靠近那条裂缝的。

所以，西侧……

唐凌站在屋顶，看得一清二楚，和他猜测的一样，在西侧那道矮坡之上没有任何尸人的存在。而十九号仓库原本就在仓库区的西北角，几乎是紧贴着西侧，距离那片矮坡异常之近，如果要逃生的话……

唐凌觉得还是只能依靠原本的计划，只是他原本没有想到的是，如今这情况真的执行起来，比计划要难太多了。也许，即使这样做了，也只是死路，不过只要还有一丝希望的话……

唐凌是一个异常果断的人，在决定了之后，便毫不犹豫地原路返回，但为了保险起见，他把C级合金长刀深深地插入了仓库屋顶，然后以刀为支撑物，把轻便登山绳紧紧地系了上去。

"情况就是如此，唯一的办法就是一搏。"回到了那间办公室，唐凌只花费了不到两分钟，便把所有的情况还有自己的计划都告知了大家。剩下的事情很简单，是决定继续守在办公室内死等支援，还是冒死一搏，只不过给大家考虑和选择的时间不多了。

"搏吧！就按照你说的计划。"昱最快做出了决定，虽然他不知道唐凌所说的最多还有几分钟，东南角的门就支撑不住了有何依据。但就算唐凌危言耸听，实际的情况也支撑不了多久，这一点昱是了解的。

"那就搏吧。"奥斯顿伸了一个懒腰。

薇安、克里斯蒂娜还有安迪一时间还不能做出选择。

可阿米尔在这个时候提出了反对，他快速地说道："为何不能有一个更稳妥的方式？就比如等东南角的小门失守，尸人涌入的时候，我们再去到屋顶。

然后在屋顶等待时机，再找机会去引走在矮坡下的尸人，我们趁机冲上矮坡呢？"

是的，唐凌的计划其实并不复杂，那就是由他们几人主动开门，把所有的门都打开，把周围的尸人都"引诱"进来。这样，屋顶下的尸人就会瞬间减少，而唐凌会第一时间跳下屋顶，去把不远处在矮坡下聚集的尸人也引到仓库之中来。接着几人有序地退回办公室，快速冲上屋顶，再从屋顶跳下，冲向小山坡，最后只需要沿着裂缝就能绕回希望壁垒，猛龙小队就彻底安全了。

听起来这个计划非常简单，实际上对时机的把握，对体力的耗费都是一项巨大的挑战，而且非常危险，因为一个细小的疏忽都会让人陷入尸人潮的包围之中。阿米尔提出反对理所当然，也在情理之中。而且显然，阿米尔提出的办法更加稳妥，让大家都有些动心，如果能够用相对安全的方式，谁愿意在这样密集的尸人群之中冒险呢？

唐凌深吸了一口气，拍了拍阿米尔的肩膀，异常快速地说道："三点。第一，尸人不可控，所以它们什么时候才能全部涌入仓库？我们没有办法把控这个时间，所以也不知道要等待多久。第二，屋顶并不安全，我们全部上了屋顶，等于暴露自身。尸人的嗅觉异常灵敏，在没有遮挡的屋顶，会引发什么后果，我并不敢保证。想想吧，如果来了一只二级爬行者，高墙对它有阻碍吗？第三，如果我们全部上了屋顶，没有'食物'的仓库对尸人的吸引力有多大？我的办法重点在于一切要在我们的控制之中，就算冒险，我们必须控制尸人！"

说到这里，唐凌的神情变得无比认真："战斗，本就是生死之搏，我们不能去想着任何的保障。那样，我们会输。我的话说完了，大家可以再次选择。"

是的，若论对整个战场局势的判断，就算是高级将领也许也比不上唐凌。他在爬上屋顶之前，已经思考得非常成熟，唯一没有预料到的是那只"锯齿坦克"竟然还在仓库区。

"搏。"大家的意见一致了，因为除此之外，真的再没有更加稳妥的办法。

薇安和克里斯蒂娜半蹲在屋顶上，瑟瑟发抖。也许是因为沁凉的夜风，也许是因为远处那"锯齿坦克"还在不停地吞噬。那极其残忍的吞咽动作，让人仿佛可以听见人的骨血在它齿间摩擦的声音，还有那些无辜而勇敢的战士最后的惨嚎。

希望崖，一条光带亮起，如此刺眼。还记得那日于晃晃悠悠的吊箱中所见，那是二级护城仪所在的位置。南方，炮火声已经响起，为了让部队强行突围进仓库区，希望壁垒动用了热武器。

而脚下的仓库区呢？十二个区域中，有的已经聚满了尸人，而有的区域有战士突围出来，在其中厮杀，就像一片汪洋之中的小小漩涡，难以想象是否还能有一丝活命的希望。

仰空导师在做什么？此刻是否在指挥中心？17号安全区的人们睡得很熟吧？根本无法想象隔着一道悬崖的此地，发生着怎么样的危机。

唐凌站在屋顶，两个女孩子的前方，他的作战常服的袖口已经挽起，"狼咬"就紧紧地扣在手中，想起了那个出发前亲吻着自己武器祈祷的战士。而唐凌略显有些单薄的站立身影，落在薇安和克里斯蒂娜眼中，多少寻到了一丝安全的味道。

黑暗仓库中，奥斯顿轻吻了一下手中的军刺——这来自家族的礼物，望向了阿米尔。昱伸出了右手，看着脸色略微有些苍白的安迪："开始吧。"

奥斯顿挥舞了一下军刺，挽起了作战常服，裸露手臂上立刻出现了一道深可见骨的伤痕，血液大片地渗出。接着是阿米尔……

昱同样也划破了自己的手臂，毫不留情，血液是要足够的。安迪闭上了眼睛，也把手臂伸向了昱。

四只手臂，流淌的带着温度的鲜血。尽管还隔着仓库的大门，已经让门外的尸人疯狂。是的，人类就是尸人最爱的食物，人类的鲜血就是让尸人沉迷的"致命罂粟"。

"开门。"奥斯顿洪亮的声音响彻黑暗的仓库。

"哗啦啦——"

"噼啪——"北边的大门和东南角的小门同时洞开。

"跑！按照唐凌说的路线。"门开的一瞬，带着尸人特殊腥臭味的夜风和尸人同时涌入。无数灰白的眼眸带着嗜血的疯狂，几乎不要命地朝着仓库中涌来。滴落的鲜血就是最好的控制剂，从此刻开始尸人潮将对四人穷追不舍。

需要煎熬多久？一分钟？五分钟？还是十分钟？尽管十九号仓库距离那片矮坡不过一百多米的距离……

安迪双眼通红，听着身后的号叫，只是祈祷其中一定不要有更高级的变异尸人，否则半分钟都难以坚持。"唐凌，唐凌你一定要快一些……"安迪几乎是在心中哭喊。而奥斯顿，昱和阿米尔又何尝不是呢？

唐凌！你快一些！

第144章　生死时速（下）

唐凌说不上此刻的心情，不是平静，也绝非紧张，而是有一种燃烧般的兴奋，即便搏命最后的结果是死亡。但他欣赏这种灿烂。

尸人开始咆哮了，唐凌眯起了眼睛，奥斯顿他们应该放血了吧，这些家伙可不要怕疼，伤口不够深，血液不够多啊。

一声带着颤抖的咆哮——"开门"，就连屋顶上也能隐约听见，薇安和克里斯蒂娜互相握紧了双手。

而唐凌手中拿着轻便登山绳，一步一步地走到了屋顶的边缘。

"嗷呜——"尸人响彻一片的嘶吼声。"噼噼啪啪"，尸人毫无章法的脚步声，都涌向了一个目的地——仓库。

此时，唐凌的脑子进入了一种奇异的状态，思路无比的清晰。二十三秒，从北门已经涌入了大概四百多只尸人。三十六秒，东南角的小门下只剩余了七八十只疯狂的尸人在拥挤着，癫狂般地想要进入带着甜美血液香味的仓库。

这些家伙是放了多少血，竟然把隔着一条巷道的二十号仓库的尸人都吸引来了？唐凌的嘴角扬起一丝笑容，可真是够勇敢的啊！但也无所谓，只要涌入仓库的尸人数量不超过两千只，他们四个人就还有闪躲拖延的空间……

那么自己呢？唐凌已经站在了屋顶的边缘，夜风扬起了他的黑发，他一个俯冲，整个身体从高高的仓库楼顶跃了下去。在跳跃的瞬间，他回头看着薇安和克里斯蒂娜说了一句："等我，收好绳索。"

这是最好的时刻，在仓库西边游荡的尸人已经全部朝着两处开门的地方涌去，还有那么十几只还未到转角的地方。自己落地的一瞬，可以刚好和它们错开。在空中，要控制绳索和身体达到一个最佳的角度，这样落地后可以距离那片小矮坡更近一些。每一秒都要计较，每一步都要算计，这就是战场。

"砰"的一声，唐凌完美地落地，半蹲的膝盖卸去了从高空弹跳下来的冲劲。但唐凌并没有急着站起，而是借着这股冲劲滚了四五米，接着借力翻身站了起来。没有多余的想法，也不需辨识方向，唐凌直接开始冲刺。以他的速度，不过一百米左右的距离，短短的几秒钟而已。

在仓库和矮坡之间，是一道有些略显狭长的缝隙地带，在这里聚集了一百多只显得有些"傻气"的尸人，它们漫无目的地左右行走，东摇西晃，彼此撞击……唐凌连减速都懒得，直接冲向了这群尸人。

第一只尸人发现了唐凌，接着第二只，第三只……唐凌扬起了匕首，和冲向他的第一只尸人直接碰撞，身体稍微朝左歪斜，避开了尸人的爪子，脚步不停，扣着"狼咬"的右手直接划起一个弧度……

那只尸人倒地了，整个脖子被切开了大半，但唐凌根本没有停留，下一刻戴着指虎的拳头直接砸破了第二只尸人的脑袋。冲刺间，他已经进入了尸人群的边缘，所有的尸人都望向了唐凌。唐凌微微一笑，整个人忽然朝后猛退了七八步，同时，已经在衣襟上擦拭过的"狼咬"深深地划破了他的手臂。鲜血猛地渗出，一滴滴，一股股呈线状地滴落在地上。唐凌也很狠。

尸人们疯狂了！"来吧，哥们儿。"唐凌如此说了一句，举着手臂，任由流淌的鲜血染红了他的作战常服。

尸人们狂热地冲向了唐凌。唐凌在心中默数着最佳的距离，然后转身带着这一群尸人朝着十九号仓库跑去。完全不用低估尸人们的疯狂，一百多米的距离，尽管唐凌的耳中全是夜风灌耳的呼啸声，这群尸人的脚步竟然也不慢。

"砰！"唐凌撞开了一个倾斜的，不知道被哪只尸人撞倒在门前的货架，直接迈入了仓库。用时一分五十七秒。近乎唐凌能力的极限！

"吁——"一声响亮的口哨声在散发着腐朽臭味的仓库中响起。月光下，通过北门投来的探照灯光芒中，能见到的全是密密麻麻尸人灰白色的眼睛。唐凌的心跳无比地快，他的喉咙无比地干渴，因为他这一刻才开始紧张。这一声口哨声是信号，代表着他已经把矮坡的尸人全部引诱到了这里。而按照之前的计划，如果大家都还活着，会用同样的口哨声回应，然后按照唐凌安排好的路线，朝着那个办公室聚集。

"吁——"第二声口哨声响起。"吁——"第三声，第四声，第五声……

"哈哈！"尽管很想克制，唐凌还是忍不住笑了，他赶上了，他这些负责带着尸人在仓库里兜圈子的伙伴们都还活着。接下来，应该没有问题了，唐凌的心中流淌着一种安然的满足感，虽然还身处战场。

他接近办公室了。他看见了奥斯顿如同笨熊般的身影，跑在奥斯顿前方的是兔子一般惊恐的安迪。他看见昱高高地跃起，跨过了两排货架，再一次超过了奥斯顿，抢先接近了办公室。奥斯顿带着笑声骂骂咧咧，却不想阿米尔也跑到了他的前方。

"妈的，想留下老子喂尸人吗？"奥斯顿尽管如此骂着，但嘴角都是笑意。壮举，这绝对是壮举，可以吹一辈子的牛，谁胆敢只当了一个月的战士，就带着几百个尸人兜圈子。

五个人在唐凌所说的点聚合了，还有不到二十米的距离就到那个办公室了。接下来，终于就是活下来了吧？大家很想互相说点什么，但此时身后的尸人也因为五人的聚拢而汇合在了一起，起码上千只，谁敢耽误半秒？

可这就是在这时，几乎是有预感一般的，唐凌猛然回头。他看见了一个脊背弓起，四肢细长的家伙在跑动，与其他尸人不同的是，它跑动的姿势是四肢着地。其实，这并不值得惊慌，因为一级变异尸人中的爬行者，都是这样跑动的。可是，这一只不一样！它的速度同风一般。

或许是前方密密麻麻的尸人太挡路了，又或许是那一排排的货架太碍眼了。那只尸人猛地从货架上一跃，跳到了左边的墙上，就如同一只壁虎飞快地朝着唐凌几人冲刺而来。二级爬行者！！

而办公室的门已经在眼前……唐凌抿紧了嘴角，他甚至来不及出言提醒。他只是刻意地放慢了一下脚步，转身猛地一脚踢向了块头最大的奥斯顿。

奥斯顿跑在几人的最后，最前方的安迪刚刚跨入办公室的门……被唐凌猛踢一脚的奥斯顿，那巨大的身体失去了平衡，朝前猛地一扑，几乎是踉跄着把昱和阿米尔一起挤进了办公室的大门。

"唐凌，你他妈在……"奥斯顿回头大骂，却一下子惊恐地瞪大了眼睛。他看见了一个枯瘦的、四肢异常长、脊背高高拱起的身影，此时正扑向了他刚才所在的位置。扑空之后，又转向了唐凌。

唐凌的整个身体朝后倒去，他看了一眼奥斯顿："关门！不要让我们的努力白费！"

"我……"昱想要冲出来，二级爬行者吗？他心中的战意让他不想逃避，何况是要抛弃战友！

安迪与奥斯顿同样停下了脚步，阿米尔站在唐凌搭好的简易爬梯旁，正好回头……谁都清楚，如果没有人在此吸引二级爬行者，他们一个都跑不掉。关门？关门也无济于事，这一扇小铁门，二级爬行者分分钟就可以破坏。但如果有人吸引了二级爬行者，其他人就可以逃命。即便失败，关上的门也可以阻挡一下，也许这些时间就够他们成功地逃到山坡上。唐凌已经做出了最正确的判断，也给出了自己的选择。离门最近的奥斯顿开始颤抖，他有一种想哭的冲动……

"关门！"二级爬行者朝着唐凌倒下的地方重重扑去，唐凌一个翻滚，嘶吼道，然后望着所有人努力一笑，"山坡上等我！"

"啊！"奥斯顿嘶吼着，"啪"的一声拉上了办公室的铁门。

第145章　暗网

"为什么要留下他？"夜，随着大战的展开，已经沸腾了。炮火声，厮杀声，兽吼声以及尸人的咆哮之声，一段在夜色中，星辰下组成的战争交响曲，淹没了薇安无助的咽呜声。她其实并不是在指责谁，更不是在质问谁，只是一种纯粹的情绪发泄。她就是很难相信，唐凌这样一个人，会这样就死去了。还会有奇迹吗？薇安自己都不敢抱这样的希望。想想二级变异爬行者，还有那如海潮般的尸人，就算紫月战士想要救出唐凌也要花费一番功夫吧？

"薇安。"克里斯蒂娜从薇安身后揽住了她，失去同伴，她也同样难过，可应该没人比薇安更加悲伤。面对薇安的崩溃，昱和奥斯顿无言以对，即便有千百个理由，也无法掩饰唐凌牺牲自己来成全他们的事实，更可耻的是，这两个骄傲的少年有些无法面对自己"抛弃"战友的事实。

安迪的双眼有些失神，只是望向了十九号仓库区。也许，过一小会儿，就会看见唐凌出现在屋顶上呢？这个可能性有多少，安迪没有去想。他只是很不习惯，不习惯在前方没有了唐凌的身影。这个他想一直跟随的身影，今天却被自己抛下了。

"都理智一些，我们回希望壁垒吧。"阿米尔沉默了许久，这样说了一句。

薇安愤怒地望向了阿米尔："你难道没有心吗？万一唐凌出现了，他一定是受了重伤，他需要我们。"

"他不会出现了。"阿米尔望向了十九号仓库，此时又有一群新的尸人蜂拥而来，堵塞了道路。

"嘭"的一声，奥斯顿挥拳打向了阿米尔。阿米尔没有闪躲，只是任由鼻端流下两缕鲜血，用可笑的眼神望着所有人："我了解的唐凌，可从来都不是会做梦的人。他很让人看不透，也许他隐藏了许多，让人无法真正地了解他。可是，我很清楚，他是一个任何时候都很清醒，知道要做什么以及怎么做的人。他似乎不会出错，就算今天选择自己牺牲，看起来也是最正确的决定。我也很想做到他那样啊。"

说到这里，阿米尔擦去了鼻端的鲜血，然后独自朝着山坡的另一面，那个接近裂缝的陡坡走去。他似乎是自言自语，也似乎是在对众人说话："战争开始了，我们留在这里，就像被废弃的兵。唐凌救下我们，不是让我们在这里傻等的，我想回到希望壁垒以后，我们也会被安排再次战斗。"

说话间，阿米尔已经走到了矮坡的顶端，回头望向整个战场，目光在十九号仓库停留了一秒，眼神复杂……但很快，他就转身跃下了山坡。

昱痛苦地闭上了双眼，但下一刻他毫不留情地从克里斯蒂娜怀中一把抓过了薇安，强行跟上了阿米尔。奥斯顿拉着安迪也跟上了昱的脚步。

"我不要走，我要等着唐凌。"薇安到这个时候，终于掉下了眼泪，似乎离开这里，就是剥夺了她最后的一丝希望。

"昱，你不要那么粗暴。"克里斯蒂娜从昱手里拉回了薇安，用力抱紧她，轻声说道，"他们都只是，只是不想辜负唐凌。我们还要继续战斗，变得强大。"

薇安不再说话，只是小声地啜泣，奥斯顿拉着有些呆傻的安迪和她们擦身而过，说道："也许有一天，我也会死。我希望，我死得比唐凌那家伙更光荣。"

"我，我，我是不会忘记他的。我会一直记得我们曾经有一个伙伴，叫唐凌。"薇安终究是跟着克里斯蒂娜离开了山坡。她用很小的，只有克里斯蒂娜能听见的声音，最后讲道："我还会记得，我很喜欢他。"

猛龙小队的人就这样离去了。这片被寄予了生存希望的小山坡重新变得安静了起来，而战斗并未因为他们的离去而变得平缓下来。

随着越多兵力的投入，战斗变得愈发激烈。就像是在今日要进行废墟战场的最后决斗。在死亡阴影的笼罩下，在一片绝望悲伤混合着麻木的心情之中，没人去思考为什么这里会出现绵绵不绝的尸人。没人去多想六级尸人王突兀地出现，背后有着一个什么样巨大的阴谋。

所以，也就更不会有人想到，陡然变得激烈的战斗背后，是不是有一双无形的手在操控着一切。它到底为何要操控这一切。

一场战斗，让亨克干净苍白的脸颊有些脏了。希望壁垒之中，第一预备营正在紧急集合，整个预备营的洞穴一片忙碌纷乱。唯有亨克所在的，深处的，正对着聚能仪的小洞穴异常安静。安德鲁带着温柔的笑容，在亨克身边放下了一盆来自浴室洞穴的温水。他试了试，水温刚刚好，他拧干了一条洁白的丝巾，带着几分小心为亨克擦着脸，眼神淡然而平静。

亨克有些暴躁地拉住了安德鲁的手，他望向了安德鲁："你早就知道的，对吗？"

"知道什么？"安德鲁漫不经心，然后看着亨克的脸说道，"别动，我看看这里是不是受伤了？"

"嘭"的一声，亨克推翻了眼前的水盆，似乎还嫌不够发泄，又一脚踢向了水盆。无辜的水盆撞向了洞穴的石壁，发出了一声脆响，毫无疑问地变形了。安德鲁并不说话，而是走过去捡起了水盆，用力勉强将它复原，就要走出洞穴。

"你要去哪里？"亨克望向了安德鲁，眼中竟有一丝不安。他不了解安德鲁，有时感觉是一点儿都不了解，可就是因为这种不了解，反而让他认为有安德鲁在身边，是最安全的。安德鲁这样离开，自然激发了他的不安。

"哪儿都不去，去重新弄盆水。时间不多了，我们等一下又得赶赴战场，我想你不喜欢以不洁净的样子出现在别人面前。"安德鲁淡淡地说道。

"你为什么就……"这番话并没有让亨克觉得感动，他反而冲向了安德鲁，抓紧了他的衣领。

安德鲁的神色并没有变化，只是安静地说道："为什么就不告诉你更多事情，对吗？知道得越多，承受得越多。我希望一切只是我来承受，你安静地成长就好。"

"所以，把我当傻子，对吗？"亨克冷笑了一声，"我根本就看出来了，你明明知道这一次的清理任务会变成这个样子，你却叫顶峰小队一定要接这个任务。我知道，这是为了洗脱嫌疑，这样就不会有人怀疑你知道。其实，你根本不用如此做作。谁会怀疑到一个预备营的，连紫月战士都不是的家伙？对了，你挑唆我们去阻止猛龙小队接这个任务。也是为了演戏吧？这样显得你的不知情更加真实，对不对？"亨克非常激动，他终于说出了一切。

因为，还能再明显一些吗？顶峰小队根本就没有完成任务，就在安德鲁安排的一个巧合之下，强行撤退。这个所谓的巧合，也许顶峰小队的其他人不会有任何的想法，还会庆幸，如果不是如此，他们也会困死在这次的任务之中。没人能够保证，在尸人王出现、尸人如潮的情况下还能脱身。

可是亨克知道，这个巧合是假的——整支队伍恰好没有准备真菌抑制剂——以安德鲁的谨慎，根本就不会犯这种错误。

就算看起来没带真菌抑制剂是队伍中艾玛的责任，但亨克有一万个理由相信，就算艾玛忘记了，安德鲁也一定会弥补这个错误。而且，说不定艾玛的恰好忘记也和安德鲁有着千丝万缕的关系，就比如安德鲁表现出了对这次任务的轻视，有意无意地强调其他的东西，故意忽略真菌抑制剂。艾玛是一个没大脑的女人，她会被安德鲁牵着鼻子走的。

想到这里，亨克自己都有些震惊，说是不了解安德鲁，但自己还真的是了解的。他只是无法承受这种压力，他根本不敢想如果安德鲁提前就知道战场会变成这样，这背后意味着什么？背叛？背叛谁？看如今的任务演变成了不利于希望壁垒的战斗，答案还能更明显一些吗？

"不，你说的不全对。"安德鲁抓住了亨克抓在自己衣领上的手，轻轻地将它放了下去，"我固然要洗脱自己的嫌疑，但也是为了顺便做一件事。"说到这里，安德鲁悠闲地坐了下来，"那便是杀了唐凌。"

"什么？"亨克不解地望着安德鲁，他不明白安德鲁为何会如此在意唐凌。再说杀他需要如此大费周章？

安德鲁从洞穴的架子上拿了一瓶酒拧开，轻轻抿了一口，也不管亨克的疑问，自顾自地说道："我想过，就比如说，我们去挑衅了猛龙小队，他们会更坚定地去做任务。不要低估了少年人的自尊心，当然也不能低估唐凌。很多细节证明他是一个疑神疑鬼且聪明的家伙，我必须给他一些安全感。比如，我们顶峰小队也要去做任务，而且是抢着做。"

"那么，你那天晚上挑动大家去打压猛龙小队。是为了唐凌？唐凌有那么重要？"亨克扬了扬眉。

安德鲁整理了一下自己的衣角，安然地说道："说不上重要，但也不能说不重要。重要的是我要洗脱嫌疑，杀唐凌只是顺手为之。"

"为了你的叔叔莱诺？"亨克想到了这一件事情，顶峰小队从第一天就知情了，毕竟苏耀把事情闹得很大。他曾经还奇怪，安德鲁为什么作为昂斯家族的一员，会让唐凌安心地待在第一预备营那么久，原来是准备一击必杀！

"为了他？不！虽然我得承认，在家族中，莱诺是站在我这边的。可他太愚蠢，而且做事冲动不顾后果。我没有必要为他做什么。唐凌的事情，你不用询问太多。总之他死了，对于我来说是一个非常好的消息，我会得到奖赏，这就够了。"安德鲁放下了酒瓶，他只是喝了两小口。即便他喜欢这种液体，但也不允许自己沉迷。

"杀他很容易。"亨克觉得安德鲁做事太绕弯子了，何必利用这样一件事？现在亨克也明白了，他们撤退之前破坏十九号仓库的门锁，真正的目标人物果真是唐凌。但其他队员不会想到的，他们顶多只会觉得挑衅了顶峰小队的猛龙小队就该被如此对待。安德鲁是一个会完美掩饰自己目的的家伙。

"当然，杀他很容易。但要做到不打草惊蛇很难……莱诺想要争功，也是因为有了个完美的借口，否则他也不敢如此。"安德鲁单手托腮，目光变得有些深沉，一时间又让亨克有些看不懂了。

"你是顾忌苏耀？"亨克此时的语气已经柔和了下来，不管怎么样，安德鲁不会隐瞒他就好。

"苏耀？嗯，是一个值得顾虑的疯子。但，并不全是如此。"说到这里，安德鲁站了起来，望着亨克，"唐凌的事情就讨论到这里吧，不出意外他应该死了。"

"可今天晚上的事情……"亨克一想到这场带着阴谋的战斗，竟然有人知情，而且这个知情人竟然是安德鲁，就感觉浑身冰冷。

"亨克。"安德鲁的语气忽然变得柔和了起来，然后看着他说道，"还记得我们小时候吗？你也说过，无论发生什么，你一定会站在我身边的。"

亨克的双眼变得有些迷蒙了起来，仿佛那遥远的，已经过去的时光又浮现在了眼前。他当然还记得，他怎么可能忘记。他知道安德鲁这样说背后的意义，无疑是承认了自己的背叛，对17号安全区的背叛。

"我对你毫不隐瞒。你明白吗？"安德鲁的目光依旧落在了亨克身上。

亨克觉得脸有些发烫，他们也从小生活在17号安全区，然后呢？背叛它吗？

"我需要你。一直以来，我的态度都是一样，你只要安心地成长就好。"安德鲁叹息了一声，然后走到亨克身边，为他整理了一下制服，说道，"但小时候的话可以不当真，我需要你也只是我的态度。你，其实只需要按照自己内心的意愿，开心就好。"说完这句话，安德鲁就要走出洞穴。

亨克忽然说道："我当然会一直在你身边。"是啊，背叛既可耻又难受，但如果是为了安德鲁……

而安德鲁听闻这句话，只是低头微微一笑，然后说道："快一些吧，等一下我们还要卖命地战斗。这一次，我发誓为了我的良心，我会认真战斗，但结局你知道是不可左右的。"

第146章　毁灭之战

结局不可左右，这句话背后的意义，亨克当然也能理解。今天晚上这场阴谋，说不定会颠覆希望壁垒，继而颠覆整个17号安全区。

"如果不成功呢？"

北翼莽林边缘连接的一片山脉，被17号安全区称作赫尔洛奇山。它连绵二十几公里，是阿托山脉的支脉。此时，赫尔洛奇山其中一座山丘之上，矗立着四个披着黑袍，戴着白色面具的身影。其中三个身影明显是人类，而另外一个身影则非常奇特，差不多五米的身高，魁梧得难以言喻的身材，还有很多细节特征表明，他绝对不是人类。

询问这个问题的正是这个奇特的身影，他的腔调非常奇怪，比"鹦鹉学舌"还要奇怪，咬字也非常生硬。

"那也无所谓。至少所有重要的人都不会暴露，会有替死鬼的！"接话的人，声音明显经过了处理，呈现一种怪异的机械感。

"替死鬼可靠吗？"那奇特的身影带着嘲讽的语气问道，接着又补充了一句，"你知道的，人类的心是最不可相信的东西。"

"不相信？又何必和我们合作？"两人谈话间，另外一个身影说话了，同样是经过处理的机械音，但明显带着一丝愤怒。

"呵呵，开个玩笑。"那奇特的身影并不想起争执。

"不要吵。总之，替死鬼绝对可靠，是我们安插的人。另外，趁着这场清洗，我们还可以拔除一些17号安全区的钉子，如果我们失败的话。"最先回答的那个人，再次解释了一番。

"这么说来，无论今晚成功与否，你们都立于不败之地？"那奇特的身影接了一句。

"古语说，人无远虑必有近忧。万事筹谋是应该的。当然，今晚能成功是最好的。"

"当然，颠覆的火焰会烧灼整个星球，这只是迟早的事情。我们并不急于今晚。呵呵呵……"在这时，最后一个一直沉默的身影终于开口，语气带着说不出的阴阳怪气。

山丘下，整个废墟战场就在眼前，而发生突变的那一片仓库区，在探照灯的照射下分外的清晰。

一张充斥着阴谋的大网，在此刻终于无声地拉开。唐凌并不知道整个局势的变化，更不知道自己其实是深陷其中的一人。事实上，就算知道又如何？无数个为什么依旧得不到解答，就比如他一个来自聚居地的小子，为何会卷入风暴，被很多人盯上？唐凌如今只想活着，或许这也成了一个奢望，因为他的极限已经到了，他全凭意志在坚持，可意志能够坚持多久？这是精准本能也算不出的答案。

仓库之中，尸人依旧拥挤，唐凌散发的甜美鲜血之味，牢牢地吸引着它们不愿离去。地面上满是堆积的尸人尸体，猛龙小队猎杀的，唐凌现在猎杀的，二级爬行者猎杀的。总之，现在在唐凌周围几米之内已经找不出一点儿空白之地。难闻的，属于尸人的腐朽之血洋溢在空气之中。

唐凌的视线已经有些模糊，先前留下的两支真菌抑制剂，已经消耗了一支，残破坚硬的玻璃残渣划破了唐凌的口舌，但他还是将第二支含在了口中，准备随时咬破。

二级爬行者和唐凌此时隔着十米不到的距离，它扬起的利爪再次刺穿了一

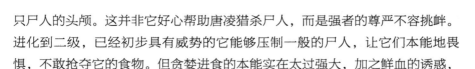

只尸人的头颅。这并非它好心帮助唐凌猎杀尸人，而是强者的尊严不容挑衅。进化到二级，已经初步具有威势的它能够压制一般的尸人，让它们本能地畏惧，不敢抢夺它的食物。但贪婪进食的本能实在太过强大，加之鲜血的诱惑，总有那么一些不长眼的尸人想要"虎口夺食"。

所以，这一场战斗不止在于唐凌和二级爬行者之间，双方还要猎杀时不时冒出的贪婪尸人，无疑把战斗的难度又提升了一个层次。

"三秒，左17度，阻挡，右跳。"唐凌的口中默念着别人绝对听不懂的零碎词语。而在默念的同时，他已经抓住了一截残缺的尸人尸体，朝着左方17度用尽了所有的力量扔了过去。

"嘭！"尸人的残破尸体和二级爬行者就像约定好一般，对撞在了一起，就在这个瞬间，唐凌朝着右方跳去。

"啪"，二级爬行者落地了，就在唐凌刚刚所站的位置，时间不多不少正好三秒。又一次落空的攻击，让它灰白色的眼眸之中充斥着人性化的愤怒。眼前的猎物明明已经到了极限，为何每次总差一丝，不能够捕猎到他？以尸人的智慧自然思考不出什么结果，它只是选择再一次攻向了唐凌。凭借本能它知道，时间站在它这一方。

"噌"，又是一声脆响，唐凌的双膝已经支撑不了他的身体，在二级爬行者扑击的一瞬，软倒在地。不停运算的精准本能还是让他做出了最正确的动作，扬起右手，横拿"狼咬"，及时地阻挡在了自己的脖颈前。

二级爬行者的牙齿和"狼咬"的对撞，发出了清脆的一声，坚硬的"狼咬"崩断了二级爬行者的半颗牙齿，它终究没有如愿地咬到唐凌那跳动的、充斥着诱惑鲜血的颈动脉。

但这样的极限阻挡也并非没有付出代价，爬行者的左爪那锋利的指甲已经深深地嵌入了唐凌左臂的血肉里。一阵眩晕的感觉冲击唐凌的大脑，极限运转精准本能副作用极大，七窍流血就是唐凌的现状，他满脸都是鲜血，看起来比尸人还要可憎。

终究还是被抓住了吗？唐凌的脑中只有这个念头，但他的血肉岂是这只肮脏的二级爬行者有资格享用的？一念之间，似乎是忘记了精准本能，唐凌用了最野蛮的方式，一头狠狠地撞向了二级爬行者的头。

一声闷响，惊到了在一旁蠢蠢欲动"围观"的尸人，二级爬行者的身体被撞开了一小段距离，头部传来的剧烈撞击，让它也避免不了地产生眩晕感——

只是被真菌控制，神经活性还在，大脑的一部分还在发生作用，那么头部被碰撞，就一定会眩晕。

唐凌咬紧了牙齿，同时也咬碎了第二支真菌抑制剂，他没有二级爬行者强，但还知道一个小窍门，即头部碰撞时，咬牙能够让人很快地避免眩晕，剩下的只有靠强大的意志支撑。

显然二级爬行者没有什么意志可言，在它眩晕的一瞬，唐凌猛地拔出了它插在自己左臂上的利爪，摇摇晃晃地站了起来。

"呸"的一声，唐凌吐掉了口中带血的玻璃碴，在旁立刻有一只尸人顾不得血沫中还有玻璃碴，趴在地上贪婪地舔舐起来。

如此恶心的一幕，难道就是为自己送葬的最终画面？唐凌的右手已经快要拿不起"狼咬"，倚着一截残破的货架，眼前的画面就快要支离破碎。

"终究还是赌输了吗？"唐凌笑，握着"狼咬"的手却不知道哪里来的力气，陡然收紧。他并不伟大，之所以让伙伴们先走，固然有责任在身，毕竟是他把猛龙小队拖入这个旋涡。但更多的原因，是他在做一场豪赌，一次挑战自己极限后想要得到答案的豪赌。

但极限早已经撑过了一次又一次，这具身体被压榨得连饥饿感都快要消失了，他想要的答案还是没有出现。

"扑哧"，"狼咬"刺入了旁边一只想要偷袭的尸人眼眶，唐凌拔出了它。二级爬行者已经清醒了过来。最多还有一秒，它会再次攻击唐凌，唐凌剩下的选择无非是两个，第一，是作为滋养二级爬行者的食物。第二，就是用"狼咬"自杀，保持最后作为人的尊严。

可是，甘心吗？此时，二级爬行者已经拱起了身体，这是进攻的前奏，这一次它势在必得！不甘，很不甘，唐凌又一次地集中精神，在脑中疯狂地呐喊着"出现啊，出现啊，你难道想要和我一起被埋葬吗？"

二级爬行者已经跃起，在空中的身体舒展开来，还沾着唐凌鲜血的左爪扬起，划起了一个弧度，明显是朝着唐凌的头部攻击。这个动作要是放在唐凌巅峰状态下，可以轻易地闪躲过去，甚至凭借精准本能可以计算出至少五种以上闪躲外加攻击的方式。但现在唐凌什么都做不到。

二级爬行者很强吗？很强，但强得也有限，至少从力量、神经反应上来说，和唐凌不相伯仲。唯一强过唐凌的无非是速度，但这一点唐凌可以用精准本能来弥补。可弥补不了的是，这是一场绝对不对等的战斗，因为尸人强烈的感染

性。越是变异级别高的尸人，感染性就越强，被它稍微划破一点皮都不行。

这就是遭遇一只二级爬行者会导致团灭的根本原因，真菌抑制剂一旦用完，没有一击必杀它的方式，最有可能的结局就是被感染，丧失战斗力，继而沦为食物。

可是唐凌的衡量不在于此，在他的心中，既然是差不多的实力，他就必须要赢，他不接受这样的失败。

是做不到什么了，唐凌的嘴角透着惨烈的笑容，但始终不肯屈服于逃避与软弱，去选择自杀。那么……唐凌望着二级爬行者，忽然微微挪动身体，张开了双臂，直面二级爬行者。这个动作让几乎没有太多思考能力的二级爬行者，都略微呆滞了零点二秒。但也因为这个动作，它原本是想要攻击唐凌头部的利爪，落在了唐凌的左肩上。

"唰"的一声，锋锐的指甲轻易就划破了唐凌的常规作战服，划破了唐凌的血肉，拉出了一道近六十厘米的伤口。鲜血显然刺激了二级爬行者，近在眼前的胜利让它兴奋了起来。它落地了，直接撕咬向了唐凌。

"哈哈哈……"唐凌近乎癫狂地，用尽所有力气爆发出一阵狂笑，张开的双臂突然抱紧了二级爬行者。

"嗷！"二级爬行者咬住了唐凌的肩膀，它不理解唐凌这个动作的含义，它也思考不了，它只是凭借着本能想要开始享用食物。而唐凌也同样忽然一口咬住了二级爬行者的肩膀："吃我，对吗？那就一起啊，反正大家都饿了！"唐凌的口中充斥着尸人血肉独有的腐朽腥臭，但他非常痛快。难道就只能你吃我？我不能吃你吗？看谁先被吃完啊！

二级爬行者没有痛感，但唐凌突如其来的这个动作似乎勾起了它掩藏在内心深处的本能畏惧，被吞噬的只能是食物，被吞噬意味着消失湮灭，它被吞噬了？这说不清楚是来自控制尸人的真菌的畏惧，还是尸人大脑残留的意识，二级爬行者呆滞了。

而唐凌一仰头，竟生生从尸人的肩膀上咬下了一块血肉，爆发出最后的力量勒紧这只二级爬行者。

"你畏惧吗？你逃避吗？你拘泥于规则，需要多强大的精神力才能唤醒你？是不是只有愤怒，只有悲伤，只有绝望，才能绝对地凝聚精神力？不，还有一种叫作疯子的精神力，对吗？"唐凌的大脑已经模糊，却又陷入一种奇异的，如同回光返照一般的清醒，他的脑中在咆哮，唯独他知道，他是在质问。

质问"它"，为什么这场豪赌，要让他输？难道非得到了绝境，彻底陷入了模糊，才来控制他的身体战斗吗？不，唐凌赌的是绝对清醒状态下的操控！他绝对不要被操控，所以他始终不肯放弃脑中那清醒的意识。

唐凌开始咀嚼腥臭的血肉，这是他唯一能让自己痛快甘心的方式，他已经不渴望答案了。他如果要死，谁能阻止他的壮烈？

二级爬行者彻底愤怒了，它竟然被食物"吃"了？这是何等的耻辱？即便没有思考能力，愤怒也足以淹没它的畏惧，它的牙齿再次用力，深深地嵌入了唐凌的肩膀，齿尖摩擦着唐凌的骨头。只要再用一些力，便能咬碎骨头，扬头便能连骨带血地咬下一大块血肉。它绝对不会被食物吞噬。

这是极度的痛苦，被吞噬，被火烧，那种不能马上死去，却要承受一大段一大段折磨的时光，足以让人崩溃到最黑暗之中。唐凌没有，他的双眼忽然变得血红。

第147章　屠杀者

这是一双比尸人灰白色的双眸，更可怕的眼睛。蕴含着来自地狱的火焰，来自炼狱的血腥。那是疯狂而无畏惧的眼神，唯独没有失去清醒的自我意识。

唐凌赌赢了。

当二级爬行者用力撕咬的瞬间，唐凌的心脏忽然爆开了一股热焰，那熟悉的炙热感，那让人迷恋的温度。那一刻，唐凌并没有失去任何的意识，他知道他终于掀开了底牌，他赢了。

肌肉再次开始膨胀，二级爬行者已经触碰到唐凌骨头的齿尖被弹开，它的嘴也被拉扯开来……可是，唐凌依旧在变化，拔高的身体，被"刺啦"一声撑破的常规作战服。只是瞬间，二级爬行者就不得不放弃撕咬，因为它没有蛇类的本事，能够利用构造特殊的下颌骨来吞噬体型比自己大得多的猎物，它已经咬不住唐凌的肩膀。它实在不清楚眼前的食物发生了什么变化，只是来自本能的危险感充斥着它，它想要逃跑了。

可是到底发生了什么？原本箍着它没什么威胁的双臂，突然变得有力起来。这种变化之快，瞬间它就已经不能挣扎。作为尸人，它的肺部已经没有了呼吸的功能，但腹腔传来的紧压感，依旧让它惶恐不安。它的双脚离地，感觉到一片阴影覆盖了自己，它惊惶地抬头，看见的是一双冷漠的双眼，一个巨大的"食物"。

是的，非常巨大。超过了三米五的身高，可怕的胸围、臂围，就像巨人一般的存在。除了那张脸还让二级爬行者感觉到熟悉，他还是那个"食物"。

只是畏惧，从骨子里感觉到了畏惧……二级爬行者开始疯狂地挣扎，这似乎让唐凌感觉到有趣，他单手捏住了二级爬行者的脖子，如同掐住一个玩偶一般提起了它。半空中，二级爬行者还在拼命地挣扎，甚至试图攻击，它惶恐不安的吼叫声惹得周围的尸人群越发的躁动不安。

但唐凌一点儿都不急躁，他玩味地望着这只二级爬行者，带着审视的目光想要看清楚这只变异的二级尸人究竟和人类的躯体有多大的区别，这是不是代表着人类身体潜力的发展方向？毕竟，从严格的意义上来讲，尸人和人类的"材料"并无本质区别。

一只尸人"充满勇气"地开始靠近唐凌，强者的失败给了它抢夺食物的信心，它无法克制对食物的贪婪。这如同推倒了第一张多米诺骨牌，第二只，第三只，第十只……唐凌周围的尸人都开始蠢蠢欲动。

可那又有什么关系？唐凌歪着头，动了动脖子，望着那只犹在挣扎号叫的二级爬行者嘲弄地询问道："是谁让它们开始攻击的？你吗？不过，你是否知道一句古语，有因必有果？如果……"说话间，唐凌忽然伸出了右手，以人类几乎不可捕捉的速度一拳打穿了第一只"勇敢"扑向他的尸人。

硕大的拳头从尸人的胸口透出，手心里还抓着一只半黑色的心脏。"啪"的一声，心脏在唐凌的手中碎裂，运气似乎不好，没有结晶的存在。这似乎让唐凌有些恼怒，他伸手"咔嚓"一声掰断了二级爬行者的一只右臂，接着它的左臂也遭受了同样的命运。

唐凌还不满意，他胡乱地将这二级爬行者的双腿拧在了一起，乍一看就像一条麻花。"我是说如果事情是由你而起，那必然要由你来结束。恰好……你的叫声很难听，我听烦了。"话音刚落，唐凌抓着二级爬行者的右手陡然松开，二级爬行者朝着地面落去。可是，它还没有落地，它被扭成麻花的双腿就被唐凌再次抓在了手中，如同一根大棒。

　　几乎没有停顿的，这根"大棒"就被唐凌扬起，"嘭"的一声，如同打苍蝇一般地扫向了朝着他扑来的一群尸人。

　　"嗷！"这是这只二级爬行者最后的惨叫声，接下来和那群尸人狠狠的碰撞，已经让它的身体全身骨裂，绵软得就像一团烂肉。

　　"不好用。"唐凌撇嘴，大步向前，刚才那一扫，至少荡开了二十余只尸人，撞烂了七八只尸人。可他嫌弃二级爬行者的身体实在不够"刚劲"，而且被拧成麻花的双腿太软，让他无法尽兴地发挥力量。但是无所谓，有趣的战斗不是刚刚开始吗？

　　唐凌的手在二级爬行者已经不成形的身体里掏出了心脏，强烈的撞击让它的心脏也几乎成了一团烂肉，但是一颗不亚于那只三级变异螳螂的结晶却闪亮地存在着，并没有受到任何的破坏。又是一颗接近良品的结晶！这让唐凌心情异常的阳光，冒险如果没有回报，那就实在太扫兴了。

　　随手收好了那颗珍贵的结晶，唐凌抬头，血红的眼眸扫过了仓库。彻底死亡的二级爬行者再无任何的威势可言，整个仓库的尸人"暴动"了。无数双灰白色的眼眸望向了唐凌，美味的食物现在可以任由它们抢夺了吗？整个仓库如同发生了连锁反应，尸人们兴奋无比，号叫着冲向了唐凌。如果此时从上空俯瞰，密密麻麻的尸人就如同一大波狂暴的海浪，都涌向了以唐凌为"基点"的所在之地。

　　同样地，唐凌也兴奋无比，在清醒的意识下用这样的身体战斗，是何等的享受？他捏紧的拳头发出"噼里啪啦"爆裂的声响，他毫不畏惧地冲向了尸潮。

　　这是仇恨！这是发泄！这是对那一夜的无力、痛苦、悲伤无声又疯狂的释放。无所谓技巧，不考虑伤痛，只有杀，杀，肆无忌惮的杀！

　　这根本就不是一场战斗，而是一场压倒性的屠杀，这具躯体的出现，就算保持着最清醒的意识，也无法压制那无边的战意。唐凌就如一把最尖锐的匕首，猛地捅进了尸人组成的浪潮，他无坚不摧，速度惊人，所过之处黑色的血花四溅，只用一分钟就把这巨浪撕开了一条巨大的口子。

　　一批批的尸人倒下，在唐凌的脚边堆积，已经来不及数清数目的心脏纷纷破碎在唐凌的手中，一颗颗的灰白劣质结晶被唐凌收起。这是一条血路，又一批死亡的尸人倒在了之前被屠杀的尸人尸体之上，这个仓库彻底地变成了血腥仓库，尸人墓场。

　　一分钟，两分钟，三分钟……唐凌就像一尊不倒的杀神，在浪潮之中来回冲击了三次。原本密集的尸人变得稀疏了起来，没有思考能力，为食物几乎能倾尽一切的尸人终于开始本能地感受到了畏惧。就如同畏惧它们之中的强者，畏惧那一条幽深的裂缝……

渐渐地，开始有尸人退出了血腥的十九号仓库。慢慢地，尸人开始乱成一团，在食物和畏惧之间的选择让它们凌乱了起来。

唐凌全身浴血，滴滴黑色的血液汇聚成一条条黑色的血流，从他的身上滚落而下。他再次来到了那间办公室，这一次，他也终于停止了杀戮，"砰"地一脚踢开了那间办公室的大门。

出奇的，竟然没有尸人敢跟随进入，这些野兽般的家伙也被杀怕了吗？唐凌的眼中闪过一丝嘲讽，但身体终究也传来了一丝虚弱的感觉。这一次，唐凌是完全清醒的，他就如有所感应一般，忽然就清醒地认识到，这丝虚弱很快就会扩大，然后变成一个"虚弱炸弹"，在身体中爆裂。到了那个时候，他绝对再无一丝战斗之力，如果再不抓紧时间脱离危险，他将真正面对万劫不复的局面。所以，唐凌克制着疯狂的、强烈的战意及时脱离了战斗。

一进入办公室，他就一跃而起，跳上了之前那个窗台。借着让整个战场通明的探照灯，唐凌还能看见之前伙伴们留下的脚印，一根轻便登山绳在窗口随着夜风微微晃荡。

"这些家伙。"唐凌的心中闪过了一丝暖意，他们并没有收走他之前留下的绳子。即便收走它是如此的容易，只需要稍微用力就可以将固定绳子的C级合金长刀拔起，一点时间都不会浪费。

而且身为一名战士，且"穷困"的新晋新月战士不应该放弃一把C级合金长刀。但他们偏偏放弃了，只因为这些家伙总还是怀有自己会活着的希望吧？即便什么都不能做，能为自己留一丝方便，就是唯一的安慰吧。

唐凌非常理性，偶尔却又非常感性，他无法阻挡这些友情在心中生根发芽，带着美好的诱惑，让自己沉沦。那么，便一起温暖地走上一段岁月又如何？

唐凌忍不住微笑，但却没有动那根轻便登山绳，而是同之前一样，一个跳跃抓住了屋檐，再荡起身体，一个翻身落到了屋顶之上。可他根本就不敢站起来，而是趴在屋顶上。

抬头一看，没想到只是短短的十来分钟，整个仓库区竟然已经变成了真正的战场。希望壁垒发动了火炮，带着火光和呼啸声的炮弹时不时就会从空中划过，炸向仓库区尸人王所在的地方。

新投入战斗的战士携带了热武器，平日里珍惜得要命的子弹开始发泄一般地倾斜在仓库区的入口处。因为在那里，已经集结了大批疯狂的兽类和变异昆虫，它们不知道受了什么刺激，几乎是前仆后继一般地涌向这里。

冷兵器的厮杀依旧是主色调，但这只发生在尸人王、尸人王周围的精英战士和紫月战士之间。

而仓库区内部，已经不是普通战士能够插手的了，不知道何时这里来了快三十个紫月战士，唐凌甚至通过探照灯看见了手持黑夜闪电的安东尼。

紫月战士全员出动了吗？显然不是！至少唐凌就没有看见飞龙。

情况似乎有些乱，为什么二级护城仪不发动呢？还有这些杀之不尽的尸人、疯狂的野兽和变异昆虫是怎么回事？唐凌根本就不认为仓库区会藏有如此多的尸人，平日希望壁垒的情报组织也不是吃白饭的。

他更认为，这些疯狂的野兽和变异昆虫会集体选择在这一夜发狂，一定是有什么原因的吧？

这些念头一涌现，唐凌的脸色不由自主地变得非常难看，尽管他此时还不想触碰压抑在内心深处的仇恨，他还是想到了那个银发黑袍人。那个站在尸人之中，吹奏着怪异曲调，操控着一切的人。

"是他吗？"唐凌几乎是从齿缝间挤出了这三个字，但虚弱感就如他所预料的一般，瞬间就快速地扩大了。这种虚弱不止是来自身体的虚弱，而是淹没一切的虚弱，唐凌的精神、思维，甚至意志力……根本无法抵抗啊！

思绪瞬间就被中断，伴随着粗重的喘息声，唐凌的身体开始急剧地缩小。最强的状态几乎没有预兆地就被解除了，甚至连留给唐凌思考怎么脱离战场的时间都没有。

幸运之神不会一直眷顾，留在这里时间越长，死亡的概率就会成倍地增加。就比如那越来越密集的火炮，虽然现在轰击的方向是朝着尸人王所在的地方，但这里充斥着密集的尸人，终会采取无差别的毯式的轰击。又比如，他这样裸露地趴在屋顶之上，吸引到强大变异尸人的概率也并不小。

还有无数种危险的可能随时都会发生，难道就这样无助地陷入虚弱状态了吗？可怕的是，唐凌还并不知晓这样的虚弱状态究竟会持续多久。

随着身体的缩小，之前被撑到极限的常规作战服也变得空荡了起来。被唐凌胡乱塞在衣衫内各个地方的结晶也滚落了不少出来，其中就包括了那一颗接近良品的结晶。它就滚落在唐凌眼前不到十厘米的地方，在紫色月光的映照下，结晶之中凝结的丝丝紫色竟然带着一种致命的诱惑。

"吞下它"，"吞下它"，在如此虚弱的状态下，唐凌的心跳竟开始莫名地加快，带着巨大的、不可抗拒的渴望想要吞下那颗结晶。

结晶难道也是可以吞噬的吗？在这样的状态下，唐凌根本无法去思考这个问题。但他也没有半丝想要抗拒的意思，既然产生了这个念头，他便已经开始挣扎着，费力地，颤抖地将手伸向了那颗结晶。

感觉非常不好啊，巨大的虚弱感，还有那有些混乱的意志是怎么回事？

即便无法思考，唐凌凭着本能也知道，他之前太疯狂了，屠杀尸人时根本就没有注意到"感染"的问题，甚至还咀嚼了二级爬行者的肉……真菌抑制剂的效果是有限的。莫非"魔鬼真菌"也在这个时候发作了吗？

与此同时，唐凌的手也终于握住了那颗充满了诱惑的结晶。

第148章　流星

"之前连续服用过两支真菌抑制剂，药效已经不足以压制'魔鬼真菌'，但残余药效多少还在发挥作用。所以在三个小时内，再服用一支真菌抑制剂，就没有大碍……

"三个小时，能在战场上捱够三个小时吗？暴露在屋顶上，三个小时不吸引来强大变异尸人的概率只有百分之零点六……

"好热，太热了。对了，三个小时十九号仓库不被炮弹击中的概率只有百分之四点三……

"综合起来我的生存概率只有百分之……太烫了，我在哪里？是已经死了，被火烧了吗……

"原来，变身的关键点就在于精神力。极端的愤怒和悲伤，都会引起精神力的强烈波动。特别是忘我的愤怒和悲伤之下，精神力会更加纯粹。如果想要保持清醒的意识，就不能依靠强烈的情绪，而必须高度集中精神力，达到某个临界点……

"清醒的意识必然会带来思考，思考就会让精神力难以集中。但如果精神力够强大，那么事情就会变得容易许多……

"可是，精神力是什么呢？怎么去感受它？衡量标准呢？如何提升呢？不行，我太热了，我会被烧化的吧……

"变身的实质，我终于知道了。它的本质相当于一个'放大器'，放大我本身能力的放大器……

"数据，唔，数据。和我之前预估的差别不大。变身后的拳力在4395公斤，4倍左右。速度达到了接近2.6倍。神经反应，嗯，和之前预估的也……不行，真的不行了，我的血液是不是已经沸腾了，好难受……

"变身好强大，如果我本身越强，那么……对了，这个变身之后放大的幅度，是不是还会有所提升？怎么提升……

"啊，我要怎么逃出战场，我距离相对安全的小山坡不过一百多米……

"水，水……我好想喝水……我的水壶在哪里？还有水吗……"

断断续续的意识，全部是唐凌昏迷之前想要思考的问题，但如被火焰包裹着的痛苦，不停地打断他的思维。不过，那"魔鬼真菌"彻底发作之前的思维混乱感已经消失了，只是来自身体本能的对水的渴望混合着火烧般的灼热感，还在持续折磨着唐凌。他快要清醒，却始终不能睁开眼睛，彻底清醒。

这时，口中突然传来了一股冰凉的感觉，那流动的触感不就是最渴望的水吗？唐凌无法形容此刻的欣喜若狂，就连在滚烫的昏迷中，神情也不自觉地舒展开来。

他并没有完全清醒，也无法思考这水是幻觉，还是真实。如果是真实的，那这水是从哪里来的？但无论如何，想要打败自身的本能是绝对困难的。就算是魔鬼递过来的毒液，唐凌此时也无法拒绝了，就算被毒死也被比渴死好。

唐凌开始大口地吞咽，而清凉的水源源不绝地从唐凌的口中流入喉间，然后在身体中扩散开来，滋润着唐凌的身体，也冷却了那一股恼人的灼热。感觉舒服了许多，唐凌的呼吸变得平稳起来，但一个问题，也猛然间在唐凌脑中出现："我为什么要吞下那颗结晶？"

随着这个问题出现在脑中，昏迷之前的各种回忆铺天盖地地涌现而出。让伙伴们离去，仓库中战斗到接近死亡，变身，杀戮，脱身，昏迷……最后一个片段则停留在那颗结晶被自己塞入了口中……然后呢？然后呢？！巨大的危机感和疑惑一下子包裹了唐凌。他猛地睁开了眼睛。

安德鲁站在主战通道里，脸色在希望壁垒亮起的灯火下，微微有些潮红，尽管神情平静，但眼中到底有一丝压抑不住的不安。

"我想去前面看看。"安德鲁回头对亨克说道。

他的声音很小，以至于从他身边纷纷而过，撤回洞穴的战士们都没有听见。即便听见了，估计也不会有人在意，大家更加在意的是，战斗竟然在这种莫名其妙的情况下，被希望壁垒中止了。

火炮瞬间停止了发射。亮起的二级护城仪也渐渐暗淡下去，恢复了平常的模样。前方的战士在军官的指挥下，开始有条不紊地撤退，偶尔零星响起的枪声，还有冷兵器在夜空中划过的光芒，不过是断后部队为保证大部队顺利撤退做掩护罢了。

仓库区的尸王以及那群精英尸人被解决了吗？并没有！尽管被二十九个紫月战士围攻，尸王还在战斗。它有那么强大？它当然强大，但久攻不下更主要的原因是，它身边原本只有八只精英尸人，如今根据传回希望壁垒的情报报告，突然增多到了三十二只。在这群精英尸人的帮助下，它自然能支撑那么久。比较起来，反而紫月战士的战斗力显得有些不足。

所以，仓库区的危机根本没有解决，尸人王依旧耀武扬威，越来越多的尸人聚集在仓库区，甚至有很多已经涌出了仓库区，开始在仓库区之外游荡。野兽和变异昆虫退去了吗？也没有，它们依旧疯狂地集结在仓库区之外，有的已经开始和尸人战斗。但当人类的部队开始撤退以后，它们疯狂地涌向了万能源石。

万能源石是废墟战场存在的根本，17号安全区不会放弃它，被它吸引而来的各种存在也不会放弃它，另外还有少数希望壁垒的高层知道，另外一股不被普通战士所知的神秘势力也不会放弃它。

但谁也没有能力彻底地占有它。所以，讽刺的一幕就如此维持了好多年，所有的势力都在为着万能源石而战，却又因为万能源石保持着微妙的平衡。

战斗被这样突然叫停，还有更多的紫月战士呢？根本没有出战！只要是会独立思考的战士都会有不好的预感，在一切都没有"收拾"的情况下，中止战斗。是人类终于要让出一部分利益，任由这些兽类、昆虫还有尸人瓜分一部分万能源石了吗？

万能源石并非坚不可摧，紫月战士、凶兽、达到一定级别的变异昆虫、三级以上的变异尸人都有能力弄下来一小块……只是长久以来的胶着状态，让这种情况只发生过几次。那几次都记录在希望壁垒的历史之上，但也并不严重。根据记录，这一块巨大的万能源石比起最初的完整形态，只是被带走了不到一千公斤。比起它几百吨的"躯体"，只是损失了一点皮毛而已。

但是今晚呢？忽然取得胜利，打破平衡的兽类、尸体和变异昆虫会弄走多少万能源石？每个人的心中都涌起了强烈的不甘，毕竟多年来就是守护着它，为它而战，也享受着它带来的各种好处。如何能够放下心中这种已经成为习惯的执着？

所以，安德鲁那一句小声的"我想去前面看看"此刻根本不会有人在乎。不，还是有人会在乎的，那便是亨克。

在亨克的心中，安德鲁是一个永远优雅从容，天塌下来也会保持风度，即使被人用刀子捅入身体，也依然能微笑的人。他很少会流露出情绪，除了还幼小的时候，发生的一两件让人崩溃的往事。

成熟以后，亨克更是几乎已经感觉不到安德鲁的情绪了，或者说真正的，掩埋在内心的情绪。可是此刻，安德鲁明显是压制不住了。

"我和你一起。"亨克这样说道。安德鲁没有拒绝，和亨克两个人逆着人群而行，朝着希望壁垒的边缘巡逻之地走去。

作为第一预备营的精英，还是可以自由出入巡逻之地的。主战通道不过二百米的长度，就算逆人流而行，以安德鲁和亨克的速度，也不过两分钟就到了巡逻之地的边缘。

已是最寒凉的深夜，温度已经低到了零下十几度，加上夜风的呼啸，处于一百五十米高空中的巡逻之地边缘，空气更加地冷冽。但这温度冰冷不过安德鲁的内心。

"发生了什么？"他原本就是多疑之人，更喜欢掌控和计算带来的安全感。但事情脱离了掌控范围，他不可能安心。何况，还是这样一件大事。

他首先想到的就是，自己是否暴露了什么？如果真是如此，那么他的一切都会毁于一旦，就算他可以用尽办法证明自己无辜，事实他也一直这样做着，去掩盖去撇清一切。可就算最后生命无虞，还能看见高峰的景色吗？他的野心、他的仇恨与压抑能有释放的一天吗？

"很糟糕吗？"亨克的声音透着一丝担心，相比于安德鲁，亨克其实是一个简单的人。因为他的人生目标，不知从何时起，已经简单地定格成了一点，那就是无论发生什么，永远站在安德鲁的身旁。

安德鲁没有回答亨克的问题，而是少有地拿出了一支烟叼在了唇边，深深地吸了一口。

"亨克，根据历史，17号安全区在废墟战场已经战斗了多少年？"他如此问道。

"116年。"亨克什么也不问，只是很直接地回答了。

"万能源石一共发生了几次意外？"安德鲁吐出了一口烟雾，眼色深沉。

"四次。但其中一次，是我们现任的城主取走了一小块。"

"对啊。你觉得17号安全区的高层，我是说议会有可能放弃万能源石吗？哪怕一公斤心都会疼得滴血吧？"安德鲁回头看向亨克，微微一笑。但笑容之中透出的却绝不可能是喜悦。

亨克摇头，那不可能！万能源石是一切的根本！至少是17号安全区的根本。少了一千公斤是在接受的范围内，但如果少上了一定的数字，17号安全区会受到巨大的影响。因为谁也不能保证，万能源石缩小以后，紫光的照射范围和强度会不会因此受到影响。如果受到影响的话……首先希望壁垒的农场，二级护城仪，甚至很多依靠万能源石衍生而出的事物都会受到巨大的影响。亨克不敢想象那种冲击，很可怕。

而如今的形势是什么？聚集在一起的，贪婪的兽类、昆虫和尸人它们无所谓种植，也没有什么科技，要是能带走一块万能源石，哪怕只是几十克，它们都会竭尽全力地去占有，更多地占有。

想到这里，亨克苍白的脸色更加苍白了一些。安德鲁几个问题，让他把事情串联在了一起。如果17号安全区的高层没疯，今晚定然会不惜一切代价死守，不管是什么阴谋，什么陷阱都会放在一边。死守才是唯一正确的选择。除非……17号安全区发生了动荡，又或者他们找到了根源，有了解决的办法。

那会是什么动荡，大到影响高层呢？背叛，安全区中的大势力公然的背叛，双方进入了撕破脸的状态……找到根源，有了解决的办法，那就更加糟糕了！怪不得安德鲁会如此地不安，因为他就是置身其中的人。亨克的脸色更难看了。

安德鲁叼着烟，看着那些疯狂扑向万能源石的家伙开始内战，已有强者挤在了前方，就要开始瓜分万能源石……幽幽地说道："和我撇清关系。如果事情真的有那么糟糕。"

"不，我不会背弃自己的诺言。"亨克反而释然了，如果有什么事情比生死更重要，那就无所谓选择，也无所谓负担了。

安德鲁望着亨克，还想说些什么，但此时星光熠熠，紫月悠悠的夜空却划过了一道如流星般闪亮的光芒。那道光芒速度极快，飞跃过希望崖后，径直朝着尸王所在的地方呼啸而去，然后开始快速降落……与此同时，另外二十道光芒也陡然出现在夜空之中，虽然速度不及第一道，但依旧让人目炫。

看见这样的情景，亨克有些愣住了，以他的智慧，一时间还反应不过来发生了什么。但安德鲁不同，他取下了嘴角的香烟，再次微笑，不过这一次的微笑透着一丝轻松。

"亨克，我无法表达出对你深入骨髓的依赖和信任。今夜又再次证明了，你是如此可靠。但，更值得的高兴的是，我是安全的。你还是什么都不用想，安心地成长就好。"

第149章 惊艳一枪

17号安全区陷入了迷雾，除了少数知情人能够预知事情的发展方向，大多数人只能陷入茫然又无助的等待，等待着结果，然后随波逐流。但若事情偏离了预想的发展方向呢？不安的便是那少数人。

之前的安德鲁就是如此。他算计一切，在千里之外，就会考虑千里之后的事情。但到底年龄限制了他，他算不出意外。这夜空中出现的"流星"便是意外。

安德鲁绝对可以接受各种巧合构成的意外，原本就连生命的出现也是串联着各种意外。何况，这还是让他安心的意外呢？

第一道流星已经降落到了尸人王的旁边，在仓库区探照灯明若白昼的光芒下，一个披着黑袍的高大身影是如此的显眼。

尽管隔着接近一公里的距离，却也根本不影响大家看见他。震惊、兴奋、希望……一下子几乎是所有人都经历了这样情绪变化的过程。谁会对他陌生，这个并不算高大，也不算英俊的男人？

他是谁？他是17号安全区唯一的最高主宰，他的意志凌驾于一切，高于整个议会。而他的强大也已经不可想象，从他最后一次出手距离现在也已经过了快十年时间。但谁能忘记，他的第一战就一枪斩杀了一头天赋能力出众的三级凶兽。17号安全区的城主——沃夫·安道尔，他来了，如同英雄般地降临在废墟战场！

神秘蛰伏了十年，行踪难觅的他，谁知道又强大了多少，到了一个什么样的程度？

"唰"的一声，一支标志性的长枪被沃夫从背上取下，斜斜地直指六级尸人王。

而这个标志性的动作，让希望壁垒所有看到这一幕的人爆发出了山崩海啸一般的欢呼声。他们的城主，他们的英雄，他们的安心之所在……这一幕是如此地熟悉，就像多年前的兽人潮，他也是如此站在城墙的顶端，长枪在手，斜斜地指向了那一只三级凶兽——白头奔雷鹰。

而与此同时，那跟随着沃夫而来的另外二十道流星也急速地降落在了万能源石的周围。这才是真正的清剿战，城主带领着精英紫月战士亲自出手了！万能源石安全了，希望壁垒安全了，人类不用忍辱负重地出让利益了！曾经的守护没有白费！！

"结束了。这真是一个意外。"安德鲁眯着眼睛，对亨克如此说了一句，听着耳边震耳欲聋的欢呼声，看着沃夫似乎带着光芒的身影，他的眼中流露着向往。他并没有因为今晚的计划出现意外导致失败而失落。很多事情徐徐图之，也是一种乐趣。从根上已经开始腐烂的东西，并不是一两个英雄能够拯救的。

"唔，谁也没想到城主在……"亨克其实有些迷茫，为何城主会突然出现？传言大多说他并不在安全区，而是带着自己的二十个亲信手下在外。

"他不在城内。他只是赶回来了。"安德鲁显然是知情的，他一点儿都不奇怪，强大到沃夫那个层次，第六感极强，他回归是意料之内的事。自己的算计看来还是出了纰漏。

而安德鲁的话刚落音，沃夫的长枪已经朝着尸王刺了出去。

轻轻的一刺，毫无那种使枪时该有的一往无前、石破天惊的气势，也没有古语之中形容的如奔雷一般快的速度。甚至，比起曾经沃夫的枪势，都显得轻描淡写，弱小了不少。但没人敢怀疑这一枪的威力，特别是直面沃夫的尸人王更是发出了从战斗以来最为惊恐的嘶吼声。强大如它，比很多人更有眼力，更有对危险的预感。

就是这么一枪，轻轻地推出，往前延伸了一米，没有预兆地，无数黑芒突然出现在了枪尖的周围，而枪尖呈现出一种诡异的若有若无的状态。很多人倒吸了一口凉气，无法形容看见这一枪的感受，因为这枪尖若说它存在，却有一种它没有实质的感觉。若说它不存在，又仿佛是能看见它的。这感觉，非要有与之相近的形容，那就像是在清醒着做梦，你知道是梦，却无法醒来，那枪尖是梦中的事物。

欢呼声在这时就像被谁陡然摁停，所有人都沉浸在了这一枪的境界当中。而尸人王会如何应对？它会展现它最强的能力了吗？接下来会是多么惊艳的一战？

大家都如是猜测着，而亨克却轻声地说道："空间能力，还真的……能够……"

他的话并没有说完，人们就目瞪口呆地发现，尸人王跑了。它根本就不敢直接面对这一枪，果断地选择了逃跑。

还有这样的事情？有人觉得好笑，有人则皱起了眉头，因为这代表着什么？代表着尸人王的智慧！不是本能，而是有着真正自我意识的智慧！畏惧的情绪，还附带了面对情况的分析与选择，这绝对是高级的智慧。尸人进化到高阶，原来真的有高级智慧，这绝对不是一个好消息。

但不管是觉得好笑，还是觉得沉重，人们都觉得可惜，以尸人王的强力，如果它要逃，谁还能够阻止？就算城主也……

果然，沃夫面对尸人王的逃跑，没有任何的动作，他甚至连追的打算也没有，只是站在他的飞行仪器——一个类似于梭子的物体上，动也没动。可他也同样没有收回枪势，那把在他手中的长枪依旧完整地刺了出去。

此时，让人更加震惊的一幕出现了！那些原本环绕在枪尖的黑芒，突兀地出现在了尸人王巨大的脑袋周围，尸人王依旧在飞快地奔跑，却流露出了带着悲伤的畏惧，巨大的双手抱住了自己的脑袋。

可是没有用，那把长枪的枪尖伴随着黑芒出现了，没人清楚接着发生了什么，只看到黑芒闪烁之处，整把长枪如同一道电光一般，从尸人王的眉心"唰"的一声就穿过了它巨大的脑袋。一个很小的洞口出现在了尸人王的眉心，接着黑色的血液奔涌而出，尸人王巨大的身体轰然倒地。但回过神来时，人们发现那把长枪依旧握在沃夫的手中……

强大！无法形容的强大！

可人们还没有来得及欢呼，就看见尸人王的脑袋炸开，同时，一朵像花又像蘑菇的东西从中飘了出来。

那是什么东西？唐凌呆呆地看着那朵飘在空中的奇异生物，它有着细细的，就像蘑菇菌柄的一条根茎。在这菌柄上顶着的却不是菌伞，而是裂开的，像三瓣花瓣一样组成的一个半月形物体。它整体呈一种灰白的底色，就像尸人的眼睛，但身体还带着丝丝紫色的纹路，又像结晶中的紫丝。

这到底是什么？花？蘑菇？唐凌下一秒就有了答案，一个让他觉得有些害怕，难以置信的答案。

这怕就是——魔鬼真菌！这么大的魔鬼真菌？

这个念头刚刚升起，这朵形态奇异的东西就忽而间开始四分五裂，接着就模糊起来，快要消失的样子。

但与此同时，沃夫再次出手了。同样轻描淡写的出手，只是伸手打了一个响指，在那分裂的、模糊的、就快要消失的奇异东西周围，就出现了无数的黑芒，接着黑芒闪烁，直接将这东西"吞噬"了，一丝不剩。

是吞噬吧？唐凌依旧沉浸在震惊当中，他不知道那黑芒究竟是什么，但他同样认识那个披着黑袍的身影——17号安全区城主沃夫·安道尔。

他根本无法想象，原来17号安全区的城主强大到了如此的地步！更无法想象人类会强大到如此地步！这是什么样的力量？二十几个紫月战士，配合着前文明的大炮都没有解决的尸王，就被城主这么一枪干掉了？

唐凌发现自己对这个世界的认知还是太少了，他无法忘记这惊艳一枪给他的震撼，犹如再一次发现了一个崭新的世界。当然，唐凌心中还有沉重，因为那一夜后，他再也无法融入17号安全区，甚至难以消除对17号安全区的敌意。那是不是意味着以后也要面对这个城主？唐凌不知道答案，也不想去想，因为他的头疼得厉害，如果不是城主出现，使出了那惊艳的一枪，打断了他的冥思苦想，恐怕他此刻还在苦苦思索答案。

那么答案呢？是没有的。唐凌站了起来，望着燃起熊熊大火的十九号仓库。此刻，十九号仓库已经坍塌了一半，炮弹造成的弹坑是如此明显。这是他安全以后，再被炮击造成的结果，还是说有其他的可能，就比如有人帮他"毁尸灭迹"，消除他实力可能被怀疑的一切痕迹，唐凌已经不再思考。实际上，当他醒来，发现自己被扔在安全的小山坡上时，就已经大为诧异，接着便是一股巨大的不安——在自己毫无防备的时候竟然有人接近了自己？

但事实证明，来人并没有恶意，甚至对唐凌充满了善意。因为唐凌发现在地上有一支注射过的真菌抑制剂空瓶，而且是纯度更高的真菌抑制剂。仔细观察后，唐凌在胳膊上找到了一个细小的针眼，这就完美解释了他为何在昏迷中思维虽然断断续续，但却无比清醒的原因。这个在他昏迷时带走他的人帮他解除了魔鬼真菌的感染。

另外，唐凌还发现自己被放过血，他的手腕现在还隐隐作痛，当他感觉手腕不对劲时，发现手腕已经被仔细包扎过。同时，被包扎的还有之前引诱尸人所切割的伤口。

唐凌第一反应就是怕人对他隐秘地做了什么手脚，所以他下意识地扯开了这些包扎。然后，他有了新的发现，在手腕的伤口处有一种异样的，带着微微腥和甜的气味。这气味唐凌并不陌生，在仰空的常识课堂上曾经就讲解过这种东西，甚至拿出了实物让猛龙小队的所有人仔细观察过。

自然，也嗅过了它的气味。这是——细胞修复药剂的味道，这种很独特的，在仰空口中难以作假的复合味道。

发现当然不止这些，唐凌之前破破烂烂的常规作战服也被换了。来人非常仔细小心，新换的这一套也布满了黑色的尸人血迹和一些裂口，很像自然战斗过的。他收集的结晶也被仔细地收拢，放在了随身挂的小皮包里。一切非常完美。

所以，唐凌当然有理由怀疑十九号仓库坍塌的状况，也是一种为他找好的完美掩饰。

可是，合理吗？并不合理！唐凌握住的拳头展开，手心中有一张韧草纸，上面写着一句话："不要乱吞结晶，下次不会再这么好运有细胞药剂拯救你。"这行字，与其说是人写的，不如说是刻出来的，根本没有字迹可言。

综合起来看，他是被人救了。救他的人，把一切做得缜密无比，但大炮可不是能够轻易控制的，必须要希望壁垒配合，巧合地把炮弹射向十九号仓库……所以，合理吗？

难道是苏耀叔，唐凌不是没有设想过这个可能，但苏耀根本没有理由那么鬼鬼祟祟，对唐凌避而不见。

那会是谁？目的是什么？就是这两个问题，让唐凌想到头疼，甚至一时间忘了离开。如若不是城主的出现，那惊艳的一枪转移了唐凌的注意力，唐凌也不知道自己会纠结多久。

算了，想不通的事情不要再想，苏耀的吞吞吐吐、故作神秘让唐凌已经习惯了生活在迷雾之中，他观察了一下四周，决定抓紧时间回到希望壁垒。至于回去后的说辞，他已经想好了，毕竟来人为他制造的借口不用白不用！想到这里，唐凌快速地朝着小山坡的背面跑去，他还是决定从裂缝处绕回希望壁垒，这样才显得更加合情合理。可是，刚刚跑动两步，唐凌的神色就变了变。

与此同时，一个雄浑的声音也在仓库区震荡开来："马上停止这一切。如果妄图今晚就破坏平衡，我会倾力一战。"

第150章　败露

这个声音一出，充斥着各类嘶吼声音的战场仿佛安静了一秒。唐凌下意识地回头，看见城主沃夫已经踩着他那奇异的飞行装置飞到了仓库区的空中。黑色的斗篷在夜风中猎猎飞扬，让并不高大的他如同战场之上高高在上的神。

"妈的，不会发现我了吧？"唐凌没有被这样的形象唬住，更有些自作多情——纷乱的战场，相对黑暗的小山坡，谁会注意到他这只小蚂蚁？但下意识地，唐凌还是趴了下来，他决定不要脸地爬到小山坡的另外一边。

沃夫的话并没有得到任何的回应，他冷笑了一声，缓缓扬起了拳头，忽然踩着飞行器猛地下坠。只是刹那，他的拳头上也出现了大片的黑芒，接着便落入了尸人潮中。

天地在此仿佛又安静了一秒。以沃夫为中心，方圆三百米的尸人潮中都泛起了一道道长长的黑芒，这些嘶吼的尸人开始四分五裂，整齐地，诡异地，一大片一大片地倒下。接着，黑芒沉入了尸人脚下的大地，瞬间一阵剧烈的震动，伴随着一声沉重的闷响，如同地震。

这震动搞得趴在山坡上的唐凌，身体也跟着颠簸了两下，差点儿吐了。

"搞……噗，什么啊……"唐凌开口想骂，但不想一开口，昏迷中被灌入的水就喷了出来。

实力强大，就不顾弱者的感想了吗？唐凌不是怎么讲道理的人，他理所当然地责怪沃夫，即便别人根本不知道他的存在。

可下一刻，唐凌就顾不得生气了，他目瞪口呆，难以置信地看着小山坡下的仓库区——此时的仓库区已经看不出原本的模样，沃夫一拳以后就淡淡地站在了落拳的位置，那个梭子型的飞行器就环绕在他身旁。

唐凌感觉自己这一生都忘不了这幅画面。紫月之下，披着黑色斗篷的沃夫，就像站在一处孤岛之上。因为方圆百米，除了他所在的位置，地面全部塌陷，而大道大道的裂痕更是蔓延了整个仓库区。

如果仅仅只是如此，唐凌还不至于如此的震撼且难以忘记。关键是，沃夫的一拳让唐凌看到了答案，关于仓库区这个谜题的答案——原来，就在地下。

没有错，地下是空的！随着地面的塌陷，露出了地下大片的空间，类似于聚居地的前文明下水道和明显人工挖掘出来的通道和洞穴，将之连接成了一片不小的空间。在这空间里，有着密密麻麻的尸人！

这，就是仓库区……尸人源源不绝的来源吗？这，就是尸人王突然消失的原因吗？原来它们都藏在了地下！！

是谁在前文明下水工程的基础上，弄出了这么一个地下空间？又是谁无声无息地藏了如此多的尸人在地下空间？尸人没有智慧，想要指挥哪有那么容易？还有，尸人王和它周围的精英尸人是如何也跟着藏进了地下空间的？唐凌握紧的拳头在颤抖，之前模糊的，一闪而过的，被压抑住的某个念头也变得清晰起来。

还能有谁？是他！一定是他！那个银发黑袍人，凭借他那特殊的手段，这里面有他参与的影子吧？难道仇人就一直潜伏在17号安全区？唐凌的心中燃烧着仇恨的火焰，同时伴随着一种难以言说的不安情绪交织在心中。这不安实际上非常好理解，因为这么大一个地下工程，是在17号安全区最强大的希望壁垒眼皮子底下完成的。那说明了什么？问题只能指向一点，17号安全区……不是有叛徒就是有奸细。而自己还需要在17号安全区，在希望壁垒之中成长。

城主沃夫知情吗？他在想些什么？既然能一拳破开这里，他……一定是知道一些什么的吧？可他如果知道，为何不阻止这一切？

唐凌发现事情很复杂，或者说这个世界是不是有些复杂，复杂到他看不懂？

"我再说一次，立刻停止这一切。遮羞布扯开以后，还想要假装若无其事吗？"沃夫依旧站在原地，声音却更大了，回荡在整个废墟战场。

与此同时，已经恢复安然的安德鲁内心又开始不安，但比起之前，还是镇定了许多。城主一定是知道些什么的。但……安德鲁设想了三种以上的可能，每一种都符合当下的情况，不过每一种应该都不会波及他所担心的一切。所以，他又彻底恢复了淡然，轻声地对亨克说道："走吧，我们回去吧。这一场戏演到这里，差不多该要结束了。"

"可是，城主好像知道一些什么。"亨克的脸色非常难看，城主的强大让他只想到了一种可能——突破桎梏的紫月战士。如果城主知情，那么安德鲁不是非常危险？亨克觉得凭借现在的自己，肯定保护不了安德鲁。

"没事。知道一些情况并不奇怪，也很容易想到。但还牵涉不到17号安全区内部，或者说即使牵涉了，城主也不会轻易地做什么，他有自己的考虑，也会陷入选择之间，相信我。"安德鲁伸手摸了摸亨克的金发，带着微笑淡然地说道。还是很难改掉这习惯啊，小时候，亨克这个家伙总是爱哭，摸摸他的头也就好了。如今，是不能摸头了，但是在亨克不安时，摸他头发这个习惯倒是戒不掉。

安德鲁的话让亨克安心下来，他也不再多问，点点头说道："那就回去吧。折腾一夜，耽误了许多修炼时间。"

唐凌自然不知道安德鲁和亨克的谈话，此刻他正被巨大的不安包裹，脑中无数的细节和线索交织在一起，一时间难以理清，也有些心乱。沃夫的喊话不知道会不会有什么效果，但唐凌是等不到这出大戏结束了。因为接下来的事情难以预料，唐凌下意识地就想要避开，至少在这个阶段，他还不想深陷其中。

"哟，哟，哟……沃夫·安道尔好像又变得强大了呢？"赫尔洛奇山脉，其中一处山丘之上。从仓库的战斗开始，就站在丘顶上的四个黑袍白面具身影，此时依旧还站在原地。

在看到了沃夫惊艳的表现之后，那个先前阴阳怪气的声音开口赞美了一句，但语气之中却并没有太过在乎。

"你们的计划算是失败了。"没有在意那句阴阳怪气的赞美，那个像怪物一般的身影依旧用怪异生涩的语调，淡淡地评价了一句。

"不用在乎，反正也没有指望能必然成功。"此时说话的，是之前给那个怪物身影解释的人，面对着这种情况，他显然也没有多失落，就如之前所说，不论成败他都已经做好了准备立于不败之地。

"那现在呢？沃夫的喊话需要理会吗？"虽然仓库区的危机解决了，但是围绕着万能源石的战斗还在继续，另外一个披着黑袍的人类似乎有些不安。沃夫带来了二十个精英紫月战士，一时间稳住了情况，但兽类和变异昆虫源源不绝，如此下去就算这些精英紫月战士也会有支撑不住的时候。那么剩下的路，还是只有一条——全面开战，而且是最激烈的、长时间的全面开战。可明眼人都知道，沃夫想让希望壁垒恢复平静，得到喘息，全面开战只是最坏的选择。

"这个问题……有些难以选择呢。不得不说沃夫这个家伙很是聪明，懂得审时度势取得平衡。呵呵呵……"这时，说话的又是那个语调阴阳怪气的身影。

"那……大人，我们应该如何取舍？"这时，那个给怪物解释一切的身影忍不住询问"阴阳怪气"，看起来那个"阴阳怪气"才是四个身影之中的主导者。

"取舍？不存在取舍，因为已经达不到最初的目的了。你难道还真的想万能源石被那些没有智商的东西瓜分走一部分吗？""阴阳怪气"回答了一句。

"那么，我们就立刻停战？让一切就像没有发生过？"询问的人需要得到"阴阳怪气"的最终肯定。

"不，之前说好的好处，我们可还没有拿到。这一战我们也付出了代价，沃夫不可能想不到我们的参与，我们要面对他的怒火。"这时，那个怪物忍不住开口了，语气之中透着不满。

面对怪物的不满，询问之人像是终于失去了耐心，淡淡地说道："你们的好处，我们自有安排。就算此时停战，也有办法让你们拿到好处。"

"你确定？那可是三吨万能源石。现在沃夫可是回来了，议会不再有17号安全区的最高话语权，你的安排还有那么大的价值？沃夫一句话否定的话……"那么长的话语，那怪物说得十分吃力。

那询问之人并不耐烦听下去，一挥手打断了怪物，直接说道："沃夫回来了，我们的安排只会更有价值。你可不要低估我们送到你们手中的筹码，沃夫如果不在乎的话，他也不会坐到那个位置。甚至或许，因为沃夫回来了，你们可以得到五吨万能源石。"

听闻这个结果，那个怪物不再说话。而询问之人则带着恭敬的语气再次望向"阴阳怪气"："那大人，这就全面停战了吧？"

"哼，除此之外呢？我所需要的是什么，你可是非常清楚。但停战以后的一些事情，就比如说借机清洗，你若办不好……那，呵呵呵……""阴阳怪气"终于给出了肯定的答案。语调淡淡的，却让询问之人全身颤抖了一下。

反之，主导者却根本不管询问之人的感受，黑袍一甩，转身一跃，消失在了夜色之中。

"五吨万能源石。"那怪物在"阴阳怪气"消失以后，也踏出了几步，来到了丘顶的边缘，提醒了一句询问之人，便从丘顶处一跃而下。

山丘上只剩下了两个身影。

在这时，询问之人才对另外一个身影开口："启动失败计划，先停止这场战斗。"

"可是，大人……就拿五吨万能源石给他吗？之前说好的可是三吨。"另一个身影语气之中带着不甘心，他似乎有些厌恶那个怪物。

"东升洲的古语，成大事者不拘小节。五吨万能源石罢了，难道你没发现一个问题吗？不要说五吨万能源石，就算这废墟战场的一整块万能源石，我们跟随的那位大人都没有放在眼里。"询问之人的观察力一向敏锐。

"那意思是？"

"还能有什么意思？我们只需要坚定地跟随着，以后比万能源石还大的好处也不少。毕竟，世界已经变了，变得那么大……也许只有井底之蛙才在乎万能源石吧。"说着这句话，这个询问之人也朝着山丘之下走去，身影和声音，也很快消失在了夜色之中。

　　唐凌小心地爬到小山坡的顶端，他特意选择多爬了一段路程，就是为了躲避探照灯。只要翻过了坡顶，另外一面相对陡峭的山坡就完全不在探照灯的照射范围内。这样他就可以加快速度，快一点儿回到希望壁垒。

也不知道是不是错觉，唐凌总感觉空气之中回荡着一股淡淡的、甜香的气息。莫非是自己太饿了，所以连空气都觉得好吃？唐凌忍不住产生出这样一个怪异的想法，他的确很饿，但这种饥饿和平日里从骨子里产生的穷凶极恶的饥饿并不相同，这只是他本人饿了。这种微妙的区别，也只有唐凌个人感受得到。

为什么"它"不会饿，想来应该和那颗被唐凌吞噬下去的结晶有关系，而且当时会对结晶产生强烈的渴望，恐怕也是"它"在操控自己。对于此，唐凌只能理解为"它"也感受到了虚弱危机，所以不惜危险也要补充能量。不然，在得到三级变异螳螂的结晶时，"它"可没有吞噬的欲望，结合来人留给他的纸条，唐凌可以轻易就得出一个结论——除非万不得已，不然吞噬结晶是极度危险的事情。可是，就全然没有好处吗？唐凌的脸上浮现出一丝兴奋，关于这个他已经有了模糊的答案，迫不及待地想要试一试。

第151章　怪物崽子

　　好处是什么？当然是自己应该又强大了几分。关于这一点，唐凌是在之前小跑那几步时发现的——他的速度变快了，所以当时他的脸色才变了变。不过，这种感觉是微妙的，在当时那种情况下，唐凌无法去验证，更没法知道自己到底变强了多少。此时，他只想快点儿回到希望壁垒，实际去验证一番，然后用精准本能得出最精确的答案。

　　想到这里，唐凌心中微微还是有一些兴奋，显然沃夫的强大表现，再一次刺激了他对力量的向往。对唐凌自身而言，他根本就不怕别人比他强大太多，而是怕对力量的追求轻易就到了尽头。就像前文明的人类，他们认可的拳王泰森，在巅峰时期的巅峰状态下，一拳八百公斤的拳力就已经快接近那时人类的极限。这样想想对于唐凌来说是挺无趣的，虽然前文明的人类相比自身的开发，更看重的是科技所带来的外物之力。

　　空气中依旧飘着那股若有似无的甜香气息，而沃夫在喊话之后，只是停顿了不到三分钟，便离开了战场。

　　已经悄悄爬到坡顶的唐凌自然望见了那颗离去的"流星"，但他并不认为沃夫的喊话没得到回应，毕竟强者有其尊严，如果没有得到一定默契的回答，怎么可能就无声地离去？

　　而答案在唐凌翻过坡顶以后，就已经直接地呈现了出来——那些疯狂围攻万能源石的兽类、尸人还有变异昆虫竟然表现出一副懒洋洋、昏昏欲睡的模样，然后都各自朝着四处散去。

　　这让唐凌无比震惊，这是什么样的手段？竟然还能控制着这一片战场的敌人，如果是希望壁垒掌握了这样的手段，会有什么样的意义？

　　战场上，二十名负责保护万能源石的紫月战士也停了手，各自背负着武器站在万能源石的周围。他们并没有追杀那些离去的敌人，想来这种所谓的困意也让这些敌人本能地感觉到了危险，才会离去，如若在这个时候趁机杀戮，反

而会真的引发大战。

面对如此的结果，希望壁垒再一次爆发出了欢呼之声，沃夫作为城主的威严无疑在人们心中再次加深了几分。而唐凌却在思考，这样的局面，难道……和空气中这股若有似无的香甜气息有关？这应该是唯一的解释，能够让如此大战瞬间停止，依靠的必须是控制手段。如果真的和自己推断的一样，那么17号安全区面对的敌人有多可怕？这样的局势又有多岌岌可危？况且，自己好像也陷入了其中……唐凌仔细地分析过各种线索，虽然还不能得到真相，但针对自己的那双黑手和17号安全区的对立者有着隐隐的联系，这一点还是能肯定的。

危机感，巨大的危机感深深地植入了唐凌的心中，他必须争取在有限的时间里，快速地提升自我。

而在这个时候，仓库区的探照灯灭了好多盏，战事已经结束，想必对仓库区的任务也要宣告失败，探照灯留在那里也没有任何的作用了。周围重新变得黑暗起来，而唐凌在夜色的掩护之下，也站了起来，他迫不及待地想试一试，试一试自己这一次又成长了几分。

这陡峭的矮坡无疑就是最好的试验场。它靠近裂缝，如果自己用极限的速度冲刺下去，那么一定就必须用极强的控制力稳住身体，才不会掉入裂缝之中，这种方式不仅考验了速度，显然对神经反应能力也是巨大的考验。

唐凌对自己的神经反应速度有着巨大的信心，他一直以来的苦恼只是在于他一直无法很准确测算它而已。"那就这样吧，虽然没有仪器对神经反应速度的测算那么精准，但也能够得到一个大致的概念。"唐凌如是想着，然后深吸了一口气。迎着呼呼的晚风，朝着陡峭的山坡之下，用了自己最极限的速度冲刺而去。

这山坡如此的陡峭，几乎接近垂直。高度差不多50米左右的山坡，坡线长度按照最简单的勾股定理，做最粗略的计算，大概也不会超过70米。在极限的速度下，唐凌用了不到3秒的距离就冲刺到了坡底。

而精准本能已经告知了唐凌最精确的数据，他用了2.2秒的时间跑过了62米的距离，那如今他百米速度就达到了惊人的3.55秒。第一次测算时，唐凌每秒的跑动距离是18.18米。一块凶兽肉，加上在第一预备营的训练生活和成长，让唐凌的跑动距离提升了接近三分之一，大概到了每秒24米。如今，通过不是那么严谨的测算，唐凌每秒跑动的距离则达到了28.18米。就算抛除从陡坡冲下有加速度的影响，这个跑动的距离相差也不会超过1米。

毕竟加速度受时间的影响，自己冲下来的时间只花了2.2秒。

一颗结晶带来的提升能有那么大？还是自己经过了一场大战之后，也带来了一些辅助提升？唐凌的脑子在瞬间就闪过了无数个念头，如此极限的速度下，他还必须要最及时地控制住身体停下。

出于对自己的自信，唐凌作死般地选择了陡坡最靠近裂缝的一处，坡底距离裂缝相隔不过一米多一点儿。

"唰"，就在距离裂缝还有不到60厘米的距离时，唐凌完美地停下了身体，因为停顿的速度过急，他的身侧响起了破风之声。这个结果让唐凌异常满意，如果按照他曾经的水平，估计需要到裂缝的最边缘，才能勉强稳住身体。

可是，唐凌还来不及高兴，那一条让人感觉异常不适的裂缝，在这个时候突然发出了一阵不大不小的震动。让唐凌才刚刚停下的身体不自觉地晃动了几下，朝着裂缝踉跄了两步，才勉强稳住了身体。

此时，紫月仿佛变得更加朦胧了一些。唐凌半跪着，用一只手撑住身体，正准备站起来。风，变得缓和一些，轻轻地吹过整条裂缝。突兀地，裂缝又轻微晃动了一下，一张巨大的脸从裂缝之中伸了出来，和下意识抬头想要看发生了什么的唐凌四目相对。

时间仿佛静止了。唐凌只要在清醒时，无时无刻都充斥着各种念头和运算数据的大脑，竟然出现了短暂的空白。"什么东西？"这是唐凌心中唯一的念头，眼前这张脸……眼前这张脸！是人？是尸人？都不是！它没有尸人特有的灰白双眸，况且尸人除了双眼颜色和身体腐朽，整个样子还是看得出来是人类。眼前这张脸，却只能说类似人类，但根本就不是人类。唐凌只是转动了一下眼珠，和他面对的那张脸也转动了一下眼珠……

下一刻，唐凌根本不再仔细去看那张脸，而是将就着这个半跪的姿势，朝着那张脸俯冲了过去。

他的头撞到了这张巨脸的门牙，但与此同时，在腰间挂着的，他始终没有使用的最后一颗手雷也被他拿在了手中，并且咬掉了拉环，顺势塞进了那张巨脸张着的口中。

"妈的，叫你吓人。"唐凌一个翻滚，就朝着旁边滚了过去，急速变幻的姿势，就算是唐凌对身体的掌控如此出色，也只能勉强控制一下方向。他差点跌进裂缝，但总算勉强稳住了身体。

而那张巨脸在这时发出了一阵强烈的震动，从口中爆出了混着尖牙的血肉……这些血肉呈诡异的橙红色，四处纷飞，一落地便发出了"吱吱"的声音，如同火花一般。其中几滴不可避免地溅射到唐凌的身上，瞬间就将唐凌的常规作战服烫出几个小洞。

也是在这时，那张巨脸再度转头望向了唐凌，眼神中透着巨大的愤怒。"没死？"唐凌难以置信，几乎是想也不想地就爬起来，朝着另外一个方向就跑。

裂缝在唐凌身后不停地发出微微的震动，唐凌根本就不回头，用屁股想也知道肯定是那巨脸怪物爬了出来。

"唐凌，唐凌……"就在这个时候，唐凌听见了身后有人在叫自己的名字。老子名声那么大？从裂缝里随便爬出一个什么也认识我？

唐凌头皮发麻，他其实也不想那么不友好，一见面就"赏"那巨脸怪一个手雷吃。再怎么是不是也该打个招呼？可唐凌也无法解释为什么，当他看见那张巨脸时，从骨子里就传来一股本能的厌恶和敌意。

"唐凌，唐……"身后那个声音还在叫着唐凌的名字，已经带着几分疲惫和虚弱之意，但怎么听上去有些耳熟？

三秒多的时间，唐凌已经跑出去了一段距离，身后的声音明显小了下去，可这种耳熟感到底让唐凌心中纠结，他忍不住回头看了一眼。

"什么鬼！"只是一眼唐凌就忍不住大喝了一句，借着月光，他能看见那个巨脸怪的大半身体已经爬出了裂缝，但估计是受伤太严重，撑不住，已经挂了。所以就诡异地挂在了裂缝边缘，它滚烫的血液四处流散，让它的尸体周围蒸腾出巨大的雾气。在这朦胧不清的雾气之中，唐凌模糊地看见在怪物巨大的背上还有一个什么东西在挣扎。

如果猜得不错，那声音就是从怪物背着的东西上传来的。"怪物的崽子？"唐凌吞了一口唾沫，心中做出了这样的猜测，但同时也停下了脚步。要不要冒险将这疑似怪物的崽子抓回希望壁垒？说不定有巨大的研究价值。

行动派的唐凌在这样想的时候，整个人其实已经小心地朝着怪物走了过去。他肯定自己不认识什么带着崽子的怪物，估计是那崽子的特殊能力，毕竟在这个时代，各种乱七八糟的特殊能力比比皆是。

雾气越来越浓，带着强烈的硫黄气味和极高的温度。唐凌忍着这刺鼻的气味和让人不适的温度，再次靠近了巨脸怪物的尸体。这里的雾气更加浓厚，几乎伸手不见五指，唐凌目力极佳，也只能模糊地看见怪物已经干瘪下去的尸体背上，那崽子的模糊位置。

　　一挥手，唐凌将"狼咬"抓在了手中，想了想，又换成了指虎。也许活的怪物崽子价值更大，他并不觉得自己鲁莽，毕竟一只被手雷就轻易炸死的怪物能有多强？何况它的崽子？想到这里，唐凌再次确定了一下位置，号叫了一声就冲了过去，抓住那个还在挣扎的影子就使劲揍了起来。

　　"啊，妈的……"

　　"你还会学人类骂人？"唐凌的拳头如雨点般地落下。

　　"我去，唐凌，你……"

　　"爷爷的名字是你叫的，怪物崽子？"唐凌恶狠狠的，毫不留手，就是觉得这怪物崽子太硬了一些，怎么打了好多拳，还活蹦乱跳的。但唐凌毫不担心，这里如此大的雾气，如此大的异动，希望壁垒很快就会派人来探查，在这之前他唐凌要抢到首功不是？抓住一只有鹦鹉能力的怪物崽子。

　　"老子是飞龙。"在唐凌拳头落下的间隙，那个怪物崽子终于抓紧时间，快速地咆哮了一声。

　　"呵，飞龙是谁？飞猪都没用。"唐凌又揍了一拳，忽然愣住了。完了，打得太尽兴了，一时间没有反应过来飞龙这个名字。事实上，这也不能怪唐凌，他和飞龙才接触过两次，飞龙就消失无踪了……

　　"先帮我把绳索解开，我就不和你计较。"飞龙吸着凉气，心中其实早就打定主意，一旦挣脱了束缚，绝对要找个理由痛打唐凌一顿。这小子……只是快一个月不见，怎么拳头变得这么硬，打得还有些疼啊。

　　唐凌眨巴着眼睛……飞龙？紫月战士队长？他在怪物背上？不知道现在装失忆，能不能行得通？还是假装自己根本不是唐凌，其实是昱假扮的唐凌？嗯，昱的家族动用了高科技做到的，比如说前文明整容术，因为觉得唐凌的模样是人类最标准的模样……

　　"唐凌，你要是不抓紧时间。等这家伙的本体出来，我们都得死。"飞龙有些急了，大声而严肃地吼了一声。

　　"啪"的一声，一道亮光从飞龙脸上掠过，唐凌熄灭了小手电，在确认了真是飞龙以后。再不犹豫，开始快速地为飞龙解开把他绑在怪物身上的绳索。

第152章 地下

"这是什么东西？"唐凌蹲在地上，举着小手电，伸出一个指头捅了一下地上只有人类三分之一大小的尸体，忍不住询问飞龙。

这一切是太过怪异了，从地底冒出的巨大生物，被弄死以后，整个身躯会慢慢地融化。而在融化到一定程度后，这残破的巨大躯体中竟然出现了一个所谓的"本体"，这本体非常小，只有人类的三分之一。但这怪玩意儿整体战斗力却不弱，以飞龙的强大，也用了好几拳，才勉强揍死了它。

飞龙的强大毋庸置疑，只是普通的出拳，唐凌通过精准本能就已经大概算出，拳力达到了万公斤级。唐凌悄悄瞄了一眼飞龙现在猪头一般的模样，想必这还不是巅峰状态。

至于飞龙为什么会变成猪头，唐凌已经"遗忘"了这个过程，总之如果刚才他没有及时地给飞龙松绑，面对这个小怪物，结局一定很难看。"就算变身也不是对手。"唐凌得出了答案。

面对唐凌的问题，飞龙有些心不在焉，他到现在还没有想出一个完美的理由，把唐凌打一顿。堂堂紫月队长啊，被一个第一预备营的新月战士打成了猪头！这种事情如果说出去，他还要不要脸了？虽然事出有因，一来他被注射了大剂量的麻醉剂，二来脖子上又被套了一个电极束缚圈，它会形成一种特殊电场影响破坏他的力场。加上这电极束缚圈还会发出一定量的电流让他全身酸麻无比，根本无法使出半丝力量。否则，以唐凌这小子的实力，就算用尽全力，也伤不了他飞龙一根毫毛。

"飞龙队长？"唐凌没有得到回答，心中如猫抓一般难受。但他此时表现出的模样非常纯真，非常老实，呼唤飞龙的时候，一双望向飞龙的淳朴双眼之中，全是求知又认真的眼神。

飞龙感觉自己的肺都要气炸了，却找不到发作的理由。事实上整件事情在他的心中也比较奇幻，他以为他成为筹码的命运已经无法改变，因为他的存在，会让17号安全区非常为难。不管事情的结果如何，他注定会被钉在耻辱柱上，成为一个笑话，却没有想到他竟然被唐凌这个小子无意之中救了。

算是救了吧，现在回想起那一幕，飞龙都觉得不知道该如何形容……这小子竟然一言不发，就给它塞了一颗手雷！！估计它也死得非常冤枉吧？被一个战斗力还属于弱鸡型的小子偷袭了。

想来它也是堂堂的队长啊……如果不是因为各种各样巧合的原因，一颗手雷是绝对伤害不了它的。即便是被塞入嘴里，那也……那还是非常糟糕的，飞龙自问被一颗手雷塞进嘴里，脑震荡是最轻的结果。

不过自己现在的结果又比脑震荡好吗？脸肿得像个猪头。说出去谁信？一个第一预备营的小子重伤了地下世界R区的一名队长，然后痛揍了人类17号安全区的紫月队长。对这样的小子，揍他需要理由吗？不需要的。

想到这里，飞龙忽然望着唐凌和蔼地一笑，唐凌一下子毛骨悚然，就飞龙这样的形象忽然笑了，就和一只野猪咧开嘴对他笑了感觉一模一样。

唐凌想跑，他的预感不好。可是，飞龙此时已经伸出大手，抓住了唐凌的衣领，笑容越发的灿烂。

"我是无辜的！我是你的救命恩人！"唐凌只来得及喊出这两句，就看见一个硕大的拳头离他的脸越来越近，接着眼前便冒出了一片金星。

一场危机在城主沃夫·安道尔及时的出手下，被无形地化解了。虽然最后沃夫的喊话并没有得到任何回应，但纷纷退去的野兽已经说明了一切。敌人畏惧了，城主是无敌的。

希望壁垒开始了一场狂欢，似乎高层也乐得配合这样的狂欢，罕有地免费发放了酒水。顿时，平日里充斥着铁血和战斗的希望壁垒变成了一个狂欢场。

"外面很热闹。"亨克端着一杯红酒，在安德鲁身边坐下了。

今晚真是一个惊心动魄的夜晚，但最后的胜利是属于安德鲁的，对于亨克来说这就够了。什么是胜利呢？这个概念一向很抽象，但安德鲁嘴角的笑容不会骗人。他只有真心开心时，才会下意识地克制自己，抿紧唇角，尽量不让笑容显得太得意。但这样的微表情，亨克是非常熟悉的，看着这样的笑容，亨克就认为安德鲁已经达到了他的目的。

"热闹？外面的热闹未必是真心热闹。只不过需要给不明真相的人一些安慰。"安德鲁摇晃着红酒杯。就算在第一预备营，他和亨克的生活也是奢侈的，这是实力带来的结果。

"为什么这样说？"亨克漫不经心地询问了一句，他并不是真的关心，安德鲁有谈话的兴致，他配合就好。

"真正的有识之士，看见废墟战场的兽类、尸人和变异昆虫都可以被控制，他们会怎么想？"安德鲁说到这里，尽管尽量控制，还是露出了一个明确的笑容。

"这真的很糟糕。"亨克皱起了眉头。

"对，很糟糕。17号安全区所能仰仗的东西不多了。沃夫必须回来主持大局，再也不能离开。"说到这里，安德鲁抿了一口红酒，"但用处应该不大，敌人顾忌的也许根本就不是沃夫。"

"那他们的顾忌是什么？"亨克算不上开心，对于自小生长的17号安全区他有一份感情在其中，只是这份感情比不上他对安德鲁的情谊。

"这就是个秘密了。"安德鲁依旧笑着，然后无意识地敲着手指说道，"但对于我来说，这是一个非常好的消息。因为家族的选择是正确的。我一开始的分析也偏离了方向。到现在，我才明白，这一战没人想着胜利，只是展开第一次大合作，试探彼此的诚意。证明了诚意，这就够了。"

亨克低着头没有说话，安德鲁话语间的言下之意他如何能不明白？原来今晚牺牲了那么多人的战斗，只是合作的势力间一次对彼此的试探！试探对方是不是绝对可靠，可以深度合作。或者也可以说，通过这一战，把一些东西摆在了台面上，再也没有人可以"下船"，彻底地绑死在了一起。就好比，昂斯家族已经深深地烙上了"叛徒"的烙印，从此以后再也没有选择。只是，这样做真的合适吗？亨克的内心还有一丝不忍，死了很多战士啊。

"小亨克，你错了。17号安全区永远都是17号安全区，不同的只是领导它的人不同。良禽择木而栖，我们作为随波逐流的浮萍，只需要选择强大的领导者，这就够了。"安德鲁放下酒杯，摸了摸亨克的金发。

"嗯。"亨克的内心稍微好受了一些，安德鲁说的话从来都是那么地有道理。

"除非有一天，我能成为领导者。在那个时候……"安德鲁眯起了眼睛，但他很快就转移了话题，"所以说，这一场狂欢，并不是每一个人都很开心。我认为在第一预备营，也有好几个人不开心。对不对？"

"是的，他们很难过。迪尔去看过了，毕竟奥斯顿是他家族之人，他试图说服奥斯顿趁此机会脱离那群人，但是闹得不愉快。"亨克把情况如实地告诉了安德鲁。

"愚蠢的人，没人能够说服。"安德鲁淡淡地摇头，什么奥斯顿根本不被他放在眼里。他心情很好，虽然他非常确定唐凌不能活下来，但这个消息更加证明了这一点。

等到月休的时候，他便可以去领功了，会得到什么样的奖励呢？会不会是传说中从某个神秘的地方流出的物品？如果是，一定要给亨克，他必须快些成长起来。

已经打探过了，十九号仓库彻底成了一片废墟，这件事情是万无一失的吧？看来，借势而为，才是一个智慧的人该用的手段。这，也说明了对信息的掌控是一件多么重要的事情。

安德鲁端着红酒杯，脑中浮现的各种念头，让他有些入神，而亨克并不打扰他，选择了静静坐在他的身边，就如外面的热闹打扰不了他们俩之间的安宁。

"所以，它是地下种族？"唐凌皱起了眉头，就算这只是一个简单的表情，也让他整张浮肿的脸不堪重负。下一刻，就痛得他龇牙咧嘴，但是一张嘴，又是一阵撕扯之疼，让唐凌忍不住痛呼了一声。

"哈哈哈！"飞龙笑得很没有节操，可是同样浮肿的脸也承受不起大笑这样的表情，下场便是和唐凌一起痛呼。

两人不敢再"作"了，同时恢复了淡然平静的模样，只是望向彼此的目光，就像大小两只狐狸。

"以后有机会，我一定要揍死飞龙。"唐凌的心里这样想。

"以后有空，每个月都揍一次这小子好了。"飞龙的想法也很简单。

不过，两个人非常默契地不提这一茬，反倒是继续说起了地下种族这个话题。

"是的，地下种族。在地下有另外一个文明，他们和人类的文明截然不同，但那的确是一个文明。"飞龙抽了一口从唐凌那里搜刮来的卷烟，幽幽地吐了一口烟气。说起地下种族，这是一个很沉重的话题，对于任何知晓它的人来说，都很沉重。

"我不相信。前文明并没有记载地下有什么文明。而前文明的科技如此发达，如果地下真的存在一个文明，这样的大事怎么会探测不到？"唐凌发表着自己的观点。他不肯，更不愿意去承认地下存在着文明，他更愿意相信他所看见的，是一种出现在这个时代，生活下在地下的特殊怪物。就好比尸人这种存在。

唐凌喜好阅读，更爱思考。他能清楚地认知，一个星球如果有两个截然不同的种族，而且都是智慧种族，都发展出了自己的文明，意味着什么。

战争，真正的战争！不同于人类与兽类、变异昆虫和尸人的斗争，在两个智慧种族之间只有灭族之战。没有和平的可能，一点儿都没有！就算前文明已经如此发达，在同族之间，因为肤色的差异都不能消除歧视，更何况两个截然不同的文明？唐凌下意识想到的就是这个，更多的东西他不愿意去深思，他只是想要否认。

看着唐凌认真的样子，飞龙略微沉默了一会儿。他没有办法去告诉唐凌更多东西，因为唐凌并不知道那一段被刻意隐瞒的历史。按照17号安全区的铁则，一个人不成长到一定的地步，是没有办法知道更多的。这是一种保护，也是一种麻痹，否则人们没有办法安心地在这个时代生活下去。难得糊涂，只能是智慧者，知情者的一种境界。对于大多数人，本身就不明白，也就无所谓糊涂了。

"所以，他们是我们这个时代才出现的文明，对不对？"看着飞龙的表情，唐凌试探地说出了他认为的结果。如果是这样，那也还好！人类不管如何，还享受着前文明遗留下的一些成果，也在坚定地前行。对比起来，胜算要大上很多。

唐凌并不是什么忧国忧民的人，但简单的道理他还懂——皮之不存，毛将焉附？背叛自己的种族，鄙视自己国家的人才是绝对的蠢货。

"不是，他们一直就存在着。"飞龙很想欺骗唐凌，但望着他那一双幽黑的眼眸，谎话便说不出口。何况，被唐凌看见，并发现地下种族的存在，就已经算是天意了吧？这个神奇的小子，飞龙感慨了一句，望向唐凌的目光忍不住柔和了几分。

一直存在着？唐凌的脸色难看了几分，飞龙到底还是否定了他的想法。不管地下文明的存在多么不符合逻辑，多么不可思议，飞龙就是这样简单地，不列举任何证据地，很直接地否定了唐凌。

"地下，地下没有办法生存。高温……至少地下的高温，还有哪里来的氧气？不是，地下总之……"唐凌喃喃自语，心中还是一时间没有办法接受这个结论。

第153章 战后

没有办法接受是对的。就算飞龙，在第一次知道这样的事情时，一样没有办法接受在这个星球还隐藏着另外一个文明。

在时代发生剧变以后，趁火打劫般地出现，充满了野心，想要染指地面。他拍着唐凌的肩膀说道："当然，这件事情还没有最终的定论，但谜题肯定会揭开。能够思考是好事，但思考不是轻易地否定一切。如果我们的星球是一个苹果。前文明对这个苹果的探测还没有穿破苹果皮儿，那么对于地底的一切没有完全了解也是可以理解的。"唐凌点头，他认可飞龙那一句思考不是轻易就否定一切。

"不管怎么样，他们在地底，在我们的脚下。像老鼠一样苟且偷生着。如果不是文明发生了剧变，他们根本不敢露头。"飞龙掐灭了卷烟，然后指着那具已经死亡的地底种族尸体说道，"你仔细看，不像老鼠吗？"

唐凌带着厌恶的心情，看了一眼地底种族的尸体，的确五分像人，五分像老鼠。尖嘴，小耳，绿豆大的眼睛，披着一身棕红的毛发，身体四肢虽然类人，但爪牙锋利。

"的确，老鼠一般的东西。"唐凌深深认同飞龙的话。

"所以，以后要打得他们不敢露头。"飞龙认真地说道。

"可是你……"唐凌瞥了一眼飞龙。

飞龙剧烈地咳嗽了起来，他一把拉过唐凌小声地说道："作为一个新月战士，以后你总是要晋升为紫月战士的。而作为紫月战士，你不该维护身为队长的我的形象吗？"

"唔……"唐凌不置可否。

"你还想揍揍？"飞龙扬眉。

"你揍死我得了，揍死你的救命恩人。是啊，你原本心里就没有负担，你就是这样对待你的救命恩人的。"唐凌没有看飞龙，低着头，用异常委屈的语气，小声地叨叨。

飞龙有一种想宰了唐凌的冲动，当初为什么那么看好、喜欢这个小子？他根本就是一个无赖。"你想怎么样？"飞龙咬牙切齿。

"希望点，我每天都吃不饱。"唐凌的双眼透着无辜，透着真诚，严格地说来他也没有说谎。

飞龙略微松了一口气，如果是希望点能够解决的事情，那还算不上麻烦，他怎么也是堂堂紫月队长，希望点多少还是有一些。不过，也不算多，作为一名紫月战士，修炼的耗费就已经非常惊人。不然当初，同样身为紫月战士的莱诺也不会那般贪图唐凌的三级凶兽肉。

飞龙并不抗拒唐凌这个要求，所以两人很快就谈成了一百个希望点的价格。当然，唐凌要求飞龙必须要通过一个光明正大的名义给他，否则偷偷摸摸来的希望点，用起来会有很多的麻烦。

价钱既然已经谈好，一定需要一个完美的说辞，想到这里飞龙忽然问唐凌："那你应该说说，你小子是为什么会突然出现在这里？因为任务？"

飞龙出现的时机，战斗刚刚结束，他并不知道希望壁垒发生了那么大的事情。唐凌没有隐瞒飞龙的打算，反正回到希望壁垒，飞龙也很快就能知道一切。当然，自己到底怎么出现在这里，唐凌不会告知飞龙实话，他还没有暴露自己秘密的打算。他故意模糊了几个关键点，然后把自己出现在这里说得非常合乎情理。

在唐凌用简单的语言说完这一切后，飞龙的神色变得非常沉重，他沉默着，很久都不再说话。而在远处，一队来自希望壁垒的战士已经朝着这边走来。就和唐凌猜测的一样，大战后出现这样异常的情况，希望壁垒是一定会来探查的。

"17号安全区之后，暗流会变得异常汹涌。你抓紧时间成长吧……以后，如果你遇见什么麻烦，可以找我，前提是你必须占据正义和道理。"飞龙也看见了那一队朝着这边走来的战士，忽然开口这样对唐凌说了一句。

"好，我不会客气的。不然就浪费飞龙队长的心意了。"唐凌做出了一副感动的模样，尽管整个脸都是浮肿的，让他看起来像一只感动的野猪。

飞龙想自扇耳光，为什么要突然感性？这个小子值得自己这样照顾？但接下来，飞龙还是不得不觍着脸对唐凌说道："我罩着你也不是没有代价！你必须说，今天是我救了你，在我勇敢地杀死了这只地底种族之后……"

"啊？"唐凌眨巴了两下眼睛。

"必须这样说！"飞龙恼羞成怒，然后若无其事地说道，"现在，我们抓紧时间确认一下细节……"

希望壁垒，第一预备营的洞穴，在狂热的欢呼声和带着醉意的调笑之中，猛龙小队所在的洞穴和这一切是那么的格格不入。他们也分到了免费的酒水，罕见的没有所谓的学长来掠夺，因为谁都知道在今天，猛龙小队的那个"大胃王"牺牲了。牺牲在战场，是一件光荣的事情。而打扰为战友悲伤的人，则是一件可耻的事情。

奥斯顿得以喝了一个痛快，作为亲自关上那一扇门的人，奥斯顿还无法摆脱心中的阴影，从战场回到希望壁垒那么长的时间，他脑中一直都在重复着关门的那一幕。

"如果……关上门的同时，我也站出去和唐凌并肩的话。"想到这里，奥斯顿又喝了一口酒。但很快，他手中的酒就被薇安抢了过去，这个回到洞穴后一直在哭泣的女孩子终于崩溃了，她需要一件让自己能够得以发泄的东西。酒无疑是此时最好的选择。

带着一些果香和辛辣的酒液流过了喉咙，突如其来的刺激让薇安再次呛出了眼泪。模糊中，她抬头仿佛还看见唐凌坐在他的小洞穴那里，吊儿郎当的模样。他微笑的样子，他偶尔忧郁的眼神，还有他黑色的头发……一切的细节都那么让人难以忘记。而自己和他最后的交集，只是看着他站在屋顶上的背影，那一刻心中莫名产生的安全感，更加让人怀念。谁能相信，这么不凡的一个少年，就这样死去了？

"薇安。"克丽丝蒂娜拿过了薇安手中的酒水，抱住了薇安。虽然只有十五岁，但初恋的感觉是美好的，只怕唐凌的影子真的会永远铭刻在薇安的心中了。

克里斯蒂娜是个感性的姑娘，她能触摸到这种悲伤，实际上唐凌是个讨人喜欢的家伙，又那么可靠，克里斯蒂娜对于唐凌的牺牲，同样感到难过。所以，她说不出安慰的话，只能抱紧薇安，低头悄悄地抹着眼泪。

而昱拿过了克里斯蒂娜手中的酒，沉默地喝完了全部。他还清醒着，他还会思考，他在想如果唐凌这一次没有死去，他会成长成什么样子？

其实无形中，他已经成为大家的核心，关键时刻的依靠，他是带领者。实

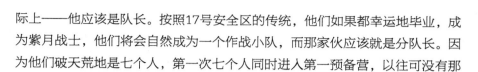

际上——他应该是队长。按照17号安全区的传统，他们如果都幸运地毕业，成为紫月战士，他们将会自然成为一个作战小队，而那家伙应该就是分队长。因为他们破天荒地是七个人，第一次七个人同时进入第一预备营，以往可没有那么多人……亨克那家伙不就想毕业即成为队长，才集结了所谓的顶峰小队吗？

"队长。"昱摇晃了一下酒瓶，空了。而酒已经没有了！奥斯顿大声地叫骂着，说要抢一瓶酒。双目失神的安迪，从回来到现在，一直就被一股迷茫且悲伤的气场包裹着，到现在都没有说一句话。真是糟糕的气氛，很糟糕！谁都想不到唐凌的死会让大家那么难以承受。

"该休息了。"阿米尔站了出来，这样说了一句，他也喝了酒，他的心情一直非常复杂，难以理清。虽然战斗因为城主的出手莫名其妙就结束了，虽然希望壁垒现在是狂欢的时刻，但理智告诉他，明天一切还会继续，还会照旧，休息的时间是宝贵的。

"我要出去，我要去找酒。"奥斯顿推开了阿米尔。

而一直沉默内向的阿米尔在这个时候却猛地拉住了奥斯顿："你不要闹事。大家，都应该睡觉，趁着现在。"

"呵呵。你有什么权力指挥我？你以为你是唐凌，是在关键时刻能够带领大家，能够牺牲自己的人吗？"奥斯顿斜着眼睛看了一眼阿米尔，显然他已经醉得厉害。

阿米尔抓着奥斯顿衣服的手，陡然收紧，有些颤抖，他低下了头。

"奥斯顿。"克里斯蒂娜忍不住呵斥了一句奥斯顿，他这样说话非常伤人，难道唐凌牺牲了，大家曾经在一起其乐融融的情谊和团结也要消失了吗？

"有什么不对？就他一直，一直保持着所谓的理智！莫非唐凌没有，呜呜，唐凌没有了，他就要迫不及待地站出来替代了吗？"奥斯顿突然哭了，他非常难受，因为他是关上那扇门的人，这将成为他心里永远的阴影吧？

"我没有！没有！"阿米尔忽然抬头，神色阴沉得可怕，双目都透着赤红的愤怒，他几乎是竭斯底里地否认，然后猛地拉住奥斯顿的衣领，带着一种冰冷的气息，"你再说一次？！"

"哟，你还要打我？来啊，来吧！这该死的战斗莫名其妙就结束了，老子本来就还想战斗，来啊！"奥斯顿也竭斯底里地大吼道，额头上的青筋跳动着，显然也是愤怒疯狂到了极致。

"住手！"薇安捂着嘴痛呼道，她现在无比地想念唐凌，如果他在一定是有什么办法的吧？

昱拍了拍安迪的肩膀，然后走上前去，无声地拉过奥斯顿，狠狠地一拳放倒。接着，对阿米尔，他也同样狠狠地一拳打了过去。

"情况就是这样，现在我们要立刻回希望壁垒，我有重要的事情要马上见到城主。"飞龙背着"虚弱"的唐凌，抓着已经用军服严实地包裹好的地底种族的尸体，对领队的精英战士如是说道。

而领队的精英战士到现在还有些呆滞，这两个猪头怪一般的人，真的是神武不凡的飞龙队长和希望壁垒的新月战士吗？而这里还冒着的浓烟是怎么回事？显然，已经彻底融化完毕的巨型尸体没有留下一丝痕迹，作为一名精英战士，是不可能知道地底种族的存在的。

"还愣着做什么？"飞龙很不满这个小队长的态度，看他闪烁的眼神明显还带有怀疑。

"是，飞龙大人，我们马上回希望壁垒。"精英队长不敢怠慢，虽然对唐凌和飞龙此时的状态有十二分的疑惑，但徽章不可能作假，他可得罪不起紫月战士的总队长和一名前途光明的新月战士。

飞龙哼了一声，背着唐凌走到了前方。而这一队心情复杂的精英战士则战战兢兢地跟在他的身后。怎么说呢？他们来到这里，一句话都没说，一个问题都没问，这位紫月队长就已经噼里啪啦地说了一堆话，根本容不上他们插嘴。话里的大概意思就是他辛苦地战胜了一个非常难缠的敌人，另外顺手救了一名在战场立功的、没来得及撤退的新月战士。总之，他很神武，神武得快要赶上英雄般的城主了。

就是这形象糟糕了一些，精英战士的队长是个机灵人，他忽然用小声的，恰好飞龙又能听见的声音对队员说道："飞龙大人为战负伤，具体伤势是什么样子，你们千万不要多嘴。以免被有心人利用，听见了吗？"

"是。"几名精英战士异口同声。

飞龙转头对那名队长流露出了一个满意的眼神，而与此同时唐凌抽搐了两下，忍不住咳嗽了两声。

"妈的，一百希望点你还要不要？你能不能装得虚弱一些？"飞龙快走了两步，用极小的声音威胁了唐凌一句。

"我还要怎么虚弱？要不要我给自己一拳，把自己打出血？"唐凌同样小声地说道。

"别他妈卖乖，不然我就假装跌倒把你扔出去。"飞龙咬牙切齿地说道。为什么要听这小子的话——为了真实性，必须背着他。

"你以为我想，不是为了你的形象吗？苏耀叔说过，好男人就不该被男人背。"唐凌扯出了苏耀的大旗。

"苏耀真的这样说？"飞龙觉得莫名有道理，而他因为走得太快，已经快到希望壁垒的垒壁之下了。

唐凌没有回答，因为苏耀根本就没有这样说过。只是经历了那么多，终于回到了希望壁垒，唐凌的心情有着激荡，不知道他光荣地回来了，猛龙小队的那些家伙们惊不惊喜，意不意外？他迫不及待地想要回到第一预备营。

可与此同时，飞龙突然说道："你需要和我一起，去一个地方。毕竟今天的事情，你也亲眼见证了。"

第154章　回归

唐凌没有想到，才相隔不到半个小时的时间，他就能这么近距离地亲眼见到17号安全区的城主——沃夫·安道尔。更没有想到，沃夫的办公室根本就不在17号安全区，而隐藏在希望崖的内部。

此时，飞龙带着恭敬的神情，就站在沃夫的面前，而沃夫的神情淡淡，只是把玩着手中珍贵的、产自前文明的陶瓷杯子，沉默了很久才说道："按照我的预估，你应该成为地下R区的筹码。没想到你竟然安全地回来了。"

飞龙想要开口，却有些吞吞吐吐，他实在不愿意在城主面前说出真实的情况——事实上，他已经成了筹码，是唐凌阴差阳错地救了自己。

但沃夫似乎也不想追问，而是望向了唐凌。"你，苏耀的人？"他只是简单地这样询问了一句，唐凌就感觉到了无限的压力。

事实上，沃夫的样子非常平凡，身材也不高大，他唯一特殊的是有一双泛着淡灰色的、显得有些特别的眼眸。这双眼眸中传出的神情理智而冷淡，当他凝神看着一个人的时候，会让人不自觉地紧张。

唐凌不见得紧张，只是有压力。他的压力一方面是来自于沃夫强者的气势，另外一方面是来自于沃夫的问题——他竟然知道自己是苏耀的人？在路上，飞龙不是透露过，沃夫其实已经很久没有在17号安全区了吗？只是短短的时间，他就掌握了那么多情报吗？

"是。"唐凌脑中的念头很多，但沃夫的问题他还是要回答。

沃夫点了点头，再次打量了唐凌一眼，便沉默着打开手中那个陶瓷杯子的盖，轻轻喝了一口杯中的液体。整个屋中荡漾着一股清新奇异的香气，让人忍不住陶醉。

唐凌很清楚这香气就来自于沃夫杯中的液体，但他可没有胆子厚着脸皮问沃夫要水喝。

"17号安全区不太平。"放下了杯子，沃夫淡淡地评论了一句，随即嘴角勾起一丝冷笑，说道，"我离开了三年，回来面对的就是这样的结果吗？"

飞龙的额头出现了汗水，沃夫这样说，他身为紫月队长实在难辞其咎。

"飞龙，你守成有余，进取不足。"沃夫并没有安抚飞龙的打算，而是进一步指出了飞龙的错误。

"城主，我……我，有时真的不敢轻举妄动。"飞龙并非为自己找借口，他说了一句实话。

沃夫的指节敲着桌子，眯着眼睛也不知道在想些什么。

而飞龙在这个时候提醒了一句："接下来，是不是让唐凌先回第一预备营？"

唐凌还只是一个新月战士，十五岁的少年，飞龙带他来多少有些私心，希望他能在城主这里混个脸熟，也许对他的成长有好处。不管是一开始对唐凌的欣赏也好，还是今天阴差阳错唐凌救了自己也罢，这都是一种羁绊和缘分。飞龙用自己的方式，在不动声色地照顾唐凌。

沃夫摇摇头，似乎并不在意唐凌继续待在这里。办公室陷入了短暂的沉默，过了许久，沃夫才睁开了双眼，颇有深意地看着飞龙，询问了一句："你觉得他们，看上了17号安全区的什么呢？"

"我，不知道。"飞龙深吸了一口气，其实他对整个局势并不明了，城主的问题也让他有些迷茫，飞龙觉得自己这个紫月队长担任得非常失败。

"你的确不知道，这是我的疏忽。如果在我离开以前，能多告知你一些关于这个世界的事情，或许会好一些。"沃夫缓缓地说道，"可是，我没有。所以，我回来以后，面对的结果是聚居地泯灭了，17号安全区已经快要失控，而希望壁垒的战斗是一场警告，是一次试探，该联合的人已经彻底地联合在了一起。"

飞龙站得端正，但背上已经全是冷汗，情况已经那么严重了吗？也许真的有那么严重吧？就连自己，17号安全区的紫月队长都被出卖，还能说明什么？可笑自己，直到成了俘虏，被直接告知成了筹码，才后知后觉地发现17号安全区有叛徒。他还想第一时间和城主来说明这个，没有想到城主比他看得更为分明。

"他们，在逼我选择。"沃夫双手托着下巴。

说这话的时候，他看着唐凌。唐凌莫名其妙，城主的选择和自己有关系吗？另一边，飞龙则有些着急："城主，你……"

沃夫摆手，说道："什么都来不及了。但我也并不是任由捏弄的！我的人生其实有很多选择，有更广阔的天地。但我选择了17号安全区，我就肩负了这份责任。我会选择的。但，我也会释放一份善意。如果我的猜测没有错误的话。"沃夫说这话的时候，又望了一眼唐凌。唐凌更加莫名其妙，飞龙也不解其意。

"是的，一份善意。"沃夫似乎有些累了，半靠在座椅上，再次沉默了下来。过了好一会儿，他才说道，"让人带唐凌离开吧。今天我所说的一切是绝密。"

"是。"唐凌和飞龙都异口同声地回答。

"另外唐凌，关于地底种族的一切也是秘密。至少不是你现在应该接触到的事情。所以，你明白应该怎么做。"沃夫说话间又望向了唐凌。

唐凌认真地点头，但他心中有自己的担忧。他们都口口声声说飞龙是筹码，但如今飞龙被救回，是不是会激怒地底种族？

沃夫不愧是洞悉一切的人，他似乎猜到了唐凌的心思，很平静地说道："这无非也是选择问题。如果地底种族真的有什么异动。所有人迟早会知情，总之你无须说什么，装作什么都不知道是最好的。"

"是。"唐凌再次回答了一句，就被沃夫叫人带走了。

第一预备营，猛龙小队所在的洞穴，阿米尔、奥斯顿和昱正发疯一般地打成了一团。没有人能够阻止，包括那三位无辜的学长也只能缩在自己的小洞穴中，装作不知情。悲伤的人，总是特别疯狂！毕竟唐凌死了，这件事情刺激了他们。

　　说起来，这三位学长也微微有些难过，唐凌这个学弟其实很不错，至少人很大方。算了吧，痛苦的人都需要发泄。

　　"不是很团结吗？"就在几人打成一团时，一个突兀的声音插了进来。不管是麻木的安迪，还是流泪的薇安或者是不知所措、谁也拉不住的克里斯蒂娜，听见这个声音都不约而同地愣住了。他们看见了双手插在裤袋里的安德鲁，他还是带着浅浅的微笑，淡淡地看着洞穴中发生的一切。

　　亨克就站在安德鲁的身旁，神情平静，眼神却有些飘忽。他并不想来这里，因为内心觉得多少有些负疚，唐凌死了没有关系，但他们顶峰小队毕竟使用了不是那么光彩的手段。这有损于他作为第一预备营第一高手的骄傲。

　　可是安德鲁却执意来此，因为他并不大方，他会细心地记住每一个仇恨，哪怕只是细小的仇恨。而最痛快的报仇在于在仇家血淋淋的伤口上再踩上一脚。即便这件事情从头到尾都是他的算计，但在他的心中，猛龙小队的人太过"嚣张"，惹得他很不开心。不开心自然就要来寻开心，不是吗？

　　"你们还要打吗？要在他们面前像个笑话吗？"克里斯蒂娜带着哭腔大声地喊了一句。

　　昱停手了，他的心里流淌着巨大的痛苦，有些痛恨自己为什么要使用暴力的方式来对待同伴。这就是唐凌牺牲换来的结果吗？即便他气愤奥斯顿胡言乱语，伤害阿米尔，也气愤阿米尔不肯包容痛苦的奥斯顿，想要对奥斯顿使用暴力。

　　奥斯顿也停手了，尽管醉意还未退去，但折腾了一番，他多少也有了几分清醒。面对着安德鲁和亨克，他心中只有巨大的屈辱感，也后悔为什么要对阿米尔说那样的话，就为了自己发泄吗？

　　昱和奥斯顿停手了，阿米尔自然也跟着停手了。他紧抿着嘴角，低着头，眼神中透着慌乱，或许他从没有想过有一天他会和奥斯顿还有昱动手。不管如何，曾经，是会畏惧他们的啊，毕竟是来自大家族的，高高在上的人。难道是唐凌的一切，终究影响了自己吗？还是说内心深处的东西被刺痛了？

　　洞穴之中，除了克里斯蒂娜抽泣的声音，安静得要命。安德鲁慢条斯理地走了几步，忽然鼓起掌来，他做出诧异的表情，说道："打啊，为什么不继续打下去？你们的团结只敢用在顶峰小队身上吗？唔，还是说你们的团结不足以保护你们的队友？就比如说还有一个什么叫唐凌的没有归来？所以，你们就只好在彼此身上发泄了？"

"你说什么？"一直很安静的安迪突然冲了过来，他的眼中全是愤怒的火焰，他矮小的身材只能到安德鲁的胸口。但是他毫无畏惧，直接用头撞向了安德鲁。

一只手挡住了安迪，不知道什么时候亨克就站在了安德鲁的身前，冷冷地看着安迪："你没有资格碰他。"

"放开他。"薇安站了起来，面对这个第一预备营的最强者，她同样毫无畏惧。她拉过了安迪，平静地望着安德鲁，一字一句地说道："你的乐趣就是在别人的伤口上撒盐吗？"又望向了亨克，"这就是你作为强者的尊严？或者说欺负弱者才能维持你这个强者的地位？比起唐凌，你算什么强者？"

亨克的脸一下子变得通红，他收回了手，有些不知如何是好。如果说一开始来打压猛龙小队，是理所当然作为强者的权力。但在这个时候，他们在战场上失去了战友，这样做的确让亨克感到非常不适。

薇安的言语犀利如刀，亨克转身想要离开这里，却被安德鲁一把拉住。望着薇安，安德鲁眯起了眼睛，这个一向很会保持风度的人，这一次毫不掩饰他的愤怒："小姑娘，你惹怒了我。"

"可我并不在乎。"薇安揽住了安迪。整个猛龙小队中，安迪最为怯懦，平时都是唐凌明里暗里地鼓励着、保护着安迪，现在该由自己来替代唐凌做这一切了吧？

"你当然不用在乎。可等你后悔，想要跪下来哭着求我的时候一切都已经晚了。"安德鲁冷冷地说道。他感觉到了亨克的不满，对自己的不满。就因为这些猛龙小队的垃圾们吗？这是安德鲁不能容忍的事情。

"你不会等到那一天的。"薇安倔强地看着安德鲁。

"呵呵。"安德鲁淡淡地一笑，然后说道，"在几天前，唐凌那么嚣张地叫嚣，他可能也以为他不会死，对吗？"戳人的伤口，安德鲁一向擅长。

而薇安立刻红了双眼，她咬紧了下唇，让自己尽量不要哭泣，只是双肩颤抖，忍得非常难过。

"御风家族会一直保护她，我用生命承诺。"昱开口了，之前巨大的羞耻感让他一句话也说不出来，但他知道现在他必须站出来。

"戈丁家族也会一直保护她，同样我也用生命承诺。"奥斯顿也站了出来。

"无所谓。"安德鲁根本不屑，甚至觉得有些兴致索然，这些家伙根本不清醒，当然他们也不可能会知道17号安全区如今的形势。家族？他们的家族接下来只能站队，畏缩着过日子，不要说保护薇安，就算保护他们只怕也成问题。

笑话也看过了，差不多该离开了，安德鲁一向不想与蠢货多说。但回头看见亨克还有些红的脸，他的怒火又升腾而起，他直接转身，速度快得让奥斯顿和昱都没反应过来。他的力量非常大，直接撞开了奥斯顿和昱。

他一把抓住了薇安，忽然抬头望向了洞穴中猛龙小队的所有人，一字一句地说道："我现在很不高兴，所以我想要对她动手，你们有什么意见吗？"说话间，他高高扬起了手，眼看着一耳光就要打在薇安的脸上。

奥斯顿和昱同时冲了过去，安迪和克里斯蒂娜大声地喝止，阿米尔不知所措，心中只有一个念头——难道我真的不如唐凌？可是，他挪不动脚步。

却也在这时，一只手抓住了安德鲁，安德鲁抬头，对上的却是一张相对陌生的脸，但根据这速度应该是一个紫月战士。紫月战士为什么会来这里？会插手第一预备营之间的小事？这让安德鲁多少有些迷茫。

"我有意见。第一，不管什么时代，男人打女人，总是很恶心的。第二，猛龙小队的人，是你想打就能打的吗？"就在安德鲁百思不得其解的时候，一个懒洋洋的声音在洞穴的入口处响起。

第155章 砸烂你的脸

安德鲁脖子有些僵硬地转过了头，他不敢相信，他难以相信，他是不是在做梦？

洞穴里安静得有些诡异。奥斯顿开始急促地呼吸，一张原本就因醉酒显得有些红的脸，一下子涨得通红。昱忍不住揉了一下眼睛，往前走了一步，然后又狠狠掐了一下自己。克里斯蒂娜再三地盯着洞穴口，确认了之后，捂住了嘴，眼泪大颗大颗地掉下。阿米尔愣住了，神色复杂，最后却如释重负，微微安心。安迪还是有些呆滞，可眼神却已不再空洞，只是一瞬间红得吓人。薇安忍了很久很久的眼泪，终于落下，在这绝对的安静之中，她猛地就挣脱了愣住的安德鲁的手，冲向了大家都看着的那个身影，然后一下子扑进了他的怀中，抓紧了他的衣襟。

唐凌回来了。

依旧是有些吊儿郎当的模样，口中叼着一管已经空了的营养剂，斜倚在洞穴口。还是漫不经心的表情，任谁也看不出他眼底那一丝压抑的愤怒。

"唐凌，唐凌……"薇安有很多话想要说，最后却只能反复叫着唐凌的名字。

唐凌愣了一秒，然后放松下来，轻轻拍了拍薇安的背，再不动声色地轻轻推开了薇安。他并不习惯被一个女孩子如此靠近，他的怀抱到如今也只习惯留给姗姗。那熟悉的干百叶草香气，那柔软的小小身体带来的温暖。

似乎是感觉到了唐凌的抗拒，薇安略微有些失落，却不想下一秒唐凌的手重重地落在了她的肩膀上："哟，薇安，你怎么能失去一个发财的机会？"

什么？薇安愣住了。唐凌则抬头望向了洞穴的所有人："你们是不是傻？风度翩翩的安德鲁啊，昂斯家族的贵公子要打女人了！这机会多么难得？现在外面是没有人吗？很热闹的啊，大家喝酒多开心，肯定不介意看场戏来助兴，你们叫人啊，收门票，赚希望点啊。"说到这里，唐凌撇撇嘴，嘀咕了一句，"我之前又不是没给你们做过示范，猪吗？这都学不会。"

"妈的，谁能像你那么不要脸？"奥斯顿现在的样子有些滑稽，一边忍不住想要骂这个家伙，一开口却带着哭腔，还冒出了一个鼻涕泡。

昱无奈地拍了拍额头，可下一刻就望着唐凌笑了，看得唐凌有些毛骨悚然。

克里斯蒂娜倒是"扑哧"一声笑了出来，为什么这个家伙还是这样胡搅蛮缠，却让人意外地觉得安心呢？

而安迪终于一下子跳了起来，后知后觉地像疯了一般大喊道："唐凌回来了，你们看见没有，唐凌回来了！"

唐凌有些"嫌弃"地看了一眼安迪，又无意地看了一眼阿米尔，阿米尔不知道为什么好像有些难过失落，脸上还有着伤痕。又看看奥斯顿和昱，唐凌似乎明白了几分。

可还不待他说话，薇安却忽然朝着洞穴口大喊道："大家快来看哪，第一预备营的安德鲁，昂斯家族的安德鲁打女人了，对，就是打我……"

什么？所有人都傻了，薇安这么安静可爱的姑娘以后要跟着唐凌变成"女无赖"了吗？

而唐凌本人也傻了，薇安受刺激了？克里斯蒂娜不能忍了，直接拉过了薇安，薇安却笑得非常愉快："大家干吗这副表情，这样感觉很好啊，比之前傻傻地忍着，被人欺负好多了。"

"真是顽强，我原本以为你可能牺牲了。"这个时候，安德鲁终于回过了神，轻轻挣开了紫月战士抓着他的手，扭动了一下手腕，朝着唐凌踱步而来。尽管心中有再多的疑问，有再多的失落和不甘，但他终于还是克制住了自己，保持着一个良好的风度。

唐凌转身，歪着头看着安德鲁，忽然一言不发地就拿下了口中叼着的空瓶子，直接砸向了安德鲁的脸。

两人之间的距离太近了，而且谁也没有料到唐凌会忽然这样，加上精准本能的加持，根本不用怀疑唐凌的准头……

眼看安德鲁就要被砸中脑门，一直在安德鲁身边的亨克出手了，就算是他，在这一瞬间也只能堪堪挡一下瓶子，让瓶子稍微偏离了一下方向。

然而因为用力过猛，瓶子在空中碎裂开来，其中一片炸开的玻璃，从安德鲁的脸上快速地划了过去，留下了一道浅浅的血痕。微微刺痛和灼热的感觉从安德鲁的脸上传来，他伸出手指从脸上抚过，手指上留下了淡淡的血迹。

"唐凌，你做事都不考虑后果的吗？"安德鲁抬头，看不出喜怒，语气却冰冷。

"比起后果，我觉得先砸烂你这张虚伪的小人脸，不来得更痛快？"唐凌一副毫不在乎的模样。

安德鲁冷哼了一声，而亨克看见安德鲁脸上的伤痕后，已经出手了。他竟然让安德鲁受伤？无所谓了，今天就算所有的人都来看着他亨克欺压弱者，让他亨克名声扫地，他也必须要让唐凌付出代价。

可是，站在一旁的紫月战士却出手阻止了亨克。"不好意思，城主说过要保证我的安全。"唐凌非常嚣张地望着亨克，然后又补充了一句，"而且，以后我是飞龙罩着的。"

拉虎皮扯大旗，谁不会？飞龙可能只是随口一说，唐凌自然要将它当作承诺对待，用到极致。至于城主的原话并不是保证唐凌的安全，而是让护送唐凌回来的紫月战士，保证唐凌在第一预备营的安全。而且这并不是长期的，因为沃夫特别吩咐了一句，解决那些小纷争就好。

这个是唐凌在走的时候，忽然一把鼻涕一把泪地装可怜争取来的，这种画风突变，让沃夫都目瞪口呆：这小子之前不是非常严肃沉稳吗？甚至还有些紧

张畏惧自己的模样吗？为什么一转眼就变成无赖？是精神分裂吗？

而飞龙更是后悔为什么要把唐凌带来见城主。这小子明明就是极不要脸，他能装多久的稳重？所以，在唐凌的哭诉之下，沃夫不得不让一个紫月战士跟随他回来，还被唐凌死皮赖脸地要去了一瓶中级营养液，毕竟唐凌也饿了。不过，关于这一切，唐凌一定不会说出真相，含糊其词才能起到最大的震慑效果。

果然，这一句一说出来，不仅猛龙小队的人震惊了，就连安德鲁也微微流露出了一丝疑惑的神情。

"亨克，过来吧，我们该回去了。"可不管如何疑惑，安德鲁也恢复了冷静，他决定在把一切调查清楚之前，都不要轻举妄动。甚至，他还在猜测，城主这样特意地护着唐凌，莫非他连唐凌被列上某个名单的事情也知情了？

"嘿，我让你走了吗？"唐凌一副小人得势，不依不饶的模样。

安德鲁回头，冷冷地看着唐凌："你很傻，你知道吗？"

而与此同时，站在一旁的紫月战士也微微皱眉，城主吩咐来解决小纠纷，原本不过是一两句话的事情，可这"死皮赖脸"的傻小子，哪里有半点儿想要解决的样子？"唐凌，你不要太过了。"想到这里，紫月战士沉声开口了，但同时他也望向了安德鲁，"你很有风度，不愧是出身于昂斯家族，希望你的风度能一直保持下去，毕竟都是第一预备营的同伴。"

这句话的暗示不可谓不明显，安德鲁没有拒绝的余地。至于唐凌，更是大声地对所有人说道："大家都听见了啊，安德鲁可是要保持风度的人。以后我唐凌要是出了意外，摔着了，跌着了，都去找安德鲁这个风度翩翩的家伙解决。对了，不仅是我，猛龙小队的所有人都可以这样啊。毕竟一个有风度的人一定是一个不怕麻烦的热心好人。"

"呵呵。"安德鲁不置可否，只是淡淡地冷笑了一声，带着亨克走出了猛龙小队所在的洞穴。

而紫月战士也同时点点头，就想要离去，唐凌看着紫月战士的背影，大喊了一句："谢谢大哥，别忘了我是飞龙的好兄弟，城主要保护的人啊。"

那紫月战士脚步一停，没有回话，反而大踏步地走得更快了。

"臭小子！"当其他的人一离开，奥斯顿首先冲向了唐凌，直接就是一个熊抱。"嗷！"安迪欢呼了一声，也冲过去揽紧了唐凌。"我们让他'飞'起来。"昱也难忍激动，跟着冲了过去，和奥斯顿还有安迪一起，直接把唐凌抛了起来。薇安和克里斯蒂娜都跟着笑得非常开心，太好了，猛龙小队一个伙伴都没有失去，唐凌回来了。就连阿米尔，也终于微微一笑，只是眉眼间的复杂神情还是没有抹去。

至于唐凌，笑得非常张扬，但眼中却并没有半点儿张扬，反而是看着安德鲁走远的背影，多了一丝沉重。又是昂斯家族的人吗？

"至于城主那里，飞龙总会告诉他，我到底是一个什么样的人，我在希望壁垒一直就是这样的表现。不管城主会不会相信，但愿他暗示的善意，是特别给予我的这一点，我没有理解错。"

唐凌只能做到如此了。就像他能猜测到顶峰小队会落井下石，但要不是这一次有接近城主的机会，城主又"恰好"表达了善意，他也无法更好地彻底解决，为自己以及大家换来一些安静的修炼日子，说不定只好想想怎么"利用"飞龙。

就像这一副吊儿郎当、不求上进、嚣张抖机灵的面具是他在听了苏耀的话以后，唯一能想到的最好保护色——要低调，又必须在缝隙之中争取资源，不能张扬，不能暴露自己的秘密，却又不能吃亏苦忍。不要软弱，不要愚蠢，却又不能太过强硬，太过聪明。这样的平衡就像走钢丝，每一步都很难啊。

但，即便是这样，唐凌也只能走下去，他也没有察觉到其实他并不抗拒和伙伴们在一起的少年肆意，还以为这只是自己的保护色。因为聚居地的覆灭，他早已忘记了那里生活的压抑，让他不得不年少持家，必须少年老成。在他的记忆中，聚居地的生活只剩下了温暖。

"嘭"的一声，唐凌被重重地摔在了地上，薇安立刻担心地上前，在她看来唐凌应该是身上有重伤，兀自强撑的。而昱、奥斯顿和安迪则流露出了内疚的神情，按照唐凌的身手怎么可能这样就被摔在地上了呢？

"哎呀，我好痛苦，我估计我的肝脏破裂了。"唐凌捂着腰，一副痛苦莫名的样子。事实上，他只是想得太失神，甚至忍不住去勾勒整个阴谋的影子，而不小心摔在了地上。

"怎么办？你们怎么那么粗鲁？"薇安脸都吓白了。

"不，不好，我感觉我的心脏也快支撑不住了，来，奥斯顿，你摸摸，它是不是跳得好快啊，要爆炸了。"唐凌努力将一张脸憋得通红，颤抖着要去拉奥斯顿的手。

"怎么会？怎么办？"奥斯顿也慌了。"抬他去军医那里，我们有希望点，用细胞类药剂。"阿米尔赶紧走了过来。"那就这样，快！他之前一定负伤很重。"昱也立刻做出了决定。

"不，不要浪费希望点。"唐凌沉重地阻止了大家，然后慢慢地说道，"那些希望点，不如换些吃的，让我吃个饱再上路吧。"

大家愣了一秒，面面相觑。下一刻，昱忽然一拳打在了唐凌的肚子上，说道："不如我把肚子给你打肿，你不就饱了？"

"哎哟，这一次是真的痛。"唐凌带着笑意，捂住了肚子，整个洞穴立刻爆发出一阵笑声。唐凌没死，他回来了，和顶峰小队之间冲突似乎也解决了，接下来不就应该是安心修炼的好日子了吗？生活，似乎真的不会再有什么忧愁了吧？

第156章　梦种

"昱，这些交给你，你帮我想一个稳妥的处理方式。"唐凌有些微醺，但并没有喝醉。在寒凉的夜风中，唐凌扔了一个小包给昱，语气非常自然随意。

昱接过了唐凌扔来的小包，打开一看，不由得苦笑了一声："你到底藏着多少秘密？你觉得我能处理？"

紫色的月光下，敞开的包里一小堆结晶折射着月光，有一种迷蒙的美丽。这一堆结晶比整个猛龙小队得到的结晶还要多，唐凌现在竟随意扔了出来，要自己处理？

唐凌笑笑，并不答话，而是裹紧了训练服，点上了一支卷烟，深深地吸了一口，然后再递给昱："来一口？"

昱有些犹豫，还是接过来浅浅地吸了一口，呛得咳了几声，莫名地感觉和喝酒相比，有另外一种不同的放松。和唐凌这个家伙相处久了，很难不被他带坏。

"我其实没多大的秘密，如果说真有秘密，就只是比你们想象的强一点儿，我是指就我自身而言真的是如此。"很绕的一句话，只因唐凌不愿意对昱说谎。他自身的确只是比猛龙小队想象的强一点，而变身算不上他自身真正的基础实力。

　　唐凌说完后，又点上了一支卷烟，这是他这个月的最后一支，至于之前那支就用来"污染"昱吧。

　　看着唐凌的举动，昱有些无奈，这小子真没有安好心，但他还是半倚着一处木箱，安然地把烟叼在了嘴上。

　　"这些结晶我没有办法给你换取希望点，我会尽快带给家族的人，家族内部消化，然后以物易物。至于来历，我会说在今夜的任务后，我私底下用信用点收的。"

　　"没有问题吧？"对于昱的处理方式，唐凌没有任何异议，唯一就怕昱因此惹上麻烦。

　　"不要假惺惺的，你如果真的怕有问题，就不会对我开口。"昱白了唐凌一眼，他的智商显然比奥斯顿在线，然后接着说道，"希望点不能在17号安全区消费，另外希望点所能换取的大多是修炼资源，而在这里的大多数人更看重的还是生活。如果通过官方用希望点兑换信用点，那个比例并不划算。所以，用信用点做点儿什么，在希望壁垒这个地方并不少见。"

　　"唔，那就好。"唐凌点点头。

　　"那你还是想想，你需要换取一些什么吧？不要想着占便宜，这样的交易，你只会略微吃亏。"对于此，昱也没有什么好隐瞒的。

　　"凶兽肉，越高级的越好。"唐凌早就做好了打算。

　　"那可换不了多少。"显然，御风家族是能拿出凶兽肉的，对于唐凌的要求昱也没有显得有多吃惊。

　　一段简单的对话后，两人再次沉默无言，淡蓝色的烟雾在夜风的吹拂下，很快就消散无形。

　　猛龙小队所在的洞穴中，大家都已经醉成一片，包括几位学长，只有唐凌刻意地没喝醉，昱在唐凌的暗示下也少喝了许多。在大家都安睡后，唐凌约昱来到了巡逻之地边缘，靠在这里看着整个废墟战场，不知道什么时候就成了一种消遣和放松。

　　"之后，会有一段很安静的日子。我想在我进入通天塔以后，整个小队就可以申请正式的修炼课程了。"沉默了一会儿，唐凌用含糊的声音小声地说道。

　　"嗯，大家都没有问题的。正式修炼开始以后，你不会被真正的落下吧？"天赋在基础训练下的作用还并不是那么明显，可是一旦进入正式修炼，基因链天赋的作用就非常明显了。在这个时候，天赋好坏将快速地把新月战士之间的距离拉开，昱知道唐凌很不凡，有自己的秘密，但天赋这种东西他亲眼见证，做不得假。

"没问题，我是谁啊，我是唐凌。"

"对，秘密很多的唐凌。"

"我秘密一点儿都不多，我是负担很多的唐凌。"

"……"

仓库区的任务以后，希望壁垒又恢复了同往日一样的生活节奏。战斗、工作、任务、学习、提升是这里一成不变的主色调。只是那一夜后的第二天，17号安全区调来了几队普通战士，开始在仓库区清理废墟和极少的残余尸人，做出了一副将要建设的样子。

算是完成了吗？或许不见得，那么多人命，还有那么多紫月战士差点儿栽在那里。一切都仰仗着沃夫城主的出手。

算是失败吗？也并不是如此，毕竟人类已经占领仓库区，并开始快速建设。还是依靠了沃夫城主的出手。

所以仓库区的任务究竟是失败还是完成？人们并不知道该怎样评价，或许是不愿意承认在时代不停前行的脚步下，个人之力竟然大于了集体之力那么多。那以后，普通的人会否更没有生存的资格？

"这算什么难题？在大多数的时光里，都是少数普通人不可企及的人走在了前方，当道路清晰后，一群人就会跟上来。"苏耀放下了手中的酒杯，用看傻子一样的目光看着唐凌。那表情明显写着智商上的优越感。

"佐证呢？"唐凌郁闷地喝着果汁。

他一个月有一天珍贵的时光可以回到17号安全区，整天面对着战场，会发现有着普通生活和享乐的地方是多么令人羡慕的天堂。

苏耀约唐凌见面的地点，是一处酒吧。可惜没有什么客人，老板一副生人勿进的模样不说，态度还非常恶劣。

苏耀点了一杯上好的烈酒，据说是前文明留下的，叫作伏特加的酒。他说了并不会给唐凌付酒钱，唐凌就只好点了一杯粟谷酒，可没有想到苏耀不阻止唐凌喝酒，这老板却给他上了一杯果汁："我这里不欢迎毛都没长齐的小子喝酒，只有果汁。不愿意就离开。"

唐凌没有办法，当大家都尽情在安全区享受，就连薇安和克里斯蒂娜都相约购物的日子，自己为什么要跑来这里喝果汁？希望壁垒所产出的酒水也好，果汁也罢，不比这个破落酒吧的好？但唐凌不能计较，他还想见苏耀。

"佐证？在东升洲古华夏，有一个时代'百家争鸣'，出现的诸子百家，所迸发出的思想光芒，照耀了整个华夏，把人们从蒙昧带向了文明，从野蛮带向了知礼节而重情操。在那个时代，诸子的思想是远远超前的，让人惊叹的。

"而在光明州，第三次科技革命，出现了诸多科学天才，就像老天爷独独为光明州降下了阳光，以爱因斯坦为首的那些天才们，为前文明带来了什么样的推动，你难道不知道？

"在那个时代，他们不是也让普通人感到非常无力？甚至这样的人，你会忍不住怀疑他的大脑构造。"说完这话，苏耀喝了一大口酒，然后拍了拍唐凌的肩膀，他似乎对这个话题非常地感兴趣。

唐凌听得有些心不在焉，他在构思着措辞，想要询问苏耀关于"它"的秘密，苏耀承诺过在他进入第一预备营以后，会告知自己的。

但苏耀似乎有些恼怒唐凌这样的心不在焉，直接一个巴掌拍在了唐凌脑袋上："你到底听懂没有，小子？真正的大人物，是要带领着时代前进的，不管是有多大的阻力，不管事情是否有所回报。否则，一个人再强大，他也只是镶嵌在时代里的一个人物，而不能成为超越时代、战胜时光的英雄。"苏耀有些激动。

"可是，那和我有什么关系？"唐凌不满地揉着头，的确，他只是一个身负仇恨的，出生在聚居地的少年。既镶嵌不了在时代里，也不可能超越时代。

苏耀沉默了，甚至都不再看唐凌一眼，低头拿起自己的酒忽然一饮而尽，喊道："老板，再来一杯，依然伏特加。"

老板无声地端了一杯伏特加，"啪"的一声砸在了桌子上，但不知为什么，酒水没溅到苏耀，反倒溅了唐凌一脸。甚至，他离开的时候，还白了唐凌一眼。

"我和他有仇？"唐凌不爽，低头喝了一口杯中的果汁，苹果做的，酸甜适口，味道其实不错，"苏耀叔，这一次我……"

"唐凌，在这一月里，你觉得你要做梦了吗？"几乎是同时，唐凌和苏耀都开口了。

不同的只是，唐凌酝酿了很久，只是想要问出关于胸口"它"的秘密，而苏耀则是提起了唐凌的梦境。

蓄谋已久的话被打断了，但唐凌却罕见地没有失落，因为梦境也是唐凌非常想要探究的一件事。但关于这件事情，苏耀显然知道得不多，唐凌并没有想到要与苏耀过多地谈论它。

　　不过，苏耀主动提起，显然并不只是想要打听唐凌是否再入过梦。所以，唐凌摇头很直接地说道："没有，要是今天你没有提起，我几乎都快要忘记自己会入梦了。"

　　"我在这一个月，去了一趟很远的地方，花费了不小的代价。"面对唐凌的回答，苏耀并没有直接评论，而是喝了一口酒，说起了一件好像与梦完全无关的事情。

　　唐凌看了一眼苏耀，这个魁梧如山一般的汉子，一个月不见竟然有了一种瘦了的感觉，不知道是因为黑了几分，憔悴了几分的原因，还是因为沧桑的感觉浓重，所以显得如此。

　　唐凌静待下文。

　　而苏耀不紧不慢地点上了一支卷烟，如果猛龙小队的人在此，一定会惊叹那抽烟的姿势为什么和唐凌这家伙那么相像，可在这里没人在意这些细节，氤氲升腾的烟气之中，传来了苏耀浑厚低沉的声音："但结果不错，我通过各种办法，找到了一个梦种。梦种，是这样的叫法，对吗，唐凌？"

　　唐凌端着杯子的手微微颤抖了一下，心中溢满了感动，他不会表达，也表达不了。抬头，开口："苏耀叔，给我一支烟。"

　　"啪"的一声，苏耀一脚踢翻了唐凌坐的凳子："哟，小子，第一预备营把你的抽烟技能提升到了几阶啊？"

　　但说话间，一支烟还是扔在了唐凌的手边，比唐凌在第一预备营抽的卷烟高级。唐凌坐起来，微眯眼睛点头，拇指与中指掐着烟，身体微微倾斜，熟练地吐出了一口烟，才当什么都没有发生地说道："嗯，是叫作梦种。"

　　这些细节，他不曾和苏耀谈起过，因为苏耀也没有细问。当苏耀说出来时，说明他真的为了入梦一事，千里迢迢地走了一趟。男人之间的情至深，从来不在言语之间。

　　"呵呵。"酒吧老板抬头看了一眼苏耀和唐凌，这两个在酒吧仅有的客人，恼人的烟气之中，同样的姿势，像一大一小两个"苏耀"。真是有趣，酒吧老板低下了头。

　　"根据我得来的消息，所有的梦种入梦以后，都会在同一个地方。"苏耀半点儿没有震惊的样子，事实上当他第一次听到这个事实时，惊讶得不得了。

"什么意思？"唐凌被烟呛到了，所有人同一个梦的意思吗？很难以想象！这是神秘商铺的手笔，还是另一个势力的手笔？怎么做到的？还有……疑问太多，根本无从问起，就连同一个地方这个概念都非常抽象。

"字面意思。简单地说，就是你们入梦后，梦境之中的环境都是一样的，这个环境并非……"苏耀的表达能力并不好，他在努力地组织着措辞，去形容这一件非常抽象的事情。

唐凌表现得很有耐心，既不打断苏耀，也不提出任何问题，他等待着。

"好吧，这样形容。就比如说入梦后设定的标准环境是17号安全区，入梦后，所有的梦种都会聚集在17号安全区。你们会做着不同的事情，因为在梦中你们所前行的距离和路并不一样，但你们都会为着同一个目的而前行。你们或许会遇见，或许直到梦境终结，你们都不会遇见。这样说，你懂了吗？"

苏耀已经竭尽所能地去描述。但聪明如唐凌，还是花费了起码半分钟才听懂了苏耀的意思。那岂不是说，在这个世界的某一个时刻，所有的梦种都会同时入梦，然后进入同一个梦境？这感觉，就像古老的一种术，叫作养蛊，将所有的蛊虫都放进同一个蛊蛊里，是这个意思吗？

唐凌捏紧了手中的烟，心情竟然不是畏惧，而是一种说不上的、微微的兴奋。"我懂了。"沉默了几秒后，唐凌这样回答苏耀。

"你真懂了吗？你注意到我话里的细节了吗？梦境世界有一天会溃散的。"苏耀认真地看着唐凌。

"我能理解，当唯一的王者出现后，对吗？"唐凌怎么可能放过这么重要的信息。而王者一说，纯粹是建立在唐凌将梦境看成了一个巨大的蛊蛊的基础上。否则，梦境以这种形式存在的意义是什么。

第157章 种子

对于唐凌的猜测，苏耀竟然没有否认，反而用饶有兴趣的目光打量了一眼唐凌：“怎么想到的？”

“直觉？”唐凌并不确定，因为一听就突然想到养蛊那么生僻的事情该怎么解释，只能解释为直觉了。

苏耀竟然并不觉得唐凌这句话是在敷衍他，而是再次陷入了沉默，又点上了一支香烟。烟雾中的苏耀显得非常深沉，有一种看不透的，夹杂着神秘的伤感。让唐凌的心情也忍不住跟着悲伤了起来，虽然他并不知道苏耀感伤的事情究竟是什么。

“从某种意义上来说，王者出现，梦境溃散也是对的。”苏耀这样开口了，“但真正正确的说法是——终结之人会出现在梦路之终，踏碎梦境，手持开启之匙，寻到起点。”说完这句，苏耀望着唐凌，似乎是调侃，“这句话你能够解读吗？”

“不能，只明白入梦的梦种都是为了走到终点这个目的吧。”唐凌回答得很直接，因为苏耀之前的话里就提过，入梦的人都为着同一个目的前进。结合这句莫名其妙的话，不就说明了这个目的是走到终点吗？

“你在意这句话吗？”苏耀突然问了唐凌一句。

“不在意。”唐凌云淡风轻。

“为什么？”苏耀眯起了眼睛。

“因为，我有资格在意吗？”唐凌说的是实话，他是一个才通过了梦境考验，都没有进入正式梦境的人，就去在意所谓的梦境终点，实在太过好高骛远。比起这个，唐凌认为能够在梦境中生存下来，在神秘商铺之中大捞好处才是最重要的事情。

“没出息。”苏耀对着唐凌的脑袋又是一巴掌。这一次比上一次更用力，直接拍得唐凌有些晕晕乎乎。唐凌非常委屈，直接说道：“我能多有出息？因为按照你给我的说法，这个梦境是一个非常不公平的地方，能苟且偷生就已经不错了。”

“呵呵，不公平，说说看？”对于唐凌的辩解，苏耀竟然没有生气，反而表现出了一副颇有兴趣的样子。这小子终于抓住了重点！

“梦境世界存在了多久？”没有直接回答苏耀的问题，唐凌反而问了苏耀一个问题。

苏耀眼中透出一丝欣赏，很淡然地说道：“从时代剧变的第二天，它就出现了。这是一个公认的时间点。”说完这句话后，他直接看着唐凌，似乎是在观察唐凌是否产生了畏惧。

"那就对了,我虽然不清楚时代的剧变究竟是在哪一天,我也很好奇为什么那么大的历史事件,竟然被人为地深埋了,让大部分人不知情,目的是什么……"唐凌侃侃而谈。

苏耀直接打断了唐凌:"说重点。"

"好吧,重点就是我不清楚具体时间,但也清楚这个时代大概开始了起码一百五十年。那么也就意味着梦境世界存在了一百五十年。"说到这里,唐凌看向苏耀,"叔?你觉得那些老妖怪还活着吗?"

"什么老妖怪?"苏耀兀自没有跟上唐凌的节奏。

"我是说,第一批入梦的人。"唐凌的眼神变得认真。唐凌这样说,并不荒谬,就17号安全区来说,最早的一批紫月战士中有九十岁高龄之人,可这样的年纪,竟未见老态。那是不是意味着,成为紫月战士的人,在寿命上也有所突破呢?

这是极有可能的。小小的17号安全区尚且如此,整个世界那么大,强者有多少?而唐凌绝对有理由相信,能被选为梦种之人,都应该是绝对强者。

别的事情没有论据,暂且不提。但就神秘商铺的存在,已经佐证了这一点。

怎么佐证?神秘商铺的强大还用质疑吗?里面有多少好东西还用质疑吗?假设有人能一直在梦境之中活下来,那么他在神秘商铺里捞了多少好处?不成为绝对强者,都难以让人信服。

"你小子不傻。"苏耀的微笑带着一丝慈爱,但接下来说出的答案却很残酷,"据我所知,有。"

"那就对了。苏耀叔,不公平就是这样。"话已经说到这里,还需要废话吗?是一一分析先入梦者的优势,还是去探究梦境世界的营造究竟是为了什么?如果是为了筛选出踏入终点的王者,为何是如此不公平的环境?所谓选拔,不是应该把所有的选手放在同一起跑线上吗?或者说这样大手笔势力的背后之人,他的想法已经天马行空,深不可测?

"呵呵。"面对唐凌的论证,苏耀笑了,端起桌上的伏特加一饮而尽,烈酒为他的脸庞带来了一丝潮红,他忽然大声地对唐凌说道,"这就是你没出息的理由?"

"如果我和别的先入梦的梦种相遇了,我必死,好吗?"唐凌不甘地大叫。

"别人为什么就一定要杀你?"苏耀扬眉。

"难道先入梦者，对终点没有觊觎？"这根本就是废话一句，如此激烈残酷的竞争，只有一个人可以走到终点，那别的人是不是都可以算作"假想敌"？毕竟经历过一次梦境，就会得到神秘商铺价值不菲的奖励，那走到终点的人，会得到什么？

"就算是如此，那又如何？"苏耀变得认真起来，他一字一句地说道，"这一次，我寻找到别的梦种，可不止单单为了告诉你这些情报，我是要告诉你一句话——绝对的不公平就是绝对的公平。因为能走到最后的人，就定然会走到最后。就如王者降临，定不受阻力所碍，时间所累。你明白吗？"

"不明白。"唐凌说得非常直接。

苏耀又是一脚，踢翻了唐凌的凳子，直接踩着唐凌不让他站起来。居高临下地，苏耀看着唐凌："那你就给我听明白了，一段乱世，四处揭竿而起，并不是第一个看似天时地利人和的人，就一定能坐拥江山。前文明霸王输给一个破落户，超时代一般的王莽输给了一个种田的……"

"咳，咳……苏耀叔，我明白了，我，咳，一定要做个有出息的人。"唐凌被苏耀的大脚踩着，喘不过气来。苏耀这才移开了脚，放了唐凌。

唐凌一副恭敬的模样，实际上在内心他根本不认同苏耀的话，唯一能刺激他的，只有那刻骨的仇恨。什么王者，什么有出息，他只是一个出身于聚居地的少年，他最留恋的是火光下与家人的温暖。但他也不忍让苏耀失望，唯一能做的就是活下来吧。

"资料。"苏耀见唐凌坐了起来，从怀中掏出了几张韧草纸，扔给了唐凌。

唐凌打开这些资料，里面是一些对梦境世界的记载，其实资料的内容非常少，无非就是进入梦境世界该做的一些准备，还有入梦后的一些地形图。可是，更加重点的东西，就比如说所有的梦种入梦之后，面对是一个什么样的环境，又比如说入梦之后，面对的战斗将会是什么，只字未提。

"我知道，帮助有限。梦种……都是高高在上的，这些是我想尽办法套出的话，我怕忘记，特意记录了下来。但总是，总是有一些帮助的吧。"苏耀的语气之中竟然带着一丝愧疚，像是为唐凌做的不够一样。

唐凌打了个哈哈，却把几张原本应该立刻销毁的韧草纸折起来，非常小心地收入了贴身衣物的口袋之中。"总是有用的。"唐凌这样回答。

"有用就好。"苏耀抓了抓脑袋，然后说道，"每一次入梦的时间都是不定的。有时会频繁地入梦，有时则会一两年都没有动静。但，不管怎么样，在梦境世界，你必须活下来。知道吗？活下来。"苏耀有些激动，大巴掌不停地拍在唐凌的肩膀上，拍得唐凌都有些痛了。但他并没有表露出任何，只是不停地点头。事实上，他还有很多话想对苏耀说，就比如仓库任务的具体始末，还有他被一个神秘人救了的事情。

但这些，苏耀在之前听见大概的时候，就没有表现出多大的兴趣，只是露出了一个轻蔑的笑容，一副早已预料、理当如此的模样。当然，他还是叮嘱了唐凌："也许17号安全区就要不太平了。但这些与你无关，你只管修炼变得强大就是。"

真的无关吗？唐凌也不知道，他总感觉自己被牵连其中，而苏耀之前的态度也多少暗示了一些东西是和唐凌有关的。

苏耀叔现在说无关？好吧，那就无关吧，唐凌其实懒得多想，因为在骨子里他根深蒂固地认为自己只是一个小人物。

对话进行到这里，两人再次沉默了下来。苏耀本就是一个不多话的人，唐凌也并不是像希望壁垒之中表现的那样活跃，无赖。

可是，"它"的问题，总是要询问的吧，唐凌低头转动着眼前的杯子，里面剩下的少许苹果汁荡起了一圈圈的波纹。"叔，你该告诉我了吧？"唐凌说这句话的时候，没有抬头。

"告诉你什么？"苏耀有些疲惫的模样，在这样的安静下，他甚至半眯着眼睛，垂着头就像要睡着。

"它。"唐凌指向了自己的胸口。

苏耀一下子睁大了眼睛，变得精神了起来。

"你想要反悔吗？"唐凌流露出不甘的神色。

苏耀沉默，而唐凌则一直望着苏耀，追问的态度已经表现得异常直接明了。

"它，是一颗种子。"苏耀败下阵来，踌躇着终于开口了。

"种子？"这个说法，就是答案？唐凌觉得太滑稽了，他静待下文。

"嗯，一颗种子，和你共生的种子。就像和尸人共生的魔鬼真菌一样的存在。"苏耀打了一个比喻。

但这个比喻显然不怎么让人愉快。"也就是说，我能改变自己的状态，并不是我自身的能力，而是来自这颗种子的能力？"唐凌努力地保持着冷静，努力去接受这个说法，适应这种怪异感。

"其实，并不能完全这样说。你难道没有发现吗？你成长得其实很慢，而我却一直并不在意。"苏耀给唐凌说起了两个细节。

唐凌不言，他当然发现了自己的成长速度并不快，即便猛龙小队的人觉得他很厉害，但那是依靠三级凶兽肉，和吃下去并消化掉比他们更多的食物，才得到的结果。如果去掉这些客观条件，唐凌认为他的成长速度不会超过阿米尔，甚至不会超过昱和奥斯顿。

这是完美基因链该有的表现吗？唐凌不是没有怀疑过，完美基因链只是苏耀给自己的一个安慰。

当然，联想起完美基因链，唐凌又想起了在观想时，那奇特的经历——有一颗种子模样的东西，帮助他看清了自己真正的潜力。

莫非，"它"就是那颗种子？想到这里，唐凌的脸色猛地一变，整个人"唰"的一声站了起来。

"是想到了什么吗？"苏耀一副意料之中的模样。他知道的，种子出现过，就在唐凌测试基因链天赋那一天，唐凌这小子把细节都一五一十地告诉了他。他现在，终于反应过来——种子是什么了吗？

"它有思想和智慧？"唐凌的手开始颤抖，他想起了那一天所有的细节。那颗种子所表现出来的"童稚"和对自己莫名的亲切。原来如此吗？因为是共生的，所以它表达出了亲切，怪异得就像自己是它的父亲一般。

可，可一个智慧生物和自己共生？唐凌的手颤抖得厉害，这样的事情感觉就像自己不再是自己，而真实的自己像是两个生物组成的，这算什么怪异的存在？

"'它'，'它'怎么来的？怎么来的？是我自己发生了变异，长出了一颗种子？还是说，有人给我放进来的？"如此冷静的唐凌，在这一刻莫名有些失控。他无法想象，如果是放进来的，怎么放入自己心脏位置的？那要是自己长出来的……他还是人类吗？

"长出来？你做什么梦？"苏耀反倒非常淡定，在决定说出种子的事情以后，他就一直这么淡定。

第158章　形态

采光不足、略显阴暗的小酒吧，最偏僻的角落位置，幽幽的油灯光照射着唐凌的侧脸，配合着他有些激动的神情，和在旁边神情淡然，嘴角带着意味不明笑容的苏耀，就像一幅色彩浓重，背景深沉，人物生动，却主题不明的油画。

酒吧老板看着这一幕，目光深沉，接着他又拉低了帽子，低下了头去，双手抱胸靠在吧台打盹。

"坐下。"苏耀看着唐凌，低喝了一声。

唐凌深吸了一口气，坐了下来。"既然已经告诉你了，那就说得直接一些，你身体里的那颗种子是一个珍贵的礼物。你不必对'它'大惊小怪，甚至你应该坦然地，充满感情地去接受它。

"你可以这样理解，一个猎人身旁忠诚的猎犬。哪有猎人会对从小跟随自己长大的猎犬排斥呢？"苏耀没有再要酒，而是用深沉的，带着一种莫名沧桑意味的语气和唐凌说着这番话。那感觉就像"很久，很久以前，你收到了一份礼物……"

唐凌的心情莫名平复了下来，几乎是下意识地，他就轻轻摁住了自己的胸口。伴随着自己长大的忠诚猎犬？不，还要更加的亲密，它与自己共生！

只是，这会是谁赠予的礼物？唐凌甚至还想起了神秘商铺的主人昆，他模糊地提起过自己胸口里的"它"是一个有趣的东西。昆都注意到的"它"，是很珍贵的吧？

"不要问我关于是谁送你这种问题，我只负责回答种子的问题，并不负责安抚你的好奇心。"苏耀眼皮都没有抬一下，低头很直接地说道，仿佛看穿了唐凌的心思。

"叔……"唐凌喊了一声，然后无力地说道，"好吧。"

唐凌了解苏耀，他不说那便是真的一点儿都不会透露。"那你之前提到我，对于我成长得不快，你并不在意的事……"既然知道了它是一颗种子，那了解更多是必须的事情，因为共生也可以解释为彼此作为共同体，一起生存。怎么能够对"它"毫无所知？

"珍贵的礼物，并不是谁都能够承担。就如同一把杀伤力极强的珍贵武器，你不能赠予给一个小孩。那会害了他。"苏耀说到这里，呼唤了一声酒吧老板。

老板慢悠悠地站起来，态度不是很好地又端来了一杯伏特加。也不知道是不是因为良心发现，他还给唐凌端来了一杯苹果汁。

"我没要，付不起账。"唐凌直接拒绝了。

"送的。"老板扔下一句话，直接就走了。

"真是个怪人。"唐凌嘀咕了一句，苏耀则呵呵一笑，说道："你多吃喝一点儿，总不是坏事。直接地说，无论你吃什么，喝什么所转化的能够强大你自身的能量，总会分一大半给种子，现在明白了吗？"

"噗"，低头喝果汁的唐凌立刻呛到了，他连声咳嗽，望着苏耀想说什么，却一时间什么都说不出来。

"你真是迟钝。没感觉到吗？配合我教给你的进食之术，你的成长速度还是有限。你的'精准本能'有观察、计算的能力，现在虽然稚嫩，对自身身体的微妙变化观察不足，但总是有感觉的，不是吗？"苏耀的目光之中带着促狭的意味。

"有感觉。我也知道'它'能吃，我却真的不知道，'它'是在……也不能说是抢夺，反正……"唐凌不知道该怎么形容。

"养一条优秀的猎犬，也需要提供给它成长的条件。你的种子同理，只不过它需要的，和你需要的相同。如果你不是完美的……而是一般的天赋，那这份礼物对你来说就是悲剧。"苏耀慢慢地说道。

"怎么讲？"

"很简单，它在幼年期，只会一味地吞噬，就像人类的婴儿，为了长大哭喊奶水，是不可能知道并理解父母很穷这件事。天赋一般的人吸收能量的转换率一般，它会完全抢夺，在没有得到满足的时候，甚至会'吸干'宿主。好的情况是，宿主一辈子都得不到任何的成长与进步。坏的情况就是被吸干，然后'它'也跟着死亡。你认为这不悲剧吗？"苏耀把一件凶险无比的事情说得轻描淡写。

但唐凌一头的冷汗，他忍不住问苏耀："那如果我……"说话间，唐凌看了一眼酒吧老板，却无语地发现酒吧的老板就这样任由他和苏耀待在店里，自己已经不知道跑哪里去了。但这样也让唐凌松了一口气，直接说道："如果我不是完美基因链，那怎么办？叔，难道你一开始就肯定我是完美基因链？你从一开始就知道种子存在的！不要不承认，我肯定你知道。"

"真是的，一个人太聪明也不是什么好事啊。"说话间，苏耀摇头，"我哪有那么全知全能？没有仪器的情况下，我也没有办法去肯定你的天赋，只能猜测你的天赋并不差。我唯一的依据，是那一次带你去测算成长幅度时，得出的一点结论。但那结论并不精确，因为那个时候你的种子才刚刚苏醒。"

"刚刚苏醒？"唐凌在衡量苏醒的意思。

"嗯，刚刚苏醒。在你被强烈地……刺激后，刚刚苏醒！在那以前，'它'处于破壳期，在沉睡状态，只需要少量的能量。要'它'醒来，只会有两种情况。第一种，宿主遭受到了生死危机。不过，'它'那时的力量也非常有限，你一再地遭受生死危机，可能会活活地'耗死它'。第二种，就是'它'饿了，需要能量继续休眠，就会问你要吃的。这样说，你懂了吗？"苏耀似乎对种子非常地了解，所以对唐凌讲诉得就非常详尽。

唐凌当然懂，生死危机他遭遇过一次，是在聚居地被黑齿鼠包围。饿了这种事情，唐凌更懂，在聚居地如此困难的生活下，他每隔一定的时间就会变成"吞噬怪"一般的存在。

但和现在比较起来，还是有区别的。现在，他每天都必须消耗一定程度的食物，才能满足自身的需要，这就是所谓的"苏醒"吗？

"是不是体会到了苏醒后的不同？"苏耀的语气之中总有一点儿幸灾乐祸的味道。

唐凌根本不理会苏耀，而是绕回了刚才的问题："叔，你还没有回答我的问题。"

"好吧，答案就是我之前对你的基因链天赋并没有十足的把握。我也做好了准备，如果你没有七星以上的天赋，我会想办法把'它'取出来的。"苏耀说得很轻松，甚至就像是开玩笑。

但唐凌可半点都不认为苏耀是在开玩笑，他真会这样做的。可是，想想从心脏中取出一个种子，自己还有命在吗？

"其实，真实的情况是，我并不信任17号安全区的仪器。我的打算是，如果测试出来的结果不理想，我会立刻带你离开这里。第一，找到可靠的仪器再次测试。当时你考核完毕后，我已经这样打算了。可是你告诉我了那些异常，让我惊喜地知道你是完美基因链。第二，假设我找到可靠的仪器后，你的测试结果依旧不理想，那么我带你去的地方也是有办法取出这颗种子的。当然不是我亲自来动手。"

好凶险，唐凌长吁了一口气，幸好自己不用被开膛破腹，而"它"也还在。

但下一秒，唐凌就如想到了什么："叔，你当时准备带我去哪里？"这纯粹就是少年的好奇心，谁不向往外面的广阔世界？

"没发生的事情问来做什么？"苏耀白了一眼唐凌，然后才说道，"与其好奇这个，你不如操心你现在的麻烦。要保证自身的成长不能太慢，还要保证种子的成长。这是生活给你的考验，你必须应对。"苏耀郑重其事，然后也不知道是不是恶趣味，突然对唐凌吐了一下舌头，"知道吗？你就是一个怪物，消耗资源的怪物。"

唐凌的脸色变得很难看，对苏耀的话根本无力反驳，的确，他消耗的资源惊人，一天比一天更多。

"但也不是没有好消息。"苏耀觉得很爽一般，摸着唐凌的脑袋说道，"付出和回报是成正比的，种子成长起来以后，会带给你巨大的力量。'它'就像你一样，会成长，产生变化，而不是一成不变。"

"我想到了。"唐凌故意不让苏耀得意，事实上他只是猜测到了种子还会变强，"放大"的作用也会变强……

"真是无趣。"苏耀讨厌老成的小孩，在这样的孩子身上真是难以找到成就感。

可苏耀还是决定扳回一局，他望着唐凌说道："那你可知道，现在只是种子的第一形态，'它'的形态决定了你的形态？"

"什么？"这件事情倒是非常新鲜了，言下之意就是说，现在唐凌在变身的情况下，是一个肌肉人的状态。随着种子的成长，他就很可能不是肌肉人了？这对于这一点，唐凌是在意的，因为他是一个"节省"的孩子，每一次爆发都消耗一套衣服这种事情，是不是太浪费了？

"唔，我就是告诉你有这回事而已。具体的还要你自己去摸索。"苏耀笑得非常得意。

其实，现在给唐凌去讲种子的更多状态，实在是一件言之过早的事情。因为曾经的拥有者说过，"它"存在着这些变化，但是否能让"它"成长到这个地步，却是一件只能尽力而为的事情。

最大的可能是，它永远只能停留在第一形态，因为随着它的成长，所需的资源会成倍地增加。到了后期，对资源的质量更是有着巨大的要求，光是数量的堆砌已经不可能完全地去弥补质量了。那就会导致它的成长非常之慢。

那个人……说的话，总是对的，明明当时那么让人讨厌，现在却那么让人怀念。苏耀再次不可避免地陷入了回忆。

而唐凌在耳边的一连串问题，他就当根本没有听见。

"叔，'它'还会有什么形态啊？"

"'它'如果要进化了，有什么征兆呢？"

"'它'的进化仅仅是形态吗？智慧呢？'它'也会成长智慧吗？到时候，我不是经常要与它对话？"

"叔，你不要这么小气，你告诉我，现阶段怎样百分之百与'它'建立联系？"

唐凌就像一只聒噪的鹦鹉，在不停地说着话，他开始为种子而兴奋，从接受了"它"的存在，瞬间就对"它"有了深厚的感情。也许是苏耀的猎犬比喻太过成功，又也许是他们已经相伴着成长了那么多的岁月。

苏耀的侧脸很深沉，忧郁的双眼之中映照出唐凌的身影，嘴角却不自觉地带上一丝安慰的笑容。他觉得，现在的唐凌才是真实的，聚居地那个压抑沉默的少年不是，他回来后听到传闻中希望壁垒中的无赖少年也不是……唐凌现在所做的一切，都是以仇恨为驱动，逼迫着自己运筹帷幄，戴上面具。那是生活塑造的他。

而真实的唐凌其实只是一个聪明的普通少年，但愿他在自己身边，能够得到一些不那么累，真正属于自己的时光。哪怕每个月只有一天呢？

而这样的一天，又能持续多久呢？即使自己认为他是那个聪明的普通少年，他终究还是唐凌，还是……

17号安全区最好的饭馆，唐凌满足地拍着肚子，而在他的面前，堆积了一大堆肉骨。

他吃光了半只二级变异兽，不是小个子那种，是牛类的变异兽，把这一个贵族云集的饭馆，活生生地变为了一个属于他个人的表演现场。

在他周围是一个个目瞪口呆的贵族，就连饭馆的老板也忍不住从后厨探出头来看这个"吞噬怪"。

可唐凌并不会在意，苏耀更加不在意。在唐凌酒足饭饱以后，他大剌剌地剔着牙，带着唐凌耀武扬威地走出了饭馆。谁敢惹他们啊？疯子苏耀以及那个打出了精彩比赛的神奇少年。

"叔，我回去了，大庭广众之下我也不能动用进食术。这样太浪费，我得抓紧时间找个地方……"通往希望壁垒的一处秘密入口处，唐凌这样对苏耀说道。

"快滚。"

"你难道就没有一点儿舍不得我吗？"

"哦，这顿饭花了我五百七十个信用点。"

"叔，我回去了啊。你刚才说什么，风太大，我没有听见。"唐凌一溜烟地就跑了，进入了那个藏着入口，显得有些破败的小楼。

看着唐凌的背影，苏耀的笑容渐渐淡去，换上了一副皱着眉头的严肃表情——17号安全区，乱了。接下来是直接的暴雨，还是会酝酿出一场更大的风暴呢？

第159章　十年后，是否有约定？

通过地道，穿过希望崖回到希望壁垒，正是夕阳漫天的傍晚。地道直通洞穴，一出地道，通过这个巨大洞穴的洞口，唐凌一眼便望见了盛夏如火一般燃烧的天际。

这让唐凌停下了脚步，他知道过上一会儿，这些堆积在天际的红就会慢慢地，慢慢地淡去，然后墨蓝色的天幕就会彻底吞没这些淡去的红。

"哥哥，这是什么？"姗姗的小手抓着一根草茎，草茎之上五瓣带着粉边的白叶子，显得非常可爱，就和姗姗干净的小手一样。

"苦白丁……"唐凌转头，话还没有说完，就见姗姗将一片白色的叶子放入了口中。

"呸，呸，呸……好苦，好苦，坏叶子。"秀气的鼻子娇俏地耸起，一双似乎蕴含着清透湖水的大眼睛也眯了起来，小脸肉嘟嘟的。

生活苦，唐凌的目标就设置得简单——不饿着姗姗。所以，她的脸掐起来手感很好啊。唐凌笑，掐住姗姗的脸蛋："让你嘴馋。是不是嘴里很苦？哥哥给你变一个甜甜的东西，好不好？你看，苦白丁的叶子是苦的，但是它的根是甜的，你试试？"

"嗯，好甜，真的是甜的呢。"姗姗笑得很开心，挂在唐凌的脖颈上，舍不得吐出口中的苦白丁根。

唐凌抱起她，朝着回家的路走去。那个时候正是夕阳漫天，但他们天黑之前要回家，家里还有婆婆，火堆已经升起，食物是热的，水很烫。

"哥哥，夕阳好快就没了啊。"

"哥哥，我不喜欢天黑。夕阳要是多待一会儿，我就可以在外面多玩一会儿。"

"哥哥……"

唐凌几乎是恍惚着走到了属于第一预备营的洞口。至于那夕阳，他已经不敢再看一眼。不过还好，这种让人心中绞痛的回忆，如今想起的次数已经变少了许多。而这一次，估计是自己悄悄藏在秘密通道中修炼"进食术"，人有些累了，才会让回忆趁着疲乏趁机而入吧。

唐凌换上了另一副表情，从背上背着的行李包中拿出了一个刺角甜瓜，这是他在17号安全区买的，算是带给大家的礼物，也不贵，毕竟盛夏天，莽林中用心寻找，也能摘到不少。

唐凌大口啃着甜瓜，汁液四溢，那个无赖的大胃王又回来了。只不过洞穴显得非常安静，也没人欣赏他这场"表演"，毕竟第一预备营每一年考核的时间相近，也就造成了新月战士每一个月休假的日子，几乎都在这一天。

"是回来早了吗？"唐凌粗鲁地用衣袖擦过嘴角，却听见洞穴里传来了一阵阵非常好听的歌声。

真好听啊！唐凌不由得放轻了脚步，悄悄地走到了歌声传来的洞穴，正是猛龙小队的洞穴。

唱歌的人是薇安和克里斯蒂娜，她们带着笑容，互相靠在一起，反复地唱着这好听的曲调，仿佛沉浸在了其中，很幸福的模样。唐凌没有贸然地冲进洞穴，而是悄悄地退了出去，倚靠在洞穴口静静地听了起来。

这是一个精神荒漠一般的时代，残酷的生活让人们不可能停下脚步，去创造任何精神财富。就比如文学、音乐，还有那神奇的电影电视什么的……唐凌通过阅读知道这些，但他却没有时间去听一曲完整的前文明歌谣。

在他的记忆中，歌就是婆婆哄自己睡觉时轻哼的古老曲调，和姗姗高兴时，不自觉哼起的一段一段完全不成调的"啦啦啦"。而这一次，真正听见音乐时，他忽然发现歌曲有安抚人心的作用。

唐凌独自站在洞口听得入神，却见阿米尔从外走了过来，看见唐凌站在外面，他流露出了诧异吃惊的表情……

"嘘。"唐凌伸出了手指示意阿米尔不要打断。阿米尔也就静静地站在了唐凌身旁，而歌声还源源不断地从洞穴中传来。

"好听吗？"唐凌悄悄问了阿米尔一句。阿米尔明显也听得沉醉，眼中闪动着光芒，轻轻地点了点头。

"你从哪里回来的？"唐凌随意地询问了一句阿米尔，其实只是想两人之间不要太沉默。整个猛龙小队之间的感情很好，但阿米尔总像和所有人都还隔着一道墙。唐凌也不知道是否是自己的错觉，他感觉阿米尔和他之间的心墙尤其厚重。

但唐凌并不想如此。因为阿米尔是聚居地的人，还因为那一天他装作受伤时，阿米尔大步走过来说有希望点，赶紧救治他时的表情是真诚的。

可不想，这只是唐凌无心的一个问题，阿米尔的神色却很不正常，难以说出的复杂。过了一会儿，他才小声说道："我就在希望壁垒，我无处去。刚才……刚才出去走了走。"

"啊，对不起。"唐凌一下子觉得有些内疚，自己不是应该想到的吗？同是聚居地出生，如果没有苏耀，他不是同样也无处可去吗？

"不要害羞，再唱一遍，必须再唱一遍。"奥斯顿声嘶力竭地在洞穴之中吼着，显得非常兴奋的样子。配合着奥斯顿高昂的语调，安迪也在一旁推波助澜，蹦着跳着让薇安和克里斯蒂娜再唱一遍傍晚唐凌和阿米尔偷听到的歌儿。

很期待啊，前文明的曲子，那可是很珍贵的财富，随着时代的剧变，前文明的音像资料被毁掉了许多，剩下的也莫名其妙地失踪了。据说，只有少数的贵族才能接触到一些。而新月战士的权限最多也就接触一些前文明的文学作品，音像资料那是不要想的。

"你们就唱吧。"昱也跟着起哄。

克里斯蒂娜瞪了唐凌一眼，谁能想到这个家伙那么坏，回来了不说话，在洞口偷听她和薇安唱歌不说，还四处宣扬。就连安静沉稳的阿米尔也被唐凌带坏了。

对于克里斯蒂娜的白眼，唐凌直接无视，反而是怂恿着一根筋的奥斯顿继续起哄。

"蒂娜，不然我们就再唱一次？"薇安拉着克里斯蒂娜的衣角，小声地说道。克里斯蒂娜又瞪了一眼唐凌，直接地说道："唱就唱，每人拿出一个希望点，我们可不是白唱的。"

"嘿，我们做了任务，什么都缺，就是不缺希望点。唱，大爷出两个希望点，你们唱两次。"唐凌怎么可能被克里斯蒂娜吓住，端着一杯热水，做出一副我很大方的模样。

在大家的笑笑闹闹之中，薇安和克里斯蒂安也不再矫情，两个女孩子带着略微害羞的神情，再度开口唱起了下午那首歌。

非常动听啊，两人的嗓音都不错，再加上前文明所谱写的优美曲调，让人很快就沉醉在歌声之中。就连昱和奥斯顿这两个听过前文明一些歌儿的人，也觉得没有比薇安和克里斯蒂娜所唱的这一首好听的了。

在回荡着歌声的洞穴中，跳跃着火光的温暖中，猛龙小队的几位少年带着安静温柔的目光，微笑着，而两位少女，带着略微羞涩却又淡淡骄傲的神情，牵着手唱着歌。他们一起成长，无比亲密地在一起两个月了。他们在艰苦而繁重的训练生活中，笑笑闹闹，因为彼此还是能找到一丝乐趣。他们刚刚经历了一场生死战斗，转眼又沉醉在了歌声里。这样一幅画面，又将是铭刻在记忆之中的永恒。

"这歌里唱的是什么意思？"一曲终了，唐凌半倚在洞穴壁上，开口问了两个女孩子一句。他虽然因为莫名其妙的记忆，能懂好几种语言，但歌曲里的那种语言唐凌却不懂，他纯粹只是被曲调吸引了。

"对啊，什么意思？"大家也忍不住询问。这首歌的语言感觉很生僻，就连身为贵族，从小要学习好些前文明的语言的奥斯顿和昱，也没有接触过这种语言。

"是东升洲一个海岛国家的语言。前文明覆灭，海岛国家就几乎与世隔绝，所以他们的传承更难遗留下来。"克里斯蒂娜解释了一句。

不过，那时候的前文明因为科技的发达，国与国之间的距离越来越

"近"，可以通过很多种方式交流。所以，关于那个国家的一些歌曲什么的，还是在贵族间有所流传的。语言也并不是完全没有人懂。

克里斯蒂娜无意中在家里的收藏里发现了这首歌，当看到歌词的时候，她的内心就被触动了，所以假期就拉着薇安一起听，一起学习了这首歌。

而关于歌词的意思，克里斯蒂娜望了一眼薇安，还是薇安这样饱含感情的小女生来说比较好，她太大大咧咧了，简直破坏歌的意境。

"歌里讲的是即将分别的同学，在分别之前的约定。而同学是前文明的一个词语，他们是在一起学习的人，相处的模式就像我们第一预备营现在这样。"薇安先是解释了一番，然后开始逐字逐句地说着歌词：

> 我不会忘记，与你在夏末的约定
> 还有将来的梦想和最大的愿望
> 相信着我们在十年后的夏末还能相见
> 那时还会怀揣着最美好的记忆
> 和你邂逅是在一个不经意的瞬间
> ……
> ……
> 啊，烟花在夜空中绚烂绽放莫名感伤
> 啊，风随着时光流逝
> 多少开心的多少欢快的
> 冒险也经历了很多次
> ……
> ……
> 相信着我们在十年后的夏末还能相见
> ……
> 强忍着泪水，笑着说再见
> 是有些伤感的吧，但怀揣着最美好的记忆

在薇安轻柔而饱含着感情的声音里，歌词被一句句地读了出来，而就像克里斯蒂娜所说的，就连歌词也是那么动人。在这个时候，就算是最迟钝的奥斯顿也能明白，为什么克里斯蒂娜和薇安会被这首歌打动，反复地学习，因为这

首歌很容易让人联想起他们的现在，他们这样的在一起度过的每一天啊。

男孩子们到底还是不会表达，只是看着伙伴们，心中像是坚定了什么。而薇安说完歌词以后，坐了下来，手托着下巴，看了一眼大家，最后目光落在了唐凌身上，开口问道："现在也是夏天啊，你们说，十年后的夏天我们还会在一起吗？在一起，为17号安全区战斗？如果不在一起，十年后的夏天我们是不是能够还见到彼此？十年后，我们会变成什么样子？"

这个问题……唐凌心中竟然生出了一丝微微的疼痛，他以为这种伤感随着婆婆和妹妹的去世，已经彻底地消散，不会发生在任何人身上了——十年后？也许根本就不用等到十年，他已经和17号安全区决裂了吧。

但这种情绪唐凌一点儿也不想表达出来，就像这些记忆他根本就不想记在脑海之中，怎么就莫名其妙记住了那么多？于是，唐凌没心没肺吊儿郎当地大笑着："想什么呢？十年后，你肯定会长胖，就像那个负责为值岗任务送饭的胖厨娘，啧啧，还战斗呢！好好回17号安全区享受生活吧。哈哈……"

这算什么答案？只有奥斯顿傻乎乎地跟着唐凌一起笑。薇安有些失落地抱住了膝盖，克里斯蒂娜又瞪了唐凌一眼，和这种人是没有办法进行精神上的交流的，他就是一个除了吃以外，根本不懂任何情感的人。

"今天干吗故意对薇安那样说？"昱有些不满，递给了唐凌一个小布包。

唐凌低着头，也不看昱，直接解开了小布包，里面是几块肉，从那肌肉的纹理和紧实程度来看，这绝对是凶兽肉，但是应该没有到三级凶兽肉的品质。

"二级凶兽肉？"唐凌掂了一下肉的重量，这几小块也达到了五斤的重量，应该能够支撑一小段时间的需要。

"嗯，五斤二级凶兽肉干，需要二十几斤新鲜二级凶兽肉才能做出来，已经是家族大半的储备了，至于三级凶兽肉，家族是不肯拿出来交换的。就连二级凶兽肉，他们也是以为我需要……"昱开口解释了一句。

"已经很好了。"唐凌并不计较，昱说交易会吃亏，其实唐凌觉得自己占了便宜。

"你还没有告诉我，你为什么要故意打击薇安？"昱继续追问。

"有吗？我只是没有想十年之后那么久的问题，随口一说而已。"巡逻之地的边缘，唐凌望着紫月下的废墟战场，如同望见了已经成为一片废墟的聚居地。十年之后，谁会去想呢？

第160章　通知与通报

仓库区的希望点正式发了下来。猛龙小队的集体任务，加上任务收获一共获得了478个希望点，比预料的多，放在第一预备营也已经算是一笔很大的财富了。

换成以前，一定会有一群"如狼似虎"的学长如同狼嗅到了血肉一般，来找猛龙小队上供。但这次没有，一个都没有。

唐凌在任务中，被飞龙所救，然后得到飞龙的欣赏这件事情已经彻底地传开。还有伟大的城主对唐凌的态度似乎也有些纵容，莫非也是欣赏？

即便很多人不愿意相信城主会欣赏唐凌，但也绝对不敢冒险试探。最多只能在心里"呸"一声，自我安慰地认为不管飞龙也好，城主也罢，对唐凌的欣赏估计带着巨大的同情成分。

天赋极差，这件事情不是秘密。排名整个第一预备营倒数第一，这件事情更是所有人都知道，早就被第一预备营里的某些人宣传到了整个希望壁垒。就这样的人，食量还大，性格更是无赖。想想这是小人物的生存之道吧？对于这样的人同情也是应该的。

对唐凌的境遇，大多数第一预备营的小子就是这样的想法——我比他优秀，为什么我不能得到欣赏？人之常情。不过，敲诈猛龙小队这种事情还是算了吧。

"真是清静日子，就连做任务也觉得乏味了许多。和这些学长斗争，才是乐趣啊。"唐凌伸了一个懒腰，走过了第一预备营的大厅洞穴，表情非常欠打。

很多听见的新月战士，心里抽搐了一下，但还是装作没有听见。奥斯顿走在唐凌的身边，他就享受这种嚣张的感觉，而昱觉得有些丢脸。

"那就这样吧，等我从通天塔出来以后，我们就正式申请修炼课程。"回到了猛龙小队所在的洞穴中，唐凌如是对大家说道。

上次任务已经过去三天，在今天拿到希望点，唐凌第一时间就申请了通天塔的修炼时间，奥斯顿和昱作为贵族子弟，陪着唐凌去申请，是理所当然的。因为通天塔是17号安全区最重要的一个地方，按道理只开放给紫月战士和军功卓越的战士。新月战士去修炼，原则上是不行的。但事实上去修炼的新月战士也不少，只要有贵族身份，或者有贵族子弟愿意担保——如果贵族没有特权，还叫什么贵族？

唐凌的申请当然顺利，而且时间就安排在了第二天的晚上八点，唐凌可以在通天塔最底层的训练室待上一个小时。这一个小时，能给唐凌一个理所当然提升的理由，因为这个理由，正式修炼也就可以开始了。

当然，猛龙小队的人自然知道唐凌根本不需要这块"遮羞布"，他的实力强于猛龙小队的所有人。可这是大家约定要为唐凌保守的秘密，自然也要配合唐凌的"表演"。

"嗯，很期待正式的修炼啊。那样我们就可以快速地变得强大，可以在战场上正式加入常规战斗了。"安迪非常开心，他听教官说了，像他这种有速度天赋的人，经过正式修炼才会彻底地发挥天赋。这样，就不会成为大家的拖累了吧？

实际上，每个人的天赋在测试的时候，就会显露出来，只是当时不管是飞龙还是仰空都没有给大家过多地解释。这些显露是一种基因链色泽上的体现，就像普通天赋，基因链就是银白色。而像安迪的速度天赋，在基因链上就会表现有青色，青色越是浓厚，速度天赋就越加出色。至于昱，他的基因链上有一圈异常明显的金色，那是"金"属性天赋的表现，而且那么一圈明显的金色，说明昱在这个天赋上非常出色。

至于"金"属性的天赋该怎么理解，猛龙小队的人是不懂的，但昱似乎很懂，对他有这个天赋也表现出理所当然的模样。

对此安迪曾经问过昱："金属性的天赋，是指你能发现金属吗？比如说金子？"这句带着开玩笑意思的话，自然换来了昱的一个白眼，昱也不是没有给出解释，只是按照昱的风格，这个解释非常的简短，并不会让人非常明白。

"五行天赋中的一种。就像你，安迪，严格地说来也并不是速度天赋，应该是'风'属性天赋。每一个天赋都有无数的分支，风属性不见得就会表现在速度上。你只是速度这一偏向太明显了。找金子？呵，什么鬼。"这就是昱的解释。

但不管是昱也好，安迪也罢，他们只有谁天赋更高的区别，却没有天赋等级的差别。

可是阿米尔有！他在测试的时候，不仅表现出了五星天赋，而且在基因链的体现上，还出现了很微弱的黑色丝线，那代表着什么？非常顶级的天赋——空间天赋。即便是很微弱的，但那也是空间天赋啊。这些天赋，就算没有的人也并不是不可以去学习，去领悟。可有基因链表现的人，去做这些的时候到底会占据多少的优势？想想吧，如果阿米尔以后去学习，领悟关于空间的一切的时候……

怪不得阿米尔测试结果出来以后，会让仰空教官如此惊喜。城主的一战已经传到了每个人的耳中，没人能忘记缠绕在城主枪尖上的黑色丝线，那就是空间天赋的威力吗？

只可惜，天赋这种东西是非常少的，比有三星以上基因链天赋的人还少。猛龙小队除了这三个人，其余人都没有天赋。

唐凌呢？那么差的基因链表现，也没有天赋，若说特殊也有特殊，那就是比别人更亮的银色，这算什么呢？无赖天赋？奥斯顿不无恶意地想过。这一点，就算唐凌本人也忽略过去了，关于这个细节他连对苏耀都没有说过。

而对于正式修炼，除了安迪表现得兴奋外，其余人则非常平静，奥斯顿甚至有些意兴阑珊，嘀咕了一句："上战场？值得期待吗？"他已经有创伤了，关门的那一瞬，留给他的各种负面情绪还没有消散。

"想想你的五哥吧。"唐凌把这一切看在了眼里，忽然开口说了这么一句话——对于斗志有些消散的男人，就要在他最痛的地方猛戳一下，唐凌一点儿都不介意做这种事情。

"五哥！"奥斯顿一下睁大了眼睛，在沉默了好几秒以后，神情已经变得非常有斗志，他大声地说道，"我啊，其实也非常期待正式修炼啊。"

真是单细胞生物，昱鄙视地看了一眼奥斯顿。而唐凌则叮嘱道："希望点大家现在千万不要动用，正式修炼以后是什么情况，我们还不知道。也许会加大消耗，你们没发现那些学长对物资穷凶极恶的样子吗？"

他刚说完这话，奥斯顿就不耐烦地说道："婆婆妈妈的，你还没有正式被封为队长呢，就……"

奥斯顿的话还没有说完，唐凌的神色就变了变。这让奥斯顿不由得闭了嘴，难道唐凌那么小气，就因为自己一句抱怨生气了？但唐凌脸色立刻就恢复了正常，对于奥斯顿这种"贱人"根本无须多言，直接一拳解决就好了。

洞穴在一阵讨论和奥斯顿与唐凌的打闹中，慢慢地安静了下来。希望点的富足和战后的疲惫，让大家这些天都没有接太多的任务，所以晚上的时间都空闲出来，得到了几晚最好的睡眠。今夜也是如此。

但今夜也不是每一个人都好眠，就比如唐凌。此时，他待在自己的小洞穴中，赤裸着上身，正看着自己的胳膊发呆。在这胳膊上有着一个类似于文身，却只有他自己能看见的标志——梦种的标志。对于它，唐凌已经非常熟悉，就是两个变形体的华夏文字——昆亚。

但在这个时候，标志之上竟然浮现出了一行四个数字，不停在变化的四个数字，就比如说现在它是——21：34。

该怎么理解？唐凌甚至都不用理解，当时在奥斯顿调侃他的时候，他就感觉到了这个标志在不停地颤抖。而脑中第一时间就像收到了一个模糊的通知，继而产生了一个清晰的念头——要入梦了。

但这种事情是不能在大家面前表现出来的，唐凌借着和奥斯顿打闹，把事情掩饰了过去。一直等到现在，大家都熟睡后，他才有空去看看这个标志到底发生了怎么样的变化，然后第一时间就看到了这四个数字。入梦倒计时——很清晰的概念立刻就出现在了脑海之中。

只是……看着不停变少的时间，唐凌忍不住苦笑了一声，这是老天爷在逗他玩吗？现在的时间是夜里10点多，按照这个倒计时，他入梦的时间会和进入通天塔修炼的时间重叠。

"不会出什么乱子吧？"唐凌心中有种毛毛的感觉，但下一刻又觉得，能发生什么呢？在外人看来，他最多不过是在通天塔睡觉而已。而通天塔的修炼室是封闭的，一般情况下不会有人监视，就算有，也就无非让他又多了一个名头——在通天塔睡觉的哈士野猪。

"这算什么？"唐凌撇了撇嘴角，显然不太喜欢这个名头，但这样的自我安慰多少也抚慰了唐凌因为要入梦而不安的心。

看来任何事情都不要过多地讨论。这才和苏耀讨论不久，入梦就要发生了，真是让人……无言以对。穿上衣服，唐凌直接躺在了小洞穴的垫子上，不管入梦也好，通天塔也罢，今夜还是先好好休息，再应付明天会发生的一切情况吧。

"通过了吗，他的通天塔申请？"艾伯·昂斯优雅地坐在一张带有前文明

19世纪光明州风格的沙发上，握着手中加着冰块的水晶杯，轻轻摇晃着杯中琥珀色的液体。液体在艾伯的晃动下，折射着屋顶那水晶吊灯的灯光，发出迷人的明艳色彩，杯中的冰块撞击着杯壁，如同伴奏，在"叮叮当当"地轻响。

真是让人沉醉，艾伯似乎非常享受这产自前文明的上好威士忌在入口之前动人的表演，轻轻地闭上了眼睛。而在他的身前不到三米，有着一个巨大的屏幕，和前文明的液晶电视没有区别。屏幕上竟然是那天仓库区战斗的画面。

画面不算太清晰，看得出来拍摄者离战场还有一定的距离，甚至因为拍摄者并不专业的原因，画面偶尔还会有些颤抖。但这也不妨碍艾伯一次又一次地观看，今夜已经是第十一次了。

"通过了。但如果想要拒绝，会有很多理由的。"在这个时候，另外一个声音也在房间中响起。

是安德鲁的声音。他此时原本应该在第一预备营，可特殊的情况让他赶回了昂斯家族所在的大宅，第一时间就要找到家主考克莱恩·昂斯。

但出乎意料的是，考克莱恩并不在家族之中，也没人告诉安德鲁他究竟去了哪里，家主的行踪不必交代。所以，安德鲁只见到了他的堂兄，昂斯家族最优秀的、天分最出色的、基本上已经内定为继承人的——艾伯·昂斯。

按照规矩，艾伯是有权限知道一切重要情报的，安德鲁找不到家主，对艾伯汇报也是一样的。这让安德鲁的内心产生了许多复杂的、微妙的情绪，当然这种情绪不会表现在脸上，他非常恭敬地跟随堂兄来到了这间房间。然后用一个最恭敬的仪态坐在了堂兄旁边的沙发上，开始一五一十地对堂兄汇报他所得到的最重要的情报——关于唐凌的情报。

也许，唐凌只是整个计划中一个算不上太重要的小子，他只是上了某个名单。但这样的情报，会让唐凌的重要等级提升，这也许会改变一些事情，那么这些情报就会成为安德鲁的巨大功劳。

艾伯会无视甚至侵吞这些功劳吗？安德鲁并不敢深想。至于隐瞒？不存在隐瞒的！他还是昂斯家族的人，就算他不是吃肉的那一个，装孙子也能让他喝口汤，不是吗？

第161章 通天塔

"唐凌。"没有回答安德鲁的问题，艾伯低声叫了一声唐凌的名字，修长洁白的手指有节奏地敲着沙发的扶手，轻轻啜了一口杯中的威士忌。壁炉之中的柴草加得有些多，熊熊燃烧的火焰伴随着异样的香气，让安德鲁额头上有了些许的汗意。

这就是他的堂兄艾伯啊，一个相貌英俊，举止优雅，天赋出众，连智慧也顶尖的人。昂斯家族有什么理由不选他作继承人？人与人之间是有不同的，从出生起就不同。艾伯的母亲身份那么高贵，甚至凌驾于整个17号安全区之上，连城主沃夫见了只怕也要毕恭毕敬。这也是昂斯家族敢于选择的底气所在，因为就算17号安全区颠覆了，他们失败了，也不是无处可去，甚至那是更好的去处。

这样说来，家族还要仰仗着艾伯，哄着艾伯，他的地位不似家主胜似家主……可就算如此，艾伯并不纨绔，更不跋扈，他恰到好处的谦逊又伴随着一个贵族该有的骄傲与矜持，他有良好的名声，更有铁血厮杀的战功。

想到这里，安德鲁有些无力，他出身非常平凡，长相平凡，天赋只能算作良好，他唯有的只是隐忍，小心，毅力……还有亨克。

亨克……"安德鲁。"耳边传来了艾伯的声音，略带一丝不满。这丝不满，让安德鲁额头在聚集的汗水，瞬间就滴落了下来，他低头，原本因只稍微坐了一点沙发边缘而前倾的身体，更加前倾了一些："堂兄，我在思考问题，所以有些入神。"

"思考什么呢？"艾伯站了起来，亲自倒了一杯同样加冰的威士忌递给了安德鲁，"不要那么紧张，我们都是昂斯家族的人。"

安德鲁接过杯子，抬头是艾伯真诚灿烂的笑容，纯金色的发丝，英俊的脸让他看起来就像太阳神之子。安德鲁低头，抿了一口威士忌压住自己的紧张，低声说道："我在想，堂兄为什么不把唐凌扼杀在幼苗期。"

"我就知道你在想这个问题。"艾伯坐了下来，然后开口说道，"仅凭你的证据，还不够震撼，还不够爆炸。因为有些事情你要从另外一个方向来看。"

"请堂兄指点。"安德鲁表现得很疑惑，而在他的内心根本就没有想过现在要杀唐凌，在得到情报以后便坚定了这个念头。不但不杀，还要给唐凌一小段安然的时光，什么都不会发生，一切无比顺利的安然时光。但这些念头安德鲁自然是不会说出来的，他要表现得蠢笨而忠诚。

或许是安德鲁的态度让艾伯非常受用，他很直接地说道："你首先要明白，这个世界是一个乱世。所谓乱世，就是人类四分五裂，各自为政，因为各种原因的阻碍，连基本的联系都建立不起来。这样的时代，就注定了各种势力交错，错综复杂得让人难以想象。"

说到这里，艾伯望向了安德鲁："我们重视唐凌，因为他有了巨大的嫌疑，在那份名单上冒了头，所以我们对他的打击行动会节节升级，最后必杀之。可相对的，难道别的势力就不会察觉到唐凌，然后对他的保护节节升级吗？17号安全区尚在掌控之中。但万一打草惊蛇，唐凌脱离了17号安全区，我们昂斯家族可承担不起这个后果。我是指，他如果是某份名单上，最后要找的那个人。我们昂斯家族会因为放跑了唐凌，瞬间覆灭。"

说到这里，艾伯的神情变得认真了起来，他没有开玩笑的意思。"堂兄，你认为唐凌会是……"安德鲁的神色也变得无比沉重，这是他绝对不敢想象的事情。

"我不认为，但凡有一丝嫌疑，我就会当作是如此。"艾伯喝光了杯中的酒液。

"就算是，万一杀他已经超出了我们昂斯家族能力的范围，我们也必须要覆灭吗？再说，真的有那么严重？您的母亲大人……"安德鲁皱起了眉头，他察觉自己所知的还是太少，对这个世界所知太少。

"母亲大人？不，她也无能为力。你永远不要小看这个世界，更不要当井底之蛙。"艾伯站了起来，慢慢走到了房间的角落。在这里放着一台古老的留声机，铜制的喇叭起了一层岁月才能赋予的包浆，艾伯有些珍惜地拂过了那个喇叭，然后打开留声机下的柜子，里面放着一叠整齐的黑胶唱片。这些东西在前文明也是弥足珍贵的，他挑挑选选，从中拿出了一张。里面是他最爱的一首歌曲，这首歌曲原没有黑胶唱片，为了所谓的质感，艾伯可是拜托他的母亲大人从那个地方给他刻了一张属于这首歌曲的黑胶唱片。

艾伯轻轻地把唱片放在了留声机上，带着时代感的音乐从留声机中徐徐地传出。

艾伯沉迷地闭上了双眼，这才是一首属于男人的，或者说男人才有更强共鸣的歌曲——它，曾经属于一个英雄，只是想到那个英雄的身影，似乎就能听见这首伴随着他的歌曲。

这个英雄是艾伯打从心底崇拜的人，他的事迹在时代中散发着伟大的光芒。可那又如何？艾伯的崇拜是超越他，踩碎他，成为他并完全地取代他，而无半点儿敬仰之情。

安德鲁低头，脸上却流露出微微嫌弃的表情，这首歌他的耳朵都快听出茧子来了，他认为艾伯在做着一些不切实际的梦。

"你了解了一切，就按照我说的，这段时间你只需要安静地待在第一预备营，盯紧唐凌就好。我说了，让他顺利。如果有什么麻烦找他，你必须负责悄悄地，不留痕迹地帮他清理干净。还有，你找到的那个人，什么时候也带来见见我。唔，尽快吧。对了，你去把德森叫来，我要他去问议会要的东西，怎么还没有要来？"说到这里，艾伯有意无意地，目光落在了那巨大的屏幕上。

此时画面是暂停的，可以看见的是探照灯中的仓库区战场，正被炸弹轰炸，在靠近裂缝的那个角落里，某个仓库也在轰炸的范围内。

"是的，堂兄。不过，我该对德森说，你需要的是什么东西呢？"安德鲁适当地表现出了迷茫。毕竟，德森是艾伯的私人助手，艾伯对他的吩咐和需要多且繁杂，安德鲁询问这样一句也是理所当然的。

艾伯似乎没有多想什么，直接回答道："二级护城仪那一夜的监控录像。

"仓库区任务那一夜。"艾伯又补充了一句。

"好的，堂兄。"安德鲁恭敬地，面朝着艾伯慢慢地后退，就像对待一个古代帝王一般，直到接近了门口，才打开了门离去。

门关上的那一瞬间，安德鲁的表情立刻就变得惊疑不定：艾伯发现了什么线索？关于那一夜？但显然，这个线索艾伯是不会与他共享的。可是他找到的，珍贵的那个人，却要双手奉献给艾伯了。安德鲁心中翻腾着带着酸意的忿恨，然后径直走向了去找德森的路上。

夜，七点十三分。还有十七分钟，通天塔的工作人员就会来到这里，接走唐凌，然后带唐凌进入通天塔，开始一个小时的所谓修炼。

知情的人都会觉得好笑，没有正式修炼，得到修炼之法的人，去通天塔简直是暴殄天物。想想吧，进入通天塔不修炼，而是在最底层反复用着器械进行极限锻炼，从而得到一些提升。那感觉就像对着一个不着寸缕的美女，却不能与美女进行亲密的互动。唐凌进通天塔修炼在第一预备营大多数新月战士心里就是这样的感觉，所以怎么想都好笑。

　　"是天赋太差了，又急着进入正式修炼，才只能这样。"

　　"给我一百个希望点啊，我能找到很多东西让他提升。"

　　"他运气太好了，抱上了昱的大腿，对了，戈丁家族那个奥斯顿似乎也很挺他。但烂泥就是烂泥，进了通天塔就能扶上墙吗？"

　　第一预备营中充斥着各种言论，总之唐凌进通天塔是为了他自己提升到可以修炼的层次，这个事实已经被大家认定和接受了。

　　只是对唐凌的言论都不怎么友好，那也是因为唐凌"破坏"了规矩——试想哪一届的新月战士，新进第一预备营不需要上供？不需要苦熬？而这一届的新月战士竟然依靠唐凌这个吊车尾的无赖，坏了规矩。

　　偏偏这一届人多，还有昱，奥斯顿，甚至阿米尔这种天才，是富得流油的。不能染指这种学弟，这些学长们对唐凌就更加深恶痛绝。

　　可是，能有什么办法？他们可以不畏惧昱和奥斯顿贵族的身份，贵族的那些人要面子，也不好公然插手其实属于紫月战队的第一预备营。可是飞龙……那是顶头上司中的顶头上司，谁敢找不痛快？以后进入紫月战队的日子不要混了吗？还有城主那个暧昧的态度。总之，一个人的好运气绝对不能成为说服他人的理由，在第一预备营崇拜的是绝对的实力。

　　唐凌不会理会这些言论，他的脸皮厚得可以建造一座新的希望壁垒。他此时正在烦恼，他该如何去解释这一切呢？"狼咬"是一定要戴上的，指虎这样好用，性价比又高的武器也绝对要带上，C级合金长刀就算了，他背把大刀去通天塔，砍人吗？沙漠之鹰呢？从昱那里拿来了最后剩下的三颗子弹，可是带进去也……他的胳膊从三个小时以前，就开始持续地发烫，提醒着他进入梦境的倒计时。这绝对不是儿戏，不准备充分，唐凌怎么敢入梦？

　　"算了，豁出去了。"眼看着时间流逝，马上就要接近七点半，唐凌穿好了作战常服，在作战常服之中又添加了一件高纤维陶瓷片背心。这类似于前文明的防弹衣，但是材料优于前文明，所以它比前文明的防弹衣更加出色。而且比他们在仓库任务时所装备的也要出色，因为这是用希望点换的。他忽悠奥斯顿，借来了他的希望点换的，算不上贵，二十五个希望点而已。

就算这样，唐凌还是有些不满，他心心念念的是紫月战士的战术移动盘。可惜，这已经不是价格的问题，而是权限的问题，这种东西现阶段只有正式晋升了紫月战士才能兑换。不然，配合自己的精准本能，那简直是……

想着，唐凌已经穿戴完毕，指虎戴在了手上，"狼咬"扣在了袖中，沙漠之鹰就插在腰间，长刀也招摇地背在了背上。兜里还放着二级凶兽肉干，最夸张的是还背了一壶二级饮用水。

在这时，接引唐凌去通天塔的工作人员来了。唐凌全副武装精神抖擞地等在了洞穴入口，工作人员看见唐凌这副模样，不禁一愣，不由得开口说道："通天塔中是绝对安全的。"

"我知道，可是我怕有人偷我的家产。"这句话唐凌说得非常大声，以至于在这个时候待在大厅洞穴的一些新月战士不由得扭过头来，狠狠地瞪向了唐凌：谁他妈有兴趣偷你的家产？新月战士可以敲诈，可以强抢，就是没有偷家产一说。

但唐凌毫不示弱地一一瞪了回去：老子就是要带着，你们咬我？

工作人员没想到唐凌是这样的奇葩，就这奇葩还值得飞龙队长来打招呼，给他一间底层最好的修炼室？

"你带家产没有问题。呃，通天塔并没有规定不能、不能带家产进去。但不是所有的武器都能带进去，到时候如果违规，你也只能把一些东西留在外边，等你修炼完毕，自会还给你。"

"到时候再说吧。"唐凌一副不在意的模样，大摇大摆地跟在工作人员的身后，一起朝着通天塔走去。其实，他的内心非常在意，心里已经决定即便要赖也一定要留下"狼咬"、指虎以及战术背心。

而在他的身影之后，一串看傻瓜一样的目光跟随着他，相信接下来不久关于一个傻瓜带家产去通天塔修炼的事情又会传遍整个希望壁垒。

通过了一条平日里绝不轻易开放的秘道，唐凌来到了通天塔的底部。从进入这条秘道开始，唐凌就如同泡在了能量温泉里一般享受。不知道17号安全区是用了什么办法，让这条秘道之中充斥着万能源石散发的紫光，浓厚程度比废墟战场任何一个地方都要厉害。

但这并不算什么，工作人员一副习以为常的表情。直到到了通天塔的底部，唐凌才微微惊叹了一声——整个通天塔的底部，地基所用的石块，每隔三五块就夹杂着一块拳头大小的万能源石。密密麻麻地排列着，就像一堵放平的宝石墙，唐凌心里有打晕工作人员，然后抠走这些万能源石的冲动，这一次不仅是他，就连他心脏之中的种子，似乎也对万能源石产生了极大的欲望。

"这是当年城主取来的。"工作人员的语气之中带着自豪，毕竟废墟战场常年都维持一个微妙的平衡，要去打破这个平衡，取到一块万能源石是多么艰难。

"城主真厉害。"强忍着想要强抢的冲动，唐凌由衷地赞叹了沃夫一句。他的确厉害，那惊艳一枪，强力一拳，也不知道自己什么时候能够达到沃夫那样的强大。

工作人员矜持地笑着，仿佛通天塔的骄傲就是他的骄傲，在这样的笑容之中，他带着唐凌走到了通天塔地基的前方。在这里有一道小门，门后是一座小小的箱式电梯，只能容纳七八个人的样子。

或许是唐凌对城主由衷的赞美博得了工作人员的好感，又或者是飞龙表明了特别关照的态度，工作人员在电梯上行的过程之中，对唐凌讲解了几句："实际上，通天塔的能量并不是来自万能源石。万能源石只是用作维持一台大型仪器的能量。这台仪器安装在通天塔的塔顶，是17号安全区的底蕴之一。"

"这台仪器是什么？"唐凌询问了一句，他其实对通天塔还是有几分好奇的。在曾经的聚居地，在隔着17号安全区的高墙之外，聚居地的人们唯一能清楚望见的，便是这高耸入云的通天塔。通过通天塔，人们幻想着17号安全区内的生活，这是寄托了很多曾经的建筑……

"是针对紫月的一种仪器，具体的以我的权限也说不清楚。总之，因为它，通天塔内有着纯净的来自紫月的，和万能源石极度相似，但比万能源石更为浓厚的能量。所以，在通天塔内修炼是非常有好处的，越接近高处就越有好处。"这名工作人员简直是一位合格的讲解师。说得唐凌以后都想住在通天塔里，此时这速度有些慢的电梯也达到了目的地。

伴随着"叮"的一声，电梯门打开，入目是一间不大的圆形房间。这个房间散发着耀目的光芒，仔细一看便能发现整个房间竟然是用纯净的水晶石为砖石堆砌而成的。

"水晶能够更好地吸收能量。"工作人员解释了一句，带着唐凌径直走向了这间大厅里唯一的一个小房间。

唐凌跟随在工作人员的身后，看着这些水晶，心里却非常地诧异——通天塔内不是充斥着纯净的高级能量吗？水晶也能更好地吸收能量，为什么这个房间内一丝能量都没有？不仅不如那个地下通道，甚至连猛龙小队所呆的那个小洞穴都不如。

似乎是看出了唐凌的疑惑，工作人员一边推开那房间的小门，一边说了一句："高级能量是不能浪费的，平日甚至会储存在通天塔内，不是有人预定的房间，是不会释放能量出来的。"

"哦，哦。"唐凌算是明白了，心里却在想着通天塔存在了那么悠久的岁月，那它储存的能量该有多么惊人呢？

就在唐凌心不在焉地想着一些无关的事情时，一个甜美的女声在唐凌的耳边响起："唐凌，对吗？预定的底层136号修炼室。"

唐凌回过神来，发现这原来是一间办公室模样的房间，在巨大的办公桌上放着一台看起来很厉害的，像前文明的电脑，但更有科技感的仪器。在这仪器后面坐着一个美艳的女子。这和苏耀带他去的所谓训练基地没有太大的区别，都是美女守门。

不过，在唐凌这个年纪对女人还没有什么感觉，他随意回答道："嗯，我就是唐凌，我现在可以去修炼了吗？"按照倒计时，他还有三十七分钟就会入梦，而现在的时间是七点四十五，也就意味着他进入了修炼室还有十几分钟的准备时间。他务必要用最佳的状态入梦，而且他还担心如果他修炼的时间完毕了，还陷在梦境之中怎么办？

不过，这种担心似乎也有些多余，就像那所谓的考验梦境，感觉已经过了很久，但醒来……通过房间的沙漏判断最后过去了不到十分钟。所以，这一次应该不会出什么乱子吧？

"请摘下你的徽章，我们要确认身份。"美艳女子没有多余的表情，只是带着公式化的笑容提醒了唐凌一句。唐凌递过了徽章，验证顺利地通过。"按照要求，一般情况下是不能带任何武器进入修炼室的哦。"美艳女子提醒了唐凌一句。

唐凌一愣："你是说任何武器？"

"嗯，任何有杀伤力、破坏性的武器都不能带入修炼室。"

"那你说一般情况下是如此，不一般的情况是什么？"唐凌眨了几下眼睛，他可不会妥协，入梦可是生死大事。

"嗯，你不在特殊情况的范围内。"

"我非常特殊，我很穷！这是我的家产，我必须带着，我绝对不放心交给任何人。"唐凌一拍桌子，近乎无赖地说道。

"请你放下所有的武器，我才能为你开启修炼室。"美艳女子一直保持着笑容，连嘴角上扬的弧度都没有一丝变化。

"那不行，如果你不肯让我带家产进去。我今天就不修炼了，我哪天想通了，哪天再来。"唐凌梗着脖子，一副蛮不讲理的样子。事实上，这是万不得已的最坏打算，只要挨过了今天晚上，就算让唐凌只穿一条内裤进入修炼室，他也是愿意的。

"不行哦，这是因为你个人的原因耽误了修炼。而通天塔的每间修炼室都是有安排的。如果你错过了，只能等下一次重新申请。"美艳女子公式化地回答道。

"你以为一百点希望点是大风吹来的？"唐凌快要气炸了，如果实在不行，他还真的只能放弃这个机会，回到希望壁垒，找个稳妥的地方入梦。接着呢？估计还得死皮赖脸地用大家的希望点再申请一次通天塔的修炼。可这算什么？这样的行为完全不能按照逻辑来解释，有心人细想的话会发现破绽的。

唐凌决定要争取一下。他深吸了一口气，忽然笑了，望着美艳女子说道："你也说过有特殊情况，对不对？你就把我算作特殊情况，好不好？飞龙队长的弟弟不应该被这样对待，是吗？城主大人对我可是关怀备至，可我并不想冲到他的面前哭泣。因为家产这种事情实在是太打扰城主大人了。"

美艳女子愣住了，就连脸上万年不变的公式化笑容都僵硬在了脸上，她求助般地看向了工作人员，似乎也有责备：怎么会有这样的奇葩非要带武器进入修炼室？放下武器，修炼一个小时以后再来拿走，不是一件很简单的事情吗？

这时，唐凌已经非常忧郁的样子，仰头担忧地看着屋顶，轻声地说了一句："我怀疑，总是有刁钻小人要害我。"

"咳……"工作人员连声咳嗽，示意美艳女子请示上司吧，这样的事情肯定不会闹到城主那里去，但闹到飞龙那里去是完全有可能的。犯不着为了一个被害妄想症，搞出那么多的事情来。再说唐凌带的这些武器，在强者面前都是一些破烂玩意儿，还不至于让人感觉为难。

美艳女子能在这里得到这么一份高贵的工作，也是聪明的，她不再与唐凌争执，而是戴起了耳机，摁动了自己手腕上的手环，开始轻声低语地说着一些什么。至于内容，唐凌也没有刻意去听，他只是有些羡慕这个通信工具，又是超文明的产物，哪里来的？

一分钟过后，美艳女子的脸上流露出了微微诧异的神情，看向唐凌的目光也带着些许的吃惊。很快，她挂断了通话，对唐凌说道："请示了上司，你如果愿意，可以带着你的……嗯，你的家产进入修炼室。请问还有什么问题吗？"

"没有了。"唐凌一副理应如此的模样，其实在他心中有些疑惑，哪个上司这么好说话？飞龙的名头这么好用吗？

但美艳女子显然不会回答他这些问题，一番操作以后，代表136号修炼室的红点已经在屏幕上亮起。而工作人员则带着唐凌进入了这个小房间内一部特殊的电梯，直接通往了通天塔真正的第一层。在他心里恐怕以为唐凌和飞龙的关系匪浅，说不定不是弟弟胜似弟弟，对唐凌就更加殷勤了几分，一路上都在抓紧时间给唐凌讲解一些修炼室的要点，特别是唐凌这种还没有进入正式修炼的人，应该怎么样做，才能更好地去吸收能量。甚至，本来按照规矩，唐凌是八点开始才能进入修炼室，他们达到修炼室的时候，还有八分钟才到八点整，但这工作人员也提前让唐凌进入修炼室。

"啪"的一声，随着修炼室大门的关闭，电子锁自动落锁的声音也传来。按照工作人员的说法，除非内部人员自己打开，别人想要闯入修炼室，起码要用超合金这样等级的武器才能破坏门锁。所以，唐凌接下来有绝对不会被打扰的一小时。

"这样，算是好事吗？"事情的转折让人有些错愕，顺利得让人难免不安，唐凌自然也不会就那么坦然地接受。他总觉得从一些人的态度上，能感觉到一场酝酿的风雨就要爆发，而在他心中整场阴谋的轮廓还没有勾勒完毕，他需要一些证据。可无论如何，任何的阴谋在绝对的力量面前都是笑话，他能做到的是抓紧时间提升自己。

想到这里，唐凌深吸了一口气，脸上出现了一丝满足的表情——这就是浓厚纯净的能量吗？一进入这间修炼室，就连身体里的每一个细胞都充满了愉悦的感觉，你甚至能感觉它们开始充满了活力，得到了补充。即便分裂的速度加快，对自身的损耗却在减少。这种能量温和又细密，作用在身体最基本的单位——细胞上，这让人很疑惑——这是来自于紫月的能量？

扫了一眼修炼室，唐凌发现里面摆满了各种器械，就像前文明最高端的健身房。工作人员告诉他，要想办法压榨自己体力的极限，消耗完每一丝力量，这样才能得到最多的好处。当然，如果有毅力，一次又一次地去达到极限，就能得到越多的好处。

　　"真是一个，好地方啊。"唐凌的手下意识地拂过了自己的胸口，当知道"它"是种子以后，自己对"它"的感觉好像更加明显了一丝。唐凌能感受到"它"的雀跃，就像一个长期吃不饱的婴儿，突然被抱入牛奶中洗澡。

　　"那我真是对不起你啊。"唐凌不满地调侃了一句，就自己现在这食量，"它"还委屈地觉得自己常年吃不饱。

　　入梦的倒计时在不停地减少，不然，唐凌还真的很想在这里压榨自己的极限，这显然是一个极大的诱惑。可惜……唐凌找了一个地方坐下，算了一下时间，拿出了一把被他切成了细条的二级凶兽肉干，大概有二两左右。

　　"来得及消化吧。"毕竟只是二级凶兽肉，再则苏耀教给他的进食术能够提升一些消化速度，前提是你能忍受痛苦。

　　尽管还带着疑问，唐凌已经一把将这些凶兽肉干塞入了口中，费力地咀嚼到能够吞下去的程度，就囫囵咽了下去。

第162章　梦境，荒门

　　"不知道梦中有没有食物补充这样的事情。不然利用梦境消化食物也是一个方式。毕竟梦境之中的时间流速和现实世界有着极大的差距，这是一个绝对可以利用的优势。"汗珠大颗大颗地从唐凌的身体冒出，然后汇流成一股股细流，缓慢地滴落在地上。

　　可唐凌似乎无视了这些，还在继续按照苏耀所教的进食术加快消化的速度。每一个动作其实都像是在剧烈的沉痛之中拉扯自己，但唐凌已经习惯。三级凶兽肉的能量更加狂暴，二级凶兽肉与之相比，已经算温柔了许多。所以，唐凌还能保留着思考的能量，计算着怎么做才是最划算的方式。

　　二两左右的二级凶兽肉，通过精准本能的模糊感应，所提供的能量相当于同等重量的三级凶兽肉的二十分之一，看来一个等阶带来的差距也是异常巨大的，从这些细微的数据是不是也能推算出凶兽间实力的差距？也因为这样的差距，这二两二级凶兽肉消化的时间比预想的来得快。当唐凌从"虚弱期"挣脱出来时，也仅仅过了十一分钟。

扯开衣服，唐凌看了一眼胳膊上的"倒计时"，从现在到正式入梦还有十八分钟，身体和种子都没有传来完全饱足的感觉，那就……唐凌又抓了一把二级凶兽肉的肉干出来，比起之前分量还稍微多了一些，但唐凌并不敢冒险，这一把凶兽肉也就二两多。

依旧是快速的咀嚼后，就吞入了腹中，然后开始重复"进食术"，而巨大的痛苦也瞬间再次将唐凌包裹。

如果猛龙小队的人在此，就会明白唐凌的强大究竟是从何而来，这样的痛苦承受一次都是极限，连莱斯特银背巨熊这种身体强悍于人类数倍的王野兽都被击垮，唐凌却连喘息都没有，一次又一次地"折磨"自己。

可唐凌不在乎，他更在意的是刚才想到的那个问题，如何利用梦境的时间优势来快速地提升自己。这件事情，并不是完全不可行。只要第一，梦境世界不是一进入就开始杀戮，一直从开始杀到结束，那么一定就会有多余的时间来进行这件事情。第二，梦境是可以照进现实的，就比如伤也好，死亡也罢，会在现实反映出真实的投射，可这个程度是不是完全的？如果是，这件事情才是真的可行。

这一次，为了把武器带进去，也是下意识地为了补充，唐凌故意把所有的二级凶兽肉都带在上了身上。五斤的二级凶兽肉，如果通过一次梦境就能消耗完毕，那对唐凌来说绝对是一次巨大的诱惑。他已经迫不及待地想试一试了。

而时间也在带着巨大痛苦的消化之中，悄悄地流逝着……二级凶兽肉干再一次消化完毕了。再一次虚弱期让唐凌维持盘坐的姿势都困难。慢慢地，虚弱开始淡化，身体的力量开始渐渐地恢复……

但梦境什么时候开场呢？唐凌瞪大了眼睛，他很想知道梦境世界是怎么把自己带入梦里的。上一次入梦时，那种真假难辨的恍惚感至今还让唐凌难忘。

偏偏就在这个时候，整个明亮的修炼室灯光明灭了几下，就彻底暗了下来。通天塔的工作人员这么不负责的吗？这样重要的地方，灯竟然坏了！

唐凌心里有些抱怨，但现在已经不可能开门让工作人员进来检查，只是这突然的黑暗总让人有些不安，他自己站了起来，想要重新摁动一下开关，看能不能让这里重新明亮起来。于是，唐凌摸索着走向了门边，就在快要到门边时，他感觉身后传来了微弱的光芒。

神经紧绷的唐凌猛地回头，发现墙上竟然出现了一道黑色的小门。无数的微光透过小门的缝隙传到了黑暗的房间之中。

唐凌愣住了——我，这就已经入梦了？事实上，除了已经不知不觉地入梦，眼前的一切根本没有办法解释。

"真是无与伦比地高明啊。"唐凌摇摇头，人已经走到了那扇黑色的小门前。这是一扇精致的小门，上面雕刻着唐凌不太能看懂的花纹，门上一道泛着玉质光泽的把手是如此显眼。

带着兴奋的，有些紧张的心情，唐凌将手放在了把手上，然后渐渐握紧。在那一瞬间，他忽然冒出了一个奇怪的念头，是每个梦种都会通过这扇门进入梦境世界，还是单独他自己才会通过这扇门？这个念头产生得毫无缘由，问题的本身更莫名其妙，没有任何意义。所以，唐凌也根本没有深想，只是深吸了一口气，猛地一下就拉开了眼前这扇黑色小门。

门开的一瞬间，刺目的白光一下涌来，唐凌下意识地抬手，低头，闭上了眼睛。而当他睁开眼睛的下一刻，他发现无论是他手中还抓着的门，还是身后的修炼室都消失不见了。他在一片铺着古朴青砖的空地之上，而空地前方竟然是一个巨大的，被黑色的围墙包围着的，一眼望不到尽头的城市。

城市的上空都是雾气，尽管黑色的墙只有十米左右的高度，整个城市里的建筑物还是显得有些影影绰绰，唯一显眼的是遥远的城市地中心有一座笔直的山峰，它似乎不受雾气的影响，就那么突兀地，扎眼地映在了唐凌的眼中。

只是第一眼，唐凌心中就产生了一个强烈的感觉，这座山峰之顶就是梦境的终点。这感觉一出现，就根深蒂固地扎在脑海之中，根本无法撼动。

只是，这座山峰也未免太过奇怪，它整体像一座塔，但却是"倒"过来的，越是接近峰顶，越是宽大，而越是底端的部分就越是细小。只是最底端被城市的建筑物淹没，唐凌也看不清楚具体的情况。

"可如果这座山峰之顶就是终点的话，为什么梦境世界存在了一百五十年以上，还是没有人能够达到终点？这山峰的距离看起来也不是太过遥远，入梦的间隔最长也不过一两年，为什么？"唐凌没有急着行动，而是站在这片显得古朴的空地上，遥望着这个笼罩在雾气中的城市，静静地思考。

但思考显然是不可能有结果的，与此同时，一声悠扬的钟声"咚"地响起，回荡在整个空地，黑色围墙陡然变得无比清晰，一扇巨大的红色大门慢慢地浮现在了黑色围墙之上，正对着唐凌。

又是门？是在提示我快一点进入这个城市吗？唐凌这样想着，他胳膊上的梦种标志也没有任何预兆地开始发烫，一个没有感情波动的声音出现在了唐凌耳边："十分钟之内，推开荒之门，进入梦之域。超过时间未进入，取消梦种资格。"

"那么严重？"唐凌一听，哪里还敢在这里停留，抬腿就朝着那扇巨大的红色大门跑去。

虽然心里想着非常严重，但唐凌并不是太过紧张，他所在的位置距离大门不过两百米不到，以他的速度，不要说十分钟，就算只有一分钟也能轻松地跑到大门之前。

也许任务的难度在于推门吧。这就是唐凌瞬间的想法，可是当他跑动了一段距离后，脸色立刻就变了。因为无论他怎么朝着那扇红色的大门跑动靠近，通过精准本能他发现，他根本就没有接近这扇大门一丝一毫。唐凌开始紧张了，他完全不清楚发生了什么，而任务根本没有一丝一毫的提示。

"难道是我接近的方式不对？"唐凌停下了脚步，他试着用走的方式。但这个想法是无稽的，跑都接近不了，何况是走？

唐凌忽然有些慌了，一时间竟然抓不住任何的头绪。这就是真实梦境的难度吗？这也就是为什么整整一百五十年都没有人走到终点的原因吗？一个入门任务就这么难？那别人是怎么通过这个入门任务的？

思考让唐凌逐渐冷静了下来，他发现可能出于对梦境世界的敬畏，让他失了平常心，才会让他方寸大乱。

任何事情其实都是可以分析的，就比如梦境世界本身的目的是筛选出最后能走到终点的人，而不是为了刻意地刁难梦种，淘汰梦种。另外，梦种的实力有所不同，但任何的梦种最初都是弱小的，梦境世界既然如此宏大，任务的难度也应该是贴近梦种本身的实力才对。或者说，任何的任务应该都有其破解的方式，至少留有一线生机。重点是要把握这一线……生机！

想到这里，唐凌皱紧的眉头渐渐舒展了开来，很快他的眼中就出现了笃定的神情——是如此吧，绝对是如此！在完全冷静下来以后，聪明如唐凌，很快就抓住了一个重点，如果推论没错的话……

唐凌很快就带着淡然的神情，再次开始跑动起来，但和先前的跑动不同，这一次唐凌不再保持匀速，而是越来越快，双腿交替的频率也开始越来越频繁……

"没有到极限，再快一些。"

"还没有到极限，我还能再快！"

跑步的正确方式，应该是双腿保持一定的频率，就连呼吸也要保持一定的节奏，这样才容易坚持下来。可是要跑出极限速度，是不可能保持呼吸节奏的，而且要人随时都处于爆发的状态。所以，唐凌的呼吸乱了，按照他现在的状态，只是不到半分钟，就已经让他感觉到了疲惫，整张脸也泛起了一丝潮红。但他的极限速度终于出现了，就是这几步，他猛地就靠近了大门将近四十米。

"猜测没有错。"唐凌笑了，只要找对了方法，就一定能够成功。

是的，整个梦境世界的基础就是两个字——考验。通过各种各样的考验，最终达到终点。既然是考验，那么分析出要考的核心，任务就很容易解读出来。

十分钟之内推开荒之门，看似平凡无奇，事实上跟距离有联系的考验一定和速度相关，而推门一定是和力量有关。那么，在接近荒之门的过程中，只有用最极限的速度才能靠近它。

唐凌的猜测没有半点错误。人，不可能一直保持极限速度，但有了方向，一切都不再是难题。唐凌不停地调整着自己的速度，然后冲刺，每每跑出了他自身的极限速度，就会猛地靠近荒之门一大截。所以，整个任务规定的时间虽然是十分钟，但在掌握了方法以后，唐凌用了不到三分钟，便已经站到了巨大的荒之门前。

他没有轻易去触碰这扇镶嵌着铜钉、带着强烈的古华夏风格的大门，而是站在门前，快速调整着自己的呼吸，慢慢地走动以平复自己的心跳。这个时候，他背在身上的水壶起到了作用，在剧烈的运动以后，适当地，合理地，分多次地补充一些水分，对恢复体力有很大的帮助。

力量不同于速度，它是会被消耗的，多次去试推这扇大门注定会失败。所以，对这一扇门，只有一次性成功推开才是最佳的解决方式。

在心跳平缓，呼吸稳定以后，唐凌甚至在门前坐了下来，他想过两种推门的方式，一种是以爆发力为基础，瞬间爆发出全部的力量推开这扇门。另一种，则是逐渐加大用力，直到使出了最大的力量推开这扇门。

在思考了十几秒后，唐凌选择了第二种方式，因为爆发力实在是一个不可靠的力量，它的数值太容易因为各种原因，而产生巨大的上下浮动。

决定了方式，唐凌已经站了起来，深吸了一口气，双手放在了这扇巨大的门上。他开始缓缓地发力，一丝一丝地增加力量，因为有精准本能的存在，他能随时感觉到自己到底使用了多大的力量，这无疑为唐凌增加了对自身力量的掌控程度，而不会盲目地一阵一阵发力，让力量的数值上下浮动。再加上，唐凌对自身原本就有极强的掌控性，所以这一层考验对于唐凌来说也没有什么难度。

随着力量的逐渐加大，一直到使出了极限力量的那一刻，这扇巨大的红色荒之门"轰"的一声就被推开了。整个任务用时四分四十七秒。唐凌甩了甩有些酸涩的双臂，终于可以一窥这所谓梦之域的真容了吗？

可，并没有。当他跨入了大门之后，迎接他的是一重重浓重的雾气，这些雾气若有实质、带着黏性的水一般流动着，他根本看不清眼前的任何事物。

"哟，恭喜恭喜。我想想，已经多久没有启用S级的入门难度了，是十年？二十年？还是六十年呢？"这时，一个温和的，带着一丝阴柔的声音在唐凌的耳边响起。

几乎是下意识的，唐凌一甩手腕，藏在袖中的"狼咬"就被他拿在了手中。梦境反映现实，现实投射梦境。从一进入梦境，唐凌就发现了，他所带的东西一样不少，苏耀提供的情报的确非常重要。

但，这么快就遇见敌人了吗？如水的雾气当中，徐徐走出了一个身影，这个身影似乎有着穿透雾气的能力，随着身影的接近，唐凌看清楚了来人是一个男人。怕是有一米九的身高，一头黑色的长发泛着晶莹的色彩，如同黑色的绸缎，就那么随意地披散在他身后。

这个发色，唐凌自然地就想到了——昆。但这个男子并不是昆，他比懒洋洋、显得异常高冷的昆看起来亲切柔和了许多，他的脸上挂着那么真诚温和的笑容，一双明媚的眼笑得就像月牙儿。他穿着一件灰色的长袍，双手拢在袖中，同样是完美得无可挑剔的脸庞，让人自然地就心生亲切。这件灰色的长袍没有昆的黑色长袍华丽，像是布袍，但同样是用暗线刺绣了许多唐凌看不懂的图腾在长袍之上。他在距离唐凌不到五米远的地方停下了。

而唐凌绝不会被一个人的外表所迷惑，他扬起了"狼咬"挡在了身前，沉声问道："你是谁？"

来人笑得更加灿烂，拿出了一只拢在袖中的手，而在他的手中突然出现了两枚金光灿烂，如同星光的光点。

对于这散发着光芒的、铜币大小的光点，唐凌可是有着极其深刻的印象——梦币，这是梦币。他梦寐以求的梦币！

"我，是梦之域接引使，你可以称呼我为六合。我并不是常常会出现在梦境之中，也并不是每一个梦种都有机会见到我。不，确切地说是大部分梦种都并没有见过我，不知道我的存在。但这些都不重要。重要的是，你是第五个完成了S级难度入门任务的梦种。更重要的是，你是花费时间最短的一个。所以，在进入正式冒险之前，我特别来为你送上两枚梦币。仅此而已。"

话音刚落，两枚如同星光般美丽的梦币就从六合的手中飞起，直接悬浮在了唐凌眼前。唐凌下意识地伸出手，这梦币就自动飞到了唐凌的手中。

第163章　真假莫辨

梦币真是很美丽的一种货币，飘浮在手中就像星光。但也只是一瞬间，它就钻入了唐凌的手中，并能够清晰地感觉到它顺着手臂而上，直接停留在了梦种的标志上。几乎是下意识地，唐凌就扯开衣服看了一眼，梦种的标志"昆亚"二字之下，出现了两颗芝麻大小美丽的点。这应该就是获得了梦币的标志。

"如果没有什么事情，那我便先走了。迷雾会散开，恭喜你进入正式的冒险。"六合的声音依旧亲切，双手再次拢回了袖中，笑眯眯地看着唐凌。可就是这么一副表情，却感觉不到他任何的情绪流露。

"等等，我有事。"唐凌来不及拉好衣服，立刻大声叫住了六合。

其实，一时间他并没有想到有什么事情。但那一句"不是每个梦种都能见到接引使，甚至大部分梦种都不知道接引使的存在"暗示了唐凌。接引使的出现应该是一个机会，必须要好好把握。梦境世界带着强烈的目的性，这接引使总不能真的只是来送上两枚梦币吧？

"时间有限。"或许是应了唐凌的猜测，六合被唐凌叫住以后，竟没有拒绝唐凌，而是给了唐凌另外一个提示——时间有限，至于你能不能从接引使身上得到一些什么，就看你能不能在有限的时间内抓住重点。

"梦币在这里，如果我得到的梦币很多，手臂排列不下怎么办？"唐凌开口问了一个极其扯淡的问题。并不是他信口胡言，而是他有他的思量。

"唔。"六合眯起了眼睛，显然没有想到唐凌竟然会问出这么一个问题，接着他便恢复了笑容，很直接地回答道，"我想作为一个新的梦种，你暂时无须烦恼这种事情。"

"为什么？"唐凌的神色突然变得认真，看似无稽的问题就是为了引出这个为什么。这个问题很大，不针对任何细节发问，因为唐凌根本就不可能了解梦之域的任何细节，但他又通过这样的方式去询问了梦之域的信息。这个问题，六合不管怎么回答，总会留下一些有用的信息。

"你很聪明。"六合似乎并不排斥唐凌这种"小心机"，反而立刻会意且赞赏了一句，接着说道，"你能通过S级的入门任务，想必已经分析出了很多关于梦之域存在的意义。梦之域是考验，而这考验的本质是个人能力的极限。所谓极限是什么？是生死一线。我这样说，你明白为什么你不可能得到更多的梦币了吗？"

"明白，生死一线间，能活下来是重点。要达到一定的完成度，才能得到梦币。活下来已经不易，梦币就更加不易了。"唐凌快速地说道，但跟着话锋一转，"对于每个梦种来说，生死一线的考验是不是可以理解为梦之域的一个，嗯，一个原则。"

"自然。这是构成梦之域的道，也可以理解为梦之域的本质法则。"六合的态度很好，没有表现出丝毫的不耐烦。

"也就是说，眼前这座叫作梦之域的城，我随便怎么乱闯。我遇见的，即只是针对我个人的生死一线？"唐凌的每个问题都很有针对性。

"你可以理解为你前行的每一段都是如此。确切地说，没有所谓的乱闯，明白吗？"六合的笑容更加真诚了。

唐凌沉默，他抓住了这句话的重点，就是在一定的距离内，他一定会遇见生死一线的考验，整个城市是不可能任由他乱闯的。没有取巧，他只能朝着他认定的那个终点一步一步地前行。

"好了，我该走了。"六合回答的已经很多了，特别是"生死一线"四个字几乎透露出了梦之域最重要的信息之一。但这并不算是特意的关照，关键是问问题的人，他能想到这一点，才能从他口中得到肯定的答案。

"生死一线，是个人能力的极限，而个人的能力是包括一切吗？"唐凌不管，抓紧时间询问。因为他要知道，梦之域对完成程度的判定方式。

"包括一切。在你个人的能力范围内，最完美的解决方式，能得到的最高评价。"六合说话间，整个人已经朝着雾气中退去，他明明没有迈步，就像有一股神奇的力量把他拖往了雾气之中。而他所过之处，如水般的雾气非常神奇地直接淡去了，露出了这个城市的一角。

但唐凌来不及注意这些，他只是看着六合渐渐消失的身影，抓紧时间大声地问道："能告诉我，你是谁吗？

"在前文明，有你们存在的痕迹吗？

"你和昆是……"

没有任何声音传来，只是短短的十几秒，接引使六合就消失得再无踪影。

有些可惜了，唐凌微微遗憾，他还有一肚子的问题想要询问六合，但可以预想的是，梦之域是不会让唐凌太过分的。

"他和昆，至少是同一个种族。"但莫名地，唐凌得出了这么一个结论，而这个结论让他像是隐隐抓住了什么，却又那么模糊不清。

想着，唐凌反手将背上的C级合金长刀抓在了手中，至于"狼咬"则被再次收回了袖中。关于昆和六合身上的谜题显然不适合现在思考，因为唐凌还身在梦中，身在这叫作"梦之域"的，处处隐藏着未知巨大危险的诡异城市中。

雾气散去以后，唐凌眼前出现了一条街道。粗糙的青砖铺就，两旁是灰黑色的矮墙。整个街道狭窄，凹凸不平，条条青绿色的苔痕，似乎在诉说着无声的岁月。而矮墙之后，是一栋栋带着浓重华夏风格的建筑，黑瓦白墙，似乎代表了古华夏某一个出名的建筑派别——徽派建筑。这些建筑并不华丽，乍一眼看去就只是普通的民居，但配合着似乎刚刚下过雨的阴沉天色，却像是一幅天然的黑白水墨画。

除此之外，唐凌透过还未完全散去的雾气，看见了不远处还有不少的街道，就如一条最明显的大型主街，按照前文明的衡量标准，至少可以并行十辆以上的汽车。奇异的是，那条主街上还隐隐地传来了各种声音，其中能够清晰分辨的就是人声。

可是……苏耀交给唐凌的韧草纸还在他的怀中，上面有着一些不是太重要，但交代得异常清楚的提示：逢山，逢林，逢洞，逢屋等复杂、密闭的空间都不要轻易地进入；而越是宽阔沸腾的地方，也不要轻易地闯入。

其实，按照六合的说法，考验的本质都是一样，显得这些总结有些可笑，但唐凌却也不会轻易去否定这些经验之谈。就比如那条主街，虽然唐凌认为考验的本质不会变，但如此热闹的地方，暗藏的玄机一定会很多，说不定考验会一重接着一重。

六合的出现很突兀，消失得也很快。难道他就没有给自己留下最后的一丝方便？唐凌只是在原地思考了几秒，忽然就收起了手中的长刀，将它重新插入背上的皮扣之中，信步朝着眼前那条青砖古路走去。

古路应该有一些岁月了，走入其中才发现块块青砖之上留下了各种或深或浅的痕迹。雨后的积水，在路上形成了一摊摊的水洼，映照着白墙黑瓦，有一种刺目的，带着一丝凄惶的亮。微微柔风中，有泥土夹杂着苔藓的气味，空气新鲜得让人惊叹。不像唐凌身处的时代，空气中总有一种莫名的，也说不上是刺鼻的气味，被称之为"无处不在的污染"。所有真实的细节，让人不禁有一种恍惚之感，这是梦，还是现实？

一步，一步……一米，一米……

唐凌身上的常规作战服渐渐变了，犹如废墟般暗沉的灰变成了沉沉的、带着一丝刚毅气息的玄色。再一转眼，上衣就变作了一件玄色的短袍，而他类似于"工装裤"的下装，则变为了一条同为玄色的布裤，裤脚扎入了脚下的兽皮长靴之中。"狼咬"没有变化，依旧被唐凌扣在了袖中。沙漠之鹰则变作了一个样式怪异，像是古华夏什么暗器一般的东西，依旧挂在腰间。长刀有没有变化，唐凌并不知道，因为他背上也没有长眼睛，但这种问题不用担心，梦之域一定会给出最完美的伪装。

此时，唐凌前行了不过五十米的距离，整个人的形象就已经从一个紫月时代的新月战士，变为了一个古华夏不知道什么时代的少年侠士。对于这一切，唐凌的表情没有任何的变化，他接受得非常坦然，甚至在心中默默遗憾，在阅读上的有限，让他对古华夏的历史了解得也有限。如果能知道历史背景，任务会不会变得简单一些？但任务？现在唐凌没有收到任何任务提示。

正想着，这一条青石小街，或者说小巷就已经走到了尽头。还未来得及回神，唐凌就见着街口一群同样是古华夏打扮的稚童从眼前疯跑了过去。溅起一串水花的同时，也留下了一串未散去的声音：

"王家的奶奶被咬死了。"

"莫乱说，是老了，老了就要死。"

"分明就是被咬的，我听人说了。"

"去看看不就知道了？"

稚童的话语被唐凌听入了耳中，溅起的水花被唐凌轻易地躲闪开去，但他没有躲过一双略显粗糙的手："唐少爷，这两日你又去了哪里？这不安生的日子，你就莫要乱跑了。"

唐凌抬头，眼前是一张眉角额间都有着深刻皱纹的男人脸，精瘦枯黄，可手上的力气却是不小，握着唐凌的劲道，让唐凌都能感觉虎口间有些微微地发胀。

在这个时候，任务的提示终于出现在了脑海中：

"唐崇武。清溪镇大户唐家次子。"

随着这一句提示的出现，一些完整的人物资料和环境背景也一下子出现在了唐凌的脑海之中。

这是什么技术？直接的记忆灌输？唐凌震惊于梦之域的手段，但同时却不露声色地对眼前的老汉说了一句："韩爷费心。这两日外出，崇武并不知晓村中发生了何事。只听刚才那群稚童……"尽管唐凌并不清楚古华夏的说话方式，但一开口，不论是方言口音，还是拿捏的字句都像模像样，梦之域这种无声的灌输，似乎也连带着给他灌输了一些非常基础的古华夏知识。

"莫问，莫问。先回宅子再说，等下老爷免不了要出面。哎，已经是这个月第三起了……"被唐凌唤作韩爷的老人打断了唐凌的问话，无声地叹息了一声，一句话说得没头没尾，拉着唐凌就朝着某个方向走去。

唐凌也不着急，就任由韩爷拉着自己走。在他得到的资料中，这位韩爷是唐家的护院，受人尊崇，不管是他还是他身份之上，那位所谓的大哥唐崇文，都是这位韩爷看着长大的。甚至自己从小沉迷于习武之事，也是受了这韩爷的影响。所以，对于这位韩爷，暂时也没有什么不信任的。

"看看你，看看你，持刀弄枪的，作这副打扮做甚？就这三两把式，莫非还能中了武状元？怎的就不学学你大哥？熟读经书，如今已经中了秀才。那满腹学问，走到哪里不受尊敬？"韩爷松开了唐凌的手，但人老了就不免碎碎念。

唐凌笑着听，但整个人却漫不经心地东张西望，他在打量着整个清溪镇，不大的镇子，一条蜿蜒清澈的小河从镇中流过，绿水映照着徽派建筑的白墙黑瓦，两岸树荫新绿，让人如同走入了一幅静谧的山水画中。这样的风景，在紫月时代绝不可能再有保留，但唐凌根本无心欣赏，而是在脑中不停地运算着精准本能，勾勒着整个清溪镇的地形，按照唐凌每一次的作战习惯，定然会将周围的地形都牢牢地记在脑中，如果可以，所有的细节也不要错过。毕竟生死一线的考验呢！

"不说话了？不说话是不是知悔了？"唐凌安静得很，韩爷反倒不习惯，回头见唐凌漫不经心地笑，气就不打一处来。

"知悔，知悔。原本想着家中一文一武岂不快哉？韩爷若是不喜，崇武也去习文。"唐凌开口就哄了韩爷一句，实在不想听见一个梦中的人物对着自己絮絮叨叨。纵观整个镇子，唐凌已经发现了关键的一点，但现在他还需要求证。

果然，唐凌的一句话，说得韩爷十分舒坦，皱着的眉头舒展开来，连面上的皱纹似乎也浅淡了几分。趁着这个机会，唐凌不经意地询问了一句："韩爷，此时是什么时辰？"

"在外野得时辰都不知晓了？"韩爷责备了一句，但也很快回答唐凌此时为巳时。

也就是说，按照现代的时间换算，这个时候正好对应的是上午9点到11点这个时间段，再要精确一些，按照这个时代背景，估计是没有办法了。是了，这个时间，即便刚刚一场微雨，为何镇子会冷清至此？街边的店铺不开，街上除了刚才那一群稚童之外，再不见任何一个人影？更奇怪的是，家家户户都大门紧闭，屋中除了偶尔传来鸡鸣狗叫，一点动静都没有，似乎在畏惧着什么。这些和那群稚童，还有韩爷所说的不太平有关吗？如果是这样，这一次任务的重点就落在了这件事上。虽然，现在任务的提示只是给出了一些资料，还并没有说需要做什么。

唐凌再次想得入神，韩爷却是询问了唐凌一句："可是饿了？"这个时间，大户人家还是要用膳的，韩爷到底心疼唐凌，见他无由问起时间，只会联想到在外吃了苦，连饱食一餐都颇为困难。这让韩爷不免又一番念叨，指责唐凌非要去做什么侠客，不管任何侠客，没有银钱都寸步难行。唐凌已经自动屏蔽了这些话语，只是做出一副悔悟的样子，跟随在韩爷身后，顺便把路过的地方全部都清晰地记在了脑中。

就这样，大概走了不到一刻，已经到了镇子的最南边。这里矗立着一座大宅，同样是黑瓦白墙的建筑，比起别的民居却显得不知道大气庄重多少倍。这宅子建在镇郊，再往南走，就是一座草木郁郁葱葱的小山，山下和镇子之间有一处水潭。水波幽幽，深不知几许，显得水色绿中发黑，带着一丝凉意。

"还愣着做甚？进屋来。"韩爷已经站在了黑色的大门前，许是白天，又许是这唐家并不畏惧镇中人所畏惧之事，总之在韩爷身后的大门是敞开着的。

唐凌应了一声，就跟在韩爷身后进了屋。可不想，当他刚刚跨过高高的门槛，就不知从何处蹿来了一个家丁，几乎用最快的速度"哗"的一声就将大门紧闭，然后用力地将厚重的门闩也赶紧给挂上了。

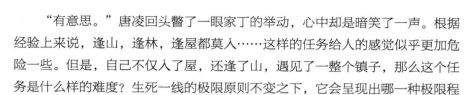

"有意思。"唐凌回头瞥了一眼家丁的举动，心中却是暗笑了一声。根据经验上来说，逢山，逢林，逢屋都莫入……这样的任务给人的感觉似乎更加危险一些。但是，自己不仅入了屋，还逢了山，遇见了一整个镇子，那么这个任务是什么样的难度？生死一线的极限原则不变之下，它会呈现出哪一种极限程度？重点是，它的难度值有没有把"种子"计算在其中？

面对这真假莫辨，处处透着诡异气息的梦境，唐凌竟然渐渐消除了之前心中的些许紧张和畏惧的情绪。剩下的只有兴奋，和想要破局挑战的冲动！

第164章 事件的轮廓

"淅淅零零，一片凄然心暗惊。遥听隔山隔树，战合风雨，高响低鸣。一点一滴又一声，一点一滴又一声，和愁人血泪交相迸。对这伤情处，转自忆荒茔。"

王婆宅子，台上戏班子唱得声声泣血。白绫素纱，烛火明灭，加上夜间又是一场小雨，更显得凄凉无处话。

王婆儿媳妇哭晕过去几次，请了大夫，配了几剂安神汤，前个时辰才凄凄切切地睡了过去。剩下一男一女两个年幼小孙，兀自在那院中跑来跑去，心中还不甚清楚发生了何事。

唐凌就坐在王婆宅子前院角落的席上嗑着瓜子，时不时地抿一口眼前的黄酒。入口发酸，说有多悠长的滋味唐凌可咂摸不出来。但架不住席上所谓和他志同道合的一群少年相劝，唐凌也就只得时不时地小酌几口。

"王家媳妇也是个可怜的，男人早些年死在山中，如今这王家婆子也……"看着在院中跑来跑去的稚童，坐在唐凌身旁的一位少年，忍不住开口叹息了一声。

"听说，王家大郎死状也颇多可探寻之处。"唐凌又剥了颗花生米，放在口中细细嚼了。在梦之域吃东西，是一种奇特的体验，是什么味道、香气，鼻中能嗅到，口中能品到，唯有这腹中空空。饶是如此，唐凌也非常享受。从所谓家中那一顿午饭，他就已经开始震惊于古华夏的饮食文化。

"食不厌精，脍不厌细"，这简直是细致到了极点。最新鲜的春笋，只要笋心最脆嫩的部分，上好的云腿薄薄地切片，不用多余佐料，勾芡上桌，一把嫩葱，吃入口中的就是春天的滋味，咸鲜得宜，自有一股子新鲜口感。又取新鲜的橙子，于四分之三处旋刀，仔细剥皮，挖空橙肉，挤出些许汁液，橙肉便不要。再取湖中螃蟹，细细剥了，蟹黄蟹肉都作一处，放入完好的橙子皮中，盖上橙子盖儿，加水、酒、醋蒸熟，再配以盐、醋做的蘸料一起食用。这些菜色，只是唐凌中午饭食中的两道菜而已，相比起来，紫月时代吃的就是猪食。

前文明的古华夏都那么奢侈的吗？仅仅是一乡绅大户，就如此讲究，那些高官权贵又会吃些什么？唐凌心中好奇，但同时也生出一个疑问——梦之域所展现的究竟是古华夏的真实生活，还是刻意夸大？如果是真实生活，那他现在所经历的，是否在历史上又真的发生过？

唐凌皱着眉，不知不觉又抿了一口黄酒，他觉得抓住了一点很重要的东西，对之后的梦之域冒险有巨大的帮助，但有些事情还需要佐证。也就在这时，一个脆生生的少女插了话："唐二哥哥，你要提起这王家大郎的死，我倒知道一些真相，比那些泼皮长舌乱传的要靠谱许多。"

"哦？"唐凌扬眉，周围有少年起哄调笑，唐二少爷怕又是想找行侠仗义的事情。

但发话那少女，却不理那群少年，一双滴溜溜的大眼只盯着唐凌，开口说道："我哥哥是县里捕快，亲自去殓的尸。外间相传是僵尸作乱，但死因分明就是先被一掌震碎了内脏，接着，接着才……"说到这里，那少女脸色变得有些发白。

灵堂上，烛光下，两个惨白的灯笼随风摇曳，那漆黑的实木棺材亮堂堂地映着烛火，两个王家小孩儿绕着棺材跑，大些的女孩喊着："婆婆，婆婆，快起来，家里来了好多客人。""婆婆，婆婆，家里还有还多好吃的。"附和着年幼的女孩子，说话还带着奶声的小男孩也大声喊道。两个小孩的巴掌不停地拍着棺材，发出"嘭嘭"的声音，整个棺材也在微微震颤。

"接着才怎样？"唐凌看了一眼那大黑棺材和那两个不懂事的稚童，也不甚在意，继而追问了一句。

"接着，才被咬得乱七八糟，可那齿印不是什么传闻中的僵尸。而是分作了两种齿印，一种人的，一种怕是什么野兽的。"那少女一口气说完了，赶紧

低头，不敢往灵堂那边看。

倒是旁边的少年不服道："怎的不是闹僵尸？若不是，那你怕甚？连那棺材都不敢看一眼，还不如两个小童胆大。"

"这个月死了三人，身上都没一块好肉。若是寻常命案，谁会食那人肉？传闻还撬开了人脑，食那脑髓。"又一少年，忽然大声，做了一个伸爪怪状，唬那少女。

少女吓得一声尖叫，而在灵堂那边，那王家小孙女乐极，拍着手掌大声笑道："婆婆要起来了，婆婆要起来了。"

"啊？"少女一听，吓得眼泪就要出来。

唐凌微微一笑，站起来，背着手走了过去，到灵堂之前一手一个牵了那两个小童，说道："别吵别闹，婆婆乏了，让她休息一会儿。等下，大厨炸果子，你们等着吃果子罢。"

两个小童听闻要吃果子，拍着手欢呼而去。唐凌眯眼看着那两个小童离去，然后又看了一眼堂屋，堂屋之中摆着主席，他在梦之域中的便宜老爹此时正在与镇中德高望重的几位老人说着什么。而他的便宜大哥，则在旁提笔疾书，应该是写讣告一类的东西，但内容应该少不得对镇子中的人一番劝慰，劝镇中人不要信那怪力乱神。

因为午间唐家老爷就提起过，这家家户户闭门不出，人心惶惶的，终究不是个理，作为镇中首户，必须站出来以正风气。是以，才有了夜间这场由唐家掏钱主办的盛大白事，在唐老爷的颜面之下，镇中所有人都来了。一是，也想听听有头有面之人，对此事的解释。二是，人聚得多，也就不怕了。

但唐凌忍不住嘲笑，便宜老爹一身正气，忧民于心不畏鬼神的模样，可屋中白日也是大门紧闭，敞开一刻都紧张得很，心中怕也是没底，怕得很吧？

这个时候，以唐老爷为首的几位老人，不知是否有所争执，看那模样，说话都有些激动。唐凌也不关心，而是慢慢地绕着那黑色棺材走了一圈，左手轻轻地摸了摸那棺材，似乎是想知道，唐家掏钱，给做了一个什么好木料的"枋子"。

戏班继续热热闹闹地唱着，先前那一幕曲子太惨，这时却换成了缠绵悱恻的《凤求凰》，听得一众少年少女如痴如醉，席间就各种目光交错，心事暗藏。

"古华夏人，好奔放啊。"唐凌没有回那角落，反倒是拣了一个离灵堂最近的桌席坐了。他可不习惯这集体想入非非的场面，他情爱那根弦还没开窍，是以有好几位目含春意的少女望向他，都被他狠狠地瞪了回去。闹了个好生没趣。

这边戏曲唱得热闹，那边负责酒宴的大厨已经做好了一些果子点心。毕竟是唐家出手，那干果、鲜果、面点果子一样不缺，唐凌坐在这灵堂之旁，又是一番大吃大喝，唐家老爷不知为何瞥向了这边，看见唐凌这番吃相，忍不住狠狠瞪了他一眼。

而一直站在唐老爷身旁的韩爷更是走了出来，喝道："像什么话？出外两天可是成了那饿鬼投胎？看你大哥，再瞧瞧你。去里屋陪着你大哥去。"

"不去。"唐凌笑嘻嘻地拒绝了。也不知道是否是错觉，当韩爷说出"鬼"字的时候，晚间的风更大了一些，一阵阵儿吹来，凉得紧。

此处，人多眼杂，韩爷也不好过分与唐凌争执，只得瞪了一眼唐凌，小声说道："好歹你是二少爷，注意些脸面。"

唐凌一边将一个不知是什么做的精致面点塞入了口中，一边点着头答应。看得韩爷一阵怒气，但也只能一跺脚作罢，转身进屋了。

此时，王婆家两个小孙一个举着一根筷子，筷子上插着才新鲜出锅的炸果子又围了过来。稚童不知怕，在唐凌所坐那张席旁转悠了两圈，又跑到了棺材前去。

在这时，另一群稚童，牵着一条大黄狗也在旁边开始小声地议论：

"下午我爹可揍死我了。"说话的稚童应该没有吹牛，嘴角那淤青骗不了人。

"我娘罚我跪了一个时辰，现在都还站不直。"另外一个小童也小声说道。

"那你们看见的，告诉爹娘没有？"牵着大黄狗的小童轻声询问了一句。

"我说了，爹娘骂我花了眼，不仅罚了我，还不准我与人说去。"最后一个小童缩了缩脖子。

"我爹娘倒没说信是不信，就是让我今天晚上走哪里，都必须牵着大黄。"最先说话那小童又补充了一句。

大黄？唐凌笑了，怕指的是那条狗吧？而这几个小童，以唐凌惊人的记忆力又如何会忘记？不就是他今天上午遇见的那几个疯跑的稚童吗？

下午这事也闹得挺大，几家人哭天喊地地说找不着孩子，孩子被怪物吃了。还有人口无遮拦地说闹僵尸，镇上县里大老爷都不作为，孩子如今没了，要告到青天大人那里去。结果，孩子不久就被找到，是在王婆子家找到的。原来，只是几个孩子偷跑出来，去看热闹去了。

想到这里，唐凌抓了一把果子，施施然地朝着这几个孩子走去，王婆家两个小孙子，就蹲在大黑棺材的旁边吃着煎果子。

"来，给哥哥说说，你们都看见了一些什么？"唐凌笑眯眯地将手中的果子都发了出去。

几个孩子果子倒是接了过去，但一个个地却是踌躇着不说话。

唐凌也不急，瞥了一眼大黑棺材，从怀中又摸出了好几个大钱。

"糖葫芦，面人儿，想买什么买什么。谁给我说，大钱给谁。"唐凌笑得像个老狐狸。

那只被唤作大黄的狗，似乎有些畏惧唐凌，在唐凌脚下趴了，又是摇尾巴，又是露肚皮，一副很没出息的样子。比起紫月时代的狗，这可是可爱了不知道多少倍，唐凌伸手掐着狗脸，一副我觉得你很可爱的样子。狗脸被扯得变形，但那大狗还是哼哼唧唧地讨好，一副"大人，你开心就好"的模样。

就在这时，一个小孩终于鼓足了勇气，从唐凌另一只摊着的手中拿了一枚大钱，然后小声说道："王婆婆就是被吃了，脑子都被吃了，我绕到后面去看，老大一个窟窿，里面都是空的。"

"肚子被掏得干干净净。"另外一个小孩也上前来，拿了一枚大钱。

唐凌带着笑容，眼神却渐渐深沉起来。

小孩子们七嘴八舌地说着自己的发现，唐凌则一边摸着大黄，一边"嗯嗯"地答应着，问着一些莫名其妙的问题：

"你说，脑子上一个窟窿，是什么样的窟窿？"

"肚子被剖开了？外表看起来是什么样子啊？"

"后脑勺，我是说后脑勺这个地方，有伤口没有？"

"对，脑子没有被吃干净吧？"

小孩子们懂什么？只觉得唐家二少怕不是有怪兴趣，问的问题都那么瘆人。可小孩子们也是诚实的，看见什么就说什么。

唐凌沉吟着，在身后，两个小孙子又开始敲棺材："婆婆，吃果子了，果子又香又脆。"这一幕惹得许多妇人垂泪，直觉可怜。

同时，唐家老爷也拿着几页稿纸施施然地走出了堂屋。戏班子在这个时候自觉地停了唱，那些少男少女的旖旎心思也陡然被打断了，这才想起分明是一件带着几分恐怖意味的白事，他们暗传什么相思？

唐老爷走上了戏台。院中五百来号的人顿时也变得安静了下来。唐老爷一副沉痛的表情，望着乡里乡亲大声地说道："近日，我清溪镇不甚太平。有食人恶魔、嗜杀者流窜于此。亦有好事者，借此番事态，散播不实谣言，惑乱人心。身为镇中首户，我唐礼甚感不忿，甚为心痛，亦甚为无奈。

"嗜杀食人恶魔一事，我清溪镇不能坐以待毙，同时亦不能任由谣言散播。此事稍后必议。但王婆作为镇中第三人，死于行凶者恶行之下。作为乡亲，我代大家相送一程。"

说完此话，唐家老爷拿着讣告，踏着威严的四方步，一步步走到了灵堂之上。王婆的两个小孙儿还在呼唤着婆婆，王家儿媳妇惨白着一张脸也被扶了出来。那群之前被唐凌问话的小孩子，跑到了外席玩耍，不知怎的，脸都被唐凌摸肿的大黄，开始在院中疯跑起来，原来是看见了一只在地上捡食的老母鸡，忍不住追逐起来。孩子则呼唤着大黄，跟在后边儿撵着。院中一幅鸡飞狗跳孩子闹的乱象，哪有一丝哀悼之意！

唐家老爷皱了皱眉，但也不好说那小孩，只得展开了手中的讣告，一字一句地念了起来：

"呜呼哀哉，家严王府王刘氏太君……"

"婆婆……你怎么还不起来啊？"随着唐家老爷庄严沉重的声音，王家小孙女也不吃那油果子了，声音带着哭腔地呼唤婆婆。看姐姐这个模样，更加幼小的男孙直接仰头开始哭泣起来。王家儿媳妇身子虚弱，也没有力气去管孩子，只是看着孩子这般悲戚模样，似乎已经对家婆的死有所感觉，不由又悲从中来，低头哭泣起来。

人们心中都笼罩着一层阴云，说不上的沉痛哀伤，而唐家老爷念着讣告的声音，也渐渐激愤至极，是在指责那嗜杀的食人狂魔罔顾天理，不识人道，心似地狱恶魔。

"咯咯咯"，被大黄追逐的母鸡窜到了棺材之下。大黄也兴奋地追了过来。到了棺材之下，母鸡似乎忽然在两个小孩的哭泣声中变得有些迷茫起来，只是绕着棺材打转儿。而大黄此时也追到了棺材之下，伸嘴就朝着那母鸡咬去。

"大黄，可不能咬，咬死要赔银钱的！"那群小孩追了过来，其中跑在最前方的大黄主人，一边喊着，一边就伸手要去抓那大黄脖子上挂着的绳子。

大黄似乎听懂了小主人的话，竟然发出了畏惧的"呜呜呜"声，一个闪身，从棺材另一面的底下，快速地窜了出去。

几个小孩跑得太快，来不及收脚，"扑通通"一连串儿都撞了上去。吓得棺材下方的母鸡扑棱着翅膀，非常狼狈地飞了出来。放在两条长凳上的棺材却被几个小孩一股脑地撞翻在地。

唐凌看见此幕，不由得皱紧了眉头。

此时，还未到下葬时刻，没有钉上棺材钉的棺材盖儿在落地后，散落开来。随着沉闷的"轰隆"一声，在棺材前方念着讣告的唐家老爷也吓了一跳。回头一看，那王婆的尸身正好从棺材中滚了出来，只是稍微整理的遗容和囫囵穿上的寿服也掀了起来。被啃光的左手，干净溜溜，不留一丝肉。已经开膛的腹部，整整齐齐的大切口，像一张咧开的嘴，血肉泛着白。脖子扭曲着，露出了脑后的那个窟窿。

唐家老爷何曾见过这个阵仗？顿时吓得魂飞魄散，倒退了好几步。倒是哭泣着的两个王家小孙，丝毫不畏惧的模样，手中的炸果子也不要了，朝着王婆婆的尸体扑了过去。几个闯祸的小孩，也吓得愣在了原地，不知所措地望着散乱的棺材，一动不敢动。

"婆婆。"小孙子抓住了王婆婆另外一只冰冷的手。

就在这时，一阵夜风凄冷，吹得灵堂之上烛火摇摇晃晃，明灭不定，白色的灯笼直接掉到了地上。随着灯笼轻轻落地的声音，王婆的眼睛陡然睁开，被小孙子拉着的手也一下子握紧了小孙子的手，一把就将小孙子扯了过去，整个人也坐了起来。

"诈尸了！"人群开始大喊。

"啊，我的孩儿！"王家儿媳妇声嘶力竭地惨呼。

在这个时候，一个身影高高跃起，直接从唐家老爷的头上飞了过去，人们还未来得及看清楚，就见一道银色的刀光闪过。一条僵硬地拉着小孙子手的手臂被直接斩下。下一刻，刀光扭了一个刀花，朝着另外一个方向斩了过去，王婆的一颗脑袋被整齐地切下，骨碌碌地滚到了一边，又被一只手抓住，直接拿在了手中。

诈尸了，是真的诈尸了。可这尸体还没有作乱，便被斩了？惊疑不定的人们，这才看得仔细，那一刀斩下王婆手臂，又一刀切了王婆头颅，将头颅抓在手中的不就正是那唐家二少爷——唐崇武吗？

在人们震惊的目光中，唐凌借着烛光仔细地看向手中的头颅，颅腔中的灰白质被掏去了一部分，但一层密密麻麻如蜘蛛网一般错综复杂的脑神经网却保留完好。有点意思了。

而在这时，唐凌的脑中终于出现了一条信息：

"调查清溪镇"僵尸食人"事件，三日内找出事件真相。完成度：百分之零。"

梦之域的任务一向给得无比简单，不会提示你需要把任务做到什么程度，是否需要击杀任务目标，更不会提供任何的线索。

唐凌的神情并没有任何的波动，他放下了手中的头颅，望着所有乡亲，很平静地说道："将王婆婆重新入殓吧，怕是不会再诈尸了。就趁今夜，挑选二十个壮丁，随我去一趟南离岗。"唐凌话音刚落，大家就一阵恐慌。

南离岗是什么地方？是清溪镇自古以来的祖坟所在之地。今夜诈尸事件已经非常可怖，还要去南离岗？就算镇中最有胆色的男人也不敢跟随唐凌前去。

倒是韩爷，深深地看了一眼唐凌，似乎没有预料到这个一直被他念叨的二少爷，竟然有如此强大的身手。他慢慢地站了出来，轻声地说道："我跟你去。"

"韩爷，不要任崇武胡闹。今夜之事再议，去甚南离岗？"唐家老爷也没有想到他这次子，竟然有如此惊人的身手，但任由他去南离岗，那可是不行，万一有个三长两短……

"若是不去南离岗，镇中不会太平。"唐凌原本想叫一声爹爹，但到底只是梦境之中，让他叫爹，实在难以开口，干脆直接表明了态度。然后唐凌不再理会唐家老爷子，而是望向了所有人，"身为男儿，不当站出来吗？细想有朝一日，家中老母、娇妻、稚儿都变成了王婆婆这般模样，你们还有脸立于天地？"

这一段话，说得清溪镇男儿群情沸腾，一些少年就首先站了出来：

"我去。"

"我也要去。"

唐家大少爷躲在堂屋之中，惊疑不定，面带疑惑地望着自己的二弟：怎么短短几言，比自己的万言书还有煽动力？

清静的镇子中，许是一连几场细雨耗尽了天空中的乌云。在依旧有些寒凉之意的夜色下，一轮朦胧的黄月也渐渐露出了脸儿。

虽只是清淡的月光，但到底也为暗沉的夜带来了一丝光明。

茱萸、八角、香叶……一一丢入锅中的沸水。切得细细密密的肉丝，伴随着一些煮得半熟的杂碎，也被放入了锅中慢炖。精致的搪瓷小碗中，一碗盈盈动人、夹杂着丝丝红色糖料，洒着一层蜜浆的白色杏仁豆腐在精致的铜灯下，显得异常动人。

"情不知所起，一往而深，生者可以死，死可以生。

"生而不可与死，死而不可复生者，皆非情之至也。

"梦中之情，何必非真，天下岂少梦中之人……"

一曲《牡丹亭》，在屋中唱起，唱腔字正腔圆，一息三叹，拿捏得极为恰到好处。音色则是缠绵悱恻，动人心弦，一闻之下，不免生出共鸣。想问是何家女儿，有如此天籁之音。

"怎的这个时辰，还不归家？"唱词稍停，一声带有幽幽叹息之声的询问，又从房中传来。

黄色的月亮？唐凌望着天上的月亮发呆，尽管他的神情是如此平静，心中却是如惊涛骇浪一般震惊："为什么是黄色的月亮？梦之域所映照的现实是不是真的现实？"唐凌心乱。

南离岗——逝者难离，生者难舍。难离难舍，却皆在此处相隔。清月高悬，细雨天后，寒凉夜风，来此的人们却没有哀思。火把烧得透亮，照得每个人脸上都是不安。两座新坟已经被挖开，棺中空空如也。

似乎早就料到会是如此结果，此时已为众人主心骨的唐凌神情非常平静。他呆呆地望着天，似乎只对天上那一轮朦胧之月有万般兴趣。他一言不发，让人站在此地，惶恐不安，猜不透他心中所想。

"唐二公子，你是怎么一个看法？"在这时，终于有人忍不住上前，询问了唐凌一句。

唐凌摇摇头，说道："还能有什么看法？十里八村，总是死了好几个人吧。至于清溪镇还会不会发生什么。难说，难说。"

第165章　不够意思

广田村，三月初四，村中贾氏，三子贾则仕于夜间失踪。

鸡鸣镇，三月初六，镇中李氏，两幼子失踪，其妻身亡，尸身残破不全，有兽啃咬之痕。

牧蓿村，三月初八……

……

古华夏，信息传播并不快，但有心查探之下，很多事情也会浮出水面。今日不过三月十五，调查周边十里八村，竟然整整十个人出事，不是失踪，便是被传闻中闹的"僵尸"给吃了。

在唐凌心中，整个事件已经勾勒出了一个模糊的轮廓，现在他需要一点儿资料。只要一点儿资料就可以了，他要去一趟县里，把县志借来一阅。

清溪镇人心惶惶，有那条件的，二话不说就收拾细软，投奔外乡亲戚去了。没那条件的，都指着首户唐家能做些什么，特别是唐二少爷，一下子变成了诸多人心中的依赖，总之家是不能回的，都怕夜半闯入"僵尸"。

唐老爷此时义不容辞，只得开了在镇郊的庄园，让惶恐无依的人都住了进去。原本是准备让韩爷去守着大家，但唐凌却执意要带着韩爷去县城。

好在他临走之前有过交代，多少也能抚慰人心："都莫怕。不管白日夜间，都派人轮流守着。若真有那'僵尸'作乱，只管一把火烧了它去。莫怕，又不是能飞天遁地的。过几日，我定还清溪镇太平。"

就是扔下这么一番话，唐凌一大早就带着韩爷去往了县城。路途算不上遥远，坐着马车不过两个时辰的路程。

王河县，最好的酒楼——归云阁。唐凌坐在二楼临江之处，一边饮着归云阁最好的酒"醉八仙"，一边吃着归云阁最出名的菜八宝野鸭，一边翻阅着县志。这模样和县城中的纨绔并无多大的区别，是以坐在一旁的韩爷时不时望向唐凌的眼神，不免就充满了复杂的意味。

"韩爷，喝点儿？"唐凌始终笑嘻嘻的，这县志他来来回回地翻阅了几遍，也不见说收获了什么有用的消息。

韩爷摇头，说道："不喝。"

"韩爷，吃点儿？"唐凌大方地把八宝野鸭的腿撕扯下来，放在了韩爷的碗里。

韩爷也不动筷子，反倒有些愠怒："少爷，镇中发生如此大事。我们当禀明知县大人着手解决。再不济，查阅了这县志，也当赶紧回到镇中，避免乡亲们再出什么意外。你我皆是习武之人，而习武作何？上当报效家国，下当……"

之前，百般看不惯自己习武，现在倒是认自己是习武之人了？看来昨夜出手太高调了。唐凌又喝下去一杯酒，看着楼下江水悠悠，合上了手中的县志，说着："不急，不急。天色尚早。"

"这还尚早。"韩爷无奈得很，估摸着也是昨日里看了唐凌出手，现在已经不敢强硬地教训唐凌了，只得强忍怒气等着，那酒菜是一筷子都没用。

唐凌是真的不急。慢慢地吃吃喝喝，"醉八仙"喝完了一壶，那就再来两壶，八宝野鸭吃完了一只，那就再点一份凤凰鱼肚。唐凌已经非常斯文了，若是发挥在17号安全区吃货的本色，这临江阁的老板只怕会觉得这县里闹完了僵尸，又闹"蝗灾"。

一顿饭，直吃到日头西斜，唐凌才施施然地从酒楼走出，拍着肚子，撇着嘴，口中却道："没意思，没意思。"

这还没意思？韩爷气极！这临江阁的好酒加起来，你怕是喝下去了整整一坛，最好的两道菜来来回回点了三次，结账时花去了一两多的碎银，谁能有你会吃？临了，还说没意思？

当然没意思，吃了又不饱。当然，这话唐凌是不可能说与韩爷听的。

还了县志，从客栈取了马车。唐凌忽然又闹了："我这喝得有些醉，有些想睡了。这家中马车太小，不如就在这县中再租上一辆。"

"少爷，你这也太……"韩爷不是很反对，但还是免不了开口，想要教训唐凌一句。

但唐凌才不听这废话，还真的又叫了一辆马车。

这番折腾以后，天色已经擦黑，一面清月已经从东边遥遥挂起。两辆马车这才上路。

所谓官道，也不过是一条宽阔平整一些的泥土路，马车跑在道上，有些晃晃悠悠，而唐凌则在车中忍着痛苦，汗流满面。所以说，在梦境之中吃喝有什么意思？饿了到底还是得吃这无味难吃的二级凶兽肉。只是，这梦之域中就没有完全能吃，能补充的东西吗？那是不是意味着以后每次入梦，还得自带干粮？

唐凌这个想法并不是无稽之谈，在梦境中，就得依着梦境中的时间，不管在现实里只是过去了一分钟，还是两分钟。总之，梦境之中已是过去了一天多一些，唐凌尽管在入梦之前才有补充和提升，在这个时候也微微有些饿了。这种情况，如果是在希望壁垒，为了节省本身就有限的资源，唐凌也不是必须要吃。可唐凌为了印证自己的想法，还是又吃下了三两二级凶兽肉。

很正常地消化了，自身也带来了一些小小的提升。这让唐凌非常兴奋，因为入梦之前的想法还真的就得到了印证——时间的流速不一样，他是真的可以借着梦种的这种方便，快速地提升自己。

要放在现实中，就算凶兽肉是好东西，唐凌也不能一直吃。因为就算能够消化，身体的吸收也是有限，都浪费了。

"这还不能完全地证明。要在梦醒之后，凶兽肉是真的被消耗了，自己在现实中也提升了，才能证明。"路程走了三分之一，唐凌就已经彻底地恢复了，以他谨慎的个性，一定要事情得到完全的证明才能放心。

不过，这件事情就算没有映照到现实，至少在梦中也是提升了不是？这也是有绝大好处的。

想到这里，唐凌仔细地擦干净了额头上的汗，掀开了马车的帘子，窗外已是夜色明净，月上中天。韩爷的马车就晃晃悠悠地跟在后面，马蹄声"踢踏踢踏"，车轱辘"吱呀吱呀"。唐凌脸上还是挂着笑意，目光却越来越深沉。

两个时辰后，马车终于到了清溪镇。唐家大宅就在镇子最南边儿，所以打南而来的马车就直接停在了唐家大宅的门口。唐凌下了车，韩爷却没有下车。

"韩爷，不回去？"唐凌见韩爷不动，忍不住奇怪地询问了一句。

"我去一趟镇郊看看。今日若不是你，我就该在庄子里待着，守着大家的。结果跟你去了一趟县里，全是耽误，也没办个正事。"韩爷言语之中诸多抱怨，倒说得唐凌有些不好意思，只能讪讪地笑道："那韩爷你就去，我是累了，歇息一夜，我也定当去瞅瞅。"

言罢，唐凌忽然又道："又能有什么事儿呢？你说呢，韩爷？"

"哼，那也得看了才知。原本以为你小子出息了。"韩爷念叨了一句，催促着马车走了。

唐凌站在月色下，看着马车渐渐远去，然后转身推开了唐宅大门。

"已经不新鲜了。"一个柔柔的女声在房中响起，说话间，一双细嫩的手又捏住了房中男人的肩膀，开始为男人细细地揉肩。

屋外，有人的呜咽声不停地传来，但或许是被堵住了嘴，这声音并不大，也发不出个完整的音节。

"无妨。"男人端起了一个精致的搪瓷小碗，碗中是一碗看起来非常精致的杏仁豆腐，他拿起小勺，吃了一半，又把碗递给了身后的女人。

女人接过，发出了一声嗤笑，说了句："到底还是相公贴心，不枉奴家等了一日一夜。"便把那剩下的杏仁豆腐也都慢慢吃入了口中。吃完后，还伸出舌头舔了舔嘴角，这般娇俏的动作配合那一张艳美的脸，在晕染开来的油灯光芒下，显得格外动人。

但男人似乎无心欣赏，只是低头大口吃着桌上的精致肉食，也不饮酒，更不吃那米饭馒头。

女人坐在男人身旁，有一下没一下地也夹些菜，慢慢地吃，接着又笑，娇滴滴地说道："相公。"

"嗯？"

"奴家察觉，这日子久了，奴家也是越来越娇气了。"

"此话怎讲？"男人语带疑问，却也没有停下筷子。

"这食物啊，越发需要做得精致讲究了。若是这不精致，不讲究还真是入不了口。"女人说完，掩口低笑。

男人对此并没有任何的想法，只是放下了筷子，因为桌上那些肉食已经吃得干干净净。

"是不是没有吃饱？"女人面露惶恐。

"还好。"男人握住了女人的手，目光深沉也不知道在想些什么。

"都怪奴家。肉就要那好的。那些粗糙的、有伤口的、靠近腌臜之地的统统都反胃呢。好在，这些下水我和相公都是吃不腻的。"女人又解释了一句。

"讲究些好。讲究些，我才不会忘记，我还是个人。"男人忽然开口了。

女人也不知道在想些什么，靠在了男人怀里："相公若是没有吃饱，这屋外的肉食也处理了吧。"

"我是还有些饿。但屋外的就不要处理了，直接吃了吧。"男人似乎已经下了什么决定。

"为何？"女人有些吃惊，不是刚才还感慨精致一些好，现在又说甚直接吃了，说到这里，女人又想起了什么一般，忽然问道，"相公把他绑来，是不是太过冒险了一些？"

"事有变故。顾不得什么冒险了，先把肚子填饱，完了我们就收拾一下，回那山中吧。"男人并没有解释太多。

"啊？要回山中，那是发生了什么？"女人显然震惊了。

"呵呵，发生了什么？那唐家二少爷，我有些看不透啊！从他这次回镇上，我就看不透了。"男人揽着女人，这样感慨了一句，忽然又推开女人，"快去，把那屋外的肉食处理了，吃了我们就走。我饿得已经快没有气力了。"

"是。"女人也不多问，立刻就出了屋。

此时的屋外小院，一辆黑色描金，显得有些富贵华丽的马车就停在院中。马儿被栓好，嚼着草料，而赶马之人就靠在马儿旁边的柱子下坐着。

夜凉风冷，并不是他愿意坐在这里，而是手脚都被捆得严实，整个人被绑在了这里。口中也被塞了一块破布，出声不得。何况，院外也有高墙，看不见这院中发生了什么。

屋内，传来了男女断断续续的对话，虽然听不分明，总是能听见一些饿了、肉食之类的话。让人毛骨悚然，越发地心慌。马夫的汗珠一滴滴地落下，听得越久，就越是畏惧，心说那屋外的肉食该不会就是我吧？若不是顾忌男儿的颜面，他只怕早已尿了一裤裆。

"吱呀"一声，那屋子的门忽然就开了。只见一个美艳无双的女子，一手举着油灯，嘴角噙着一丝动人的笑意，悠悠地朝着那马夫走去。

马夫见了如此女子，非但没有感觉到半点儿心安，反而发出了一声最惊恐的呜咽声，即便被绑着，整个人也开始不停地挣扎，脚下的泥土都被蹬出了两条浅浅的痕迹。

"小哥儿，你怕什么呢？"女子蹲在了马夫身前，眼中流露出怜惜疑惑的目光，不得不说她的神情都有一种怪异的，惟妙惟肖的感觉。是的，只有模仿才能惟妙惟肖，而人本身喜怒哀乐种种神态都是自然，何来模仿？

可显然，这句话让马夫更加惊恐了，他开始下意识地闪躲。

但女子另一只手拿着的刀却滑过了他脸上的皮肤，留下了一丝血痕，然后女子伸出舌头，舔舐了一下刀上的血迹："小哥莫怕嘛，很快就没有痛苦了。说起来，我最讨厌老人家的身子，肉老筋多。你这样的小哥倒也勉强，吃起来劲道。不过，还是小儿的肉最好吃呢。"

马夫全身都是冷汗，眼神已经渐渐麻木，屋中的男人也在这时走了出来："啰唆做甚，一刀杀了，直接吃吧。"

"就算不杀，也可以吃呢。呵呵呵……"女人笑得开心。

也就是在这时，院外忽然响起了几声敲门声，同时伴随着一个懒洋洋的声音询问道："吃什么呢？我这个人最爱吃了。"

男人和女人都流露出了惊恐的神色，相视一望。

可，只是等了不到一息，那木门便发出了一声巨响，登时被踢得四分五裂。一个身影从破碎的木屑中走出："韩爷，不够意思。吃好的，也不叫我？"唐凌来了。

第166章　钥匙

梦之域对梦种的任务，原则是生死一线。大多数人如果得到了这条消息，一般会理解为整件事情的危险程度生死一线。这样理解有错吗？没错。危险程度肯定是如此，但这四个字还有一个理解的方式，那便是在这里无论是线索，还是战斗，总有一线机会给你，关键就看你把不把握得住。

韩爷是唐凌进入梦之域，接到清溪镇任务以后，第一个遇见的人。乍一看，这是梦之域为了让你融入这个世界设置的一个合理切入点。但唐凌敏感，不管这个解释如何合理，他都认为韩爷突然出现在此，是非常突兀的。

梦之域要让他融入这个世界，其实有很多种简单合理又不显突兀的方式，最直接的便是通过脑中的信息告知，他现在是唐家二少，他在这清溪镇有任务。所以，唐凌因为这点儿突兀的感觉就对韩爷的出现上了心。想想吧，家家户户大门紧闭，街上几乎空无一人的镇子。而镇子里发生了什么，梦之域是通过几个跑过的小孩子来隐晦地告知他的。

小孩出现尚算合理，那韩爷呢？出来寻找唐二少爷？嗯，不合理。正巧有事出来？稍许合理，但接下来韩爷的话一直都是在指责唐二少爷，明里暗里就会让人错以为他是特意来找唐二少爷的，为什么要这样暗示？那就是得到了消息，来接唐二少爷？更不合理，几乎都不用解释。

唐凌不会受韩爷的身份影响，他随时提醒自己的就是一句话——这是梦之域，并非现实。既然是梦，韩爷护院的身份，从小看着二少爷长大的情分于唐凌本人来说，这些会阻碍真相的因素统统都不存在。他有了那么一点儿上心，那么就会仔细观察外加调查。

第一次疑惑，分析了如此之多的念头，是在韩爷握住唐凌手，同时系统给出身份提示的瞬间，唐凌就有了。而那一次，是韩爷距离唐凌最近的一次。唐凌有心之下，发现了一点小小的问题，就是韩爷身上的味道，那一丝似有若无的血腥味。唐凌的眼睛很好，鼻子也不错，常年的捕猎生涯也好，最近的战斗生活也罢，他对血腥味是非常敏感的。

接着，唐凌又有意地观察了一个地方，来证明这一丝似有若无的血腥味是否真的存在。这个地方就是韩爷的指甲缝，这是很多人最容易忽略的地方，但如果手沾过血，血迹很容易在指甲缝里留下痕迹。果然，唐凌发现韩爷的左手大拇指、右手食指的指甲缝里，都有疑似血痂的残留。

模糊的证据有了两个，最后还加上了一个唐凌个人的直觉。这是感觉问题，谈不上什么证据，但却是唐凌笃定要调查韩爷的最大原因。这感觉是来自于韩爷的眼睛，眼白的部分老是让唐凌想起尸人灰白色的眼睛。事实上，这一点很难说啊，毕竟眼白暗一些，白一些，黄一些都是可能的，尸人灰白色的眼眸乍一看也就像没有眼珠子的眼白。可这种颜色已经深深地刻入了唐凌的心里，他怎么会不在意？

有了以上这些证据和感觉，唐凌对韩爷的观察几乎可以用"苛刻"来形容。他注意到韩爷没有在人前吃过东西，至少他待在宅子里的时候没有吃过东西。为此，他特意问了下人，下人说韩爷就喜欢吃半生不熟的牛肉，说是吃了长力气。作为唐家的护院，没人认为这有问题。

接着，唐凌发现韩爷这个人"正直"得过分，话语间随时都透露出一丝悲天悯人的情怀和铁肩扛道义的仗义。除此之外，他对自己也好，对唐家老爷、大少爷也好，都忠诚关心在意得过分。唐凌觉得这有问题，一个人若真的是这样，不会在言语间如此夸张，特意表露。因为他本就是这样的人，融在骨子里的东西不用刻意表现，也表现不出来，大多是表现在细节和行动上。

那只有一个可能，韩爷想要塑造这样的形象。而塑造一个如此正面的形象，往往都是为了掩盖不那么正面的事情。两者的关系成正比，塑造的形象越正面，所做之事就越惊世骇俗。

对此，唐凌有意无意地向自己的家人和下人又打听了一些。他得到的答案是，韩爷年轻时沉默寡言，这老了便越发地心软了，对唐家的感情更是越发地深了。至于悲天悯人、铁肩扛道义，唐家人似乎没有特别在意这件事，下人更是没有什么感觉。

当然，这些生活上的琐碎，还有许许多多，却都构不成关键的，能够定性韩爷有问题的证据。关键在于，清溪镇是杀人事件，杀人总是需要犯罪时间的。唐凌需要找到韩爷平日里行动的破绽。但结果是没有。

韩爷吃住皆是在唐家，行动也跟随主人，平日里最多就是出去跑个腿儿，但也在正常合理的时间范围内。就如他带回唐凌的这一日，外出的名头唐凌已经不动声色地打听了出来——王婆死了，他去探探情况。这一探不想就遇见了唐凌。

事情到了此处，好像是唐凌多疑误会了。但唐凌可不这么认为，梦之域万事只留一线，一线就意味着狭窄，那么容易被抓住，那就不是一线，而是一大窟窿了。所以，唐凌是必须调查到底的。

时间没问题，只是表面上没问题，作为唐家"第一高手"的韩爷想要为自己制造一点时间很容易。因为已经探明了，镇上一连死的三个人，被僵尸袭击的时间都是在深夜。这说明了什么？说明了韩爷的嫌疑不可能轻易地洗去。

但当夜，唐凌是没有机会调查的，因为当夜唐家不是要为王婆操办白事吗？作为唐家二少爷，唐凌是得出现的。再则，韩爷也不会每夜都"有事忙"，这种事情得等一个恰到好处的机会。

于是，时间就到了白事那天的夜里。在席间，唐凌得到了一个关键的线索，来自席间的多嘴少女，她说出了事件是人为的一些证据。对于这些证据，或许王婆的诈尸让别人事后想起来，认为少女是吹牛，但唐凌是信的。为什么信？古华夏捕快就是警察，他们的身份决定了他们能仔细地观察现场，并及时地做出第一判断，还有对关键证据的了解。

不要认为古华夏没有法医，对尸体的判断就会失真，提点刑狱公事（简称提刑官）也不是吃素的，判断齿痕什么的，应该是没有问题。

一掌震碎了内脏，有意思。唐凌想起了家中下人称赞韩爷时，所说的话：韩爷一双铁掌无敌，一套震天十三掌罕逢敌手。哪有什么所谓的震天十三掌，任何武功都建立在"力"与"速"的基础上，技巧只是辅助。一个没力气的小孩，就算教他天下第一的武功，他也打不赢一个成年男子。武功只是发力和躲避的技巧，韩爷的武力一点儿都没有威慑到唐凌。以唐凌现在的力气，如果他愿意，反正梦之域这些普通人，他可以一拳打裂他们最坚硬的脑袋。两人在武力上的对比，从初见握手的那一瞬，唐凌就已经确定了。他来了，韩爷恐怕只能屈居在唐家"第二高手"的位置上了。

总之，少女的说法再次加重了唐凌对韩爷的怀疑。当然，也让他心里多了一些新的疑惑。不过，这些新的疑惑在"钉死"韩爷的那一刻，就一定能得到回答。

接着，唐凌又"不要脸"地用大钱哄骗了小孩，问了小孩关于尸人细节的一些问题。更加肯定了人为这一缘由。可也就是在这个时候，唐凌对事件的疑惑也已经到了顶点——莫非自己方向错了？一切都是人为？那就和尸人没有关系？自己这一次梦之域的终极任务就是抓一个"变态食人杀手"，然后终极大佬是韩爷？这难度只怕是儿戏！

于是，似乎是为了配合唐凌，梦之域给出了新的提示。这提示不是直接出现在唐凌脑中的，而是出现在了梦之域的场景当中。

小孩撞翻了棺材，王婆的尸体跌落而出，接着王婆"诈尸"，唐凌切下了"诈尸"的脑袋。这说明了什么？既然会诈尸，那么就和尸人还是有千丝万缕的联系，而被掏空的脑袋原本是唐凌的疑惑点之一。因为尸人不是什么无稽的产物，它能行动一定还是要有解释得过去的原理。就好比一辆报废的汽车，有的可以开，是因为发动机没问题。但发动机坏了的汽车，你是无论如何也不可能开动它。被破坏了大脑的尸体，不可能尸变，至少要保证小脑不被破坏，还有神经网的完好。

所以，唐凌才问了小孩子后脑有没有伤口。答案是没有，但就算如此，一个被囫囵掏了的脑袋，破坏了关键的运动神经，也有可能"诈尸"，根据破坏的程度，有可能"诈"出来的是一个瘫痪尸或运动能力不协调的尸。

显然，诈尸后的王婆行动还是麻利的，虽然她的出场只有一个画面——抓住小孙子，然后坐起来，接着就被唐凌故意高调地斩杀了。

但也给唐凌看到了一个令他无比震惊的结果。其脑中的神经网保存完好。如此一来，梦之域通过这一幕给唐凌展现的线索已经非常清楚，且骇人听闻，唐凌的心里掀起了惊涛骇浪……

不过，如果这些猜测没错，需要的应该是任务的后半段。唐凌首先要做的还是再次印证，外加盯死韩爷。

印证的事情去了南离岗，那已经不消多说了。至于盯死韩爷，从唐凌高调出手那一刻，从唐凌故意毫不掩饰地透露要借阅县志那一瞬，唐凌就已经在做了。守株待兔和主动出击，唐凌选择的是主动出击，毕竟在梦之域的时间是有限的，也注定了他不能守株待兔。而韩爷在这个时候，也还只能叫作"犯罪嫌疑人"，不能够叫作"犯人"。让他成为"犯人"，只能在人赃并获的那一刻。

唐凌的思路从来都很清晰，最后揭开谜底的结果到底是不是韩爷，他会不会露出狐狸尾巴，就要看给他的压力够不够，能不能让他惶惶不安。所以，高调出手是压力，借阅县志也是压力，至少这两点会显得唐凌高深莫测，且对事情有了一定的知情程度。接着，点名让韩爷跟随去县城，这种在任何人看来都毫无必要的事，会让有了压力的韩爷陷入慌乱的猜测。另外，也给足了时间，让唐凌在韩爷面前把戏做足。就比如随时流露出的探究的眼神，又比如似是而非的高深之语，还比如似有若无的试探，最后还得表现出来一些防备心，就是借阅了县志以后有无线索，得出了什么结果一个字都不透露的防备心。

接着，再给他一个机会，所以唐凌叫了两辆马车。当然，就算是一辆马车，韩爷若是受了惊吓，晚上也定当会有行动。可是，唐凌饿了，加上分乘两辆马车，还能加深唐凌防着韩爷这一层心思。

回到镇上以后，一切就简单了。唐凌为了防着下人里有韩爷的眼线，只是回到唐宅里演了一番累了乏了，需要休息的戏码，就悄悄外出了。

他根本不怕找不到韩爷，这清溪镇，除了镇子上的路是石板路，出了这个小小的镇子都是泥土路。昨日一连几场雨，马车会留下清晰的印记，至少对于捕猎经验丰富的唐凌，追踪是一点儿问题都没有。何况，马蹄、车轱辘上都是泥，在石板路上也会留下线索。

唐凌就这样一路跟踪，轻易找到了韩爷，看着他真的去了一趟庄子，然后又找了借口出来。看着他绑了马车夫，然后回到了自己藏在镇郊的"老窝"——看起来非常正常的一处院子。不仅如此，唐凌还趴在屋顶上，偷听了韩爷和他的女人在屋中的对话。最后想了想，决定选择一个最震撼的出场方式，直接钉死韩爷。因为人只有在巨大的猝不及防之中，才能无意间吐露更多的真相和线索。

从整个任务的架构上，从县志的记载中，唐凌已经肯定，韩爷只是一把钥匙，一把打开这个任务关键点的钥匙。钉死他，任务的走向就要进入另外一个阶段，让人劳累的战斗阶段了。那个时候，真正的生死一线才会展开吧。

"韩爷，怎么了？我就是上门吃你一顿饭，你就这样不高兴啊？你不是最疼我吗？"唐凌依旧笑嘻嘻的，这笑容在韩爷看来无比的刺眼。

不动声色地，唐凌身体已经调整好了，在这个角度，院中没有阻碍，能够最快地冲到马夫身旁，救下这个无辜人。

"你怎么知道是我，然后找到我的？"韩爷的反应和所有的反派没有任何的区别，问题也毫无新意。他之前一直惶恐不安，就连最享受的进食时刻，也不能让他平静下来。可当唐凌真的出现了，他反倒平静了下来。

唐凌会回答他吗？显然不会，在这个时候，那个在马夫身旁的女子露出了一丝狠厉的神色，果断地提刀直接捅向了马夫的心口。

哪里来的小杂碎，那么讨厌？但总归是能收拾掉的。这马夫还是先杀了罢，如果出了什么乱子，被他跑掉，她和韩爷的好日子，精致日子就到头了。

唐凌早就防着这一出，他是按常理出牌的人吗？大多数时候应该是，少数的时候思路比较清奇。他表面上的站位是要冲过去救人，这一点身为练家子的韩爷已经看了出来，所以他及时地冲出来阻挡了。

可唐凌根本就没有这么打算，在韩爷眼中，他只是摘下了腰间那个暗器，然后用暗器朝着女人和马夫所在的地方那么一指。暗器发出了"砰"的一声脆响，接着女人发出了一声尖叫，手中的刀就落地了。

沙漠之鹰是什么威力？如此近的距离下，击中了女人娇弱的手掌，留下的可不是一个弹孔，而是打烂了整个手掌。

"什么暗器？"女人受伤，韩爷目眦尽裂，下意识地就问出了一个愚蠢的问题。

"沙漠之鹰。"唐凌随口一答，整个人就朝着马夫所在的地方冲了过去。

"菇菇避开，我来阻他。"短暂的震惊以后，韩爷终是回过神来，也朝着唐凌冲了过去。

这个被叫作菇菇的女子，似乎很听韩爷的话，韩爷如此吩咐，她立刻转身就朝着屋中跑去。

唐凌也没有第一时间阻拦，在冲向马夫的同时，他已把"狼咬"握在手上，三下两下割断了马夫身上的绳索。然后手持沙漠之鹰，朝着韩爷和女子的方向，快速地各放了一枪。

"你的暗器用过一次……"韩爷似乎不惧，但本能地还是做出了闪躲的动作。

习武之人的反应速度远远快于常人，加之有心防备，到底还是被韩爷避开了要害，这一枪打在了他的大腿上。子弹的冲击力，阻碍了韩爷冲过来的速度，甚至让他倒退了两步。

但那菇菇分明被击中了背心，却没有任何反应，朝着屋中跑去的速度都没有放慢一丝。只是韩爷中枪的低呼声，让她分了神，忍不住回头叫了一声："相公！"

当然，唐凌也并不指望沙漠之鹰能够打死他们，能稍微拖延一些时间就够了。

"跑。什么事情莫乱说。就说凶人是韩爷与他的妻子，而我要追踪贼人。"唐凌放走了马夫，同时整个人已经冲向了韩爷。

韩爷已经稳住了身体，大腿上的伤对他似乎也没有造成多大的阻碍。只是此时要阻止马夫也是来不及了，他只能迎向了唐凌。"菇菇快跑，只要你在，我就还能活过来。"与此同时，韩爷对着还在发呆的女子喊了一句。说话间，他的一双铁掌已经从两个刁钻的方向朝着唐凌拍了过去。

唐凌的一切身体素质基础都远远强于韩爷，加上精准本能，怎么也不可能被韩爷打中。他没有什么武功，只能本能地身体微微朝着左侧侧了过去，避开了韩爷的一只手掌，同时，成拳的右手直接就和韩爷的另外一只手掌碰撞在了一起。

就是一拳，韩爷的手掌传来了清晰的骨裂之声，而唐凌也略微感慨，这就是武功吗？让一个实力最多和未进第一预备营的奥斯顿相当的人，能够发挥出如此的能力，就连他有精准本能也避得有些吃力。因为另外一只手掌，在被唐凌避开以后，又顺势一扭，朝着另外一个角度攻击而去，似乎变幻万千。

这个发现让唐凌极度地兴奋，一个新的想法已经在他的脑中出现，怎么也挥之不去。可是，眼前的战斗要解决，唐凌不欲缠斗，如果能抓住菇菇，可能接下来的事情要简单一些。所以，唐凌快速地用肩膀一撞，撞开了韩爷，接着不等韩爷喘息，侧身就是一脚，重重地踢在了韩爷的肚子上。

这一撞，外加一脚，如果是普通人就已经死了。但韩爷的胸腔虽然明显地塌陷了下去，喷出了一口鲜血，但人还是活着的。

"相公，就算你活着，也不再是你了。"两人在这时，已经交手完毕，那菇菇才说完一句完整的话。

而唐凌则转身朝着她奔了过去。

"是我，我相信你。"也就是在这时，韩爷忽然像回光返照一般，猛地扑了过来，抱住了唐凌的腿。

唐凌正欲一脚踢开韩爷，却看见韩爷猛地一张嘴，一团莫名的雾气从他的口中喷了出来。而那菇菇用极其怨毒的眼神看了一眼唐凌，转身走了。

那一刻，唐凌知道，韩爷如果还能活着，恐怕还真不是他了……那女子最后怨毒的一眼，已经说明了答案。韩爷怕是相信也无用。

只是这种爱情，刷新了唐凌对梦之域的认知。

第167章　都是爱情惹的祸

韩爷死了，尸体却不见了。菇菇跑了，留下一具美丽的皮囊，最后查出来的结果让人开不了口。至少王河县县令大人是开不了口。不仅开不了口，还下令这条消息不得外传，传播者以"妖言惑众，扰乱民心"罪严查。

"至于吗？"唐凌翘着二郎腿，半躺在酸枝木制的雕花摇椅上晃晃悠悠。

下了两日的雨已初停，如同洗过的碧蓝天空，恰到好处的暖阳，直暖得人睁不开眼睛。小院清幽，摇椅旁边的几案上，摆着两碟干果，两碟鲜果，四盘点心，还有一壶冰镇酸梅汤。

梦境好啊，如果婆婆和妹妹都还在，唐凌情愿拉着她们一梦不醒。可惜的是，如此悠闲的姿态，他的脑子却没有一刻清静过，手中一本黑色封皮儿的册子，看样子已经读完了。

县令大人当然要封口，谁能想到那具美丽的皮囊竟然是他一年前大病而逝的女儿。

到底是"诈尸"了，还是如何？县令大人不想知道，只要想起死去一年的女儿跑到清溪镇这地儿和一护院老头一起吃人，县令大人的脑袋就要炸了。

至于韩爷的尸体？当然是被菇菇带走了。昨夜，韩爷喷出的最后一团雾气，给唐凌上演了熟悉的一幕，在空中很快就凝聚成了一朵蓝紫色的"蘑菇花儿"。这和仓库区尸人王身体中蹦出的"蘑菇花儿"是如此的相似，不同的只是颜色，还有花瓣儿。尸人王身上那一朵是灰白色，花瓣是三瓣。这一朵是蓝紫色，花瓣却是五瓣。尸人王那一朵像是被调皮孩子扯破了的花儿，韩爷喷出的这一朵很完整。

可唐凌是谁？他是不会被所谓表象迷惑的人，管你什么颜色，是否残缺，他第一个反应就是一脚踢飞了韩爷，然后赶紧远远地跳开了。

没办法，他没有城主那手段，他知道接下来那朵蘑菇花儿就要散开，散开的每一粒尘埃样的东西都是类似于"魔鬼真菌"的可怕事物，他在这里没有真菌抑制剂，所以只能躲。

但要命的是，找到了韩爷，脑中传来了任务完成度提示，就算这样用心分析谋划，钉死韩爷，最后也只换来了百分之三十的完成度。剩下百分之七十，到底还是落在了菇菇身上。

唐凌蹿进屋中，去追菇菇了。可是进屋以后，哪里还有人影，费了一些心思，唐凌找到了一条密道，可是追出去，茫茫夜色中，唐凌到哪里去找一朵蘑菇？他找到的只是县大人女儿那具美丽的尸体。再回头，韩爷的尸体也不见了。这很正常，韩爷不跑才怪，他和菇菇如此难舍难分，就算死了，他吐出来那一朵蘑菇也得把他运到某个地方去吧。

想到这里，唐凌从干果碟中抓了一把瓜子，嗑了几粒，然后感慨地开口："原来，都是为了爱。"这是最真实的答案，假设县令大人非要责问，女儿的尸体怎么会出这样的事情，唐凌一定会给出这样一句答案。

翻阅一下县志吧，这爱情初始的线索就藏在县志当中：

> 元初十一年辛酉七月夜，转溪镇一带有物色纯赤，大十数丈，自南而北，尾拖光焰，遍地如赤霞，见者莫不骇异。

这是什么意思呢？意思就是在县志所记载的那一夜，在王河县转溪镇这么一个地方，天上出现了一个奇怪的玩意儿，长度应该在三四十米（反正记载也语焉不详，并不精确）左右，拖着赤红色长长尾翼，也就是赤红色的光芒，照得大地也一片赤红，总之把当地老百姓吓到了。这是初现。而转溪镇在哪里？虽然和清溪镇隔着好几十里地，但正好就在清溪镇的南边儿，重点是上面记录了一句话"自南而北"。

接着，又有一条记录天上奇怪事物的县志，不过这一次应该看见的人很少，县志记载的并不详细，唐凌只抓出了两个重点。第一，是赤色。对，同样是赤红的。第二，这一次它出现在卧牛坪，靠近一个叫奔牛村的村子。总之这次移动轨迹虽然不是直线，可还是靠清溪镇更近了，方向还是自南而北。

最后，县志里出现了这么一条记录。

元初十一年十一月初四，清溪镇，夜半，大风骤起，树多拔，赤气，烛天，若有物自南而北，坠地有声。

这就是最后一条有价值的线索，把整件事情串联在了一起。

也是按照县志记载的年月，半夜的清溪镇忽然刮起了肆掠的狂风，连山上的树都拔倒了许多，赤红的光芒，让天空就像被烛火照耀着，似乎是有什么巨大的东西自南向北而来，坠落了下来，而且伴随着巨大的声音。

读到这些，唐凌若还不明白，那他就是傻子了。因为这几条线索清晰地记录了一个"天外来物"从"重伤"到最终"坠毁"的过程。而最终的坠毁地就在清溪镇。

"天外来物"这个词，唐凌一点儿不陌生。他平日都会抓紧时间阅读，丰富自己的知识，在前文明的诸多记载中都提起过这种神秘的现象，只是缺乏最确切的证据。或许，也有最确切的证据，但那绝对只掌握在少数人的手中。然后伴随着前文明的覆灭，这些东西已经无法考证了。

唐凌不会错过这种巧合，他的思维活跃且敢于假设，在古华夏竟出现了尸人这样的东西，抛开一切怪力乱神的说法，只能从生物学上去解释。可在这个星球，任何生物都有其进化轨迹，基因突变也变不到这份儿上。这一点，只能放在紫月时代才成立，因为紫月时代一切物种都在加速且不可控地进化。

那么，在一个生态圈固定，且进化没有被打乱的星球。如果出现了异常的生物现象，能怎么解释？解释只能来自于天上，是外来的物种打破了这里的

"规律"，姑且称之为"规律"吧。

唐凌其实并不敢肯定县志上就能找到这样的线索，但他得到了系统提示，千丝万缕的线索还是和尸人有关时，他只能依靠县志。

古华夏人是诚实的，文人也颇有风骨。虽然也会粉饰历史，但不会太过，而县志这种东西在记录"奇闻异事"上，更没有必要去粉饰。

唐凌一开始，不过是想在缺乏线索的情况下，去主动找寻线索。这和"钉死"韩爷这一件事情并不矛盾。但唐凌万万没有想到的是，这竟然是一场"伟大爱情"的开始。

说起来，这又要扯回从韩爷屋子里找到的这本黑色封皮册子了。这是一本韩爷的"月记"？嗯，他记录的频率不会小于一月，就姑且这么称呼吧。

唐凌一点儿都不想来找这玩意儿，他是看中了华夏的古武，颠覆了他对武学的一些看法。他想来找武功秘籍，却翻出了这么一个玩意儿。梦之域真是"铁公鸡"一般的存在，一点儿便宜都不让占的。

总之，就是这么一本月记，记载的大概是二十年前，韩爷的一场冒险。清溪镇有"天外来物"坠地，也是二十年前。从月记上说，这么一场声势浩大的事情，引来了县里的官员，但在搜山三日后，除了一片焦灼之地，也就一无所获了。

这番说辞，满足不了人们的好奇心，自然也满足不了韩爷的心。他那时正值壮年，为唐家做护院头子也有十几年了。但他常常感慨，空有一身武功，却只能困在偏僻小镇，有心闯荡江湖，无奈却放不下家中妻儿。

"是有妻儿的吗？"唐凌读到这里的时候颇为疑惑，也叫过下人来问。

那下人对于唐二少爷的恶趣味实在不能接受，回答问题的时候几乎是两股战战。因为唐凌躺着逍遥晒太阳，痛快吃喝的地方正是韩爷在唐宅中的院子，这二少爷是怎么样一个爱好啊？

虽然下人在回答完问题以后，就飞也似地跑了，但韩爷有妻儿这件事情却是确定了，不过在两年前以前妻儿全都诡异地失踪了。

"呵呵。"唐凌摇摇头。继续读下去，便是韩爷的一番冒险，他自诩对清溪镇旁边这座望溪山是最熟的，官兵没有发现的，他不一定没有发现。他想要冒险，想要名声，甚至想追求个一官半职，在这样的心态下他毫不犹豫地上山了。

中间的曲折不提，最后他真的有了发现。在月记中，他详细地记载了那一片焦灼之地其实靠近一处隐蔽的山涧，他冒险下到隐蔽的山涧，最后找到了一处巨大的山洞。山洞之中全是怪异的尸体，若猴。

唐凌皱紧了眉头："若猴儿？"不应该是蘑菇吗？

然后，在这一片尸体当中，他发现了一个透明的罩子，这罩子在当时韩爷的眼中是天下至宝，因为不知是何物，能透明至斯，又轻若无物，比最好的宝石还要惹人喜爱。这个东西，唐凌也在韩爷的房间内翻到了，他很想告诉韩爷，这就是一个塑料罩子，不管是怎么特殊的塑料，反正它是一个塑料罩子。

冒险到了这里，韩爷找到了一个塑料罩子，放在古华夏那也是收获颇丰了，拿到皇帝那里去，说不定能哄得龙颜大悦。可如果只是这样，这段缠绵悱恻的爱情故事就没有了开始。

事实是韩爷发现了罩子是活动的，可以打开。打开之后，他发现罩子里盛有怪异的淡紫色液体，淡紫色液体上有着一个蘑菇。幼小的蘑菇，绿莹莹的，透着生机，似乎还通人意，在韩爷发现它的时候，似是作揖，似乎鞠躬讨饶的样子。如此奇物，韩爷有了据为己有的想法。这也就是菇菇和韩爷第一次洞穴之中相见。

"果然，人类的贪婪是原罪。"唐凌认真总结了一句，但又想换作是他，莫非就不贪了？那倒也不是，按照唐凌的行为模式，如果证明蘑菇没毒，他多半会煮了吃。

故事到这里，一切就顺理成章。韩爷养起了蘑菇。这册子原本只是想记录生平最得意的一次冒险，结果因为菇菇，变成了"菇菇养成记"。中间的过程，不提也罢。总归都是这菇菇通人性，需要什么总是能神奇地和韩爷沟通。而韩爷则是把"它"照顾得尽心尽力。

时光流逝，转眼六年过去，原本伴随着菇菇的紫色液体已经完全消耗完毕了，在这个时候菇菇提出了新的要求，它需要血肉。而且，不是一般的血肉，它需要人的血肉。

韩爷，答应了。只因为六年的相处下来，他已经知道了，若是菇菇成长起来，可以让人长生不死。

长生不死？！这是多大的诱惑！就算只是一线希望，许多人也可以为了追求它，杀千人，杀万人。何况，在韩爷心中这是笃定的，天下间哪里还能找到能够与人沟通的蘑菇？而且这蘑菇越是成熟，灵性便越足，另外六年的相处，韩爷也知道了不少秘密。

"秘密？什么秘密？"唐凌有些痛恨韩爷这篇月记实在写得含糊其词。

于是，韩爷开始为菇菇寻找血肉了。以他的武功，想要杀人也不是一件难事，但谨慎的韩爷总是挑选着流浪汉和乞儿下手。他从不在清溪镇作案，而是选择周围偏远的乡下。所以，一连十年，韩爷这个杀人狂魔都没有被发现任何蛛丝马迹。

　　而菇菇呢？它一开始的食量很小，一个人的血肉足够它消耗一年。慢慢的，到了后期，菇菇的需求越来越大，不过这时也不用韩爷过多操劳了，他只需要将人杀死，把菇菇放在那一处，第二天菇菇自己就会回到韩爷身边。至于那些被杀之人的尸体，则会消失得干干净净，就像举家搬迁或者失踪一般。而失踪这种事情，不要说古华夏，就算在前文明每天都在发生着，大多的结局是没有结局，从此生不见人，死不见尸。加上韩爷总是流窜作案，更加没有人会注意，就算在县志上也找不到蛛丝马迹。

　　就这样，一人一菇俩恶魔，在这王河县起码吞噬了上百条生命。这个时候，时间已经过去了整整十六年，菇菇终于成就了成熟体，韩爷也老了。不过，因为成为成熟体，菇菇能够赐予韩爷长生了，而且它决定不仅要让韩爷长生，它还要和韩爷长相厮守，双宿双栖。

　　"唔……"唐凌看到这里，不知道应该说一些什么，是说韩爷十六年的精心呵护终于有了回报，顺便收获了爱情？还是说那蘑菇自小第一个见的男人就是韩爷，整个世界都是韩爷，最终芳心暗许了呢？唐凌是不能理解的，因为他的脑回路和正常人不一样，他比较能抓住问题的本质——蘑菇也分公母？不是孢子生殖吗？反正，不管唐凌如何无法接受，菇菇的一腔深情是不会改变了。当然，韩爷作为一个无论生理和心理都正常的男人，即便老了，要他接受一朵蘑菇也实在有些困难。

　　但，也不是绝对没有可能。作为成熟体的菇菇有自己的使命，它带着韩爷回了一趟自己的"家乡"，对，就是那个山洞。

　　在韩爷的月记里，没有详细地描述究竟在菇菇的家乡他见到了什么，但他兴奋地记下了，他见证了上天赐予的奇迹。所以，他也成了"宇国之人"，接受了姑姑最珍贵的赐予。他不再是"低贱"的人类，他有了高贵的血脉。当然，他也光荣地迎娶了"宇国之母"——菇菇。

　　就算韩爷记载得语焉不详，但唐凌不用思考都知道，什么高贵血脉，他只不过被菇菇的孢子，或者说分裂出来的真菌寄生了。

　　看到这里，唐凌对这一切的事情已经清晰地勾勒出了轮廓，也看透了梦之域给出的清溪镇任务最终的本质。可要做到哪一步呢？唐凌还不敢确定，如果进一步，那就不是生死一线了，是生死一丝丝，说不定十死无生。但如果退一步，任务的完成度一定很惨，梦币这种事情也不要想了。

唐凌坐了起来，对于那本月记再无多大的兴趣。因为后面记载的都是荒谬得很的事情，被类似于魔鬼真菌的东西寄生了能有什么好结果？就算是活体寄生，也逃脱不了变成吃人怪物的命运。韩爷以为自己没有改变，其实人性已经在和菇菇的相处之中，磨灭得干干净净。最后为了表达对菇菇的忠贞，他甚至任由菇菇杀死了自己的妻儿。

"唯一之妻，心中唯一之挂念，深情之所在。"这是月记里的亲笔，在妻儿死那日，韩爷记录的是对菇菇的深情，像一件重大的事情终于完成。难为韩爷一介武夫，能憋出这样的文字，也不知道是和蘑菇相爱已深，还是迷恋"宇国之父"这个身份。

而菇菇自然也要回报韩爷的一腔深情。在韩爷尚在壮年时，曾经远远见过一眼县令大人之女，当时这女孩十五六岁，美艳动人，韩爷一眼之下就惊为天人。当然，以韩爷的身份，对县令之女，他连觊觎都得小心翼翼。但菇菇满足了他。它不知道用什么办法弄死了已嫁作人妇的县令之女，在别人下葬以后，寄生在了别人的尸身上。用这样活着的方式，来与韩爷长相厮守，准备就在清溪镇过一段神仙般的日子。待到它能够再次进化以后，它就将在古华夏建国，让宇之国重临大地，到时候韩爷就是皇上，它就是皇后。而那个时候，它将永远是韩爷的菇菇。

"真是一场美梦。"唐凌"呸"了一声。不愿再回想这月记后面的内容，只恨这狗日的韩爷倾心十六年的培养，再加上后面四年菇菇的再次成长，给任务提升了多大的难度啊。

黑色的册子读完，唐凌的调查任务进度已经完成了百分之六十。这是一个及格线，但梦之域没有给出任何的反应。按照唐凌的想法，调查任务百分之百时，他就可以梦醒。不过调查任务就算到了百分之百，按照梦之域的评级，他也只是完成了最差的评价。

"哎，就不能清闲一些吗？打打杀杀多不好！"唐凌站了起来，伸了一个懒腰。最后看了一眼唐宅，看了一眼这些便宜下人，还有便宜亲人。活动了一下身体，然后趁着无人，一个轻跃，就轻松地爬上了高高的院墙，一个翻身翻出了唐宅。他要去找菇菇了，他也想要去菇菇的家乡看上一看。

第168章　完美完成度

望溪山，即唐宅旁边的那一座山。就算没有读过韩爷的月记，唐凌心中也知道，要找到最后的答案，必须要去望溪山。因为王河县唯一的山脉，就是紧挨着唐宅的望溪山。

唐凌就这样潇潇洒洒地走了，但也为在韩爷手下死的那么多冤魂做了最后一件事情，那就是留书一封，清楚地写明，唐宅门口的水塘下有尸骨数十具，希望打捞起来好生葬了。这并不是韩爷记在月记里的事情，只是唐凌根据各种线索推断出的结论。总之，那么多的尸骨处理起来很是麻烦，最好的选择也只能是门前的这一片水塘了。至于为什么要这样做？唐凌也没有答案，分明只是一个梦境，一次任务，但待得久了，也有一种真假难辨，在经历历史的感觉。

唐凌的脚程很快。从唐宅旁边的山脚上山，不过一个时辰，就已经走了数里路，爬上了望溪山的一处山丘之顶。这时，回头再看，整个清溪镇已尽收眼底，但到底已经远了，小了。而他身上那身玄色的武士服，再次变幻，又变回了入梦之前那一身常规作战服。这也说明，清溪镇的任务，他已经不需要身份的遮掩，接下来的事情才是事件的核心。

线索很少。韩爷的月记除了提起焦灼之地和一处隐秘山涧，也没有再多关于具体地理位置的描述。望溪山不小，是一片山脉，如果要彻底地搜寻，按照唐凌的脚程怕也需要两三天。但这次任务给出的时限是三天。所以，按照梦之域的规则，从时间只剩下十二个时辰开始，倒计时也就开始了。

现在唐凌剩下的时间是十个时辰，他不可能搜山。而那一处焦灼之地，经过了二十年，应该已经被新长起来的植被所覆盖，想要凭借到高处去找一片荒地这种想法也趁早打消。这样说来，唐凌的时间很紧，不仅很紧，还很要命。因为梦之域在最后的时候露出了狰狞的爪牙：完成度百分之八十，评级E，可以选择退出梦之域，无奖励；完成度百分之九十，评级D，可以选择退出梦之域，可获得补偿性奖励，相关梦境物品；完成度百分之百，评级C，可以选择退出梦之域，奖励梦币一枚，获得进入神秘商铺的权限；完成度百分之八十以下，取消梦种资格。这就是唐凌得到的信息。

是很要命啊，完成度百分之百，才能得到C的评价，梦币也才能得到一枚。这样说起来，昆真是"谎言家"，他让自己以为每次入梦以后都能进入神秘商铺，还让自己觉得神秘商铺里的东西很便宜，是自己天真无邪了。

可是，唐凌并不着急，而且还仔细地分析了一下这些信息，就比如说"补偿性奖励，相关梦境物品"这一条就很意思。说明了每一个梦境也是有特殊物品，可以影响到现实的，也就意味着可以在梦境中去寻找。找不找得到是运气，但如果找不到，梦境结束后，也会给出一个关于相关梦境的奖励。就比如这次的清溪镇梦境，唐凌猜测应该是和武功之类的东西相关。这很好！让唐凌这一次梦境还没有完成，就期待下一次梦境。

另外，唐凌还嗅到了一种保护的味道。因为在完成度规则的最后一条，写明了完成度百分之八十以下，取消梦种资格。这就是保护。因为它并没有提及万一完成度是百分之六十以下呢？百分之四十以下呢？会不会有更厉害的惩罚？完全是有可能的。

不然这么危险的梦境，梦种疲惫了，想要摆脱资格，完全可以钻漏子。梦之域会留下这么大的漏洞？不，这不可能。从梦境的伤势和死亡都可以映射到现实来看，梦之域可以轻地抹杀梦种，所以……这说明第一次入梦，优待是有一些的，可是下一次入梦，说不定就危险重重了，就算在梦中没有被各种危险给弄死，也很有可能被梦之域直接抹杀。这虽然只是一种假设，但这样的假设又让唐凌不是那么期待入梦了。

思考着这些问题，唐凌还是一副很悠闲的模样，他竟然有心情一边走，一边抠下了一些带着湿气，看起来有些黏黏糊糊的泥土，放入随身的包里，很快就聚集了一大团，也不嫌沉的样子。这模样完全就像一个玩心未泯的孩子。

"差不多了。"唐凌拍了拍已经鼓鼓囊囊的包，然后利用太阳判断了一下方向，接着很快就选定了一个方向，开始飞奔起来。他的身影在山林之中灵活得就像一只猿猴，古华夏的山林比起紫月时代的莽林实在是"温柔"太多，没有危险的兽类，变异昆虫，更不会有变异的植物择人而噬，对于从小就在莽林中混迹、捕猎的唐凌，这里和平地有何区别吗？所以唐凌的速度之快，就像一道灰色的影子，让人难以捕捉。

在这茫茫的山林中，十个时辰的时间很紧吗？很充裕，即便线索很少，但毕竟是有线索的不是吗？官兵搜寻了三天，但是在第一天就发现了焦灼之地，官兵的脚程能有多快？韩爷在月记里写明，当天夜里他就已经发现了那个山洞，就算韩爷对望溪山熟悉，就算韩爷是习武之人，脚程远远快于官兵，但又能快多少？快得过唐凌？

唐凌拥有精准本能，所以他上山，第一次时间就选择了一个地势高的山丘径直而上，为的就是通过精准本能的计算，圈定一个一天内能到达的大致范围。接着，还有一条线索无比重要，那"天外来物"是自南向北而来，它会出现的方向就很固定了。所以，十个时辰的时间啊，慌什么？按照唐凌现在的能力，他可以以前文明人类最快的百米速度，跑上好几个时辰都不疲惫，这还是节省体力的做法。

嘴里叼着二级凶兽肉干，唐凌为了节约时间，很多时候选择的是直接在树丛之中跳跃。他会时不时地停留一下，咀嚼消化一条二级凶兽肉，因为按照唐凌的计划，他要追寻的并不是C级评价，而是梦之域没有给出的，隐藏在暗里的B级，A级，甚至S级评价，如果有的话。

在梦境中他成长了。实际上昨夜只要一感觉身体能够消化，转化，他就会咀嚼一条肉干。随着身体的强大，他能承受的就越多，这是一个非常好的良性循环。而在梦之域，最有效率的做法就是一次不要吃太多，最恰当的量，然后快速地消化，再重复过程……当然，如果伴随着大量的运动，效果会更好。很多道理并不高深，是相通的，就和前文明的增肌训练没有太大的差别。

所以，唐凌根本没有节省体力，他会利用一切来压榨自己极限成长。

在他以极限的速度在山林中穿梭时，搜索的范围开始变得越来越小。渐渐地，山林变得安静了一些。慢慢地，气温也变得阴凉了一些，因为这里的树林非常茂密，阳光几乎都投射不进来。

这已经是第三个重点"画圈"的疑点之地，唐凌动了动鼻子，忽然放慢了速度，从树上猛地扑了下来。

与此同时，一只吊睛白额大虎也带着一阵"妖风"，从一丛茂密的灌木丛中蹿了出来。这就是前文明的老虎？比起紫月时代的虎类，它就是一只小猫。

唐凌落地以后，直接就冲了过去，这只大虎才刚刚扬起爪子，就被唐凌刚猛地一拳直接揍在了脸上。唐凌此时的一拳绝对有接近1500百公斤的力量，而理论上800公斤的拳力就有可能打死一头牛，当然是前文明的牛。

老虎的脸颊直接凹陷了下去，但诡异的是它就如同没事一般，已经扭曲的大嘴一张，径直朝着唐凌的手臂咬去。这是唐凌早就预料到的结果，他根本不闪不避，在老虎咬来的瞬间，直接就捏住了老虎的下颚。那么大只的老虎竟然被唐凌这个看起来有些瘦削的少年，直接提了起来，呈站立的姿态开始疯狂地挣扎。

"呵呵，这就是'宇之国'的降临方式？"唐凌观察着这只老虎，原本应该金黄色的双眼，泛着一丝明显的灰白。接着，他捏住老虎下巴的手猛地朝左一扭，老虎的脖颈发出了"啪嚓"一声脆响，颈椎直接断裂，疯狂挣扎的老虎也就停止了扭动。

唐凌扔下了虎尸，却没有立刻离开，而是从随身的包里，快速地拿出了一团他收集的泥土，用最快的速度封住了老虎的七窍。老虎的尸体开始诡异地膨胀起来，腹部很快出现了一个鼓胀的小包，里面有东西窜来窜去，然后又开始疯狂地挣扎。那一块的毛翻了起来，露出了虎尸灰白色的皮肤，那灰白色的皮肤也开始快速地变得透明。

可唐凌也不是什么都没有做，他已经通过钻木取火的方式，快速地制作出了一根火把，然后直接点燃了虎尸。火势汹汹，老虎的尸体之中出现了几声怪异的"扑哧扑哧"，然后彻底地安静了下来。唐凌明白，他选择的方式虽然古老，但是有用。

可接下来的行程怕不是那么好走了，因为唐凌刚一抬头，发现从某种意义上来说，他已经被包围了。在他的身旁出现了三只狼，两只野猪，一只虎，还有两头丛林豹，不，正确的叫法应该是尸狼，尸猪……这只是开始吧？唐凌挑衅地冲着其中那只尸虎勾了勾手指，随着那只尸虎的一声咆哮，一场战斗再次开始。这是一场没有任何悬念的战斗，只不过五分钟，地上又多了几具尸体。

并不是每一具尸体唐凌都来得及封住它们的七窍，但是那类似于魔鬼真菌的东西一出现，要有一个诡异的成型凝聚的过程，然后才会散开。只要在这之前点燃它就行了。

其实魔鬼真菌畏火，唐凌也只是瞎猜的，就像紫月时代处理尸体的方式一定是火化，表面上看是要将尸体烧成灰烬，实际上是不是也是隔绝魔鬼真菌的方式呢？

笃定了这一点，唐凌更加安心。他发现，如果不是这些被控制的动物，可能他会错过这一片地方。

在常识里，被火烧过的地方就算出现了新的植被，也一定和周围的丛林有所不同，最明显的就是"新"和"低"于周围的丛林。这里却完全是相反的——大树遮天蔽日，灌木丛郁郁葱葱，就连杂草也比周围茂密。这说明这里有着充足的养分，虽然这应该不是全部的原因……想着，唐凌拔刀，在一棵树下挖掘了起来，结果就和他预料的一样，在树下有着七八具已经半腐烂的尸体。

一幅可怕的画面已经在唐凌的眼前展开，人类的坟地，或者人类偏僻的村落，被这些魔鬼真菌控制着的尸体，寄生了的活死人，在漆黑的深夜，摇摇晃晃地上山，然后被当作了食物，当作了养料……受害的，哪里只是王河县？！如果任由其发展下去，这会是一个比紫月还要可怕的时代。

这些真菌，唐凌早就有推测，它们当然不是紫月时代的魔鬼真菌，它们是比魔鬼真菌还要高级的生命体，它们有智慧，有意识，能够和活人（韩爷）共生，能够控制死人，它们还似乎能够听从指挥。这是非常可怕的，一旦涉及到"有组织"三个字，都是可怕的！这个指挥的中心就是"菇菇"，因为它是母体！自己杀了韩爷，它应该会彻底疯狂，从此以后侵吞占领这个世界，怕就是它唯一的目标，因为除了韩爷，它对任何人类都没有感情，也不可能有感情。

所以，梦之域的清溪镇任务最高难度已经出现了——彻底消灭它们。

从根本上来看，这是不可能的。因为"菇菇"在这些年月不知道已经孕育了多少幼体，假设每一个幼体都有成为母体的可能，放过一个，都是无尽的灾难。想想吧，如果最后要面对的是铺天盖地漫天飞舞的孢子，就算有一百个唐凌也无法完全将其消灭。

另外事情还有疑点，就是——那具像猴子一般的尸体，那是怎么样的一个存在？但都没有关系了，唐凌要接受这个挑战！生死一线，总是有一线的，不是吗？

唐凌一手拿着长刀，一手举着火把，在这片有些阴暗恐怖，每一棵树下，每一片土地下都是尸体的林中前行。就像一个唯一带着光芒的点，唯一的那一丝希望。

十个时辰的时间，已经不知不觉过去了十分之三。在唐凌前行过的道路上，处处都堆满了各种动物的尸体，还能怎样丧心病狂？在这片密林之中，就算一只鸟儿也被真菌寄生了！这种无差别的"消灭"，让唐凌的心中充满了愤怒，没有经历过末世的人，不会懂得这种情绪。即便不是同样的原因，唐凌也似乎从中看到了一个文明覆灭的影子，就像前文明就这样无声地崩塌了。

这是梦，这只是梦境，唐凌一再地提醒自己。但吹过的风，风中摇曳的叶子，树下埋着的尸体似乎不甘的姿态，都在给唐凌制造一种真实。这种真实固然不能迷惑唐凌，但这让唐凌会时时不由自主地代入现实的紫月时代。

在紫月时代人类还存在着，而在这个梦境中，自己如果没有达成最完美的完成度，人类绝对会覆灭。这是多么可怕的结果，紫月时代也会迎来这样的结果吗？一丝莫名的情绪在唐凌心中滋长着，也将这愤怒的火焰放大，他马不停蹄地搜寻着韩爷月记里所谓的山涧，可是这一片焦灼之地几乎被他翻遍了，也没有看见什么山涧。山涧是什么样的地形？具体地说来是一道带着水沟溪流的山谷，按理说那么明显的一个地带，是如何能隐藏起来的呢？

天色更加暗沉了，火把噼啪燃烧的声音略微有些刺耳，让一向冷静的唐凌也略微焦急了起来："是藏在什么地方呢？"唐凌索性坐了下来，深呼吸了好几次，让自己冷静下来。"水"在这个时候，似乎成了唯一的提示，而"隐藏"这两个字又成了一个提示。唐凌努力地把这两个关键词组合起来，然后忽地从地上一跃而起，朝着这片曾经的焦灼之地的某一处跑去。是一处灌木丛生的地方，看起来是如此的不显眼，唯一值得注意的是在这里的灌木丛中，有一个半人大小的洞口。

唐凌用火把照过这个洞口，当然只是随意地一照，发现里面不大，也就放了过去。

他被常识束缚住了。因为在唐凌的常识之中，山涧是有水的山谷，地形是向下的，正确的找寻方式应该是朝着整片地方"倾斜"的一面走下去，就自然能发现山涧。

正常人都很难将一个洞口和山涧联系起来，何况这个洞口是在焦灼之地的边缘，靠近一处山丘，是向上的走势。但如果，山涧藏在这座形状怪异的山丘之后，只有穿过这个洞口才能发现呢？再仔细看，这个山丘很是怪异，说是山丘，更像一个被削平了一半的土包。因为过去了二十年，它重新被茂密的植被所覆盖，不仔细观察根本发现不了，它的顶端是平的。

这让唐凌仿佛看见了二十年前，那天外来物坠地时的场景，它坠落在这座山丘上，泄漏出来的东西，倾洒在这片焦灼之地和山丘后方的山谷，然后慢慢地侧倾，最后"轰"一声坠入了山谷。

就是这里！唐凌压抑着心中的兴奋，猫着腰钻入了这个入口只有半人大小的洞穴之中。刚刚进来不久，他就发现一块巨石侧立，正好挡在了能够深入这个洞口的通道之中，只留下了一个缝隙，人只有侧着身体才能过去。也因为这样，从外面看，这个洞口就是一个小小的洞穴，根本就没有路。这也就是当年官兵错过了真相，唐凌也差点错过真相的原因。

找到了路，唐凌略微有些焦急的情绪也慢慢平复了下去。从缝隙通过以后，这漆黑的洞穴里湿漉漉的，里面全是一只只巨大的蝙蝠。毋庸置疑，这些蝙蝠也不再是正常蝙蝠，在唐凌进入以后，这些蝙蝠开始疯狂地攻击唐凌。唐凌也不会浪费机会，这些速度极快的飞舞之物，和神经反应速度的测验有什么区别？实际上，唐凌还听说这是17号安全区训练神经反应速度的一种方式，只不过收费不低，唐凌这样的穷鬼自然没有办法享受。

这些蝙蝠无疑给了唐凌一次训练的机会。所以，唐凌挥舞着长刀，一路厮杀，以他优秀的神经反应速度，这些蝙蝠还真有些不够看，麻烦的只不过是每杀一只都要及时地烧掉它们。

在唐凌这样对自己的刻意训练之下，这个黑暗的洞穴慢慢变得有了一丝光线。这丝光线渐渐明亮了起来，伴随着风吹入洞穴的声音。再没有蝙蝠了，山涧也近在眼前。

已经连续经过了两番恶战的唐凌，迫不及待地想要去揭开这最后的答案。他举着火把，加快了脚步，跑向了这个洞穴的出口。

可刚刚踏出洞穴，还没有来得及看一眼韩爷所提的那山涧是什么样子，一只绿色的，看起来有些枯瘦，却透着一种钢筋铁骨感觉的爪子，忽然毫无征兆地，如风一般地朝着唐凌的面部袭来。好快的速度，唐凌一个仰倒，才勉强避开了这一次的袭击，但他连喘一口气的时间都没有，一个半人大小的绿色物体就朝着他冲了过来。这是什么东西？！

第169章　疯战

唐凌一脚蹬出，忽然觉得自己刚才的那个想法有些愚蠢，这个扑来的绿色影子还能是什么东西？这恐怕就是"猴子"吧！

犹如蹬在一块铁板上的脚感，伴随着"吱吱哇哇"的声音，那团绿影被唐凌一脚蹬出了十几米远。但它灵活的身体在空中翻了两圈，就轻巧地落地了，冲着唐凌呲牙咧嘴，一副凶狠的模样。

唐凌起身，活动了一下微微有些发酸的脚，神情已经变得严肃起来。他刚才那一脚，虽然因为各种原因，没有能使出全力，但要是放在其他动物身上，绝对能一脚踢碎它们的骨头甚至内脏。但这"猴子"没事，那意味着其有多么强悍的身体！还有速度，虽然以它现在爆发的速度，绝不可能伤害到拥有精准本能、神经反应速度惊人的唐凌，但要是数量多了的话……

想到这里，唐凌眯起眼睛，打量起眼前的猴子。是猴子吗？眼前这个和唐凌相隔十几米，全身覆盖着犹如青苔的绿毛，爪牙锋利，身形像猴子，脸更接近人类的怪物，根本不是前文明的生物。至于紫月时代有没有这种生物，唐凌不了解，因为他的活动范围现在还没有超出17号安全区，所知也只是来自于17号安全区残缺不全的资料库。

因为吃了亏，一时间这只绿毛猴没有再攻击唐凌，而是恶狠狠地盯着唐凌。唐凌也不理会它，而是直接望向了这个寻找已久的山涧，只是一眼，就让唐凌倒吸了一口凉气。这里……就像一幅怪诞画，和整个星球的环境格格不入。

淡绿色的流水两旁长满了各种形态怪异的蘑菇，大的有十几米高，菌伞就如凉亭大小，而小的呢，就和正常的蘑菇差不多大小。它们五颜六色，只是没有像"菇菇"那样的绿色，也没有紫色。在蘑菇丛中，时不时就能看见这种"绿毛猴"来回穿梭跳跃，而在蘑菇的根茎之下，则堆满了尸体。各种尸体，人类的，动物的，甚至还有昆虫的。很多尸体都已成骨骸，而还有些尸体分明就是新鲜的，但这里并没有强烈的腐臭，反而是一种怪异的味道充斥着整个山涧，掩盖了腐朽的味道。这蘑菇丛林沿着山涧水流顺流而下的溪水扩散，长满了两岸，在靠近源头处最为密集，到了下游处慢慢稀疏。

而源头处！唐凌握着长刀的手有些微微颤抖，他在源头处看见一艘飞船，残破的飞船。一半船体嵌入了山丘之中，一半船体裸露在外。裸露在外的那一部分，不是前文明人们描绘的碟形，而是呈梭子型，梭子的顶端呈张开的伞形，只是破碎得厉害，像一把残缺不全的巨伞。

除此之外，在这片区域最多的活物就是被控制的各种"尸体"，动物的，人类的。它们有的叼着新杀死的猎物，扔在蘑菇丛中，而人类的尸体似乎更灵巧，因为五指的存在和能够直立走路，能胜任更细致的工作。所以，它们提着最简陋的木桶，在蘑菇尸丛中收集着一种产自蘑菇茎上的液体。收集满以后，就一桶桶地提向嵌入在山体之中的飞船。

"呵呵。"唐凌发出一声冷笑，他已经无从探究这一切究竟是在做什么，他只是想知道，从这飞船落地在这里以后，二十年间究竟扼杀了多少这个星球上的生命。这也就是丧心病狂的韩爷所见识到的"宇之国"？这分明就是赤裸裸的侵略，这荒诞不经的画面应该是重现了飞船"母星"的部分生态圈，它们以这种方式在这里重生了，然后慢慢地扩大，最终将这里打造成它们的第二故乡，是这个意思吗？

唐凌握着刀，只跨了一步，就走出了身后的洞穴。站在了这处看似很美，却堆满尸骨，带着一丝恐怖色彩的山涧之中。脚下传来的感觉是带着黏腻的湿滑，无数混杂着尸体的液体和类似于孢子的颗粒组成了这种湿滑的地面，中间是无辜的、被掠夺生命的这个星球的"血泪"。

下一秒，那个一直盯着唐凌的绿色猴怪就冲了过来。唐凌头也没回，反手一刀，刀光闪过，坚韧的C级合金长刀直接切下了这只绿色猴怪的一只爪子。接着，唐凌整个身体忽然朝前一冲，踩着尸骨一跃而上，撞烂了一朵高五六米的红色蘑菇，也顺势躲过了从身后扑来的一只绿色猴怪的攻击。

被切断爪子的猴怪发出了尖锐的叫声，那些在蘑菇丛中穿梭的猴怪和被真菌控制的尸兽、尸人开始快速地聚集在了一起。看样子这山涧就是梦之域清溪镇的最后战场。一切和唐凌预估的都没有偏差。

面对这一切，唐凌的心情非常平静，只有一种进入战斗的兴奋感开始从心中升腾。他有聪明的大脑，但除非有必要，他不喜观察，也不喜分析，更不喜欢调查推敲，即所谓的运筹帷幄。他更崇尚暴力，崇尚以杀戮来发泄愤怒，来警告，来震慑，来快意恩仇，来祭奠流过的血泪和刻骨的仇恨。所以，他只是冷静地看着空中飘来了一缕绿色的风，包裹住了那只被切掉爪子的猴怪。冷静地看着那猴怪长出了新的爪子。冷静地看着各种魑魅魍魉聚集在一起，任由脑中传来任务提示：

"发现万菇山涧，任务完成度百分之七十。

"发现高级复合生命体——绿菌傀人，任务完成度百分之七十五。

"发现残破母船，任务完成度百分之八十。梦种0233是否选择此时退出梦之域。选择是，三分钟后将出现域之门，通过域之门，可脱离梦之域，完成此次任务。选择否，任务完成度达到百分之九十才有再次选择权利。"

呵，这就是"梦之域"。所以，就不可能有轻松的事情发生，生死一线就是生死一线，即使选择完成度最低的百分之八十，也需要在这里坚持战斗过三分钟，才能全身而退。

这样的战斗可怕吗？非常可怕，原来那猴子是绿菌傀人，是一种人？它几乎是不死的，只要那绿菌存在，它就是不怕受伤、不惧死亡的无敌存在。想要消灭它，就要彻底地消灭绿菌，而想要彻底的消灭绿菌，又要去灭掉这一群绿菌傀人。简直完美啊，一个死结般的循环，除非力量强大到可以短时间全部秒杀它们。

唐凌能做到吗？不能！但支撑三分钟是没有问题的。不过，三分钟也已经是极限，这些绿菌傀人身体犹如钢铁，速度极快，灵活性极高，一群扑上来，唐凌要面对什么样的战斗？且还不说那些尸人、尸兽……

另外，还有一点极其可怕的东西——传染性。这种和魔鬼真菌相似的绿菌，会没有传染性吗？唐凌是绝对不敢去赌的。

可是……可是啊！唐凌的脸上浮现出一抹嘲讽的笑容，他嘲笑自己更像一个投机者，只要有那一线的机会，就绝对会去投机。除此之外，他是一个信奉"付出"的人，他讨厌等待，讨厌按部就班，他情愿用生命去付出，换得更大的报酬。就比如说极限战斗。

所以，这十几秒，唐凌只是平静地将手中的火把横着咬在了口中，将战术腰带上的一截挂钩皮带取了下来，死死地将手中的长刀和手绑在了一起。至于还剩下一半多，三斤左右的二级凶兽肉干也被他从背包里拿了出来，就放在了最顺手的上衣兜里。

想想就很刺激，极度痛苦下的战斗，需要更多的杀戮来发泄吧。至于虚弱期？不，没有虚弱期，在某个时刻，他会直接爆发，也就是呼唤种子变身。成功率？大概在百分之四十吧，四成的把握难道不值得一赌吗？远远大过于生死一线了吧？

唐凌开始彻底兴奋起来，连呼吸都有些急促，虽然那模样就像害怕得在颤抖，但在脑中，他轻描淡写地选择了——"否"。

那一瞬间，似乎就是对梦之域发出了一个开战的信号。聚集在一起的绿菌傀人疯狂地扑向了唐凌，而唐凌向前跨出了一步，下一秒就如风般地跑动了起来。扬刀，相遇，刀光闪过，一只冲在前方的绿菌傀人直接在空中就被切割成了两半。看吧，好消息不是没有，至少C级长刀的强悍，能够完美地破防。

　　一念之间，唐凌一个转身，一条腿就如最凶狠的鞭子，在空中划过一道完美的弧度，"嘭"的一声就和左边扑来的两只绿菌傀人撞在了一起。与此同时，如同毒刺般的"狼咬"滑出，反扣于手，右手手腕一个甩动，"狼咬"露出了最尖锐的刀尖，"噗"的一声刺入了一个绿菌傀人的耳中。

　　拔出"狼咬"，收回刚才踹出了最完美侧踹的腿，唐凌一个弯腰，一个标准的"铁板桥"避开了从上方扑击而来的绿菌傀人。同时双手反手撑地，一个用力，整个身体倒立起来。旋转身体，双腿张开，如同舞蹈动作般的优雅，双腿从上空一旋而过，扫飞了三只绿菌傀人。接着趴下，略微屈身，身体就如同火箭一般冲了出去，撞向了一头巨大的尸虎，尸虎咆哮了一声倒地，却被唐凌一把抓起，像拿着一个巨大的沙袋一般砸出，砸开了靠近他身侧三米范围的一切怪物。

　　这是战斗？不，这是一场完美的表演，毫无缝隙的搏斗连接，没有一丝一毫的多余动作，行云流水之中带着一种极限的暴力美感。这是精准本能和身体极限控制能力的杰作。这只是开始，是热身，是一首澎湃战斗曲响起时，那开篇的第一道战鼓擂响之声。

　　唐凌在前行，一直在前行，朝着那残破的飞船，在这尸山菇丛中步步前行。不死的怪物？不，不存在的，它们在唐凌眼中只是增多了的敌人。从一个变为了十个，百个。但那又如何？唐凌要的是极限，是疯狂，是累积的愤怒在冲击着悬崖之壁，要砸开一个出口，然后奔涌而出。只有杀戮，最冷酷的杀戮，用这样杀戮来成全心中的慈悲。或许，这就是慈悲！因为唐凌——怜悯。

　　三分钟过去了。

　　五分钟过去了。

　　十分钟过去了。

　　原本带着诡异美感的蘑菇丛被唐凌杀出了一条凌乱的"血路"，不计其数的尸兽、尸人堆积在这条血路之旁。无数次被"修复"的绿菌傀人，也一次次悍不畏死地扑向唐凌，它们本来就无所谓死亡，它们被唐凌的疯狂挑起了凶性，剩下的也只有不死不休。

　　唐凌的呼吸越来越粗重，汗珠随着脸部的弧线不停地下落，偶尔会从眼前滑落。但是极限呢？还是没有到极限。身体之中的力量还在，速度还在，神经反应速度也没有慢下来。就这种程度吗？唐凌觉得是不是还需要再刺激一些。

　　在这时，从残破的飞船之中蹿出了两只体型巨大的绿菌傀人，它们的眼中竟然闪烁着智慧的光芒。它们站在飞船的顶端咆哮着，跳跃着，却并不攻击唐凌，像是在指挥着什么。指挥着什么呢？那群绿菌傀人竟然全部停止了对唐凌的进攻，开始四下散开去。仔细一看，它们竟然三五成群开始守护着一定范围内的蘑菇。

唐凌眯起了眼睛，他似乎有些懂那两只体型巨大的绿菌傀人的意思了，原来是指挥着这群智慧低下的绿菌傀人守护这里的一切，不要傻兮兮地只知道战斗。原来，更在乎的是这些蘑菇啊？唐凌的眼中流露出一丝带着疯狂意味的笑意，从口中取下了那支火把。

很在乎吗？唐凌举起了手中的长刀，"唰"的一下，就将火把一分为二，其中一半重新咬在了口中，另外一半则拿在了手里。"以为我没有猜到吗？"唐凌背对着飞船，慢慢地后退，像是在防备什么。

此时，经过十多分钟的战斗，他已经非常接近山涧的源头，那处"镶嵌"着残破飞船的山丘。而在那里，还有尸人在忙碌着，提着那一桶桶，从蘑菇上收集的淡黑色液体，朝着飞船里搬运，仿佛这里发生的一切都与它们无关。

无关吗？唐凌忽然动了，如同出笼的猛虎，身体猛地朝着右后方撞去，一只距离他不到五米，提着木桶在走动的尸人，被唐凌猛地撞翻在地。手中的木桶也飞了起来，唐凌一个跳跃，直接在空中抓住了这只木桶。站在飞船上的两只巨型绿菌傀人发出了尖厉的叫声，才四处散开的小绿菌傀人再次疯狂地扑向了唐凌。

"哈哈。"唐凌的笑声之中带着狂放，他毫不犹豫地将手中的火把插入了满是淡黑色液体的桶中。火把没有熄灭，反而蹿起了冲天的火焰。

只是一瞬，唐凌就将这一桶燃烧着的液体泼了出去，朝着那种巨大的，呈灰白色的蘑菇泼去。以唐凌的精准和力量，想要泼到这距离他只有十米不到的巨大蘑菇，简直不要太容易。

伴随着巨型绿菌傀人的尖叫声，那道被泼出的液体，就像一条燃烧着的火蛇，在空中画过了一条优雅的弧线，就全部落在了灰白色蘑菇巨大的菌伞上。"轰"的一声，从灰白色的蘑菇上传来了一阵爆裂的声音，一条巨大的火龙如同被召唤了出来，冲天而起，火势瞬间汹汹。巨型的绿菌傀人疯了，其中一只快速地窜回了飞船，另外一只则疯狂地冲向了唐凌。

唐凌就站在火焰之旁，持刀的身影在火焰的衬托下，就像一个来自地狱的杀戮使。他没有半分的畏惧，更大的兴奋刺激着他的大脑。他面对冲过来的巨型绿菌傀人直接迎了上去。而在他的身侧成群的小型绿菌傀人发疯般地冲入飞船，没有人再理会唐凌。

当然唐凌也不想理会它们，他要战，他只想战斗。在唐凌的脑中，已经出现了梦之域的任务提示：

"发现并摧毁一朵"转能尸菇"，开启支线任务——根源摧毁，完成度百分之二十。

"达到完成度百分之四十，奖励梦币一枚，提升主线任务完成度评价少许。

"达到完成度百分之六十，奖励梦币两枚，提升主线任务完成度评价少许。

"达到完成度百分之八十，奖励梦币五枚，提升主线任务完成度评价少许。

"达到完成度百分之百，奖励梦币十枚，提升主线任务完成度评价一阶。"

"真是，小气啊！"唐凌心中发出了这样的感慨，就算完成了百分之百，也就是十枚梦币，把完成度从B提升到A这样。可是，主线任务完成百分之百也只是C啊，他现在开启的任务全部完成，也只是到B？那么A在哪里？如果有S，又需要做到什么？

在这样的念头之下，唐凌和巨型绿菌傀人疯狂地撞击在了一起。如同两颗刚刚出膛，带着极大动量的炮弹在空中相遇，彼此相撞爆发出的撞击力量，发出了一声沉闷的，让人牙酸的声音，也产生了一道劲风。就是这道风，都刮倒了一只无辜的尸人……接着，两人无声地分开，唐凌一连倒退了十几步，然后喷出了一口鲜血。至于那只巨型绿菌傀人，则只是倒退了一步，就稳住了身体，眼中带着冰冷的仇恨光芒，死死地盯着唐凌。

终于，遇见了打不赢的家伙吗？终于，梦之域展露了想要提升评价的难度，是多么困难的一件事情，近乎不可能完成吗？但唐凌很兴奋，他知道这时的力量已经不能用出拳的力量来衡量了，而应该用更复杂的计算方式。这种计算太繁复，就如一个人爆发的咬合力、冲击力、拳力都是力量的范畴，主要来自于骨骼肌的收缩。简单一点的转换，就用一头牛的力量做标准。唐凌此时的全身力量相当于两头公牛的力量，简称二牛之力。那么那巨型绿菌傀人的力量应该在三牛甚至三牛以上。曾经古华夏用过九牛二虎之力形容力量巨大，现代人形容力量更喜欢用马力，反正内里的核心都是一样，找一个参照物，换算为一个容易理解的数值。

面对这样力量远远强于自己的家伙，唐凌屈服了吗？他需要快速地把完成度达到百分之九十，然后退出梦之域吗？不，唐凌有的只是兴奋。他"吓"

的一声，吐掉了口中残余的鲜血，来自肋骨的疼痛强烈地刺激着他。刚才那一撞，他的肋骨骨裂了。但只要不要影响行动，疼痛是最好的兴奋剂。

力量比不上，那速度呢？唐凌竟然主动地再次冲向了巨型绿菌傀儡人，这一次不是力量的直接对撞，而是一场速度的极致表演。他们再次战到了一起，在火光中，在来来回回纷纷扰扰的小型绿菌傀儡人之中。在已经快要彻底暗淡下来的天幕之下。只能看见刀光带起残影，如同一朵银白色的花朵盛放在夜色下。也只能看见无数的绿色爪影，如同衬托银白色花朵的绿叶，层层叠叠地环绕着刀光……

唐凌没有学过所谓的刀法，他有的只是速度。巨型绿菌傀儡人也更不知道所谓的搏斗技巧，它连现代搏击究竟是什么都弄不清楚，更别提古华夏的古武，它有的也只是速度。以快打快，连绵不绝，你来我往。这样的极限搏斗，只是不到两分钟，两人又一次碰撞之后，再度分开了。

唐凌开始剧烈地喘息，身上的常规作战服出现了条条撕裂，一道道伤口开始出现在他的身上，泛起一道道血痕。反观巨型绿菌傀儡人身上的绿毛也被削掉了不少，身上也出现了裂开的伤口。

可是，唐凌是吃亏的，他不可避免地要面对感染这个问题了。但巨型绿菌傀儡人没有感染的问题，甚至只要补充绿菌，它就能恢复如初。另外，速度也是唐凌输了。虽然没有在力量上的差距那么大，但唐凌慢上一丝是不争的事实。唐凌一点都不畏惧面对事实，越是有差距，反而越能够刺激他。只不过，时间不多了。

还有最后一种办法，可以一试——那如果是精准本能加上神经反应速度，以躲避为主，然后找机会爆发最为凌厉的一击呢？巨型绿菌傀儡人显然对于战斗没有唐凌那么多的思考，也没有唐凌对战斗的疯狂，他只想快一点儿碾死这只破坏一切的低等生物，重建万菇山涧的秩序。所以，双方再次战在了一起。

唐凌最后的战斗方式，显然是最为有效的一种。在精准本能高速的运转之下，绿菌傀儡人的攻击慢慢失效了。唐凌的躲避开始变得诡异且带有预知性，几乎与它的攻击形成了一个恰好的"相对面"。面对莱斯特银背巨熊的那一幕再次上演，就像一人一兽在进行一场配合表演。

这样的战斗是唐凌能负担的最高极限，因为精准本能在快速地运转，要达到精准本能的预演，跟上精准本能的速度，他必须调动全部的能力全力以赴。力量、速度、反应，甚至全神贯注的精神力……而一连三场的战斗，再一次证明了唐凌的疯狂和对战斗的极致追求，他竟然用比他强大许多的巨型绿菌傀人当作自己的"磨刀石"，修整，思考，全方位地结合自己的方式战斗。

三十秒以后，唐凌的"狼咬"从巨型绿菌傀人的眉间划过……

四十二秒以后，巨型绿菌傀人的腋下被"狼咬"刺入。

它似乎非常珍惜自己的躯体，就这样一击之后，竟然吼叫着主动退开。

唐凌摇摇晃晃，有些站不住了。自己终于到了极限，否则这最后一场战斗应该会有更精彩的表现吧？而时间不多了，游戏也终于要开始进入收尾了。

那些小型的绿菌傀人已经从飞船中冲了出来，全部都拿着木桶，在绿色的溪水中打水，开始疯狂地灭火……有用吗？没有，它们必然很快就会功亏一篑。

巨型绿菌傀人的表现被唐凌看在了眼里，他越发对自己最后的疯狂计划有了把握。他趁着那只爱惜自己的巨型绿菌傀人在畏缩不前，忙着修补伤口的时候，抓了一把二级凶兽肉干放入了口中。他不知道肉干的数量，只是疯狂地咀嚼，吞下去一小口以后，接着又补充几根进去。这已经不是疯狂了，是完全地癫狂！

一场看似无穷无尽的冗长战斗，成败其实往往只在最后的几分钟。而唐凌只有这几分钟的时间。所以……出现吧，复苏吧，在这些天不停地被能量浇灌的种子。巨大的痛苦随着肉干一口一口地被咽下，如同一团烈火包裹着唐凌，他开始在心中疯狂呐喊。手上的动作也没有停下，还在往嘴里塞着肉干。

所以……你的出现需要强大的精神力，而我之前的精神力不足够，然后才需要足够的刺激。上一次仓库区任务，我成功了，说明我的精神力处在能够和你配合的临界点了，对不对？

唐凌的身体开始颤抖，他没有动用进食术，完全没有必要，因为当他和种子结合以后，那具强悍的身体会有更加强大的消化能力。

所以……这些天，我在梦之域也在成长，成长是不是包含着精神力？只是这一点不确定，我只有四成的把握。可是四成足不足够？如果面对的是敌人，它远远不足够。如果面对的你，一成我也敢赌。因为，我们共生，因为，我们血脉相连……所以，出现吧！

唐凌咀嚼下了最后一口二级凶兽肉干，这一次剩下的凶兽肉干被他吞下了一半，就是整整一斤半。这是何等地癫狂？几乎全身的每一个细胞内都燃烧着一团熊熊的火焰。

就算唐凌的身体是"贪婪"的，种子是"贪婪"的，这次也被胀到了极限，唯有最剧烈的战斗，才能彻底地发泄。战斗中的疯子——唐凌，又一次在战斗中摆开了一场赌局。没有半分拖延，立刻就要揭开底牌。这一句"出现吧"，他几乎是嘶喊出声，这个声音伴随着他巨大的痛苦，狂热的战斗欲望，无尽的愤怒，还有癫狂的兴奋一起呐喊而出！

种子在心脏之中被唤醒了。炸裂般的，熟悉的力量比凶兽肉带来的痛苦烧灼速度更快，瞬间就涌向了唐凌的四肢百骸。巨型绿菌傀人很了不起吗？巨型唐凌，你要不要试一试？

转换只在一瞬间完成，一个凶悍的，让人只一眼就充满了窒息感的战斗机器出现在了万菇山涧！

倒计时——五分钟。这就是变身的时间，最后的疯狂开始了。

唐凌依旧捡起了刚才因为嘶吼掉在地上的火把，重新咬在了口中。看似慢条斯理的动作，随着他猛地一抬头，血红的双眼所露出的疯狂光芒而炸裂了。他动了，只留下了一道残影，下一刻就已经出现在了巨型绿菌傀人的身前。拳头，扬起，只是在空中一闪，就落在了巨型绿菌傀人的身上，发出了"嘭"的一声闷响。

巨型绿菌傀人下意识地开始反抗，可是本身已经被感染，对此毫不在意的唐凌根本不在乎。以伤换伤，何况你能伤我？一拳接着一拳，组成了一帘最狂暴的急雨，密密麻麻地在巨型绿菌傀人身上点点落下。每一下，都会发出一个沉闷的响声，都如同最激烈的战鼓响起。

不需要精准本能，也无所谓反应速度，连闪躲都没有，只有狂热的进攻。种子爆发以后，是疯狂加上疯狂，癫狂堆砌癫狂。战，最发泄的战！

唐凌只用了二十几秒，就将眼前的巨型绿菌傀人打成了一团不成型的肉饼。但它不会死，它会修补自身。

可唐凌破坏的欲望是如此强烈，他直接拎起了这一团"肉饼"，干脆地把它撕成了几块，扔到了地上。就算不死，也要让它付出最大的代价修复，不是吗？

倒计时——四分半。

唐凌如风一般地冲向了那艘残破的飞船，巨大的身体竟然灵巧地一跃而起，抓住了高处的一块凸起的岩石，然后再一次一跃，直接跃到了飞船的顶部。入口就在顶部。

唐凌在飞船之顶跑动，整个残破的飞船发出了"噔噔噔"的沉闷响声，微微颤抖。入口就在眼前，唐凌冲过去，一跃而下。

"进入飞船内部，主线任务完成度百分之九十。

"梦种0233号再次获得选择权限，退出梦之域，域之门将于三分钟后出现。拒绝退出，下一次选择权限，将在完成度百分之百后出现。

"提示，此场景高度危险，此场景高度危险。"

第170章　证据链

"此场景高度危险？那会是有多危险？"唐凌并不是在思考这两个问题，而是在兴奋。这个状态的他，是为战而生的他，他根本不怕所谓的危险，他只怕不可战，不能战！危险吗？倒计时在唐凌的脑海之中不停数秒，五分钟的时间如今只剩下四分二十五秒。

他毫不犹豫地选择了否。抬头，眼前是数十个巨型绿菌傀人。

真是……好啊！唐凌的眼中闪烁着嗜血的兴奋，扬起了手中的C级合金长刀，冲向了这群巨型绿菌傀人。

危险？是，的确是高度危险场景。

如果普通状态下的唐凌冲入其中，必死无疑，没有丝毫的希望。战斗状态的唐凌呢？也不可能胜利，只不过能够拖延死亡的时间。因为巨型绿菌傀人可以无限复活，还要算上感染的风险。但，如果无视感染的风险，也不在乎它们无限复活呢？

那么，剩下的，就只有将这些"杂碎"杀了一遍又一遍的爽快。

C级合金长刀再一次切开一只巨型绿菌傀人的皮肤，从锁骨处沿着中线，一路向下，一条巨大的口子完美地拉开，没有鲜血，也没有任何液体，只有裂开的一层厚厚的绿皮，像一张小丑绽开的笑脸。里面是一丛丛的绿菌，就像一个活体养殖场，唐凌皱眉，一脚踢飞了另外一个扑来的巨型绿菌傀人，拿下口中的火把，一把塞进了这只巨型绿菌傀人的肚子里。这只巨型绿菌傀人发出了悲鸣声，肚子里的绿菌丛立刻就燃烧了起来，它转身踉跄地朝着飞船内部跑去，唐凌并不追击。他知道火焰是他手中对付绿菌唯一的克星，但这样的效率并不足以让他在剩下的时间里解决全部的问题。

倒计时——四分十五秒。

唐凌嘶吼一声，手中的长刀一个旋转，荡开了一群密密麻麻挡在前方的巨型绿菌傀人，然后朝着一个方向冲了过去。这就是所谓外星人的飞船内部吗？前文明无数的猜想，和记载在书里许多的画面，恐怕都失算了。

至少这一艘飞船的内部结构，与他们的猜测相去甚远。没有所谓的科技感，没有随处可见的线条营造出来的现代感，没有透明的高级复合材料，甚至内部都没有金属……金属只是包裹在外部已经半锈蚀的那一层。飞船内部只是一个淡黑色的大厅，连接着许多的通道，通道的两侧是许多所谓的"舱室"，还有一条条犹如根茎的物体肆意地交错支棱着，似乎可以通过它们上上下下。这里到处都充满了一种怪异的腐朽枯败感，双脚奔跑在上的感觉就像踩着一层没有生机的皮肤。

唐凌疯狂地在飞船内部跑动着，他的身后是追击的巨型绿菌傀人，身前也有许多挡路的巨型绿菌傀人。但唐凌已经不在乎受伤了，他如同一头野兽，遇见了挡路的，就直接撞过去，杀过去，长刀、匕首、拳头、手肘、膝盖，甚至是牙齿……任何的一切都是他的武器，只要能够有效打击，只要能够撞开敌人，让他前进。他就如一滴滴入了沸腾油锅的水滴，在油锅之中引起了巨大的爆裂，溅起了无数的油花，但却不会被任何事物所阻止，除非这滴水滴彻底地干涸消失。

倒计时——三分四十秒。

时间有些紧迫啊，巨大的痛苦翻腾得越发厉害，二级凶兽肉干在这具身体的作用下，被消化得尤其快。痛苦并不是没有作用，它一如唐凌所想，这是对他巨大的刺激，同时也让人对来自战斗的痛苦再无感觉。所以，"咔嚓"一声，唐凌面无表情地掰正了刚才因为撞击而脱臼的手臂，然后继续前行。

三分三十五秒。

距离唐凌所能望见的目标之地，还有三十米，前方后方狭窄的通道聚集了十二只巨型绿菌傀人。

三分三十秒。

唐凌前行了十米，前方的三只巨型绿菌傀人被打倒在地，一只被唐凌踩在脚下，当作了跳板，一跃而前……

三分二十五秒。

唐凌站在了一条巨大的黑色根茎状物体前面，一只根本没有参与战斗的尸人，正在往根茎之下的那个巨大空洞倒着淡黑色的液体。

　　五分钟的时间，快过去了两分钟。在这两分钟里唐凌用最激烈的战斗打开一条血路，只为了证明他脑中的一个重要猜测，即他至少能够保证以A级评价完成整个任务，这就是那生死一线之中的一线！

　　在唐凌的目光中，那只提着桶的尸人已经倾倒完毕了手中的淡黑色液体，再次朝着飞船外走去。又一只尸人上前，朝着巨大孔洞的下方倾倒桶中的液体。孔洞之下，是一摊厚厚的灰白色的灰烬物质，在灰烬物质之上，是一丛丛，一簇簇枯萎的菌丛。这些菌丛都围绕着一个巨大的根茎生长，这巨大的根茎此时就和飞船的整体一样，呈现出一种腐朽枯败的感觉。但，也不完全是这样，因为在它的周围灰白色的灰烬物质上，已经有了一层黑色的、结晶样、颗粒状的东西，就像一层薄土覆盖在了它的根上。无数的淡黑色液体被倒在这一层黑色结晶土上，然后快速地干涸消失了。

　　这一幕，让唐凌脑中的证据链完整了，也仿佛揭开了另外一个星球文明的一角。这是与前文明的科技完全不同的一种文明，而是建立在星球的生态上，是一种以菌类为基础的文明。

　　在看见尸人采集液体的时候，唐凌就有过想象，想象它是这个星球前文明一种重要的战略资源——石油。石油的本质是什么？你可以理解为另外一个词——尸油。当然，这不是完全恰当的比喻，但占据了前文明主流的说法就是石油是由生物的尸体形成的，是尸体经过了时间，经过了沉积，压缩，分解，受热之后形成的能源。唐凌无意去论证另外一种石油是由星球本身的碳形成的说法到底对不对，但淡黑色的液体，堆积在那"转能尸菇"下的尸体已经足够让唐凌有试上一试的想法了。

　　所以，唐凌试了。开启了另外一个支线任务——根源摧毁，是无意中的事情。可这一试不仅论证了唐凌那淡黑色的液体是一种类似于石油的能源这种设想。而支线任务的名字也给了唐凌联想，一条证据链隐约地成形了。

　　能源自然不是根源，摧毁根源应该是指摧毁"转能尸菇"这种产生能源的菌类，还是指这种能源的服务对象？唐凌大胆地猜测是服务对象！在这里还有什么重要的服务对象吗？菇菇，是唐凌第一个产生怀疑的对象！但在韩爷的月记中，二十载的岁月证明了菇菇需要的是血肉，而不是"石油"。那么剩下的，就只有——这艘飞船！

一个疯狂的念头在唐凌脑中涌起，假设这艘飞船已经超出了人类的理解范畴，它并不是金属与科技的产物，而本身就是一种生物，一种奇特的生物呢？再看看那飞船吧，梭子型，顶着一把残破的伞……其实也很像菌类啊。

既是如此，唐凌在这个时候，终于有了底气，他找到了生死一线的关键。所以，他冲到了这飞船内部来作战，飞船内部那种腐朽枯败的模样，更加论证了他的猜测——他是在一朵生机消逝的大蘑菇里面。

他虽然陷入了疯狂的作战姿态，但清醒的大脑根本没有失去半丝理智。他的目标一直都很清晰明确，他要看看这些不停地收集着能源的尸人，它们是去向哪里的。所以，他这一条厮杀的血路，是跟随着那些来来回回的尸人前行的道路而前行的。所以，唐凌也看见了这艘巨大飞船的根茎，看见了围绕在它根茎周围，原本是提供能源的一簇簇"转能尸菇"丛。

看来"菇菇"一直都很想恢复这艘飞船，虽然不清楚目的是什么，但它不是已经成功了一小部分吗？那根巨大的根茎已经呈现了丝丝淡紫的颜色，虽然所占的面积还很小。

不过，这一切应该结束了。唐凌也不想去深究菇菇有什么野心，他只知道他终于抓住了生死一线中的一线，这剩下的三分二十五秒将是唐凌最疯狂的表演时间。瞬间，很多想法涌进了唐凌的脑海，但与此同时唐凌也忽然转身望向了身后一只追击着他，离他最近的巨型绿菌傀人。

"嘿……"唐凌忽然朝着那只巨型绿菌傀人咧嘴一笑，笑容之中带着几分说不出的恶劣。

那一只巨型绿菌傀人一下子愣住了，已经拥有了初步智慧，还没有达到人类智慧的它本能地感觉到了危险，以至于连追击的脚步都下意识地停下了。

但唐凌却不理会那么多，直接转身一步冲了过去，抓住那只巨型绿菌傀人身上的绿毛，提在了手中："就你了！"

话音刚落，唐凌就一边疯狂地冲刺，撞开了通道中其他的巨型绿菌傀人，一边把巨大的拳头狠狠地砸在手中那只巨型绿菌傀人身上。

变身后的他，无论是力量、速度、神经反应等一切技能都得到了成倍地放大。单对单，他碾压巨型绿菌傀人。单对群，如果他不恋战，也不怕受伤，想要冲刺，也能撞开一条血路。

唐凌如今的选择就是这样，一边用力地锤着手中的那只巨型绿菌傀人，一边疯狂地在飞船中胡乱地冲刺。很快，唐凌手中的那只巨型绿菌傀人就变得奄奄一息，根本不成样子了。也在这时，一股绿色的风吹拂了过来，包裹住了唐凌手中那只巨型绿菌傀人，它以肉眼可见的速度恢复了过来。

真是很烦呢！就是这样作弊的！就是这样才自以为是地认为自己是高级生物，人类是低等生物，对不对？

唐凌辨认了一下这股风吹来的方向，朝着这个方向疯狂地冲去。同时，那硕大的拳头又再次狠揍手中那只巨型绿菌傀人。这一次，唐凌下手更加的疯狂，很快这只巨型绿菌傀人又被揍到变形。也很快，绿色的，带着充足孢子的风又出来，恢复了它……辨认了一下方向，唐凌继续前行。

倒计时三分零五秒。

在通道杂乱，根茎交错的飞船当中，唐凌就这样如同一头疯牛一般地猛冲。他感觉到自己已经被深度感染了，精准本能在这个时候非常地讨厌啊，它冷静地运转着，告知着唐凌身体里传来的异样感觉，孢子融在血肉当中，孢子开始扎根，孢子开始发芽……在身体里种蘑菇就是这样的感觉吗？

唐凌努力地抵抗着，如果在变身以前，这种抵抗会非常艰难，艰难到唐凌的行动会受到巨大的影响，因为绿菌会与他抢夺身体的掌控权。但变身后的这具身体的抗性非常的强大，所以尽管身体里已经长出了蘑菇，可暂时还到不了影响唐凌行动的地步。

不过，如果变身结束的话……唐凌的脑中想到了自己变成绿皮儿的样子，对，绿皮尸人。而种子的能力如果还在，他还能变身的话，倒也不错——才怪啊，想到自己会变成那副模样，唐凌欲哭无泪，更加发狠般地揍着手中那只巨型绿菌傀人。比唐凌更加欲哭无泪的，恐怕就是它了。它这是倒了什么血霉，被一次次地揍成肉饼，再一次次地恢复，巨型绿菌傀人不懂死亡这个概念，但如果它懂的话，估计会抱着唐凌的大腿，只求一死。可唐凌怎么舍得让它死？它此时就是唐凌手中最好的指南针，猴型GPS！那一股股让它恢复的绿色的风，一定是从飞船的某个地方吹拂而来，而那个地方就算不是"菇菇"所在的地方，也应该非常地靠近"菇菇"所在的地方。

唐凌就像一台推土机一般，开足了马力，疯狂地前行。那只巨型绿菌傀人，在唐凌的手中被揍烂了十七次，也恢复了十七次。

倒计时两分四十一秒。

一扇巨型的，同样也带着腐朽枯败气息的大门出现在了唐凌的眼前。它生机勃勃的时候是不是很坚韧，很难搞，唐凌并不知道！但是，它现在的样子，应该是不强大的。

唐凌的一只巨脚"嘭"的一声踢开了这一扇巨大的门，然后扫了一眼门后——漫天飞舞的孢子，漫地随风摇曳的绿色菌丛，似乎充满了一种灵性的美丽。可唐凌知道，这些家伙的本质有多么恶心。

唐凌一把甩出了手中的巨型绿菌傀人，砸碎了一处绿色的菌丛，再带着笑容望着门后最内里的一处，笑着说道："韩爷，菇菇，你们想我吗？哟，一天不见，你们生了那么多小蘑菇啊？"

第171章　最终的评价

菇菇在什么地方，韩爷就会在什么地方，这件事情是不用猜测的。在这间显得略微有些梦幻的舱室之中，菇菇就是那一簇半绿半紫的蘑菇。直径大约有两米，微微摇曳，依偎在韩爷的身旁。

而韩爷呢？他就坐在一张粗糙的，雕着勉强能看出是五爪华夏龙的一张椅子上，呆呆地一动不动，任由菇菇依偎着。

很遗憾啊，菇菇还是那个菇菇，露着最本真的本体，用它和韩爷相处二十年来，韩爷最熟悉的形象和韩爷相伴。只不过韩爷已经不是那个韩爷，他灰白的双眸说明他已经完全尸人化，根本不可能再给这蘑菇说半句情话了。

唐凌的出现，惹得菇菇开始疯狂地摇曳起来，追逐着唐凌的绿菌傀人疯狂了，它们开始加速朝着唐凌攻击而去。

而与此同时，韩爷和姑姑身后那一片舱壁也开始快速地晃动起来，继而缓缓地升起，微微露出一双巨大的爪子。

"发现XR星球智慧生命体——绿菌母体，任务完成度百分之百。

"警告！警告！高危场景，高危场景——绿菌母体舱室，具有宇宙二级传染性。

"任务完成度达成百分之百，0233号梦种获得退出梦之域选择权限，选择是，域之门将立刻出现。选择否，任务评级达到B级以上方可再次获得选择权限。

"0233号梦种触发支线任务——女王的愤怒。完成度百分之零。

"0233号梦种将在接下来的梦之域时间内，陷入评级F级的危险生物——王级绿菌傀人的追杀。"

"要不要玩那么大？"唐凌在打过招呼以后，几乎没有半点儿停留，朝着韩爷和菇菇所在的位置猛地地冲了过去。伴随着呼啸的风声，飞舞的孢子，一连串的信息出现在唐凌的脑中。

"否，否，否，否！！"唐凌骨子里掩藏的疯狂，让他注定是一个"危险赌徒"，是一个大玩家，只剩下这最后一步，他如何可能放弃？

那些疯狂的巨型绿菌傀人，不存在的！在变身之后，唐凌的速度快过它们太多，就算它们发疯了也追不上唐凌。可是，那些不免被吸入身体中大量的孢子呢？它们开始疯狂地在唐凌巨大的身躯内扎根，因为数量绝多，它们已经开始和唐凌抢夺身体的控制权。一阵又一阵，说不上的奇异麻木感开始遍布唐凌的身体，唐凌的脑中开始出现一个又一个念头：

放松，放松下来，睡过去，甜美地睡过去，你将不会再有烦恼，只要这一刻放弃，你将在沉静的国度里得到永生。

"滚！"唐凌疯狂地嘶吼，他知道这是深度感染的征兆。他也知道，可能从几秒以后，他的变身状态就不再是这一个地方最强大的存在。因为在韩爷身后的那堵墙后，一个巨大的，光爪子就有成人躯体大小的绿菌傀人身体已经露出了一半。

可是，那又如何？至少现在，我还是无敌的！不过两秒，唐凌就冲到了韩爷和菇菇的面前，菇菇在蘑菇状态根本不会表达，唐凌却能奇异地收到它无比愤怒的情绪。

一丛蘑菇你愤怒个屁，唐凌一脚就朝着菇菇踩了过去，他根本不介意欺负一丛蘑菇。但与此同时他也伸出了长长的手臂，一把把韩爷抓在了手中："不好意思，韩爷我带走了。"

脚下传来的依旧是腐朽的舱室踩起来的那种触感，不出意料的，唐凌踩了一个空。只是瞬间，菇菇已经挪移到了那具巨大的身躯之上，从耳朵处开始快速地钻入。

一股怨毒、愤怒、焦急，疯狂的情绪蔓延在整个舱室，作为绝对的女王，菇菇的意志自然可以覆盖这一片地方。

除了唐凌，他已经抓着韩爷疯狂地朝着舱室之外跑去。他的脑子已经越来越不清醒，那一股如同前文明的毒品般让人抗拒艰难的念头开始侵吞着他。而且，不仅仅是思想的诱惑，身体也开始出现麻痹感，跑动起来已经不再那么灵活。想要坚持，剩下的唯有不屈的意志。

唐凌意志很强大，在他脑中演练了无数次的场景，这一刻终于变成了现实——利用毫无反抗能力的尸人韩爷，来一个彻底的毁灭。逻辑没有问题，菇菇最在意的就是韩爷，当它还是一片空白的幼体之时，它所有的色彩都是韩爷画上去的。所以，对韩爷的独特感情凌驾在它的理智，甚至它的任务之上。所以，它情愿浪费了许多时光，也想用韩爷最理想的模式和韩爷来一个人间逍遥。所以，不到最后一刻，它都不愿意披上那丑陋的外衣，化身成王级绿菌傀人守在尸人韩爷身旁。它认为韩爷会嫌弃它丑吧！

其实，生死一线，唯一的生机就是韩爷！这逻辑怎么会有问题？！于是，在唐凌脑中演练出的最后表演，在这万菇山涧上演了。

只见，唐凌巨大的身体冲出了残破的飞船。

只见，唐凌穿梭于万菇丛中放肆地纵火。

只见，数以千计的尸人、尸兽、绿菌傀人、巨型绿菌傀人都朝着唐凌冲了过去。

只见，真正的庞然大物王级绿菌傀人爬出了残破的船体，也疯狂地朝着唐凌飞奔而来。

在淡黑色液体的加持下，转能尸菇开始一个个地爆炸，火势一旦汹涌而起，就再无阻止的可能。何况，此时山涧之中的所有生物注意力都在唐凌身上，都想要抢夺唐凌手中那一只茫然的，在挣扎着的尸人。

而在唐凌的脑中，信息也疯狂地出现着："任务毁灭根源，完成度百分之三十，四十，五十……"

唐凌已经无暇去感受什么了，他的大脑只是在不到一分钟的时间内就陷入了一种异常浑噩的状态。

可是，对这样的情况唐凌并不是没有防备。他用了一招属于心理学上的游戏，就是反复地加深某一个概念，强行对大脑进行暗示，让他可以凭借剩余的意志来完成最后的任务。

是的，他一路上不停地在脑海中描绘演练这最后的疯狂，每一条路线，每一个动作，每一次迈动的步伐。所以，在这个状态下，唐凌也进入了一种奇妙的境界。无悲无喜，无惧无忧，他只是一手抓着韩爷，口中咬着火把，奔跑，冲刺。当整个万菇山涧火势汹汹时，他已经在追逐之下重新回到了残破的船体当中。

"还剩下最后的，最后的……"唐凌刻意在船体之中不停地乱跑，越来越多的敌人开始追击而入。女王的意志就是韩爷，韩爷凌驾于一切之上，每一个被母体操控的生物都逃脱不了必须抢夺回韩爷这股强大的意志。它们全部都拥挤而入。船舱之中被塞得密密麻麻，只随着唐凌的每一步而跑动。

女王也在其中，它拥有无敌的速度，快于唐凌的变身状态，每一次它接近唐凌时，唐凌就会带着"狞笑"，用巨大的手掐住韩爷的脖子——他只需要拧断韩爷的脖子，破坏小脑，韩爷就再无复活的可能——女王不敢。

就这样，唐凌的精准本能在得知船体内的所有生物已经达到了一个确切的数值时，他抓着韩爷开始义无反顾地朝着那一间他特别确认了位置的能源舱跑去。

任务的评级已经达到了B级。因为唐凌毁灭了万菇山涧。

倒计时四十五秒。

唐凌的双眸也泛起了灰白的颜色。可是，目标不是也已经在眼前了吗？唐凌来到了那巨大根茎下的洞口前。他猛地一个转身，面对着这些追击而来的生物，脸上带着诡异的笑容。

女王追了过来，它巨大而尖锐的爪子就要触碰到唐凌的衣衫。

与此同时，唐凌松口了。火把径直坠入了那个巨大的洞穴当中，这些淡黑色液体凝结成的黑色结晶在下一秒会爆炸出最美妙的烟火。

"为什么要分开我们？"女王愤怒地咆哮，从它的口中竟然传出了清晰的人声。

而也是在这时，唐凌选择了"是"，他有了立刻退出梦之域的权限。在女王就要触碰到他的那一瞬间，唐凌将手中的韩爷狠狠地抛向了空中。

女王急停，伸手去抓韩爷的身体。

域之门出现在了唐凌的身后，唐凌察觉到了那特殊的光芒，整个身体狠狠地朝着后方倒去。

"砰——"门被撞开。"轰——"一朵巨大的火花一下子在唐凌泛着灰白色的双眸之中闪现。一股巨大的力量将唐凌吸入了门中。一个最后的念头浮现在唐凌的脑海——"共同化为灰烬，你们将再也不分开。"

"完成支线任务毁灭根源，完成度百分之百，获得梦币奖励十枚，主线任务评价提升一阶。

"完成支线任务女王的愤怒，完成度百分之百，获得梦币奖励十枚，主线任务评价提升一阶。

"完成主线任务清溪镇谜案，完成度百分之百，获得梦币奖励一枚，获得进入神秘商铺权限。

"0233号梦种清溪镇场景系列任务综合评价A级。未达S、SS、SSS级。有一条主线任务、四条支线任务、三条剧情任务、一条重要时代任务未触发。"

唐凌翻着灰白的眸子，连痛骂一声的力气都没有了。他还没有完全地解除变身，但全身已经在一个僵硬的状态，他努力地拍着地板，大喊着："救我，救我。"

在这个时候，一个懒洋洋的、略带嫌弃的声音在唐凌耳边响起："啧啧，是谁家做坏了，不要的蘑菇炖肉扔进了我的店里？"

唐凌无力吐槽。但下一秒，一股带着清凉之意的液体就被推入了他的身体之中。只是一瞬，他体内的绿菌就被全部消灭一空，完全恢复了未被感染的状态。

唐凌没有站起来，还是继续趴在地板上喘息。疯狂战斗后，所受的一切创伤，还有不顾后果吞噬凶兽肉的后果都在这个时候爆发了出来。他还没有到解除状态的虚弱期，但已经没有力气站起来面对神秘商铺的主人——昆了。

"仗着神秘商铺会救你，才敢那么疯狂，是吗？"昆似乎很欣赏唐凌如同一条死狗一样趴在地上的模样。他语带嘲讽，慢慢地走向了唐凌。光洁的，没有丝毫缝隙的，如同一块完整美玉一般的黑色地板，倒映出昆的身影。这一次他还是穿着一身黑色的，比锦缎更流光溢彩的材质所做的长衫。长衫上绣着艳丽无双的牡丹和环绕着牡丹的白鸟，带着浮夸的华丽，穿在昆的身上却只显高贵。他赤足，不过脚趾头也很好看。他居高临下地望着唐凌，不屑地说道："把自己弄成了长满蘑菇的烂肉，却只得到了A级评价，你是否感觉到自卑？如果自卑，也没有关系，你可以自杀，我不会阻拦。"

唐凌握紧了拳头，几乎是用尽了全身的力气，有气无力地喊了一句："你穿着花鸟鱼虫来讽刺我，觉得这样的自己很高贵吗？"

"呼——"一股无形的劲风包裹了唐凌，不管唐凌愿不愿意，这股风都将唐凌托了起来，正面与昆相对。偏偏在这时，唐凌变身状态的时间到了，开始急剧地缩小……

昆冷笑了一声。

　　唐凌心中痛骂，种子在这个时候就不能配合一下吗？

　　似乎是嫌对唐凌的刺激还不够，昆上上下下扫视了一眼唐凌——衣衫破破烂烂，浑身都是伤口，脏兮兮的唐凌，慢慢地说了一句："我觉得我，很高贵。"

　　唐凌有种快要原地爆炸的感觉。这世界上还有比昆更欠打的人吗？他唐凌无赖人设之下，也是嘴炮无敌的啊。

　　唐凌很憋屈。

　　昆却歪着头看着唐凌，若有星光的双眼带着一丝真诚地说道："你有伤，需要治疗吗？"

　　"不，谢谢。"唐凌感觉到了恐慌，他的衣衫破裂，裸露着手臂。在治疗之前，手臂上曾经排列着二十三枚美妙的梦币，结果昆出手治疗了他的感染，梦币就少了五枚。唐凌治不起！不就是真菌抑制剂吗？就算效果好上那么一些，感觉纯净那么一些，就能值五枚梦币？这些梦币都是他用命换来的啊。在这三级凶兽肉都是用来喂乌龟的神秘商铺啊，五枚梦币如果换成凶兽肉，够自己吃上半年了吧？唐凌越想，心中就越在滴血。

　　"梦币够的，治吧。"昆不理会唐凌的拒绝，一扬手，一管淡蓝色的、有着莹莹光泽的液体就出现在了他的手中。

　　"我错了。昆，你是我见过的最高贵的人，男人高贵不过你，女人也高贵不过你，动物更不要想……"唐凌有气无力地喊着，他想表现得声情并茂一些，可惜他进入了虚弱期，如果不是那股无形的风托着他，他现在估计一根指头都不能动了。这些话，都是来自梦币的强大支撑啊。

　　"闭嘴。"昆不动声色地看了一眼唐凌，转身朝着他身后那个柜台走去。随着他脚步的移动，两旁的灯光开始一一亮起，华贵的铜灯在这黑色地板的映照下，显得越发精致。昆坐在了柜台之后，那只巴掌大的乌龟无辜地在柜台上爬动着，时不时地，那绿豆大小的眼睛就瞥一眼唐凌，似乎是在好奇蘑菇炖肉是什么？好吃吗？

　　昆一扬手，一张古华夏风的木凳和小几就出现在了唐凌的身侧。"坐。"昆单手托腮，似乎今天颇有谈兴的样子。

　　坐什么坐，唐凌感觉自己连趴着都费劲。

　　昆似乎也想到了什么，洁白修长的手指一下一下地敲着柜台，然后从柜台下拿出了一个晶莹剔透的白玉碟子，碟子上有三小块黄黄的、四四方方的糕点。手指一弹，三块糕点就飞向了唐凌。

就半截拇指大小的糕点，就算有三块，若以唐凌的胃口，是真的不够塞牙缝。可是，唐凌闭紧了嘴，昆给的糕点能吃得起么？

但这一次昆根本不管唐凌的意见，直接不知道用什么办法，在虚空之中掰开了唐凌的嘴，把三块糕点塞入了唐凌的口中。

糕点入口即化，变作了一股甜丝丝的，带着花香的液体滑入了唐凌的腹中。好吃，是真的好吃。比唐凌在梦之域吃到的那些面点果子，糕点点心都要好吃。

关键是，这些糕点吃下去还没有丝毫的空虚感，而是变为了一丝丝热流，温柔地抚慰着唐凌疲惫虚弱的身体。比起它，吞凶兽肉就像吞刀子。

唐凌恢复了一些，有气无力地坐在了昆给的凳子上，双手放在小几上托着脑袋。他很心痛，不知道又要消耗多少梦币才能值得这三块点心钱，其实不用花梦币的，他能自己恢复嘛。

"这一次不需要梦币，它的零食而已。"昆指着那只已经懒得爬动，歪着脑袋神游的小乌龟，淡淡地说了一句在唐凌听来有如天籁之音的话。

但……没什么好但的，上次不也要了人家乌龟的三级凶兽肉吗？唐凌释然了。

"你，和上一次不同了。"昆依旧维持着单手托腮的慵懒姿势，忽然说了一句。

不同吗？是不同！上一次的唐凌沉默而防备，是一只才受伤的小兽，看向世界的目光都带着悲伤、愤怒和仇恨。这一次的唐凌坦然了许多，像是卸下了负担，还有些过度的油滑。但这些不是昆应该在意的才是，他偏偏却在意了。唐凌不知道应该说些什么，干脆沉默。

昆似乎也无心继续这个话题，只是说道："遮掩伤口比较好，伤口本来就不是露给别人看的东西。你这样很好。求变，却又不动如山，方为真我。"

唐凌沉默。事实上，和六合相处更轻松一些，比起高贵的、华丽的、似乎什么都知道、什么都能看透的昆，六合就是一个笑容满面、永远温柔、朴实真诚的可爱小叔啊。所以，唐凌平复了一下心情，很直接地说道："我还有十八枚梦币，我要换东西。"

"梦币么？"昆一招手，唐凌胳膊上代表梦币的小点就消失不见了，化作了他手上点点闪烁的十八点星芒。

"提前收钱的？"唐凌有些不满。

昆却不回答唐凌，而是深深地望向唐凌，眨眼间犹若万千星光闪烁："你认为问题出在哪里？"

"什么问题？"唐凌有些跟不上昆的思维节奏。

"为什么只是A级评价？"

这神秘商铺的老板未免也管得太多了吧？唐凌略微有些诧异，但事实上他也在思考着这个问题。他以为他完成得很好，结果还有三个评价他根本没有触及，甚至还遗留了那么多任务都未触发。而且，按照梦之域的设定，根据梦种的实力展开的生死一线的任务，对新手是有颇多照顾的。他第一次入梦，按理说……应该还能做得更好，因为可以预见的是，以后的梦境难度只会增加。怪不得昆开口就是讽刺啊。

即便如此，唐凌还是认真地回答了昆："我认为问题出在我钉死韩爷那一夜，我留下了一个巨大的漏洞。"

"嗯？说来听听。"昆对唐凌的回答并不意外。

不过唐凌心里却有一种凉飕飕的感觉，莫非自己在梦之域的一切活动，都有被窥探？但这种问题，他不会问。只是直接回答了昆："我察觉到了绿菌女王对韩爷的在意，却没有很好利用这一点。我假设当夜，我没有轻视韩爷的作用，就把韩爷牢牢地控制住呢？"的确，这才是最好的办法，甚至可以兵不血刃。智慧的力量有时候就是那么让人震惊，即便唐凌更喜欢热血的战斗。

"你回答到了一个关键。可是，另外一个关键，你却忽略了。"昆摇头。

"还有什么？"唐凌认真地问道。

"借势。懂吗？"昆的回答非常简洁。

唐凌思考了片刻，不确定地问："你是说，利用一切可以利用的力量？"

"也可以这么理解。你必须明白，一个人能扛起的东西实在有限，但如果一个人把'扛'这个字变化作'引领'这个词，那么收获的结果绝对会不一样。如果你懂得借势，你将触发另外的主线任务。你将把不好的事情，变为好的事情。也许，能够改变时代。你以为你消灭了所有的祸患。可是，你没有做到，你残余了不少。忘记了你去到山涧之前那一片焦灼之地吗？"昆不紧不慢地分析。

唐凌却出了一身冷汗。的确，他忘记了，他忽略了！他用一己之力毁灭了万菇山涧，却没有彻底地清杀焦灼之地，而那绿菌只要留下一丝种子……

但这也是矛盾的。任务展开了倒计时，当时他只有十个时辰，要十个时辰内清理干净，根本就不可能。所以，答案还是落在了昆口中的——借势。

"明白了？"昆扬眉。

"明白了。"唐凌忽然觉得就算A级的评价，自己恐怕也担不起。以为自己算尽了一切可能，结果却……

"如果自卑，你可以去自杀啊，我不会阻止的。"昆不在意地说了一句，唐凌无语。这一次，是真的无语。

但下一刻昆忽然严肃地说道："以后，学会借势。如若无势可借，那便——造势！"

"我，尽量。"唐凌也变得严肃了起来。

"那么，很好，你这一次在梦之域失误重重。所以，我要给予你惩罚。"昆又恢复了懒洋洋的神态。

"有这样的规则？"唐凌觉得这规则似乎有些不合理，做生意的原则不是我拿钱，你卖东西吗？我赚钱的表现好不好，拿来的钱总是真金白银吧？

果然，昆摇头了，他说道："没有。"

"那你为什么要惩罚我？"唐凌很诧异。

"因为，我是神秘商铺的主人，我高兴。"昆的话似乎充满了道理。

唐凌无话可说。

第172章　所得

反抗是没有用了，唐凌唯一剩下就是弄明白惩罚是什么。可惜，昆连这个机会都没有给他。他轻轻抬手一握，梦币就化作了点点光点消失在他的手中。接着，他一招手，在他身后那些似乎无尽头的货柜，连续开了几个抽屉，几样东西就落在了昆的手里。

这一切速度太快，把脖子都伸疼的唐凌到最后都没有数清楚，到底是开了几个货柜。至于是几样东西，昆扣在桌面上，唐凌也看不清楚。

"这些，就是神秘商铺和你进行的交换。"昆一扬手，几件东西飞向了唐凌。

唐凌来不及注意这几件东西，立刻就不爽地说道："喂，我连一样东西都没有做出选择呢。"

"这是惩罚，不懂吗？你的选择权被剥夺了。"昆回答得理所当然。

"你可以剥夺我的选择权，却不能剥夺我的知情权。你胡乱地塞给我几样东西，万一只值十个梦币呢？梦币可是很珍贵的啊。更何况，刚才你给我打了一针真菌抑制剂，就收了我五个梦币。我严重怀疑神秘商铺店大欺客。"唐凌越说声音越小，因为他看见昆的脸上浮现出了一丝笑意。

其实，唐凌并不认为昆会坑他，只是他忍不住会讨价还价，谁知道下一次入梦会是什么时间。谁又知道下一次还能不能赚那么多梦币。甚至说不定下一次连来这里的权限都没有了？而且，下一次更不会有好心的六合小叔送梦币了吧？唐凌当然要将利益最大化，一块三级凶兽肉就给他带来了多大的帮助，唐凌深深知晓。

"呵呵。"昆果然笑出了声音，他斜睨着唐凌，"梦币对你珍贵，于我，你认为珍贵？"说话间，昆晃动着他那洁白修长的手指，手指开合间就有数不清的梦币突然出现，闪烁在昆的手中，组成了一条银河一般的光带，然后又突然地消失。

唐凌看得吞了一口唾沫。

昆一扬手，一管无色的，同样有点点美丽晶莹光芒的药剂就出现在他的手中："你在绿菌女王的寝宫去'滚'了一圈，沾染了具有宇宙二级传染性的致命绿菌。你以为你所在的地方，那所谓的真菌抑制剂会有用？拿出纯度最高的，恐怕也只能有一点点抑制作用。如果他们不惜代价地救你，全部用所谓纯度最高的真菌抑制剂给你治疗。我算算，每天两支。三个月以后，你会恢复行动能力。半年以后，你身体内的绿菌才会被彻底清除。

"哦，当然我忘记了一件事情。有一个办法可以快速清除你身体内的绿菌，就是痛苦了一点儿，你要吗？"昆的嘴角，那一丝讥诮越发的明显。

唐凌猛摇头，他要个屁，这个办法他才在梦之域用过，的确简单直接，就是一把火烧了。

"哼。"昆在这时扬手把那管透明的药剂抓在了手中，"神秘商铺才会有的——一型还真剂。清除真菌，还你真我，童叟无欺，八个梦币。你若是不满意，我现在还你五个梦币，我有办法抽出你体内的还真剂，再给你种满蘑菇，你回你所在的地方治疗吧。"

"不。"唐凌的神情变得非常坚毅且认真，他笃定地吐出了一个字，然后开口说道，"就冲着昆大人这美丽的容颜，绝世的风姿，我认为我在这里做任何交易都是不吃亏的。甚至我入梦的最大动力，就是为了见到昆大……"

"闭嘴。"昆似乎已经失去了耐心，看那模样怕是要赶客了。

唐凌怎么能任由他现在赶客？他还没有搞清楚昆给他的这几件东西是什么呢。至于那药剂，是自己赚了？唐凌有一种非常爽的感觉，但昆会吃亏？应该不会吧，估计一管八梦币的还真剂，他只给自己注射了价值五个梦币的，剩下的收起来了……

带着这样的想法，唐凌终于开始认真地清点这一次昆给他的物品。

一本蓝色封面的书，名为《千锻功·补遗》。什么玩意儿？唐凌从名称上就有了不好的预感！他脸色沉重地翻了翻手中这本书。果然，根本就不是一本完整的功法，而是对一种叫作"千锻功"的功法做出的一些补充和改变说明。

"这！"唐凌吞了一口唾沫，先不提他根本不知道什么是千锻功，就算知道，他在哪里去找这样一本功法？另外，千锻功好不好？是什么样的功法？唐凌更无概念。最后，唐凌只知道自己要进入正式修炼了，就算有一本莫名其妙，听起来像华夏古武的千锻功，他也不见得有时间来练这个玩意儿吧？现代搏击的概念和用无氧结合有氧运动来提升内在的方式，已经深入唐凌的心中了。什么盘膝就能练功，在唐凌眼中那是什么鬼？这本什么补遗，估计是废了，浪费了梦币，没有用。不过鉴于昆的强势，唐凌二话都不敢说。

接着，唐凌又拿起了一样东西，这东西就是一个，唔，就是一个——木疙瘩，种子大小的木疙瘩。有什么用？拿在手中也没有感觉到分量。

唐凌左看右看，反复研究，甚至动用了精准本能，也感觉不到这是一个什么玩意儿。吃的么？能吃么？唐凌想着就要放入口中。

一向云淡风轻的昆看见这一幕，终于忍不住一脸嫌弃地皱着眉头阻止了唐凌："这不是吃的。"

"那这是什么？"唐凌扬眉。

"一颗种子。"昆直接地回答了。

"什么？"唐凌有些动容了，他立刻就想到了自己心脏之中的"它"，甚至开始联想起"它"的来源，莫非也是从神秘商铺流出的？如果是这样……赠送种子给自己的人，也是一个梦种？唐凌觉得事情怕是有些复杂了。而且，他已经有了一颗种子，再拿一颗种子有什么作用吗？莫非以后变成种田专业户？

似乎洞察到了唐凌的想法，昆给的回答也异常直接："这没有你的种子有趣，根本不能相比。"

唐凌愕然，昆直接称呼"它"为种子，他连自己知晓"它"是种子的事情也知晓了？唐凌忽然有一种昆偷看他洗澡的感觉，但他绝对不敢说出这样的话。

昆自然不知道唐凌有如此龌龊的想法，知道以后恐怕唐凌这辈子都没有进入神秘商铺的权限了。所以昆还在继续解释："这只是一颗一次性的种子。如果你在关键的时候，将它种入你的身体，我是指任何地方。它会变成一个一次性的能量储存种子。只要储存满了能量，它也能够一次性释放。我说得够明白了吗？"

很明白。可是，自己要这个有什么用？唐凌捏着这颗种子，若有所思。

他是一个消耗大户，平日里的所得养活自己和心脏里的那颗种子都非常困难了，哪里来的多余能量给这颗种子？就算给了，它储存完毕了，能让自己爆发出一次恐怖的状态，但也只是一次性的。

现在的自己恐怕对这样的东西并不急需，可也必须承认它是一个好东西。想到这里，唐凌忽然抬头问昆："那你说，它能储备多少能量？"这个问题是关键，如果储备有限，就真的非常鸡肋了，唐凌怕是会收回这是一个好东西之类的评价。

"你对能量现在还没有具体的概念，我用你懂的说法让你明白吧。它储能的极限，相当于二十个你。"昆解释得异常直白。

唐凌的呼吸一下子变得粗重，这是什么概念！二十个自己啊，加起来是不是达到紫月战士的标准了？至于紫月战士是啥标准，很遗憾，唐凌也没有概念。只是二十个自己，还当不得一个紫月战士吗？

"我还有一个状态……"唐凌开始语无伦次。

"并不影响，这颗种子现阶段的形态，就是放大器。能放大现在的你，就能放大更加强大的你。"昆淡淡地说。似乎一百个唐凌在他眼中也是玩笑一般的存在。

可是，唐凌快要高兴得疯了，杀器！大杀器！如果自己在某种极限情况下，使用了这颗种子，再配合心脏中的种子，会有多强？唐凌开始盘算，自己是悄悄地潜入战场，去杀一只三级凶兽呢，还是去杀一只四级凶兽？想着，唐凌兴奋得手都在颤抖。

"这只是一颗低级'战种',不要觉得它有多厉害。你现在这个阶段,连最基本的法则都没有触摸到……它对法则领域可是没有任何的帮助,欺负低级的存在倒是够用了。"昆撇撇嘴,一副看土包子一样的目光看向唐凌,接着他又说道,"别忘记了,它还需要储能。"

法则?唐凌抓了抓脑袋,立刻就想到了手持黑夜闪电的安东尼所动用的雷电,想到了手持长枪的城主沃夫那些黑色的丝线……果然,这世间还有不少自己不了解的事情啊。另外,储能的确是一个麻烦的问题。

不过,这并不影响唐凌的心情,他小心地将这颗所谓的低级"战种"收入了衣兜里,一副财迷的模样。反正昆这种家伙是绝对不会吃亏的,"战种"的价格应该不贵,以后自己有了梦币,必须多换几颗。管它是不是低级的。

唐凌的小算盘打得噼啪作响,脸上带着笑容,又拿起了下一件物品。这件物品有些奇特,是装在一个透明的小盒子里的,只有指甲大小,晶莹剔透的样子,但仔细看去,里面又像有烟雾在流动一般。

唐凌研究了半天,同样没有搞懂这是一个什么东西。不然打开这个透明的小盒子来看看吧?有了想法,唐凌就是一个行动派,他立刻就准备这样做,却被昆阻止了。

"你如果想马上被冻结,你可以打开它。"

"什么意思?"唐凌不敢动了,被冻结是一个什么概念?他还有一些迷糊。

"这是一滴经过神秘商铺改造过的,加入了某种东西的——极寒液。你打开封住它的盒子以后,它就会快速地散开,制造出一小片绝对零度的冰冻空间。"昆似乎耐心很好,唐凌若问,他就解释。之前,他明明想要赶客的。

"多大的空间?"绝对零度唐凌有模糊的概念,在前文明的解释里,是热力学的最低温度——零下273.15摄氏度。不过,在前文明的理论中,绝对零度不可达到,在神秘商铺就变成了现实?

唐凌自然相信神秘空间有这个能力!

"大杀器,又是一件大杀器。这比好多前文明的炸药都厉害了好不好!"唐凌兴奋得很,神秘商铺就是能带给他惊喜,他似乎开始想象他扔出了这一滴极寒液,然后眼前出现了一片冻天冻地的场景。

看着唐凌嘴角的笑容,昆的眼中不知道为何闪过了一丝非常淡非常淡的悲伤。

只是唐凌不可能察觉昆这样微妙的神情变化，他只是听见昆说道："你不要胡思乱想，它所谓的一小片，就是真的一小片。大概一个巴掌那么大一片冰冻空间。

　　"它的正确使用方法，应该是按一万比一的比例，准备一桶清水。将它放入水中，它的封壳就会自动融化。然后制造出一小片能够保存百年以上的冰冻空间。达不到绝对零度，它能达到的温度应该在零下196摄氏度。"

　　零下196摄氏度？唐凌心里升腾起一丝怪异的感觉，但又抓不住这怪异到底来自哪里。放在水桶里发挥作用？还得等着融化了封壳？那效果有多慢？

　　"那它在正确的使用方法下，能制造出多大一片冰封空间？"唐凌忍着心底的怪异感，再次询问了昆一句。

　　"大概，唔，大概一张单人床大小？"昆第一次含糊其词。

　　"我拿这个玩意儿，有什么用啊？"唐凌不解，但这也绝对是一个好东西，反正神秘商铺能拿出来的东西，就没有不是好东西的。

　　"嗯，最后一个，是良木芯。为什么叫作良木芯，是因为它的确是一种非常良好的食材，以后你如果得到了凶兽肉，每次煮食的时候，按照一百比一的比例放入一截良木芯，它就会产生一种特殊的化学物质，温和地溶解凶兽肉中的能量，能够提升你对凶兽肉百分之十以上的消化吸收率。"罕见地，这一次没有等唐凌发问，昆主动解释了起来。

　　但另一边，唐凌已经拿着这一截像前文明甘蔗一样的东西，放入了口中。他要尝一口，单独食用的话有什么作用？

　　淡定如昆，额头上也浮现了一小截青筋，他故意慢慢地说道："对了，我还没有说完。良木芯单独食用没有任何效果。而且，味道就和屎一样！"

　　"咳……呸……唔……"唐凌这个时候，已经咬下了一小截良木芯，刚刚开始咀嚼。口中立刻就传来了一股苦涩无比的味道，当然不是昆口中所说像屎一样的味道，但这苦味也非常刺激。唐凌下意识地想要吐出来，但是一想绝对不能浪费，他又捂住了嘴，很是珍惜地吐出了口中那一小截还带着牙印的良木芯，放入了随身的包里。反正又没有煮，效果应该是不受影响的吧？凶兽肉他也还有一些，回去马上煮来试试看。

　　提升百分之十的消化吸收率，这是什么概念？唐凌比谁都清楚！第一次的三级凶兽肉，苏耀说他基本浪费了，吸收能有百分之一？之后，苏耀找来了那么多配合的东西，让唐凌又吃了一次三级凶兽肉，再教给了唐凌进食术，这样苏耀就算没说吸收了多少，但唐凌凭借精准本能也知道效果不会超过百分之二十。至于之后，唐凌知道了有种子存在，他们加在一起对凶兽肉的吸收也没有超过百分之五十。越高级的肉类，吸收的效果就越不理想。唐凌认为这一切都要等到正式修炼才能解决。不过，唐凌绝对没有抱着正式修炼就能百分之百吸收一切凶兽肉的想法。

想到这里，唐凌抬头，指着那一截良木芯问道："那么，它是没有限制的？对任何凶兽肉都有效？"

"对任何凶兽肉都有效。不管什么级别的，它都能提升百分之十到十五的消化吸收率。"昆很肯定。

唐凌此时一下子抱紧了良木芯，就像抱着心爱的女孩。不，他根本就没有任何心爱的女孩。所以，女孩怕是不如良木芯吧？唐凌一定会如此想。

昆最后给唐凌的东西，都被唐凌珍惜地收了起来，除了那本"补遗"，唐凌就随意地拿在了手中。

"收好它。不然就还给我。"昆似乎有些怒气，又似乎因为什么压抑着他的怒气。

"哦。"唐凌还是装模作样地收好了，他也没有打算浪费，反正都得了一本什么"补遗"，以后有梦币就把那什么《千锻功》给换来好了。

"你可知道，这些都是对你有用的东西？"昆看着唐凌，忽然眯起了眼睛。

有用？当然是有用！唐凌从来都不会觉得神秘商铺出品的东西会没用。但仔细想来，这一次给出的东西都有些怪，除了良木芯，是立刻能对他产生帮助的，其他的东西都带着一丝，唔，说不出的，反正是现在还看不出用处的感觉。昆是做了愧对良心的生意，所以才要强调这些东西对自己都有用吗？

唐凌想到这里，露出了一个真诚的笑容，看着昆说道："你不要多想，做生意这种事情常来常往，我根本就不计较。"

"呵呵。"昆抬手，一甩袍袖，唐凌直接就从凳子上连滚带爬地飞出了神秘商店，并听见了昆的另外一个字，"滚。"

自己说错了什么吗？

在神秘商铺如同梦幻般的烛光中，在烛光后看不清的黑色朦胧里，一个身影慢慢地走了出来："昆，你这一次违规得有些过了。"

"那又如何？"

"并不如何。虽然那小子并不懂……但，你觉得亚那一边会不满吗？"

"唔，我会在意他？"

"你当然不会在意。不过，亚那一边似乎也出现了出类拔萃的梦种，非常出类拔萃。"

"呵呵。"昆不屑的笑声回荡在神秘商铺。

第173章　暗流涌动

唐凌睁开了双眼。

明亮的灯光，用于健身的器材，还有房间中已经稀薄了许多的能量……嗯？已经稀薄了许多的能量？唐凌似乎联想到了什么，有些急急地转头，看了看在房间之中的计时器，依旧只过了不到十分钟。

上一次入梦的考核，感觉是在梦中待了几个小时的时间，现实时间的流速只过了不到十分钟。这一次正式入梦，加上在神秘商铺的时间，在梦境世界待了近乎三天，现实时间的流速还是只过了不到十分钟。这的确是一件很神奇的事情。

让唐凌不禁想起了一个概念——其实并不存在所谓的时间，用最简单的概念来说，在宇宙之中并没有构成时间的基本粒子。你没有办法精确地定义时间，就像你看见一件物品，你会清楚地知道它的质量取决它的构成物质，那时间的构成是什么？所以，时间只是一种参照，而这种参照在前文明发明"原子钟"，根据原子的震荡来定义精确的一秒前，甚至这种参照都并不精确。

很神奇啊，但又并不神奇。人类的时间永远是一种运动状态的描述，就像跑动花费的时间，吃饭花费的时间，人从生到死的时间……

如果能这样想，梦境的存在也就并不神奇了。它应该是一个有着自己精准定义的维度时空，所以不论在里面过了多久，现实中总是不到十分钟。用现实世界的定义，那就是这不到十分钟"发生的事情"。

关于这些高深的科学知识，定义维度，定义时空，唐凌还只是粗浅的认知。他只是有了这个模糊的概念而已，原本物理的本质就是用最精确的语言来描述定义事物——唐凌这样描述定义了梦境。他有一种感觉，在这个时代，追寻力量的极致到了一定的程度，就开始要结合知识，没有任何力量是愚蠢的。

想着这些，唐凌站了起来。在这间修炼室来回地走动，他仔细地感觉，果然在这间修炼室每一处能量都变得稀薄了。这说明了什么？梦之域与现实果然是紧密相连的。自己在梦之域的战斗或者行动，竟然每时每刻都吸收了这间修炼室的能量。在通天塔内入梦，无意中也给自己带来了好处啊。

那梦之域在什么地方？唐凌抓抓头，他只给了梦之域一个定义，那便是用现实的时间作为参照的并不精准的定义。毕竟不到十分钟内发生的事情可以很多，根据每个不同的人，所处的环境不同……这个定义究竟该如何精确，唐凌一时间还没找到合适的语言，但如果能够精确地把梦之域的所有特性都加以定义，说不定就能找到梦之域真正之所在。

唐凌想得有些入神，直到撞到了一个运动器械，触碰到了伤口，才发出了"嘶"的一声吸气声。低头一看，唐凌不禁苦笑，这破破烂烂的常规作战服，和身上不少的伤口，这样出去该怎么解释？

好在对这一切早有预料，带着家产的唐凌早已准备了一套干净的常规作战服。这间修炼室也配有一个简单的浴室，毕竟高强度的运动后，洗一个澡是再正常不过的需求。自己洗漱一下，换上干净的衣服，应该就没有破绽了吧？唐凌皱着眉头，其实心中有些不安，只愿某些猜测不要发生。

"副议长大人，对此您怎么看？"艾伯·昂斯悠闲地坐在副议长的办公室内，指着同通天塔控制中心相连的一台设备，正在询问副议长的意见。

副议长维拉克斯的脸色有些沉重，眼神有些复杂，他望着艾伯，并没有对他所说的事件作出任何的评价，反而莫名地说了一句："艾伯，你没有觉得你越权了吗？"

是的，昂斯家族作为17号安全区的贵族，享有非常多的特权，但特权并不等于权力。一个还没有任何实质职务的人，竟然能随时观察17号安全区最重要的地点——通天塔内的情况，不是越权是什么？

对此，艾伯并没有解释的打算，他真诚地笑着，只是对副议长说道："副议长大人，您还没有对这件事情发表看法呢！"

"看法？我并不知道发生了什么。"副议长皱着眉头，艾伯所拿着的那一个类似于前文明平板电脑的仪器上，分布着一个个整齐的方块。这些方块代表的是通天塔的每一间修炼室。艾伯指着的是最底层的一间136号修炼室，这间修炼室此时的颜色是红色。等变为暗红色的时候，就意味着这间修炼室所灌注的能量消耗一空了。可，这到底是要说明什么？修炼室的能量被消耗完不是很正常的事情？

"这间修炼室，十分钟以前，有一个新月战士进去了。我要说明的是，这个新月战士还没有正式进入修炼，可是十分钟，仅仅过去了十分钟，这间修炼室的能源就几乎要耗空了。副议长大人，您觉得这意味着什么？"艾伯解释了几句，再次询问了一句。

"意味着新月战士之中，出现了一个天才？"维拉克斯并非刻意装傻，而是这种事情真的值得在意吗？时代已经发生剧变，这种剧变并非全是坏处，至少自然环境较前文明得到了巨大的发展，各种动植物甚至矿物质产生的异变，让这个时代有了前文明不敢奢望的一件事情，叫作——奇遇。有奇遇，快速地提升实力，是绝对被允许的事情，艾伯为何会特别盯着一个新月战士？

比起这个，副议长更在意的是此时安全区的形势，能坐上这个位置，代表着他一定不傻。

昂斯家族在仓库区任务之后，似乎连一块遮羞布都不要了。可是城主大人似乎在放任这样的行为，回来了已经几日，整个议会没有等到城主大人大刀阔斧的，铁血一般的改革和清洗。等到的却是各种小丑迫不及待地跃出水面，似乎在宣告着一些什么。

他们的依仗是什么？自己莫非现在也需要站队了？

想到这里，维拉克斯看向艾伯的眼神总算平和了一些，而艾伯对这种微妙的善意，自然心领神会，可这善意的表达还不够。他继续指着他手中的屏幕说道："如今的17号安全区并不太平，要在以往出现一个天才，我一定由衷地为安全区祝福。但在这个不太平的时间，出现任何异动，都是值得注意的。所以，我想这个叫作唐凌的新月战士有问题。"艾伯直接给唐凌定罪了。

维拉克斯原本想要保持沉默，但最终却点了点头，然后开口道："那艾伯，你需要我们议会采取怎么样的行动？立刻提审这位学员吗？"

"不，不不。"艾伯笑了，接着对着副议长维拉克斯鞠了一个躬说道，"为安全区劳心劳力的昂斯家族，能够收到您诚挚的善意。但，我认为比起现在提审唐凌，我们需要一些更多的证据，来证明他的心怀不轨。"

"什么证据？"副议长心中似乎有些了解了，但他还是必须要等着艾伯先开口。

"仓库区任务那一天的，来自二级护城仪的高清记录。"艾伯抬起头，双眼直直地看向了维拉克斯。

事实上，这一份高清记录，昂斯家族的代表已经问议会要了四次了，议会都找各种理由推脱了。看来议会这些傻瓜还并不清楚17号安全区真正的形势，就连城主沃夫也会成为一个傀儡。

艾伯难掩内心的得意，比起神龙见首不见尾的议长大人，他决定先直接找到副议长，提醒一下他。让他知道，现在的昂斯家族连通天塔的权限都可以控制了，这意味着什么？仓库区任务所暴露的一些东西，非但没有让昂斯家族被打压，反而正式宣告他们走上了舞台……剩下的，还需要多说吗？但愿维拉克斯是一个聪明人。

"这个高清记录很重要吗？是非常重要的证据？"维拉克斯并没有立刻答应艾伯，而是做出了一副高度关心的态度。

"非常重要。昂斯家族以及昂斯家族的朋友，都等着这份至关重要的东西。"艾伯的眼神没有半点儿开玩笑的意思。

其实，现在除了艾伯·昂斯本人，没有人知道这份高清记录有多么重要，更别提昂斯家族身后的势力了。只是艾伯·昂斯需要这份功劳，他拉了虎皮扯大旗。

不过维拉克斯显然对这些并不知情，只接受到了艾伯给予的假信息，相信了是昂斯家族身后那份神秘势力指明要这东西。他咳嗽了一声，然后假模假样地说道："唔，动用二级护城仪的一切都需要议会的讨论。我们下午会召开一个紧急会议，我想不用多久，最多明天，这份记录就会送到昂斯家族。"

"那就真的谢谢您的热切配合了。"艾伯露出了一个意味深长的微笑。如若被他找到了关键的一份证据，那么，整个17号安全区算什么？什么都不算了。

唐凌，艾伯并不觉得唐凌会带来如此大的惊喜，但如果在他身上发现的所有的证据，提升了某种可能性，也足够他艾伯平步青云。艾伯的野心可从来不在17号安全区。

什么都没有发生，唐凌很顺利地从通天塔修炼完成了，并带着他的所谓家产又回到了第一预备营。可唐凌并不认为这是一件多么值得高兴的事情。反而，他的内心开始不安。他觉得自己是不是该适度地做出一些防备？但不知道是谁的敌人收起了爪牙，自己又该做什么样的防备呢？唐凌想起了自己快要勾勒完成的某个阴谋，看来是需要找个时间，静静地思考，把某些事情串联起来了。

"哟，修炼有成了吧？"唐凌刚回到属于猛龙小队的洞穴，迎接他的就是奥斯顿的一拳。这个家伙就像永远没有什么烦恼，看着他那开朗傻气的笑容，唐凌就觉得莫名安心了一些。他一个闪身躲开了奥斯顿的拳头，然后反手一握抓住了奥斯顿的手腕。

"哇，痛痛痛……"奥斯顿夸张地大叫。

唐凌松手，捂住了奥斯顿的嘴，他还不想暴露自己的实力，但奥斯顿这家伙傻乎乎的。洞穴中，几个学长应该外出任务了，还没有回来。阿米尔早就说今天晚上要去做任务，不能闲着了。安迪、薇安和克里斯蒂娜在翻看着一本不知道是什么的前文明文学，不时发出"嘻嘻"的笑声。至于昱，在洞穴中做着单手俯卧撑。都是一副悠闲的样子。

"说，你到底有多强了？"奥斯顿手腕传来的疼痛感可不是假的，而他看见唐凌分明只是随手一握。

他在问出这个问题的同时，昱也关注地望向了这边，唐凌将奥斯顿拉进了洞穴，才不紧不慢地说道："也没多强，但是揍你绝对不成问题。"

"我去！我不能太悠闲了，我要赶紧去做任务。"奥斯顿夸张地喊了一声，接着又转身对唐凌说道，"等着吧，等着进入了正式修炼，你就知道我奥斯顿才是哥哥，你是弟弟。"

"那不如我趁现在，先揍你一顿？"唐凌笑着说了一句。

"不要！"奥斯顿跑开了。

整个洞穴中笑成了一片，而也就在这时，唐凌宣布明天就去找仰空测验，整个猛龙小队都开始进入正式的修炼。

"合格。"当唐凌完成了最后一项测试项目时，仰空扶了扶眼镜，在记录本上打了一个勾，表示猛龙小队已经全员通过了正式修炼前的测试。

"很好，一个月的时间，全员突破。这固然和你们冒险去参加了仓库区的任务有关，但任何的收获都不是白来的，至少这也证明了你们的勇气。还有你，测试结果差强人意，这还是从通天塔出来以后。在之后，你的第一个目标应该是跟上大家的脚步，知道吗？"仰空鼓励完整个猛龙小队，又皱着眉头盯嘱了唐凌两句。

这惹得奥斯顿不禁腹诽，唐凌这个家伙在测试中弄虚作假，他差强人意个屁啊！可是唐凌却非常认真，大声回答了一个："是！"

"那好，你们就准备一下。十五分钟以后，属于你们小队的修炼过程正式开始。"仰空正式宣布道。

"这就开始？"安迪有些疑惑，教官未免也太着急了。

"这就开始，时间就是一切。"仰空异常认真，如今安全区的一切都透着诡异的气氛，早点儿进入修炼，这些小家伙就可以多一分自保之力吧。

第174章 幸运

猛龙小队渴盼的正式修炼课开始了。在第一预备营，任谁都知道，这是一堂无比重要的课程，它只有一课时，从这以后，在修炼上还有什么疑问或者需要帮助的地方，想要找导师指点，那是要付出希望点的，而且数量不算少。这就是那么一堂课程，将会把人分为两类：经过了修炼的"超人""新人类""紫月战士"，未经过修炼的"普通人""旧人类"。

现实就是这么残酷，这样的称呼大家从资料库中早有阅读到，或许这也就是紫月时代面对辉煌的前文明的唯一骄傲。

"没有任何值得骄傲的地方，也许前文明在分子生物学上再前行一步，他们的目光多放在自身上一些，就会开创出如这个时代一般的，开发自身的文明分支。"仰空站在讲台上，神情淡然却带着几分严肃，用这样的开场白开始了这样一节异常重要的授课。

关于修炼，总是会让人想到力量，可是这样有关于力量的课程却并不是在修炼室一类充满了男性荷尔蒙的地方授课，而是一间类似实验室的屋子。在这里摆满了瓶瓶罐罐、各种仪器、试管等。

仰空让人简单清理了一下，摆好了他的教学仪，就让唐凌几人席地而坐，务必用敬畏的神情来听好这一堂课。

"首先，你们看一个实验。"仰空点开了教学仪，在教学仪上出现了这样一幅画面——一套玻璃仪器的装置，其中的重点是一个球形的玻璃容器。

"这是著名的米勒-尤列实验，由前文明的高才生米勒在导师尤列的指导下设计。通过这场实验，你们可以看见一场伟大的转变。"仰空说话间，点了几下教学仪。所有人就看见球形仪器里的水开始慢慢沸腾，装置连接的高频电圈，可以使电极连续产生火花放电。

"这个球形玻璃容器，是模仿了我们星球原始时期的大气环境，那个时候大气的构成主要是氢气、甲烷和氨气。把水煮沸，是模仿海水蒸发的现象，而这些电火花，是模仿的原始时期，大气放电的现象。

"这样的实验，进行了一个星期以后。在这里……"教学仪上沸腾与闪电的画面消失了，仰空点开放大了那个球形容器，而且越放越大。唐凌几人看见了一些微小的事物。

"氨基酸。"仰空简单地解释了一句，然后望向了几人，"你们每日都有阅读和学习的固定时间，你们也知道成为紫月战士，其中一条硬性的规定，是知识基础。所以，如果你们连氨基酸是什么都不了解，最好也就不要待在第一预备营，去普通战士营报到吧。"

"我知道，氨基酸是一类有机物，是构成生命的基本物质之一。导师，这个实验是在给我们演示从无机物转变为有机物的过程吗？"安迪开口了，论起学习知识，他和薇安，还有克里斯蒂娜是最积极的。他们认为最不积极的是唐凌。但事实上，唐凌才是最积极的那一个，他的记忆力太惊人了，别人看他只是像敷衍一般地乱翻资料，其实他只是先大段地记录下来了，之后在任何有空的时候，他都会去思考去理解。

"安迪说得很好，这个米勒-尤列实验就是演示的这一过程。你们得震惊于我们星球原始时代的神奇，就像是有一双无形的手，开始用有限的材料，利用法则，开始制造生命。"仰空如此总结了一句，因为生命的来之不易，种种巧合，会让人产生这种幻觉，就像宇宙有心为之，为这个星球创造了生命。

接着，仰空又点了几下教学仪，在教学仪上出现了一个小小的东西。放大了以后，唐凌几人一目了然，这是一个人体的细胞。

"人体细胞，构筑成我们人类生命体的最基本单位。它可以简单地划分为细胞膜、细胞质和细胞核。这只是基本的知识。但重点在这里……"仰空放大了教学仪之中的细胞图，重点是细胞质的那一部分。仔细看去，里面有许多微小的东西，呈短棒状或圆球状。

"细胞质中的细胞器，即线粒体。它，就是你们以后修炼的方向。"仰空从衣兜之中拿出了教鞭，重重地指在了线粒体上。

这样先说结果的方式，让大家愣住了，整个实验室中异常安静，尽管有许多的疑问，但每个人眼中都流露出了求知的渴望。这就是知识的力量，无时无刻不让人敬畏。而武力就没有这样的力量，它是压迫，压制性的力量。

"你们一定会奇怪。而分子生物学浩瀚如海，我在这里只能用最简单的，你们能够快速接受的方式给你们一个讲解。如果修炼，连原理也不知道，是注定走不远的。"说话间，仰空再次调整了一下教学仪，上面出现了一片海洋，"经过了一系列复杂的演变，我们的海洋之中充满了生机。在这里漂浮着许多的简单生命体。

"你们知道，生命体其实很难去定义，用现代的目光来看，具有真核的单细胞才能被称之为最简单的生命体。真核是什么？最重要的一个定义就是它含有染色体，且个数在一个之上。而染色体是什么？遗传物质！关于真核细胞的诞生，前文明并没有完全破解，有很多假设，但并不能让整个学术界都为之信服。但有一个假设，是被大范围认可的。那就是我们星球上的生物都有一个共同的祖先。

"我们可以做这样一个历史假想，就在这一片生机盎然的海洋之中，我们的祖先某一个真核细胞，有一天吞噬了一个古细菌。可是，神奇的是独立的古细菌并没有被消化，当然它也没有能够反吞噬那个真核细胞。接着，它们形成了一个奇妙的共生模式。再往后，它们又从共生模式更进了一步，形成了更复杂的一种模式，叫作内共生。这一点，简单来说，就是它们融合了，形成了第一个真正的复合细胞，那个被吞噬的古细菌变为了细胞器，即植物细胞中的叶绿体，我们的细胞中的线粒体。当然。植物的细胞器中也有线粒体。

"这些演变有一个复杂的过程，从DNA分子生物学说上去推测，我们所有生物的祖先极大可能就是那一个真核细胞——包含着遗传信息的真核细胞。你们的基因链就是由它而来，是不是感觉很神奇？会不会想是谁投下了这一点包含遗传信息的物质？不过，这绝对不是今天这堂课所要讨论的内容。

"重点是，我们要讨论线粒体。线粒体是什么？在前文明有一个说法是，它是细胞的能量之源，是发电站，是动力工厂。而且，线粒体是会被消耗的。你们甚至可以从线粒体上读出你们的寿命。线粒体越衰弱，人的生命就越接近尽头，反之，这还是一个鲜活的生命。当然，我是指在没有病变产生的情况下。不过，当每一个细胞都充满了活力的情况下，病变也不是那么容易产生的。

"我们修炼是练肌肉，还是练骨骼？是练大脑，还是练内脏？都不是，真正属于这个时代的修炼，是修炼的每一个细胞。要强大的，是细胞之中的线粒体！"

仰空说到这里，声音微微有些昂扬了起来，他来回踱步，以平复心中的激动，但唐凌几人的心却热了起来。仰空的理论，无疑给他们打开了一道崭新的大门，一个全新的修炼方向，这个修炼方向较之前文明的锻炼自身，不知道广阔了多少。

"那么疑问是，为什么前文明也发现了线粒体的神奇，却无法在这一课题上做真正的展开？我不能在这堂课上为你们讲解太多。但可以给你们讲解一件前文明的往事，以证明你们的幸运。

"寿命，是人类永恒的追求。有科学家曾经想过增强线粒体，以提升寿命。但可惜的是，他还没有得到结果，就发现了一个可怕的事实，动了线粒体之后，癌变就产生了，因为它的强大会导致细胞无限地复制，而这部分细胞并不会发挥正常细胞的作用，还会破坏和侵蚀正常的细胞，这就是癌变细胞。这个实验我没有讲解得太具体，但这其中仿佛有一套规则，在阻碍着人类在'造物'这属于上帝的领域，做过多的窥探。

"你们幸运，是因为这个时代。某些规则的禁忌被打破了，进化规则也变得凌乱，或者应该说是被极大地加速了。而流传出来的许多修炼功法，强化的本源就是你们的细胞，细胞中的线粒体。可是，规则依旧是存在的。线粒体不可能被你们无限地强化，这规则来自你们的基因链，它有多大的潜力，你们的线粒体就能够得到多大的强化。

"我不知道，也不会询问你们在测试天赋时，所看见的观想图究竟是什么。但不管是什么，你们是不是感觉到了锁的存在？"仰空说到这里，微微喘了一口气，白皙的面上浮现出了一丝潮红，仿佛知识能带给他最大的愉悦。

猛龙小队的人没有说话，但望向仰空的肯定眼神已经说明了一切——的确，感觉到了锁的存在！！与此同时，安迪和薇安也忍不住看了一眼唐凌，这就是基因链天赋决定的东西吗？那唐凌……不，他分明就应该是最强大的啊。唐凌根本就无视了这些同情，表现得比谁都自信。男孩子谁不爱逞强呢？也许他可以在范围内做到极致，也可能会有不同的奇遇吧？薇安如是想到。她的想法显然也代表了猛龙小队其他人的想法。当然，经历了仰空的这一些讲解，阿米尔也终于表现出了强大的自信，他也终于第一次感觉到自己的五星天赋到底强大在哪里了！

喝了一口水，仰空继续说道："现在，你们感觉到了你们的幸运吗？无比地幸运！这个时代发生了现在谁也不能解释的异变，这场异变固然打破了规则，也给未来带了许多未知。

"是啊，原本进化是一个缓慢的过程，就算基因链也是在进化的，它包含的遗传信息越来越多，越来越丰富……谁也不知道尽头在哪里。但如今基因链之锁，解开了这个秘密，开启了尽头之路，这个尽头是我们这一代的尽头，下一代呢？也许会有越来越多的人找到自己的基因锁之所在，然后变得强大。发现的锁也会越来越多，带来更加远大的发展。所以，修炼的本质总结起来，就是强大你们的每一个细胞！然后用这种强大去破开你们所看见的锁，再继续强大，直到找不到下一把锁为止。"仰空收起了教鞭，目光激动地望向了在座的每一个人。

"好！"猛龙小队的人也跟着激动了起来，握紧了拳头，心中定下了一个清晰的修炼目标，那就是直到找不到下一把锁为止。

一番修炼的原理讲解过后，仰空让猛龙小队的人略微休息了一番，接下来便会正式开始讲解修炼。

待休息时间结束，大家重新坐好时，仰空不知道从哪里郑重地拿出了一个盒子，这是一个木盒，打造得非常精致。仰空带上手套，郑重其事地打开了木盒。在木盒之中放着一本书，看样子，就像古华夏的线装书，蓝色的封皮，当唐凌看清楚书上那三个大字时，心跳速度不自觉地就加快了，他忍不住就要露出震惊的神情，赶紧低下了头。

是的，这本线装书上三个分明的大字就是——千锻功。这说明了什么？说明了昆早有预见了吗？这简直是一件非常可怕的事情。

但唐凌微小的动作没有引起任何人的注意，自然也包括仰空，他还带着郑重的神色，拿起了这本书，把书展示给了大家看了一眼，又郑重其事地放了回去："我想，你们身为新月战士，17号安全区对于你们来说，已经没有多少秘密了。我曾经给你们说过，17号安全区是有底蕴的。而在你们心中，17号安全区最大的底蕴是什么？是二级护城仪？是希望壁垒？是通天塔？是万能源石？

不，万能源石还不是完全属于我们的。

"现在，我可以告诉你们答案。17号安全区最大的底蕴就是这一本《千锻功》，它原本是17号安全区独有的一种修炼功法，是17号安全区初代城主最大的宝藏。围绕着它有过许多故事。我如今可以透露给你们的是，就以17号安全区的实力，是保不住这本《千锻功》的，前提是如果它是完整的，或者是有强大的人精释过的版本。但就算是这样，17号安全区也不得不和其他的一些势力共享它，才换来了太平。"说到这里，仰空略微有些愤怒，神经最粗大的奥斯顿甚至握紧了拳头。

"感受到了耻辱，对不对？如果感受到了耻辱，就赶紧强大吧！不要那么久的时间过去了，一个废墟战场还拿不下来，整个安全区的规模还不能得到提升。

"前人为了后人不计回报地付出努力，虽然耻辱，也为你们保住了《千锻功》的修炼权力。这本功法并不完整，但是前三阶却是完整的，而且解读也已经非常完全。这也是你们的幸运——可以在这个小小的安全区，修炼相对高级的功法。所以，在正式开始给你们讲解一切之前，请你们记住今天我所讲的一切。你们身处在这个时代、身处在17号安全区的两点幸运。"说到这里，仰空再次打开了教学仪，教学仪上已经出现了一幅人体示意图，上面有密密麻麻上百个关键点，还有一大段晦涩难明的华夏古文字。

"木盒中的这本是不可能让你们看的，其实它也只是一个象征意义，是原本的抄录本。而按照你们新月战士的权限，也只能知道《千锻功》第一层的内容。循序渐进，按功劳换取功法也是公平的。"仰空如是给大家解释了一句。

没有人计较这个，现在所有人都被教学仪上所展现的功法吸引了注意力。到底是什么样的功法，会如此神奇，能修炼到细胞呢？

唐凌的呼吸越发地急促，那一本《千锻功·补遗》，会不会让自己和大家的修炼从此就有了区别？自己会因此……变得更加强大吗？神秘商铺的出品自然不用怀疑。

而唐凌的脑中从这一刻起，产生了一个无比怪异的念头——他想起了他消失的记忆，想起了那一片空白。他第一次开始有疑问，他是不是原本就出生在17号安全区的聚居地？如果不是，那么他就是被有心放在那里的吗？如果真的是有心被放在那里的，是为了什么？难道就是为了眼前这本《千锻功》？婆婆一定是知道一些什么的吧？收养自己的叔和婶也一定知道一些什么的吧？只是……他们都已经去世了。为何要留下自己还活着，在这些迷茫之中苦苦挣扎？

第175章　女王

"千锻功"的第一次修炼，必须要动用基因测算仪。而修炼的时间只能是在夜晚。这是一种取巧的办法，因为第一次修炼，至少百分之九十的人精神力都达不到要求，必须借助基因测算仪，让人快速进入观想之境，从而在观想之境感受到能量，这样才能开始修炼"千锻功"。

"你们第一次修炼，动用基因测算仪是免费的。以后，如果还不能自己进入观想入定，感受能量的境界，那么，借助基因测算仪一次需要一百希望点。"仰空把猛龙小队的人带到了17号安全区的荣耀大殿顶层，把情况和条件说了一个分明。

"那么，在进入正式修炼以前，你们还有任何的疑问吗？"望着所有队员，仰空追问了一句。

"教官，你说'千锻功'在前文明是不成立的。因为前文明是没有或者能提供修炼的能量极少。但为什么现在能修炼了，也只能在夜晚呢？"薇安提出了一个疑问。

"初期，你们绝对只能在夜晚修炼。因为，夜晚的能量会充盈许多。当然，你们如果修炼到了一定的境界，身体之中的千锻旋涡建立起了十个以上，白天也是能够修炼的。"在修炼的问题上，仰空知无不言，言无不尽。

"教官，你说第一次要动用基因测算仪。我不知道有没有一个标准去衡量，我的意思是衡量下一次修炼是不是一定可以不再用基因测算仪了。"这一次开口的是阿米尔，他的声音之中充满着自信。从得知修炼的原理以后，他就一直是这样自信，仿佛以前的卑微和怯懦，都随着得知自己天赋的作用后消失了。他询问的问题，是大家都非常关心的。

"标准？嗯，其实根据人精神力的不同，这个标准很难界定。但一定要说有个标准，那也并不是没有。不过，这个标准非常难以达到，至少第一预备营，那么多届天才学员，只有两个人达到了这个标准——那就是在第一次修炼时，就建立起了一个千锻旋涡。"仰空说出了一个的确让人感觉有些灰心的标准。

"千锻功"的修炼方法，就是要利用人的精神力，去感受在空气之中飘浮的某一种能量。在感受到了这种能量以后，又要通过精神力去聚集这种能量。接着，通过一种特殊的呼吸方式，慢慢地封闭自身——当然在新月战士才开始进入修炼的时候，不到某种境界，是不可能完全封闭自身的——接着再用聚集的能量一遍一遍地冲刷自身，在这个过程当中，功法里的讲解是能量如瀑布般冲刷，流过人体时，封闭的自身要尽量地去'挽留'住能量，而留住的能量聚集到一定的量，便可在指定的穴位当中形成一个能量旋涡。这一点能量旋涡时刻冲刷着周围的物质，也就是所谓的锻造细胞。前三层的'千锻功'，涉及了十八个穴位，三十六条能量聚集到穴位的经脉走向。这种修炼方法听起来有些荒谬，人的精神力如何与能量共鸣？而经脉和穴位这种解剖学并不能证明的东西……

"我无法解释精神力和神秘能量是如何产生的共鸣。但以我有的知识，我可以做这样一个设想——假设人的精神力也是一种无形的波，而能量则一定是一种物质。波能对物质产生一定的影响，就如前文明的微波炉能加热物质。当然，科学是无止境的，探索也是未完成的，最大的无知便是认为自己什么都知道，限在固有的思维里。

"而解剖学的确不能证明穴位和经脉存在，就像我现在把你奥斯顿解剖了……"

"为什么要解剖我？"奥斯顿不满地撇嘴。

"你看起来比较大只，解剖起来难度较小，这样可以？"仰空斜了一眼奥斯顿，继续解释道，"可是，经脉与穴位的作用，在医学上又不能被完全否定。所以，我只能回答你们，毕竟，千锻功要配合观想，在观想的世界里穴位和经脉会清晰起来，这也许是科学的盲区。

"为什么要做出这样的讲解？因为观想要建立在'强信'之上，就是强烈地相信自己会进入某个状态，去感受某些东西。这种说法有些唯心了，可于'千锻功'来说，事实就是如此。若没有'信'，也无法感受。我认为，只是个人认为，或者'信'会让精神力变强，对某些存在，某些能量，变得敏感。"

不得不说，仰空是一个异常负责任的导师，为猛龙小队的第一次修炼铺垫好了所有能够铺垫的。他的话严谨且谦逊，没有一个导师的傲慢，不知道的也要强行让新月战士们去接受。所以，当他说出了第一次修炼的标准时，大家都多少有些失望。这个标准未免太难了一些。以为仓库区的任务赚了不少的希望点，事实证明希望点的缺口还大得很，不知道需要借助基因测算仪几次才能建立起第一个千锻旋涡。

但无论如何，能够开始修炼都是一件值得兴奋的事情，大家围绕在基因测算仪前面，异常兴奋地讨论着，修炼之后会有什么效果，就算第一次不能建立起旋涡，又会得到什么样的提升呢？

只有唐凌懒洋洋地靠在基因测算仪之前，像要睡着的模样，仰空看了唐凌几次，都欲言又止。或许，在这个时候就不该去打扰他，以免加深对这个骄傲少年的伤害吧。大家的想法也应该一致，在这个时候刻意的忽略才是对他最好的保护吧？

可是，唐凌根本没有半点儿大家以为的伤心和颓废，完美基因链者骄傲还来不及。他此时这个状态，并非为了刻意掩饰什么，而是他真的在思考。从神秘商铺得到的《补遗》，他没有翻阅几次，只是在神秘商铺简单地翻阅了一次，在回来的那天夜里整理收藏所得时，无聊的情况下又翻阅了一次。说不上多认真去研究，但以唐凌的记忆力，前两页的内容还是记得非常清楚。他其实一直在对比《补遗》和仰空所讲解的修炼方法有什么不同，毕竟《补遗》只是一本对功法的补充和对一些晦涩难明的句子的解释。

可是，这样对比下来，大方向基本是相同的，只是第一次正式修炼的方式就出现了不同，而且是很大的不同。

唐凌现在必须要做出选择，他要用哪种方式来修炼。他并非不信任神秘商铺，但是17号安全区不是也用这样一套《千锻功》培养出了不少紫月战士吗？从仰空微微透露的骄傲来看，这一套《千锻功》也非常成功啊。另外，如果用《补遗》的方式去修炼，自己原本就对资源的消耗到了一个可怕的地步，之后定然会更加可怕。去哪里找希望点换取食物啊？现在想来昆真是非常可恶，给了自己一根良木芯，又不能直接吃。

唐凌正想着这些乱七八糟的事情，而在这个时候，自信满满的阿米尔竟然要求作为第一个人，开始进行"千锻功"的修炼。

"唔，第一次修炼的时间是非常不确定的。长则七八个小时，短则两三个小时。你们有七个人，不能一直等在这里。我看这样吧，空闲的时间你们去17号安全区随意逛一逛，或者也可以回家一次。只要确定好修炼顺序，带好通信设备就可以了。"仰空开始调试基因测算仪，为阿米尔的修炼做准备，同时也给了猛龙小队一个福利。

　　大家忍不住开始欢呼，还有比今天更愉悦的一天吗？唐凌也跟着欢呼了起来，他要找苏耀，马上找苏耀。嗯，在这之前，他还得忽悠一下奥斯顿和昱。

　　"啦啦……啦啦啦……"

　　悬空之域，空堡之巅。一双莹白如玉的小脚伴随着断断续续、不成调的歌声在无意识地晃动着。1500米的高空，即便是这样明朗美丽的夜色下，也吹拂着狂放的风。带着时代特有的凉意，让空堡顶端的奇异星辰旗猎猎作响。

　　小脚的主人就坐在旗帜之下，同她完美的脚背曲线一样，她的身体曲线也是如此曼妙。分明还是一个少女，却透着一股成熟女人才有的诱惑，但那青涩的少女气息，却是成熟女人再不可能追回的过往。这般冷冽的风似乎对她没有任何的影响。带着神秘光彩的黑色长发，在风中飘扬，如同最光洁的绸缎，万千星光为它折射出了丝丝光芒。看不清她的脸，只是在偶尔仰头时，能看见睫毛的剪影和灵动有光的眼眸。

　　她似乎非常愉快，一段一段地哼着不成调的歌儿，偶尔又会自娱自乐一般地发出一串儿笑声。

　　她笑，悬空之域下的整个庞大城市群，闪烁的万千灯光也似乎在跟随着她一起愉悦，闪闪地呼应着天上的星星，一起合应她的笑声。

　　"咚咚咚"，有力的脚步声在空堡内响起，一定是一个非常自律的人，才会脚步声都带着一股整齐的意味。脚步声在窗前停下了，一个身影推开了窗户，接着一个翻身跳跃也到了空堡之巅。

　　"走开。"少女的语气淡淡，嘴角还带着刚才未散的笑意。她的声音并不霸道，语调也并不骄傲，但却是这股冷淡，让人连接近的勇气都没有。

　　脚步声的主人迟疑了一下，映着月光，可以看出这是一个英俊非常的男人，即便是在这样的深夜，深蓝色的制服也打理得一丝不苟，带着古华夏风特色的盘扣系得整整齐齐，刚好隐隐形成了一条龙形图案，更为他增添了几分英俊。他只是遗憾，他为什么没有纯正的东升洲血统，否则黑色的头发和眼眸，配上这身制服也许会更加的合适。毕竟，这是根据东升洲人的特点来设计的。没有办法，他们伟大的少主人，就是东升洲人。

　　"女王大人，我无意打扰您，但是龙少让我为您送一件衣服。夜里很凉。"男人的语气充满了恭敬，直接称呼这还带着明显青涩天真的少女为女王大人。

　　似乎是提起了龙少这个名字，少女身上的冰冷稍许淡了一些。她没有回头，只是直接说道："放在那里，你可以走了。"

男人吞了一口唾沫，似乎有些不甘心被这样对待，但他不敢做出多余的动作，更不敢再前行一步，就把拿在手中的衣衫放在了地上。

一丝风轻轻吹来，扬起了放在地上的衣衫，衣衫在风中轻轻地展开，然后恰到好处地披在了少女的肩上。

"唔。"少女微微缩了缩脖子，似乎为了方便闻到衣衫上的气息，而这气息又好像让她很满意，她满足地像一只猫咪一般眯起了眼睛，脸上顿时绽放了笑容。

男子看着这一幕，心中止不住荡漾起丝丝异样。没有办法的，有多少人能抗拒女王大人呢？她无意间的一举一动、一颦一笑都能让人由衷地沉醉。可惜，唯一能够与她稍许接近的只有龙少。女王大人曾经说过，喜欢龙少的气味。气味？龙少有什么特别的气味吗？男人摇摇头，并不解。如果他能了解，一定会想尽办法让自己也充斥着这种气味的。

"还不走？"少女忽然回头了，声音之中的冷意再次凝聚了起来，就像一把冰冷的刀子让人心伤。即便如此，月光下夜色里她的容貌还是让人生不出一丝恨意。白皙光洁的脸庞，偏偏被线条勾勒出了一丝恰到好处的、女孩子特有的柔软感。天真无邪如水一般的眼眸，在长长的睫毛下编织的却是一种淡淡的拒人于千里之外的冷。精致秀气的鼻梁，饱满小巧却稍许缺乏血色的嘴唇，让人想要温暖它，却又不得不臣服于嘴角倔强的弧度。黑色长发，带着东升洲少女特有的神秘气质，如果她是一朵致命的花朵，也让人甘之如饴地沉沦在她的根须里，化作她的养料。

可是，这个男人并不敢表现出半丝沉迷，更不敢说出任何的赞美，他只是带着该有的严肃和恭敬，一字一句地说道："还有一件事情，龙少让我告诉您。"

"嗯？""龙少"这两个字仿佛是一切的解药，少女的冷冽消失了，神色之中带起了一丝安然的慵懒。

"他十五天以后就会回来，他会来陪您。另外，他认为也该做一些准备，二十五天以后，他将带您出发去正京安全城。"

"是吗？"少女的嘴角勾起了一丝笑容，眼眸中浮现出了点点期待。

真是让人心痛，如果这点点期待不是为了龙少……可惜，这种心思是永远不能表露的。在她眼中自己算什么呢？"是的。正京安全城一年一度的某个盛会将要召开。主人非常重视这一届的盛会，龙少带着您前去，已经是确定的事实。因为不管是主人还是龙少，都坚信您会散发出无比的光芒。"

说到这些，少女似乎有些意兴阑珊了，她转头，整个心神都沉浸在了夜空之中。她的眼神既迷茫又迷人，她似乎有着无尽的思念，可这思念却又飘忽没有落脚的根点，就像一只没有脚的鸟儿，只能无尽地飞翔。

男人再没有留下的理由，必须用非常干脆的方式离去。他从空堡之巅走下，心中却在反复地翻腾着一个让他内心酸涩的问题："她会属于谁？如果在遥远的未来，有这样一种可能的话——这个叫作彼岸的少女，最尊贵的女王大人，她会属于谁呢？是龙少吗？"

"借钱给我，你觉得这件事情，是不是会让你觉得很愉悦？"唐凌揽着奥斯顿的肩膀。这个魁梧的大家伙，未免太高了一些吧？这个月他又长高了多少？经过这段日子的丰富营养，唐凌也不算矮了，但揽着他肩膀的样子，就像一只猴儿挂在了人身上。唐凌其实不想要这副形象的，可是他必须得弄一些信用点。

奥斯顿真是有些恼怒：要怎么才能摆脱这个家伙？他实在不愿意一个男人挂在自己的身上，口中还说着如此无耻的话语。可惜现在打又打不过唐凌，骂的话谁能骂赢这个无赖？"为什么借钱给你我会愉悦？"奥斯顿转头，愤怒的他声音很大，唾沫喷了唐凌一脸。

唐凌皱眉擦去了脸上的唾沫，顺便把手在奥斯顿的衣服上擦了擦，这才说道："你想啊，我是问你借信用点，又不是希望点。这难道不值得高兴吗？而且信用点，你没有吗？你要一次性'啪'地甩出一大把信用点，才能彰显你堂堂戈丁家族大少的气势啊！"

"我不是大少，我排行十一。"奥斯顿无语。

那么能生？唐凌腹诽着，但口中却说道："十一？你的气质分明就像大少。"

"真的？"奥斯顿咧嘴笑了。

"还能是假的？快点，借点信用点出来，不管怎么样，以后我也会是前途无量的紫月战士，不会赖大少账的。"唐凌连连催促。

"好吧。"奥斯顿想想，就把他存下的零用钱，一共五万信用点借给了唐凌。毕竟，信用点在希望壁垒也没有多大用处。

"那么点儿？"唐凌通过徽章收到了奥斯顿划过来的信用点，有些不满地撇了撇嘴。

"我去，那你还给我！我要不是堂堂大少，能一次性拿出那么多信用点？"奥斯顿顿时怒了。

"十一，知道了，知道了，五万也勉强有点儿用。"其实五万信用点真的不算多，曾经苏耀带他去的训练中心，一间普通的训练室也要一千信用点。可想而知，对比起希望点，信用点是多么的不值钱。

奥斯顿勉强消了气，但想想又觉得不对，为什么自己把钱借了出去，到唐凌口中自己又变成了十一？奥斯顿握紧了拳头，想想还是算了，他打不赢唐凌，至少现在没戏，但是以后……等修炼有成，第一件事情就是痛揍唐凌。想到这里，奥斯顿仿佛胜利了，嘴角带起了憨厚的笑容。

看着奥斯顿的笑容，唐凌和昱同时打了一个冷战，而在这时，唐凌的目光又亲热地看向了昱。

"别靠近我。"昱跳开了一步。

"那么，借钱。否则，我就会搂着你走遍整个17号安全区的大街小巷，你相信我，以我对你的感情，做出这样的事情并不奇怪。"唐凌一字一句认真地说道。

昱勉强忍住了冷汗，直接开口："多少？"

"越多越好。"唐凌非常无耻。

"真是不知道，你……"昱想说，唐凌要那么多信用点做什么？之前不是赚了很多，还换了整整五斤二级凶兽肉吗？但他不能说出唐凌的秘密。再想想唐凌会搂着他走遍大街小巷，他赶紧将自己的零用钱也划了过去。

"才七万啊？好少，只比十一强一点。"唐凌通过徽章，查阅了一下数字，一副很不满的样子。

昱在此时立刻立下了和奥斯顿同样的理想，修炼有成以后，第一件事情就是痛揍唐凌。可惜，唐凌并不知道两人的想法，如果知道了，他会用事实告诉他们，什么叫作绝望。

收了钱，唐凌半点儿也不想和这两个家伙待在一起，干脆地别好了自己的徽章，飞快地朝着外城跑去。奥斯顿和昱很穷，但愿苏耀叔能够有钱一些。资源啊，资源！自己现在非常缺乏资源……这种子的饭量就不能小一些吗？眼看就要开始修炼了。唐凌全然忘记了，就算没有种子，他也是非常能吃。

或许，在这一刻种子似乎感应到了他的抱怨，忽然在他心脏里翻了个身。唐凌痛得一抽，像个精神病一样猛锤了自己胸口一拳，差点把隔夜饭都打了出来。然后，他也顾不上周围人异样的目光，再次飞快地朝着外城跑去。